A escolha do Verão

SARA GUSELLA

A escolha do Verão

A ORIGEM DAS ESTAÇÕES – Livro 1

EDITORES
Brunna Prado e Guilherme Cordeiro Pires

ASSISTENTE EDITORIAL
Camila Reis

ESTAGIÁRIA EDITORIAL
Giovanna Staggemeier

PREPARAÇÃO DE TEXTO
Mariana Santana

REVISÃO
Daniela Vilarinho e Leonardo Dantas do Carmo

PROJETO GRÁFICO
Lilian Guimarães

DIAGRAMAÇÃO
Sonia Peticov

MAPAS
Matheus Faustino

ILUSTRAÇÕES E CAPA
Rafaela Vilella

Dados Internacionais de Catalogação na Publicação (CIP)
(BENITEZ Catalogação Ass. Editorial, MS, Brasil)

B852c Gusella, Sara
1. ed. A escolha do Verão / Sara Gusella; ilustradora Rafaella Vilela. – 1.ed. – Rio de Janeiro: Thomas Nelson Brasil; São Paulo: Pilgrim, 2023.
464 p.; il.; 13,5 × 20,8 cm.

ISBN: 978-65-5689-655-7

1. Aventuras – Literatura infantojuvenil.
2. Ficção de fantasia – Literatura infantojuvenil.
3. Cristianismo – Literatura infantojuvenil. I. Título.

07-2023/36 CDD 028.5

Índices para catálogo sistemático:

1. Literatura infantil 028.5
2. Literatura infantojuvenil 028.5

Bibliotecária: Aline Graziele Benitez CRB-1/3129

Rua da Quitanda, 86, sala 601A - Centro,
Rio de Janeiro/RJ - CEP 20091-005
Tel.: (21) 3175-1030
www.thomasnelson.com.br

Dedicatória

Eu tinha dezesseis anos na época. Meu irmão tinha oito e estava na fase de ouvir histórias para conseguir dormir. Em uma noite qualquer, aconteceu de os meus pais não estarem em casa, e fui eu a escolhida para o momento da história. Como nenhuma história conhecida me vinha à mente, decidi inventar uma. Primeiro, imaginei um garoto e sua vila escondidos em uma floresta. Pensei em quem ele se tornaria e todas as aventuras e dores que o esperavam. Assim, naquela noite essa história foi criada.

Ninguém mais mereceria o crédito se não aquele que, involuntariamente, me fez criá-la.

Essa história é para você, **Isaque**, por não ter conseguido dormir naquela noite.

"Teu é o dia; tua também é a noite;
a luz e o sol, tu os formaste.
Fixaste os confins da terra;
verão e inverno, tu os fizeste."

Salmos 74:16,17

TRIVNA
UTRIA
USKIA
OGIOS
IMPÉRIO DE
RESHAIM
ESPARIA
RIO RHEWI
CAVALEIROS
DE ÓDRIA
NAÇÃO DAS FLORESTAS
DO OESTE
ESHAL
TUMBRA
REINO DE
MORÁVIA
TERRAS
INVERNAIS
POVO DE
ATHULA
N
DRIUQUA

TERRA
NATURAL

BRIE
REINO DE
ASTELA
GRANDE REINO
DE
FILENEA
MONTANHAS
DEMILÚR
TEITH
FLORESTA DE
DORCHA
RIO GAERTHA
NAÇÃO DAS FLORESTAS
DO LESTE
VEREDAS
TERRAS
DO SOL
FILENEA
CIDADE LIVRE DE
WATHO
NAÇÃO DOS FREIN
NAÇÃO DE
UMAR
DESERTO
DE UTHANA
POVO DE
UTHANA

PARTE 1

Alinhamento de destinos

O Conselho dos Três

TERRA NATURAL, 4.200 D.L. (DEPOIS DA LUZ), BASE DA ORDEM DE FAMRADH, FILENEA

Um homem de cabelos escuros até os ombros percorria um corredor dourado com olhar austero enquanto sua capa verde-escura se arrastava pelo chão. Estava na seção dos mestres, sede situada em um alto prédio da eterna cidade do Sol, Filenea. Pelas altas e estreitas janelas que decoravam o corredor de tom creme em que passava, podia ver toda a cidade abaixo, sempre viva, sempre vibrante. O sol da manhã banhava seu rosto enquanto o cheiro de maresia preenchia suas narinas, o barulho de passos, carroças e conversas nas ruas ao longe ia formando uma melodia estranhamente calma para ele. Tinha poucas coisas que Clarke Moynihan amava, e uma delas era sua cidade.

— Bom dia, mestre! — uma voz estridente o chamou, acompanhada de uma figura miúda que surgiu ao seu lado.

O guardião deu um pulo, assustado.

— Pelas estrelas, Lizzie, você sempre surge do nada. — Ele pressionou os dedos sobre os olhos, irritado, e continuou a caminhar.

— Perdão, senhor, estou ansiosa com a audiência. O senhor não está? — Ela começou a correr ao seu lado, lutando para acompanhar o ritmo do homem.

— O Conselho dos Três fará o que julgar melhor — ele resmungou, mantendo o olhar resoluto, como se nada o abalasse.

O corredor que eles atravessavam agora era decorado por diferentes sóis entalhados no teto e banhados em ouro. Nas paredes, runas de um idioma pouco compreendido estavam escritas, acompanhadas por pinturas de galhos dourados que se estendiam por todo o espaço. A cada passo que davam, a própria arquitetura os avisava da importância do local para onde se dirigiam.

— Dizem que você vai ser expulso da Ordem — a menina continuou em um sussurro, fitando todos os que passavam por eles.

— Rá! Eu duvido. — Foi tudo o que Clarke respondeu, acompanhado de uma risada amarga.

A adolescente esbaforida correndo ao seu lado era uma menina de quinze anos que havia se unido à Ordem de Famradh há poucos meses, iniciada para ser uma guardiã. Tinha sido entregue a Clarke como aprendiz e, para ele, nada poderia ter sido uma tortura maior.

— Você acha que vão me transferir para outro mestre? — ela perguntou com o olhar preocupado.

— Não faço ideia.

— Eu gosto do senhor, não quero ter outro mestre.

— Não sou o seu mestre, Lizzie, sou o seu turdo, o seu guardião superior, e você é a minha nario, minha subordinada. Adapte-se aos títulos ou vai perder pontos nas provas.

— Certo, senhor. — Ela apertou os olhos tentando parecer tão séria quanto ele.

Depois de alguns minutos de silêncio, Clarke olhou para o lado, conferindo se ela ainda estava ali. Parou abruptamente.

— Pretende me acompanhar até a câmara do concílio?

— Sim, eu...

— Não deveria estar em aula? — Clarke travou os pés, com a pouca paciência já esgotada. — Se se importa comigo, deveria seguir seu cronograma, não é bom para um turdo que sua nario seja vista faltando ao treinamento. Deixe o quebrar as regras para mim, está bem?

— Tá bom. — A menina parou, esboçando um sorriso fascinado.

— Então vá! — Ele arregalou os olhos e ela deu um pulinho de susto e então saiu, correndo de volta pelo corredor. — Crianças... — Clarke resmungou, passando a mão pelo cabelo.

Com mais alguns passos ele finalmente chegou à entrada do cômodo que era seu destino. Tinha duas portas de vidro, decoradas com inscrições e desenhos em dourado, retratando histórias da antiguidade, histórias do início de tudo.

— Turdo Moynihan — um homem de pele escura e armadura dourada que guardava a entrada o cumprimentou, chamando por seu sobrenome.

— Turdo Doral — Clarke respondeu, fechando os olhos e pousando a mão sobre seu próprio peito; o guarda fez o mesmo, um sinal de respeito entre os guardiões dessa posição.

— Estão te esperando — o guardião falou e, com uma mão, encostou em uma pequena arma que estava pendurada ao seu cinto, já com a outra, apontou para as grossas e pesadas portas, que se abriram sozinhas.

— É claro que estão.

"Um conjurador", Clarke pensou, surpreso, enquanto passava pelo homem; não sabia desse dom dele, eram raros ali na base central.

As portas se abriram revelando um grande salão com uma cúpula redonda e um vitral com a figura de um homem segurando o sol; feixes de luzes atravessavam o vitral e adentravam o cômodo. Clarke reconheceu a figura no vitral. "O Primeiro", o guardião pensou. Conhecia a história. Toda a sua vida tinha sido moldada por ela. Ele abaixou o olhar, fitando as paredes folheadas a ouro e o grande palanque em formato de semicírculo, onde estavam as três figuras que o aguardavam. O Conselho dos Três.

— Seja bem-vindo, guardião — a mulher na ponta o cumprimentou com um sorriso comedido. Ela se chamava Akela e era uma mulher negra com longos cabelos escuros encaracolados. Akela trajava uma longa bata branca, assim como os outros dois membros. Ela havia sido sua turdo anos atrás e, por isso, dos três, era a menos hostil.

— Obrigado, minha senhora. — Pôs a mão no peito e meneou a cabeça, em respeito.

— Turdo Moynihan, do regimento dez. — O homem do meio iniciou, lendo um documento. Ele tinha uma pele pálida e nenhum cabelo à vista.

— Sim, ardo Daíthi. — Clarke meneou a cabeça.

— Está a serviço da Ordem há quinze anos, certo?

— Sim, senhor.

— E sabe quantas advertências levou em todos esses anos?

— Cinquenta, senhor — respondeu com o mesmo tom estável, mesmo que segurasse um pequeno sorriso.

— Seria o suficiente para tê-lo expulsado, turdo Moynihan. — A voz repreensiva de Akela ecoou no cômodo. — Sabe disso?

— Tenho consciência, minha senhora.

— É de longe o guardião mais complicado que temos há anos.

— Sinto muito, minha senhora — ele disse, mas não sentia.

— Pensamos que depois de sua última missão fracassada, a punição de permanecer na base o ensinaria uma lição — o homem do lado direito falou; ele era o mais velho dos três e tinha uma longa barba cinza.

— Minha missão à cidade de Veredas não fracassou, senhor — Clarke contestou.

— Você abandonou a sua equipe, desobedeceu às ordens de um ardo e agiu por conta própria. De acordo com tudo o que mais prezamos na Ordem, sim, fracassou.

Clarke franziu as sobrancelhas e abaixou o rosto, sentindo-se injustiçado.

— Eu só não trabalho bem em equipe, senhor — sussurrou. — Sou melhor sozinho.

— Ah, isso nós sabemos, turdo. — O homem levantou um papel, que continha as últimas queixas. — Está sendo displicente com sua aprendiz e na semana passada entrou em uma briga com dois narios, mandando ambos para a enfermaria.

— Eram crianças insolentes, não deveriam estar na Ordem — o guardião protestou. — E eu não usei nenhuma magia, que fique claro.

— É claro, pelo menos aí você mantém a honra — o homem retrucou.

— E a garota, Clarke? Por que se recusa a treiná-la? — Akela perguntou, queimando-o com seu olhar, que faiscava em desapontamento.

— Não sou um exemplo para se seguir, senhora — ele resmungou. — E trabalho melhor sozinho.

A mulher bufou e fechou os olhos, se apoiando na mesa à sua frente.

— Bom — ela falou depois de alguns minutos de silêncio —, é isso. Você conseguiu.

— O quê? — Ele levantou o olhar, assustado com a mudança de tom dela, não pensava que de fato o expulsariam da Ordem, ele era um dos melhores.

— A sua missão de lobo solitário, sem mais ninguém.

— É insolente e impulsivo, turdo. — O homem do meio, Daíthi, tomou a palavra. — Mesmo assim continua sendo um de nossos mais exímios guerreiros, poucos dominam o alnuhium moderno como você.

— Sem contar que seus anos de prática lhe agraciaram com um raro dom, que é exatamente do que precisamos agora — Melker, o mais velho, falou.

— Queria algo que o desafiasse? Que o tirasse da base? Aqui está, a sua missão impossível — disse Akela.

— Então... eu não vou ser punido? — ele perguntou com um sorriso de surpresa nascendo no rosto.

— Ah, sim, você vai — ela o cortou. — A solidão é a punição que você instaura sobre si mesmo, mantendo-se longe de tudo e de todos. E a sua tarefa é exatamente essa, encontrar alguém que foi consumido por ela, pela solidão.

Um silêncio recaiu sobre o cômodo.

— Como assim? — Clarke mudou o peso do corpo de um pé para o outro, tentando não transparecer a aflição que crescia.

— Existe um ardo, membro da mais alta posição de nossa Ordem, que foi enviado há muitos anos em uma missão sigilosa, com o objetivo de esconder um artefato muito precioso para nós e mantê-lo seguro, longe até mesmo de outros guardiões — explicou Akela e, com um olhar, passou a palavra para Melker, do outro lado.

— O artefato foi guardado e mantido em segurança, para que não caísse em mãos erradas. Mas ele também foi guardado porque sabíamos que um dia teria de ser usado.

— Tememos que este dia tenha chegado. — Daíthi engoliu em seco, o temor estampado em seus olhos.

— A transição... — Clarke sussurrou, pensando consigo mesmo. O céu de fato estava estranho naqueles dias.

— Sim, a primeira de nossa geração. Porém algo parece estar errado. Existe uma incerteza no ar que ainda não compreendemos, e acreditamos que encontrar o artefato seria a melhor forma de encontrar alguém que talvez tenhamos que auxiliar — Daíthi explicou, com um pesar em sua voz.

— Já há um tempo, guardiões foram enviados em missões para recuperá-lo — Akela retomou —, porém nem o artefato, nem o seu guardião foram encontrados.

Um pequeno arrepio subiu pela espinha de Clarke.

— Como assim? — indagou, arqueando as sobrancelhas.

— O artefato em questão tem um poder além de nossa compreensão. A extensão de seu poder, mesmo estudada pelos últimos milênios, ainda permanece desconhecida para nós.

O olhar confuso do guardião pediu para que continuassem.

— Nossa teoria é de que o artefato tenha uma... — Akela engoliu em seco — uma consciência própria, da qual não estávamos cientes.

— E ele escondeu a si próprio. Levando junto aquele que o guardava — Melker completou, para o assombro do guardião.

— Uma ilusão, então — Clarke sussurrou.

— Exato — Akela completou. — Uma que ninguém foi capaz de descobrir.

— Uma missão para um *sensitivo* — Daíthi acrescentou.

— É de extrema urgência que encontremos o objeto e que ele seja trazido em segurança para Filenea. — Melker pigarreou.

— Você é um dos únicos sensitivos que temos deste lado das terras e acreditamos que você será capaz de discernir a ilusão e encontrar o artefato.

— O ardo encarregado da missão se consolidou na cidade livre de Watho. Seu nome é Indigo Thornhold. É para lá que deve ir.

— E turdo — Akela o chamou, o semblante ainda mais penetrante que antes —, esta missão será sua última chance. Se você falhar, será expulso da Ordem.

Clarke entrou no alojamento chutando a sua cama de madeira, arrancando a capa do pescoço com dificuldade e jogando-a no chão. Maldita capa de turdo, para que serviria agora? Ele estava sendo mandado em uma missão suicida e sabia disso. Cinco guardiões da mesma patente que a sua e até mesmo um ardo haviam ido à procura do artefato perdido e ninguém o havia encontrado. O contato com o alnuhium moderno, fonte de toda a magia da Ordem, moldava cada guardião de forma diferente: os leitores desenvolviam uma conexão profunda com a natureza em volta a ponto de conseguirem ler o idioma invisível, as runas criacionais de cada parte da criação; conjuradores eram raros e perigosos, pois conseguiam conjurar alguns comandos apenas com o pensamento; já o último tipo, os sensitivos, haviam desenvolvido uma percepção rara ao mundo invisível, podendo discernir intenções ocultas, mentiras e outras fontes de magia ao redor. Clarke era de fato um exímio sensitivo, dom que nunca imaginou ter e que assustava até a si mesmo. Ainda assim, era extremamente improvável que fosse bem-sucedido em uma missão na qual todos os outros haviam falhado. Estava praticamente condenado, mas seu orgulho não o deixaria admitir isso.

Ele se sentou desencorajado em sua cama de madeira, sem conseguir prever o que o destino o traria. Era fiel à Ordem, era fiel ao alnuhium, isso ele sabia, eram a força pulsante da sua vida, as batidas de seu próprio peito. A Ordem o havia decepcionado, mas não elas, nunca as estrelas.

Ele levantou a manga da blusa que usava, sentindo a tatuagem que havia em seu antebraço direito, a marca de um guardião. Era a imagem de duas árvores, uma se entrelaçando na outra; na copa da primeira árvore, à esquerda, no lugar de folhas havia flocos de neve e na copa da segunda, à direita, chamas ocupavam o espaço. Um pouco acima das duas árvores, marcado na pele, havia também três estrelas. Às vezes Clarke tocava a marca para se certificar de que ela ainda estava lá, outras para impedir a si mesmo de agir de maneira inconsequente. Trabalhava melhor sozinho; talvez seu serviço seria até aperfeiçoado se não estivesse à mercê de mais ninguém. Talvez fosse melhor deixar a Ordem e simplesmente não voltar. Mas ele não podia. A tatuagem o incriminaria. No momento em que identificasse a mudança em seu coração, ela queimaria em sua pele, deixando de ser dourada como o sol e se tornando escura como a noite, expondo que ele era um renegado. E isso ele jamais seria.

Abaixou a manga, afastando aqueles pensamentos. Iria encontrar o objeto, retornar a Filenea e provar a todos que estavam errados. Teria o seu respeito restaurado na Ordem e viveria o suficiente para ver as três estrelas pessoalmente. Não era um guardião qualquer, afinal.

VILA DE
TEITH
MONTANHAS DE DEMILÚR
MATA DE
DEMILÚR
FLORESTA DE DORCHA
RIO GAERTHA

A vila de Teith

MONTANHAS DEMILÚR, CENTRO-OESTE DAS TERRAS DO SOL

Um garoto corria a toda velocidade por um belo bosque, coberto de árvores que já estavam ali por gerações. Elas riam e faziam pequenos comentários entre si sobre o corpo magro do menino e o seu tamanho, um pouco menor para a idade, mas ele, obviamente, não as ouvia. Beor, de pele clara, um cabelo loiro ondulado tão dourado quanto o próprio sol e olhos azuis, corria com todas as suas forças pela floresta, como se sua vida dependesse daquilo. Os galhos secos quebravam sob seus pés e o vento roçava a sua pele, encorajando-o a aumentar o ritmo, dar mais um passo. Ele sentia a floresta o observar, como se soubesse de um segredo pessoal que ele desconhecia. A ideia fez um pequeno sorriso abrir em seus lábios e ele já sentia o gosto da vitória, as pernas latejando pelo esforço, quando um vulto passou por ele.

Nico, seu melhor amigo, era atlético e alto. Possuía um belo cabelo enrolado, a pele negra, e aparentava ser pelo

menos dois anos mais velho do que realmente era. Ele soltou um pequeno sorriso para Beor antes de ultrapassá-lo.

— Te vejo na chegada.

— Droga! — Beor sentiu sua força se esvaindo e diminuiu a velocidade, aceitando a derrota.

— Vai, Nico! — uma voz doce ecoou à distância.

Nico se aproximou do ponto de chegada, um riacho que cortava a mata, onde do outro lado estava uma garota branca, de pele quase rosada, e cabelos castanhos, o aguardando com um sorriso.

— Isso não é justo, Naomi! — Beor gritou, atrás deles, os alcançando. — Sem favoritismo, lembra?

Com um pulo, Nico atravessou o riacho e correu em direção à garota, que o esperava com um abraço. Ele, porém, estendeu a mão para um cumprimento e os dois acabaram parando no meio do caminho, sem saber o que fazer.

— Honestamente… — Beor chegou emburrado no riacho e se sentou, colocando os pés na água sem hesitar. — Eu não sei por que aceito — resmungou, ofegante, enquanto observava seu reflexo na água.

— Não se preocupe, Bê, você é bom em todo o resto. — Nico sentou ao seu lado com as pernas cruzadas e colocou a mão em seu ombro.

— Mas é péssimo para correr — Naomi provocou com um risinho, sentando do outro lado.

— Engraçadinha. — Beor se virou para ela, fitando-a com os olhos cerrados.

— Ai, que medo! — Ela gesticulou com as mãos e então soltou o corpo, deitando com as costas sobre a grama, enquanto seus pés estavam na água. Beor e Nico acompanharam o seu movimento e também se deitaram sobre a relva.

Beor fechou os olhos, absorvendo cada raio de sol que batia em sua pele. Sua respiração ofegante e seu corpo cansado agora encontravam descanso e renovação na fonte de luz que havia iluminado o garoto por todos os dias de sua vida: o sol. Sua vila havia sido abençoada com o sol por todos os dias desde sua fundação, nunca houve um dia em que o calor não fosse presente, nem que o sol não aparecesse. Eles não conheciam nada além da brisa suave e do calor aconchegante. Mesmo assim, para Beor era diferente. Era como se seu coração estivesse marcado pelos raios de sol desde que nascera. Ele nunca se cansava, nunca enjoava do calor ou da luz.

A irritação de ter perdido a competição passou e sua mente foi preenchida pelos mais gloriosos pensamentos, até que foi trazido de volta à realidade por uma sombra que tapou o sol, irritando-o de imediato.

— Ah… — Ele abriu os olhos mal-humorado, sem ter notado o passar do tempo.

Naomi e Nico estavam agora em pé, observando-o.

— Você pode voltar para a Terra agora, Beor, temos aula — Naomi o chamou, com sua voz dura e, ao mesmo tempo, sarcástica.

— E onde é que você estava? — Nico perguntou para Beor, enquanto o ajudava a se levantar do chão.

— Nas estrelas, provavelmente — Naomi chutou, já sabendo que era essa a resposta.

— Como sabia? — Beor forçou um olhar de surpresa. E, por mais que tentasse, Naomi não pôde deixar de rir.

— Porque eu te conheço. Por isso eu sei para onde a sua mente vai quando não está mais com a gente.

— Faz sentido.

— E não é aula — Nico foi logo corrigindo Naomi, enquanto andavam. — É visita de campo.

— Verdade... — A menina fez uma careta. — Eu gostava mais de quando ficávamos em classe...

— É ridículo! — Beor jogou as mãos para o alto. — Três anos de escola e é isso? Temos muito mais a aprender, mas não, agora é escolher uma função para ocupar na vila e ficar nela até morrer.

— Pelo menos aprendemos a ler. — Nico deu de ombros, tentando fazer o amigo ver o lado positivo.

— Eu sei ler desde os cinco anos.

— Mas você não é todo mundo — Naomi o cutucou. — Sem contar que só começamos ano que vem como aprendizes, o que ainda faz de nós estudantes.

— Continua sendo horrível — Beor resmungou, revirando os olhos.

— Vocês já sabem o que vão querer fazer? — Nico perguntou, hesitante.

— Deixar a vila é uma opção? — Beor disse de forma dramática.

— Beor! — Naomi bateu nele com o cotovelo.

— Eu tô falando sério! O pai do Nico saiu!

Um silêncio incômodo tomou conta dos três; ninguém falava do pai de Nico, era uma regra implícita em toda a vila. Ele havia deixado o garoto e a mãe muitos anos atrás, partindo sem qualquer explicação. Não falavam dele, mas Beor pensava sobre ele constantemente; mesmo que fosse uma pessoa terrível, havia realizado aquilo que era o seu maior sonho: deixar aquele lugar.

— Não, não está. — Naomi fez uma careta, olhando para ele com os olhos flamejando.

— Desculpa... — Beor coçou a garganta e olhou para o amigo.

— Tudo bem.

— Voltando à pergunta — Naomi disse, mudando o foco do assunto —, não, eu não sei o que fazer.

— Acho que vou me alistar para ser agricultor — Nico respondeu a própria pergunta. — Minha mãe disse que os campos de plantação são lindos, mal posso esperar para conhecer.

— Vamos na segunda, não é? — Beor perguntou.

— Isso — Naomi respondeu. — Ainda temos duas profissões para conhecer, talvez alguma te interesse mais.

— Talvez...

Atravessando uma pequena ponte de madeira, construída em cima de um pedaço de terra que havia afundado, eles adentraram o coração de sua pequena comunidade, a vila de Teith. Após a ponte, o chão já começava a se tornar mais urbano, com muitas partes pavimentadas com pedras, colocadas uma a uma ao longo de vários anos, por pessoas diferentes, e que agora formavam um caminho que guiava as carroças por aquele território. A vila era pequena, porém cheia, com cerca de quatrocentos habitantes. A maioria das casas havia sido construída muito tempo atrás, quando os primeiros se assentaram naquela região. Elas eram feitas de pedras lapidadas e tinham um formato quadrado achatado, com telhados de vigas de madeira.

Os três caminharam em direção ao centro, onde um pequeno chafariz de pedra desativado decorava o local; ele estava seco e tinha heras crescendo até o topo. Beor pensou que era um ótimo reflexo da própria vila, sem utilidade, apenas um fantasma do que um dia havia sido. No topo da pequena construção tinha um martelo, moldado da própria pedra, embaixo do qual estava escrito: o primeiro apego. O menino fez uma careta e desviou o olhar do local. Os apegos sempre lhe davam calafrios.

À medida que eles caminhavam pela rua irregular, diferentes pessoas passavam por eles carregando diferentes objetos, todos enrolados com uma fita azul. Mais e mais apegos. Aquela vila era feita deles. Uma senhora de cujo nome Beor se esquecera — e ele esquecia o nome de muitas pessoas — era um rosto que ele via com frequência em sua casa; e agora caminhava do outro lado da rua com um semblante alegre e leve, agarrando-se firmemente a um pequeno abajur que parecia quebrado. Um homem que passou por eles e os cumprimentou com um movimento de cabeça carregava consigo apenas um par de sapatos pequenos cobertos com a tal fitinha azul, e ele também se agarrava ao objeto.

As crianças observavam a cena bizarra que ainda acontecia à sua frente, com outros adultos que ocasionalmente também passavam por eles carregando objetos.

— Eles devem estar vindo da sua casa, né? — Nico perguntou, sentindo-se envergonhado pelo amigo.

— Sim. — Beor fez uma careta.

— Pelo primeiro apego! A carroça está quase saindo! — Naomi gritou de repente, mudando drasticamente de assunto.

Ela começou a correr puxando os dois amigos pelo braço. No fim do centro comercial ficava a única escola da vila, uma construção de dois andares, mais bela que as outras, com janelas altas e estreitas. Na frente do prédio estava uma grande carroça, já lotada de crianças e com um senhor mal-humorado parado ao lado.

— Tinha que ser vocês — ele resmungou, com os braços cruzados, assim que os três amigos chegaram esbaforidos. — Andem, subam na carroça!

— Sim, Sr. Redmund — Naomi respondeu pelos três e puxou os meninos com ela.

Enquanto subia, Beor sentiu o olhar do professor sobre ele; tinha quase certeza de que o homem o odiava, só não entendia o porquê. Aquela vez em que havia colocado fogo na classe fora inteiramente acidental, e, claro, ele fugia ocasionalmente durante as aulas, tentando passar pelos limites da vila, o que sempre acabava em fracasso e com reuniões entre seus pais e o professor. Ainda assim, achava um exagero.

A carroça estava lotada, não se surpreenderia se quebrasse no meio do caminho.

— Pronto? — o professor rosnou no banco da frente, percebendo que o garoto era o único a ainda estar de pé.

— Só um minutinho. — Ele parou na frente de uma menina de óculos e cabelo curto castanho que o olhava com desdém.

— Lyra, querida. — Beor abriu o maior sorriso, tendo prazer em irritá-la. — Me dá uma licença, vai. — Empurrou para o lado a menina e Eoin, o garoto tímido sentado na outra ponta do banco, e ajeitando o quadril conseguiu se encaixar entre eles.

Ele virou o rosto e sorriu sarcasticamente para o professor.

— Pronto, profe.

A carroça deu um tranco e partiu, movida pelos dois cavalos que eram controlados pelo professor. O destino daquela manhã era a grande fábrica de artífices e ferreiros, onde todos os artesãos da vila trabalhavam juntos. Aquela era uma das quatro áreas em que os alunos poderiam ingressar, tornando-se cidadãos ativos da comunidade. As outras opções eram: a ordem dos sentinelas, que trabalhavam na segurança e infraestrutura da vila, protegendo as fronteiras, garantindo a paz e ocasionalmente sendo a mão de obra para novas construções; os boticários, como eram conhecidos os médicos locais, que trabalhavam tratando dos diferentes males e doenças que constantemente acometiam a população (era o cargo mais seleto e respeitado da comunidade); e os agricultores, cujo trabalho nas plantações garantia alimento para todas as famílias.

Depois de quinze minutos, chegaram até o local. Beor descobriu que o "grande prédio" não era uma só construção, mas três galpões interligados entre si.

As crianças deixaram a carroça, e professor Redmund contou uma por uma, garantindo que estavam todas ali. Eram apenas nove alunos, mas o professor tinha uma memória ruim e um certo trauma dos desaparecimentos de Beor, então sempre gostava de conferir.

— Certo, todos em fila na porta! — ele mandou, apontando para duas colunas da entrada, com belos desenhos esculpidos em volta.

— Professor Redmund. — Um homem de pele negra usando um avental de ferreiro se aproximou, cumprimentando-os. — Sejam bem-vindas, crianças. — Ele acenou para a turma.

Beor fez uma careta; não gostava de ser chamado de criança.

— Eu sou Avav e vou acompanhá-los hoje em toda a excursão. Espero que grandes ferreiros e artesãos possam sair dessa experiência.

— Vamos, vamos. — O professor cutucou as crianças, para que seguissem o mestre.

Eles começaram pelo primeiro galpão, onde grandes forjas haviam sido construídas, com diferentes metais sendo moldados e derretidos.

— Nosso número de ferreiros é um pouco mais limitado porque nossa demanda não é tão grande, sem contar que é uma profissão um pouco mais perigosa e nós não gostamos do perigo, não é mesmo? — Avav soltou um sorriso nervoso. — Então fazemos aqui apenas o necessário: equipamentos para os agricultores, panelas para as casas e instrumentos para os boticários. — Ele apontou para Beor, pegando-o de surpresa. É claro que sabia de seus pais, todos sabiam. O garoto respondeu com um sorriso forçado que mais pareceu uma careta.

— No segundo galpão, à esquerda, temos aqueles que são de fato essenciais para nossa comunidade. — O homem continuou, enquanto os guiava através do corredor aberto que interligava ambas as construções. — Os artífices — falou com orgulho, pois ele próprio estava nesse grupo. — Construímos aqui móveis, mesas, guarda-roupas e os mais variados objetos.

Eles adentraram o galpão e Beor viu diferentes móveis sendo feitos, uma porta de guarda-roupa de um lado, uma cadeira do outro e muitas outras peças soltas que ele não pôde reconhecer. Avav os guiou até o centro do galpão e, assim como Beor, os outros alunos o acompanhavam interessados.

— Alguém poderia me dizer qual seria a maior honra de um artífice? — ele se voltou para eles, com um sorriso.

Naomi levantou a mão.

— Sim?

— Construir uma cama para que alguém tenha onde dormir?

— Não. — Ele soltou um risinho. — É um pensamento admirável, sim, mas não ao que me refiro.

— Eu sei. — Lyra deu um passo à frente, estampando o sorriso arrogante de sempre.

— Diga.

— Ter uma criação sua transformada em um apego.

— Exato! — O homem deu um pulinho de empolgação. — Vejo que alguém tem aprendido com as aulas.

Beor revirou os olhos e sentiu seu estômago embrulhar.

— Ter uma obra de suas mãos — o artífice levantou os braços de forma teatral —, transformada em um apego é a maior honra da vida de um artesão. Influenciar a cura de alguém nos torna tão importantes quanto os boticários. Isso mesmo. — O olhar dele se encontrou com o de Beor novamente, que dessa vez não sorriu. Apenas cruzou os braços, irritado.

— Por isso — o artesão continuou, indicando que os alunos os seguissem —, temos uma sessão inteira em nossa fábrica especializada apenas na criação de possíveis apegos. Objetos delicados e belos o suficiente para no futuro formarem um elo emocional com quem os possuir.

— Pensei que os apegos fossem uma última opção, não algo planejado. — A voz de Beor ecoou do pequeno grupo.

O homem parou o corpo e girou, voltando-se para ele.

— É claro. — O homem forçou um sorriso envaidecido. — Como filho dos boticários, deve saber muito sobre isso. Mas te garanto que o nosso trabalho aqui é tão importante quanto o de seus pais, tudo bem?

— Avav está certo, Beor. — Professor Redmund coçou a garganta, amaldiçoando o garoto por nunca decepcioná-lo, sempre com perguntas inconvenientes na ponta da língua. — Não questionamos o trabalho dos membros de nossa vila.

— Mas vocês têm aqui tantas possibilidades. — O garoto bateu os pés. — Poderiam estar construindo carroças mais avançadas, que atravessassem a floresta de Dorcha! Ou lunetas, como nos livros! Que observassem o céu e nos contassem o que tem além dele. Mas não, preferem construir objetos inúteis, na esperança de que mais pessoas fiquem doentes e os usem como cura.

Os outros alunos da turma ficaram completamente calados, secretamente animados com a emoção de ter alguém enfrentando os adultos, e para isso, em específico, sempre podiam contar com Beor. Ele falava o que pensava, falava o que nenhum dos outros conseguia. Não eram poucos os que o admiravam em segredo.

— Isso não é bom, sabe? Ficar doente. É *péssimo,* na verdade, e não é algo que a gente deva contar como honra.

— Então não concorda com as tradições de mais de trezentos anos da nossa comunidade? — O sorriso do homem desapareceu e ele deu um passo para frente, se aproximando do menino. — As mesmas tradições que nos trouxeram para cá, que nos fizeram encontrar esse abrigo seguro?

— E se eu não concordar? — Beor elevou o queixo, sentindo-se ainda menor a cada momento que o homem se aproximava.

— Beor, para... — O jovem ouviu Naomi sussurrar atrás de si, pegando em seu braço.

— Ah. — Um sorriso malicioso surgiu no rosto de Avav. — Tenho a forma ideal de fazê-lo mudar de ideia. Professor Redmund — ele virou o rosto —, eu estava precisando mesmo de um assistente para o festival dos apegos deste domingo. Cederia o seu aluno?

— Com todo prazer. — O rosto do professor iluminou.

— Está decidido, então. — O artífice fechou os braços. — Espero o jovem aqui amanhã, às nove. Trabalhará sábado e domingo comigo e meus homens.

— Beor, não leve isso para o pessoal, mas você é BURRO? — Naomi deu um tapa no braço do amigo enquanto caminhavam em direção às suas casas, mais tarde naquele dia. — Tem que parar de fazer isso, enfrentar a tudo e a todos! O que acha que os seus pais vão falar?

— E o que queria que eu fizesse? — Ele ergueu os braços. — Que não falasse nada do que eu penso? Ninguém aqui faz as perguntas que eu faço, então ninguém tem as respostas que eu quero.

— E que respostas você esperava? — Naomi perguntou, prestes a perder a paciência.

— Deixa eu ver… — Beor fingiu estar pensando. — O óbvio! Por que nos mudamos para essa vila, de onde viemos?! Quais cidades e talvez *reinos* existem além da floresta?

— Você lê livros demais. — A amiga revirou os olhos.

— E você não lê o suficiente.

— É o quê?

— Parem, vocês dois! — Nico gritou, apaziguando o conflito. — Olhem! — Seus olhos estavam fixos no céu.

— O quê? — Naomi acompanhou o seu olhar, irritada.

— O céu — ele sussurrou. — Está estranho. Faz alguns dias…

— Onde? — Beor indagou; não via nada diferente.

— Ali, aquelas nuvens estão mais escuras.

— Ah, talvez chova um pouco durante a noite, só isso.

— Talvez — Nico balbuciou. Pensou estar passando muito tempo com o amigo e sua mente criativa.

— Bom. — Beor suspirou. — Agora tenho que ir para casa e… — O restante da frase se dissipou no ar assim que um grande estrondo, diferente de tudo com que estavam acostumados, ecoou no céu.

Os amigos se seguraram uns nos outros, apavorados. Beor olhou para cima e se deparou com o céu da mesma forma, tão limpo quanto antes.

O barulho ecoou novamente, fazendo-os pular no lugar; um som grave, como o de duas armas pesadas colidindo.

Uma chuva forte começou a cair no instante seguinte, pegando todos na rua desprevenidos. Ela era fria e áspera e, estranhamente, machucava ao encostar na pele. As chuvas na vila de Teith aconteciam quase sempre na madrugada, e dificilmente eram mais forte do que uma garoa.

— Ai! — Naomi colocou as mãos sob a cabeça, tentando sem sucesso se proteger. Nico prontamente tirou a segunda blusa que usava e a cobriu com ela.

Com o corpo tremendo de frio e espasmos de dor se espalhando pelos membros, Beor levantou o olhar para o céu com dificuldade e estendeu a mão.

— O que é isso? — sussurrou para si mesmo.

Na sua palma caíram duas pedrinhas brancas, que fizeram sua pele arder de dor com o toque. Eram muito mais frias do que as águas do rio Abhain que cercava a vila.

— Isso não é chuva… — murmurou.

Antes que eles pudessem correr para suas casas, a chuva cessou e o sol voltou a brilhar sob suas cabeças, ainda mais quente que antes. As pedrinhas brancas derreteram rapidamente, formando poças de água.

— É… — Beor se virou para Nico, encontrando o rosto do amigo. — Você estava certo. O céu está estranho hoje.

O artefato desaparecido

Cidade livre de Watho

Clarke atravessava apressadamente a rua enquanto suas botas de couro batiam nas poças de água que se formavam no caminho. Chovia pesadamente naquela noite; porém, nem mesmo a tempestade era suficiente para afastar as pessoas das ruas. A cidade estava cheia, as ruas, abarrotadas de pessoas, e diferentes bandeiras com rostos de animais eram penduradas nas casas e pontes.

Músicas podiam ser ouvidas em todas as vielas e esquinas. A pequena cidade de Watho era conhecida por seu festival anual de animais exóticos. Os bichos mais únicos e diferentes, capturados nos arredores, eram expostos numa grande competição para que o animal do ano fosse escolhido.

O guardião havia levado sete dias para chegar até lá, descendo a cavalo pelas veredas e acompanhando o afluente que desaguava no Gaertha, o longo rio que corria em direção aos povos do sul, que não estavam sobre os domínios do poderoso reino de Filenea, ao qual ele servia.

Ele caminhou mal-humorado em meio à multidão, esbarrando em bêbados e guardas que não cumpriam suas funções, amaldiçoando cada um deles em sua mente. "Que povo deplorável", pensava.

A missão de encontrar o artefato desaparecido agora parecia infinitamente mais difícil. Mal conseguia se localizar no mapa que segurava em suas mãos, agora já encharcado, quanto mais identificar uma ilusão no meio daquilo tudo.

"Lembre-se da primeira regra, Clarke." A voz de Akela, sua ardo, ecoou em sua mente, trazendo à superfície memórias antigas, de seus primeiros dias de treinamento.

"Alnuhium não é só uma língua, é a matéria que a tudo constitui. A natureza está submetida a ela, assim como a própria realidade e assim como nós. Portanto, deixe que ela o guie."

O guardião respirou fundo, o peso da missão pressionando seu peito; não podia falhar, não falharia. Ele caminhou diligentemente por entre as barracas, bandeiras e pessoas até sair em uma viela desocupada, com a iluminação falhando e apenas um homem vomitando na calçada. Suas pistas acabavam ali, ninguém tinha a localização exata de onde o ardo havia se estabelecido, apenas que foi naquela cidade e naquela região. Clarke deu mais alguns passos, caminhou até o final da rua e esperou até que estivesse completamente sozinho. O som das bandas e da grande aglomeração agora ecoava à distância.

Olhando em volta, com cuidado ele tirou uma adaga de seu cinto. Era uma adaga diferente de qualquer outra do tipo, o seu cabo e lâmina eram feitos de um mesmo material, de tom dourado, como um ouro envelhecido, e sua ponta não parecia ser afiada o suficiente para ferir alguém, mas esse não era mesmo o seu objetivo. A adaga era um catalisador, todo turdo formado na Ordem possuía uma exatamente igual, e era essa arma que permitia que Clarke e qualquer outro guardião conjurassem comandos de um idioma que não lhes pertencia.

Ele jogou a capa para trás e se ajoelhou, tocando com a mão o chão de pedra, sentindo a vibração da terra.

— *En anith*[1] — pronunciou com os lábios cerrados, vendo fagulhas douradas brilharem de leve na ponta da adaga —, *valithry*.

Clarke proferiu esta última palavra com mais dificuldade, sentindo uma pontada de dor em seu peito, e fincou a adaga com força no vão entre uma pedra e outra. Alnuhium não era feito para humanos. Sempre cobrava um preço.

Ele observou uma onda translúcida, quase imperceptível a olhos comuns, se formar a partir da adaga e varreu toda a rua, clareando instantaneamente coisas que estavam ocultas para ele. Tudo estava tão claro e tão vibrante que quase lhe pareceu estar de dia, nas primeiras horas da manhã. Havia usado um comando específico, um que revelava tudo que estava oculto, na esperança de encontrar alguma pista do ardo desaparecido. Porém, tudo o que viu foram ratos que antes a escuridão lhe escondia.

Uma nova fagulha brilhou à sua frente, mas logo se dissipou no ar. Clarke soprou exatamente na direção em

[1] Palavra em alnuhium que se refere à manipulação do ar em volta.

que havia pronunciado as palavras, torcendo para que agora o vento fizesse o seu trabalho. Ele esperou alguns instantes e então começou a caminhar, os olhos percorrendo cada fresta, cada janela, cada detalhe da rua, em busca de uma falha, algo que não estivesse no devido lugar.

Depois de alguns minutos sem sucesso, sentiu-se frustrado. Talvez não fosse aquela rua. Ele girou nos calcanhares e começou a fazer o caminho de volta, determinado a não perder nenhum detalhe. O homem que antes vomitava na entrada passou cambaleando por ele, com a roupa toda suja. Clarke fez uma careta e desviou o olhar.

As construções na rua eram todas simétricas: casas de dois andares, feitas de rochas escuras lapidadas há muito tempo, janelas estreitas, muros curtos que separavam uma casa da outra e portões de ferro que cobriam toda a parte da frente. Uma tinha as janelas abertas e uma luz alaranjada saía de dentro, outra, com um portão que parecia prestes a cair, e uma árvore seca crescia em um jardim. Lixos e garrafas se acumulavam na calçada, e à entrada mais um homem estava vomitando no meio-fio, no mesmo local do anterior. Ou seria o mesmo?

Clarke parou de repente, travando os pés no chão. O homem que vomitava tinha acabado de passar por ele, isso tinha certeza. Um sorriso astuto nasceu em seus lábios. Havia encontrado a falha. Ele se aproximou daquela figura, que repetia a mesma ação incansavelmente. Um ser humano de verdade já teria morrido. Caminhou até ele, e assim que passou pela figura, atravessando-a como poeira, soube que tinha encontrado sua ilusão. Ela repetia os mesmos movimentos na rua, para aparentar normalidade.

Clarke levantou o olhar e fitou a construção à sua frente, uma casa com a mesma arquitetura das outras, com todas as janelas fechadas e nenhum sinal de que estava habitada. Ele retirou sua adaga do cinto e com ela quebrou a trava do portão de ferro. As portas se abriram com um baque e ele adentrou a construção. Estava em um jardim, com um caminho de pedras que se seguia até a entrada da casa. Seguiu por ele, observando as belas plantas que cresciam por todos os cantos, espécies atípicas de Filenea. No momento em que chegou à porta, ela já rangeu e se abriu sozinha, fazendo os pelos do seu braço arrepiarem. Estava sendo recebido, fosse lá por quem. Ele respirou fundo e adentrou o cômodo, com sua adaga posicionada em suas mãos. Se esse artefato tinha sido capaz de criar uma ilusão daquela proporção para esconder a si próprio, não conseguiria imaginar o que ele não seria capaz de fazer.

Tudo estava escuro e silencioso, e o som de seus passos abafados no carpete era tudo o que escutava enquanto passava por uma sala repleta de estantes e livros que não acabavam mais, espalhados pela mesa e pelo chão. A lareira se acendeu, o fogo crepitando e iluminando todo o lugar. Ele apertou a mão trêmula na adaga e lutou para domar o seu próprio coração; não era hora de ter medo.

— Um sensitivo. — A voz de um homem ecoou atrás de Clarke, e ele se virou em um pulo. — Então foi assim que nos encontraram.

A figura a sua frente era a de um homem idoso de pele negra e olhos escuros e profundos; seus cabelos brancos estavam trançados em dreads, e em volta do seu corpo havia uma aura dourada, indicando que talvez a imagem não fosse totalmente real.

— O que aconteceu aqui? — Clarke sussurrou, dando um passo para trás.

— A quem você serve? — o homem retrucou, o seu olhar se tornando ameaçador.

— À Ordem de Famradh. O grande Sol. — Clarke levantou os braços. — Sou turdo Clarke Moynihan e estou aqui por ordem do Conselho dos Três, para recuperar o artefato que eles confiaram a você muitos anos atrás.

Ele levantou a manga da blusa, mostrando a tatuagem da Ordem em seu braço, comprovando a veracidade da sua informação.

— Mas por quê? Estamos bem aqui, estamos seguros — o homem balbuciou, quase ofendido. — Não iremos, nós não vamos deixar este lugar. Nunca. Estamos bem aqui, estamos muito bem.

Clarke cerrou os olhos, a voz quase metálica não condizia com a imagem do homem à sua frente; era como se o artefato estivesse falando através dele.

— Ardo Thornhold, acredito que o artefato confiado a você esteja te controlando. — Hesitante, ele se aproximou do homem. — Precisa tomar o controle de volta e entregá-lo a mim. Estamos ambos sob a autoridade do Conselho e essa foi a ordem dada.

— Não! — o homem vociferou, dando um passo para trás. — Eu não respondo ao Conselho dos Três, sou muito mais antigo do que eles — o homem exclamou, os olhos fumegando. — Ele está seguro aqui, ambos estamos. Essa é a minha missão e eu a cumpri — ele continuou, dessa vez com sobriedade, a voz soando um pouco mais humana.

— Exato, e agora ela termina. Pode descansar e retornar comigo a Filenea para novas ordens. — Clarke balançou a cabeça, tentando parecer encorajador. — Não seria bom? Voltar para casa?

Uma risada amarga saiu da garganta do homem, que abaixou o olhar.

— Para um sensitivo, você ainda não é tão bom em identificar ilusões. — A voz do homem saiu magoada, ferida e, pela primeira vez, soou totalmente humana.

— O quê?

O senhor balançou a mão e Clarke viu o corpo dele desaparecer, tornando-se partículas brilhosas. Todo o véu da ilusão em volta começou a cair, revelando um cômodo muito mais sombrio e abandonado do que o anterior. As estantes estavam quebradas e desorganizadas, os livros estavam mofados e jogados por todos os cantos, um odor muito forte tomou o lugar e havia excrementos no carpete. O guardião tampou o nariz, contendo a vontade de vomitar.

Ele olhou em volta, confuso, e encontrou uma figura esquelética encostada ao lado da lareira, sem qualquer cabelo e com todo o corpo definhando.

— Aqui... — O homem acenou para ele, com a voz falha.

Um nó cresceu no estômago do guardião assim que ele se aproximou e se ajoelhou ao lado da criatura.

— O que aconteceu? — balbuciou, não conseguindo manter o contato visual com o homem, era deplorável demais.

— Descobri tarde demais que o artefato que me foi confiado... reage aos ciclos da nossa terra. — Thornhold parou, o peito arfando, parecendo ter dificuldade em respirar. — E nos últimos meses ele se tornou instável, incontrolável e incompreensível... É um presságio para algo ruim, turdo… algo diferente de tudo, que nem a nossa geração nem as anteriores presenciaram.

— Foi por isso que o artefato se escondeu?

— Sim, inimigos estão à procura dele… nesse exato momento e não vão parar. — Depois de recuperar o fôlego, continuou. — O que tenho aqui pode determinar o rumo dos próximos dias, das próximas eras… É por isso que deve permanecer escondido.

— À custa da sua vida? Isso está claramente te matando!

— Ele não é ruim, o artefato. Fez apenas o que precisou ser feito — explicou com uma voz fraca, quase inaudível. — Está usando minha força vital para manter a ilusão forte e impenetrável.

— Mas eu a detectei, eu encontrei vocês. Ela até se desfez sozinha no final!

— Fato… — O homem suspirou, a vida se esvaindo. — Talvez… apenas talvez, não seja a Ordem que esteja guiando seus caminhos… mas sim as próprias estrelas — retomou, após uma breve pausa. — Talvez elas quisessem que você nos encontrasse, mesmo que este não fosse o desejo de meu artefato… Ele não pode lutar contra elas, afinal.

Clarke sentiu um arrepio percorrer o seu corpo e o coração esquentar dentro do seu peito.

— Outros vieram te procurar? Onde estão?

— Eles nunca me encontraram. Retornaram fracassados, provavelmente… Até esse momento ninguém havia penetrado a ilusão.

Clarke piscou, confuso. Havia usado o alnuhium, mas seu comando para revelar o que estava oculto não havia exatamente funcionado. Ainda assim estava ali, havia encontrado-no, mas não se sentia exatamente orgulhoso, porque tudo ainda estava confuso e sentia que de alguma forma o crédito não era seu.

— Entregará para mim, então? O artefato.

O homem fechou os olhos, ponderando, a fraqueza transparecendo em seu semblante esquelético.

— Tudo bem. — Ele suspirou. — Tornou-se um fardo muito pesado para mim, de qualquer forma.

O homem abaixou o olhar e Clarke percebeu que sua mão direita repousava sobre uma caixa de ferro, um pouco maior que um palmo de altura.

— É ele?

— Não. O artefato está dentro e, não importa o que acontecer... não encoste nele. Já vi homens morrendo simplesmente por tocá-lo... Por isso a caixa.

— Certo. — Clarke engoliu em seco e aproximou sua mão da mão do homem, que passou para ele o item.

— Espere — o homem hesitou, as mãos ainda segurando firmemente o objeto. — Assim que tirá-lo de mim, o resto de vida que tenho será levado junto. — Ele deu uma pequena risada. — Que interessante, nunca pensei que morreria assim.

Clarke relaxou a mão sobre a do homem, a urgência o deixando por alguns segundos; desejava que assistir uma morte não fizesse parte da missão.

— Eu sinto muito. — Foi tudo o que conseguiu falar. — Espero que tenha valido a pena sua vida até aqui. — Engoliu em seco, vendo aquele comentário voltando para si mesmo.

— Eu não me arrependo de muito, só de ter vivido sozinho. — Ao dizer isso, o ardo ergueu sua mão, que logo caiu fraca no chão.

Um pavor se instalou no peito do guardião ao ver o homem definhando diante de si. Seus olhos piscavam, lutando para ficar ali por alguns segundos a mais, e ele começou a tossir, engasgando com o ar que faltava.

— Vá — ele balbuciou. — Vá agora.

Clarke puxou a caixa e se afastou, sentindo o peso do artefato em seu braço. Naquele momento, com os olhos arregalados e o coração pesado, ele soube: era seu fardo agora.

— Seu sacrifício não será em vão. Levarei o artefato em segurança até Filenea, eu prometo — reafirmou para o homem, cuja vida já havia começado a deixar aquela terra.

— Não. Ele é quem te levará para onde deve ir... Para onde as estrelas estão o chaman...

— O quê? — Clarke sussurrou, mas já não havia vida no corpo para respondê-lo. Os olhos do homem se fecharam e sua alma não mais habitava aquele mundo.

Um barulho de chuva forte veio de fora da janela, anunciando uma tempestade inesperada que começou a varrer as ruas da cidade com rajadas de vento e relâmpagos. Em meio à escuridão da construção abandonada, com feixes de luz dos relâmpagos entrando pela janela, Clarke observou por alguns minutos o corpo do ardo que havia vivido e morrido sozinho, enquanto presenciava os últimos momentos de paz da sua terra antes de a verdadeira tempestade começar.

O hospital do medo

Beor desbravava as ruas já conhecidas, caminhando lentamente até chegar na última casa da vila, a sua. Ele ainda tinha as mãos úmidas pela chuva que havia caído e estava tão assustado quanto qualquer outro morador que a tinha presenciado, mas um pavor ainda maior crescia em seu peito: o de ter que trabalhar por todo o final de semana no festival dos apegos.

Ele se aproximou da entrada da casa onde havia nascido e crescido; dividida em três andares, era feita de pedras que haviam sido lapidadas muitas gerações atrás, com janelas largas e longas, garantindo que uma boa quantidade de sol sempre banhasse seus cômodos e saguões. Ela era, indiscutivelmente, a construção mais antiga e mais importante de toda a comunidade. A sua localização era peculiar: perto demais da floresta de Dorcha, alguns diziam. Mas isso apenas fortalecia a atmosfera mística da habitação, que era a base boticária da vila. Boticário era apenas um outro nome que aquelas pessoas aprenderam a dar para o que seria um médico, ou pelo menos alguém que exercesse serviços parecidos. Ser um boticário era a posição de maior respeito, maior até mesmo do que o de um interino, o chefe responsável pela comunidade. Isso porque aquele povo era incrivelmente doente. Em nenhuma outra cidade ou vila daquela terra havia pessoas tão doentes como em Teith.

Beor entrou pela porta aberta e se deparou com uma pequena fila que se formava na entrada. Eram todos pacientes. Ele se esgueirou por entre as pessoas sem cumprimentá-las, seguindo o seu caminho para dentro da construção que se abria em um saguão com diferentes sofás e mesas, uma grande cozinha na lateral, alguns cômodos para internação e consultas, e uma longa escada de madeira que levava para o segundo andar, onde ficava propriamente a residência do garoto, seu quarto e o de seus pais. De fato, não eram muitas crianças que tinham como casa um hospital. Os pais de Beor eram os boticários-chefe, e aquela moradia havia vindo com o título, já que a norma declarava que quem assumisse o cargo deveria se mudar para a mansão.

Beor caminhou determinado na direção do consultório dos pais, na esperança de convencê-los da grande injustiça que havia sido feita contra ele, porém algo o parou: um aroma vindo da cozinha. Era um cheiro diferente, mas completamente familiar para ele. Virou o rosto com um sorriso nascendo nos lábios; sua missão poderia esperar alguns minutos. Adentrou curioso o ambiente e silenciosamente furtou uma porção de biscoitos que estavam dando sopa em uma bandeja sobre a mesa daquele cômodo largo e com um grande forno. Saiu rapidamente, antes que fosse pego, com um biscoito na boca e os outros no bolso.

Ele passou pela frente da escada e chegou até o consultório de seus pais, localizado no fim do primeiro andar. Parada diante da porta estava Isabel, uma garota apenas alguns anos mais velha que ele, aprendiz dos pais dele. Ela cruzou os braços ao vê-lo, demonstrando irritação.

No instante seguinte, a porta do consultório foi aberta e um senhor de cabelos grisalhos saiu por ela. O olhar de Beor encontrou o de Isabel, e antes que ela pudesse protestar ou impedi-lo, ele correu até a porta e passou por baixo do braço do paciente.

— Ei! — a menina gritou do lado de fora. — Tem gente na fila... — resmungou, sem ser ouvida.

Beor entrou no consultório. Era um quarto bem iluminado pelas janelas que estavam abertas, com duas grandes estantes de livros, uma em cada parede, uma bela cortina de tom verde, uma cômoda com alguns frascos perto da janela e uma grande mesa de madeira no centro, onde seus pais estavam sentados lado a lado. Aquele seria um dia cheio para os dois, pois, além dos quatro idosos na porta, havia diversos outros pacientes ocupando os cômodos daquele andar. Eram todos adultos que carregavam em seus braços algum tipo de objeto.

Kira e Tristan tinham a mesma idade, 39 anos, e haviam se conhecido quando eram aprendizes do boticário-chefe anterior. Eles se casaram e então tiveram Beor. Kira tinha a pele clara, era alta e tinha longos cabelos loiros, iguais aos de Beor. Tristan também era alto, porém tinha cabelo escuro e encaracolado. Os dois esboçaram um grande sorriso ao verem o filho surgir pela porta com rapidez.

— Beor! — Kira deu uma risada, sendo pega de surpresa. — Boa tarde, querido.

— Posso falar com vocês? — Beor franziu as sobrancelhas e cerrou os olhos de forma aflita e exagerada.

Isabel veio em seu encalço, olhando para o garoto.

— Me desculpe, senhora Kira — ela começou, irritada.

— Isabel, Beor é nosso filho. Ele sempre pode entrar. Diga para o próximo paciente esperar. — ela pegou seu relógio de bolso. — Uns dez minutos. — E se virou para Beor: — É suficiente, querido?

— Acho que sim... — Ele deu de ombros. "Por que os adultos tinham de contar tanto o tempo?"

— Tudo bem. — A garota fechou a cara e saiu do consultório, encostando a porta.

— E então, o que aconteceu? — A mãe sorriu e ajeitou o corpo na cadeira.

— Bom... — O garoto fitou o chão, ponderando suas próximas palavras. — Aconteceu um erro, gravíssimo.

— Pelo primeiro apego, Beor, o que foi? — falou Tristan. — Venha, sente-se aqui. — Ele apontou para a cadeira do paciente, do outro lado da mesa.

Beor se aproximou e se sentou de uma vez, olhando firme nos olhos dos pais.

— Tivemos uma excursão hoje — disse ele, ficando em silêncio logo em seguida.

— Sim! E como foi? Estou ansiosa para saber — Kira perguntou, esperançosa.

— Bom, fomos até a fábrica dos artífices e eu achei que seria bom, achei mesmo, mas foi absolutamente horrível. — Ele jogou as mãos para o alto, revirando os olhos.

O pai segurou o riso.

— Por que, Beor?

— Eles são... — As palavras certas não vieram à mente. — Eles criam apegos, gente, apegos! Não é que eles sejam uma das possíveis soluções para as doenças, para eles é quase um orgulho próprio. O de ter criado uma peça que pode virar um apego.

— Mas, Beor, sabe que os apegos são parte importante da nossa comunidade, é normal que sejam respeitados por todos.

— Mas não é certo, mãe. Ser normal não significa que seja certo.

Há muitos anos o poder terapêutico dos apegos havia sido descoberto. Com um povo que sempre estava doente e uma medicina não muito avançada, uma superstição se mostrou eficaz: objetos que tinham um grande valor emocional poderiam restaurar de forma significativa sintomas mais severos de doenças pouco conhecidas pelos boticários. Pressão na cabeça, palpitação acelerada, dores fortes que se espalhavam por todo o corpo e marcas roxas que surgiam do nada. Oito em cada dez pessoas na vila sofriam daqueles sintomas, fruto da doença que haviam herdado de seus antepassados e talvez a doença mais antiga de toda aquela terra: a doença do medo. Os apegos eram um totem de segurança e conforto para quem os possuía; eles podiam ser objetos de grande valor afetivo, que haviam herdado ou até que estivessem ligados a eventos traumáticos que tinham desencadeado sintomas mais fortes, sendo assim os únicos que poderiam recuperar a saúde do corpo novamente.

Kira soltou uma risada debochada, irritada com a afronta do filho.

— Não é certo ajudar as pessoas, encontrar uma fonte para cura?

— Não! — Beor grunhiu. — Não é certo ficar aqui, preso, escondido nessa vila minúscula, alimentando medos e comemorando doenças como se fossem algo bom! — ele despejou tudo de uma vez. — Não é… vocês deveriam saber disso, melhor do que qualquer pessoa.

— Não é mesmo, querido. — Kira suavizou a voz e o olhar. — Por isso estamos aqui, por isso exercemos nossa função, somos os boticários, cuidamos de cada morador, com ou sem apego, da melhor maneira que conseguimos.

Para uma criança de treze anos como Beor, que havia milagrosamente nascido sem a doença do medo, aquilo tudo era muito estranho e incompreensível, o que de certa forma aumentava o seu orgulho, fazendo-o crer que ele era o único normal em toda aquela comunidade. E assim ele perdia o interesse pelas pessoas de pouco em pouco.

— Eu sei, mas eu não quero participar. — Beor cruzou os braços.

— Do quê? — O pai franziu as sobrancelhas.

— Do festival de apegos. Querem que eu trabalhe amanhã e domingo como voluntário no festival! Conseguem pensar em uma tortura maior?

— E quem disse isso?

— O profe Redmund. Disse que foi uma punição por… — Parou de falar de repente, arregalando os olhos e percebendo que tinha entregado demais.

— Por…? — A voz de Kira soou aborrecida, como se já previsse isso.

— Não foi nada demais. Eu só não concordei com algumas coisas. — Beor deu de ombros.

— De novo, filho? — O pai o censurou. — Toda semana é isso. Sabe quantas vezes já ouvimos reclamações sobre você?

Beor abaixou o olhar; não se importava com a opinião de quase ninguém naquela vila, mas nunca era uma sensação boa saber que falavam mal de você.

— Não sei, não me importo — resmungou, com orgulho.

— Mas deveria, Beor. Já está na hora de se importar com algo além de você e de suas ideias de aventuras. Algo que seja palpável, aqui e agora — sua mãe falou.

— E a escola é para isso. — Tristan se apoiou na mesa, tomado por um semblante encorajador. — Eu também não sabia de muita coisa quando tinha a sua idade e gostava da vila tão pouco quanto você. Porém, quando nas minhas excursões conheci a mansão e o trabalho dos boticários, algo mudou, me apaixonei pela ideia de cuidar das pessoas, encontrei o meu lugar na vila.

— E fora dela? — o menino ousou perguntar. — Por que não existe essa opção?

A mãe revirou os olhos e colocou a mão sobre a testa; já perdera a conta de quantas vezes tiveram essa mesma conversa.

— Pela última vez, porque aqui estamos seguros! Não deixamos a vila porque não precisamos, temos tudo o que é necessário aqui.

— Mas… não é sobre necessidade, é sobre exploração. — Ele fechou os olhos, já se arrependendo de dizer aquilo. Sua fala havia saído muito menos convincente e mais infantil do que queria. — Se há mais além da floresta, por que não ir atrás? — Ele decidiu continuar. — Os nossos ancestrais, por exemplo, não sabemos muito sobre eles, certo? De onde eles podem ter vindo? De quem poderiam estar fugindo?

Kira soltou um risinho de nervoso. A criatividade do filho a surpreendia e assustava ao mesmo tempo.

— Beor, sabe o que existe além da floresta? Pessoas. Não há nada de muito interessante nisso, já temos muitas delas aqui.

— Nós apreciamos sua criatividade, filho, mesmo, e por muitos anos até a encorajamos, mas isso tem que parar. — O pai o olhou com bondade, na esperança de fazê-lo entender. — Não deve perder muito tempo com isso, está na hora de crescer e se adequar à nossa sociedade. Aproveitar ao máximo esse último ano escolar e escolher com sabedoria em qual área vai atuar. Servindo aqueles que te serviram e devolvendo para a terra aquilo que ela nos deu.

Beor balançou a cabeça em negativa, irritado.

— Não. — Ele engoliu em seco, cerrando os lábios. — Não é suficiente para mim, nada disso. Três anos escolares, professores que não sabem de nada e um futuro que não é nada, nada como nos livros — respondeu, ferido e frustrado.

— A vida não é como nos livros — Kira falou, séria.

— Mas deveria ser.

— Vai trabalhar no festival dos apegos, está decidido. — A mãe olhou para o marido, checando se ele concordava com a decisão. — Fará bem para você.

— O quê? — Beor arregalou os olhos, assustado, e se levantou da cadeira. — Não! Eu não quero, mãe, vocês não podem fazer isso.

— Mas você vai. — Kira elevou a voz e se levantou da própria cadeira, decidida e furiosa.

Beor deu um passo para trás, assustado.

— Você vai trabalhar e vai tirar essas histórias da sua cabeça. Você vai crescer, mesmo que seja à força — Kira gritou, percebendo quão alta estava sua voz.

Um silêncio se apossou do cômodo e Beor fechou os olhos, sentindo uma grande raiva crescer em seu peito. Seus pais nunca o entendiam, ninguém naquela vila bizarra o entendia.

— Beor — Kira o chamou, com a voz mansa, não mais gritando. — Tudo o que fazemos aqui é importante. Você entende isso? E... — Ela colocou as mãos na cabeça, frustrada. — tudo o que fazemos aqui é por você. E só por você.

Beor, que não olhava para ela, apenas balançou a cabeça.

— Eu te amo, mas não te entendo — ela admitiu, com dor. — Não entendo o que passa na sua mente. Sempre te incentivei a ler e aprecio a sua criatividade, mas eu preciso saber, preciso ter certeza de que você vai crescer, de que vai amadurecer e assumir suas responsabilidades na vila. Ninguém pode ser criança para sempre, Beor. Nem mesmo você.

A noite chegou e Beor havia passado o dia inteiro no seu quarto, saindo o mínimo possível e calculando em sua mente o tempo que levaria e os caminhos mais propícios para não encontrar os seus pais. Como era a rotina de todas as suas noites, ele estava sentado no telhado da casa, observando as estrelas. Ele possuía uma fixação por elas que mal podia explicar. Se pudesse colocar em palavras, era apenas a certeza de que, de alguma forma, elas o chamavam. Ele as observava, sentindo seus olhos encherem de lágrimas, consumidos por tanta beleza. Beor não chorava por pessoas, mas ele secretamente chorava pelas estrelas. Elas eram a prova de que havia mais, mais a se viver, a se descobrir, mais do que apenas a vida naquela vila. Elas eram distantes, tão distantes e inalcançáveis, mas ao mesmo tempo tão próximas, que em algumas noites em especial ele sentia que quase podia alcançá-las. Se perguntava se elas eram tochas de fogo muito grandes, talvez em outras terras, ou se eram pessoas e, talvez, tivessem suas próprias mentes e personalidades.

Ele balançou a cabeça, vendo que sua imaginação havia tomado conta mais uma vez.

"Seja racional", repreendeu a si mesmo.

Naquele momento, ouviu um barulho de porta abrindo dentro do seu quarto e virou o corpo num impulso. Era seu pai. Ele entrou lentamente, procurando pelo garoto, até encontrá-lo do lado de fora da janela.

— Ah, você está aí! — ele exclamou, caminhando pelo quarto.

Beor não falou nada, apenas esboçou um sorriso sem vida, minimamente de respeito. Não sabia o que esperar daquela conversa, seja lá o que ela fosse, mas provavelmente seria chamado à atenção novamente.

Tristan caminhou até a janela e tentou subir nela, mas não conseguiu, o que fez o filho rir baixinho. Desistindo, ele se apoiou no peitoril, há um metro de distância do filho no telhado.

Eles ficaram parados ali por alguns instantes, um olhando para o outro, sem dizer qualquer palavra.

— Como você está? — Tristan perguntou, finalmente, quebrando o silêncio.

Beor balançou os ombros, como um sinal de que ele não sabia, ou não achava que tinha muita importância.

— Nós só queremos que você cresça, Beor — Tristan falou mais seriamente. — E precisamos ver isso em você, essa mudança, essa maturidade.

— Mas eu ainda não sou adulto, pai, só tenho treze anos.

— É, mas também não é mais uma criança.

A resposta o atingiu como um baque. Isso era algo que de certa forma ele ainda não havia percebido. Ele começava a sentir os ossos do seu corpo doendo, e sua voz agora saía diferente. Sua curiosidade havia crescido, como também a sua insatisfação. Talvez ele realmente não fosse mais criança. Mesmo desejando ser adulto por diversos momentos, por acreditar que isso seria sinônimo de liberdade e aventura, sentir os sintomas do crescimento era estranho e incômodo.

— Ser adulto nessa vila não significa deixar de sonhar ou ter imaginação. — Tristan fechou os olhos, tentando explicar de uma forma que o filho entendesse. — Significa entender o seu papel na nossa comunidade e respeitar e honrar o papel dos outros. É o que faz toda a diferença e o que faz de nós quem nós somos. — Ele olhava para o garoto, tentando encontrar em sua feição um sinal de compreensão. Porém, Beor conseguia ser indecifrável quando queria, principalmente quando o assunto eram temas que não lhe interessavam.

— Você entende, Beor?

— Sim... — Ele balançou a cabeça de forma desanimada, sem expressão. Respondeu da boca para fora, porque sabia que, na verdade, quem não entendia nada eram seus pais.

Tristan respirou fundo, frustrado e com o sentimento de que havia perdido a batalha de se comunicar com o filho.

— E o que você estava fazendo aqui? — Ele mudou de assunto, na esperança de que a versão tagarela do garoto voltasse.

Beor recuperou a postura e virou o rosto em direção à floresta, olhando para o céu.

— Eu estava vendo as estrelas e... — Ele parou.

— E...? — Tristan insistiu, fazendo um segundo esforço para passar as pernas pela janela. Ele conseguiu e comemorou silenciosamente, caminhando até o filho e sentando-se ao seu lado.

O movimento surpreendeu Beor, mas foi uma boa surpresa.

— E... — ele continuou — imaginando quem elas são e onde vivem.

Tristan soltou uma risada.

— Sim... — ele falou, se sentindo puxado para uma antiga memória. — Quando eu era pequeno, minha mãe costumava me contar histórias sobre as estrelas.

Os olhos de Beor brilharam e ele se virou para o pai, igualmente curioso e ofendido, como se algo tivesse sido escondido dele.

— E por que vocês nunca me contaram?!

— Porque eu e sua mãe nunca acreditamos em folclores e histórias mitológicas. Só acreditamos naquilo que podemos ver e entender, é claro. Somos boticários, afinal.

— Claro. — Os ombros do garoto caíram.

— Mas eram histórias interessantes, eu admito — Tristan continuou instigando-o.

O garoto pulou ao seu lado.

— Então me conta!

— Tá bom. — Tristan sorriu. — Sabe aquelas três estrelas ali? — Ele apontou para três estrelas que estavam uma ao lado da outra.

— Sim! — Beor exclamou. — Elas nunca deixam o céu. Nunquinha. Todas as outras estrelas mudam de posição, ou desaparecem de vez em quando, mas nunca aquelas três.

— Sim, isso é porque elas são especiais. Minha mãe contava que elas são as guardiãs da Terra que há de vir, por isso estão sempre de vigia no portão, para receber as pessoas que estão chegando.

— E o que é a Terra que há de vir? — Beor perguntou, curioso e interessado.

— De acordo com a minha mãe, é para onde as pessoas vão quando morrem. Por ser uma terra muito distante e acima de nós, conseguimos ver apenas o brilho delas, um pequeno reflexo da vida que agora elas estão vivendo.

— Uau! — Beor exclamou, deitando-se para trás no tijolo, para conseguir observar melhor o céu.

Um sorriso se abriu no rosto de Tristan. Não era sempre que ele conseguia se conectar com o filho; eram tão diferentes, mas, em momentos como aquele, ele conseguia se ver um pouco no garoto e até se lembrar por alguns instantes de que ele também havia sido criança. No entanto, esses momentos eram curtos.

— Isso tudo são histórias, é claro. — Tristan se ajeitou, sentando com a coluna ereta. — Eu preciso ir agora.

Ele observou o garoto, que ainda fitava o céu, se levantou cuidadosamente e andou até a janela. No momento em que atravessou para dentro do quarto, Beor o chamou do lado de fora.

— Pai, eu só não queria ter a mesma vida que todo mundo aqui. Isso é muito ruim?

Tristan soltou uma pequena risada.

— Olha, vou ser muito sincero com você agora: sei que você é diferente e não acho isso ruim.

O olhar de Beor brilhou, um lampejo de esperança.

— Você é determinado. Enquanto as crianças da sua idade não se importam com nada, você já quer desbravar tudo o que existe além de Dorcha e conhecer novas terras.

Beor riu; aquilo era verdade.

— Mas, se mora em um lugar, tem que se adaptar às regras dele. É assim aqui na vila ou em qualquer outra cidade, tenho certeza. Tem que se empenhar na escola, trabalhar como aprendiz ano que vem e nos anos seguintes, e então, quando for adulto, poderá escolher o seu futuro, assim como o seu destino.

Em sua maior tentativa de ser encorajador, seu pai ainda era realista.

— Acha mesmo?

— É claro. Você escolhe a sua vida, Beor. Escolhe quem quer ser e como decide viver. Se, de acordo com a minha mãe, as estrelas nos deram alguma coisa, é o dom da escolha. Ele está prestes a ser muito importante para você. Use-o bem.

— Certo. — Beor respirou fundo, determinado.

— Boa noite, Beor. — Tristan sorriu para ele.

— Boa noite, pai.

Beor permaneceu por mais de uma hora sentado no telhado depois que seu pai o deixou. Ele revezava entre tirar pequenos cochilos e tentar encontrar novas estrelas que não estavam ali antes. Ele também não sabia se acreditava na história de sua avó, mas naquela noite teve a sensação de que as estrelas eram pessoas e que, de alguma forma, elas o observavam. E isso o fez se sentir seguro.

Depois de algumas horas, o garoto decidiu entrar no quarto, mas, quando estava atravessando o batente da janela, algo o parou. Ele ouviu um bater de asas atrás de si e se virou assustado.

Uma criatura que ele não conseguiu identificar pousou com dificuldade nas telhas. Deveria ser um pássaro, mas não se parecia nada com um. Impelido pela curiosidade, Beor voltou para o telhado e foi se aproximando lentamente.

— Oi, amigo... — ele sussurrou.

Era a criatura mais bizarra que já havia visto em sua vida. Era um pássaro (agora que Beor estava mais perto, tinha certeza disso), mas ele tinha quatro asas em vez de duas, penas brancas e um longo bico. Era também maior do que os pássaros daquela região e parecia estar ferido.

— Você não é daqui, não é mesmo? — o garoto deu mais um passo, caminhando sobre as telhas até o animal.

— Pelas geleiras de Okta, é claro que não — uma voz vinda do pássaro respondeu, para o espanto do garoto.

— Você fala! — Beor exclamou, o olhar se abrindo em maravilhamento. — Eu sabia que animais falavam, eu sempre suspeitei!

— E os animais daqui não falam? — a voz fraca do animal perguntou com superioridade.

— Não que eu saiba, nunca comigo — Beor respondeu com um sorriso, ainda em choque pelo que acontecia.

— Ah, é claro, aqui ainda devem cumprir a estúpida determinação. Criaturas atrasadas. De onde eu venho somos animais livres, fazemos o que quisermos.

— Você está falando, está falando de verdade — Beor balbuciou, com um grande sorriso. — E de onde você vem exatamente? Nunca vi um pássaro com quatro asas.

— Das Terras Invernais, é claro.

— Terras Invernais? — Beor repetiu.

— Maldita águia que me atacou no céu — o pássaro resmungou, sem lhe dar muita atenção, e o garoto percebeu que o animal manchava as telhas com gotas de sangue. — A conversa foi boa, mas preciso partir agora; fui enviado em missão de reconhecimento e devo retornar ao meu senhor antes que eu morra pela minha ferida.

O pássaro bateu as quatro asas com certa dificuldade, e de forma desordenada e cambaleante subiu ao ar, levantando voo novamente.

— Você até parece ser um humano suportável. Eu sinto um pouco, mas não muito.

Beor piscou confuso e acompanhou com o olhar conforme o pássaro subia.

— Sente pelo quê? — o garoto perguntou, hesitante.

— Oh, por tudo que está por vir. — E assim o pássaro ganhou altura e partiu em direção às árvores, desaparecendo entre a noite.

Até aquele momento, o coração de Beor batia forte com alegria, a adrenalina correndo em suas veias, pois finalmente algo de interessante lhe havia acontecido, mas assim que o pássaro mutante desapareceu de sua vista um peso tomou lugar em seu peito. O que ele queria dizer com "tudo que está por vir"? E, pelo primeiro apego, ele realmente havia *falado*?

Beor balançou a cabeça, quase desejando que aquilo tivesse sido apenas um truque de sua mente.

Entrou correndo no quarto, sentindo a noite mais fria do que antes, fechou a janela e se afundou no lençol. Atribuiu a cena estranha ao seu sono, já que havia passado da hora de estar dormindo, e tentou se convencer de que fora tudo fruto da sua imaginação.

Como estava cansado, rapidamente caiu em um sono profundo, sem notar o grande vendaval que fez balançar as janelas durante a madrugada. Ele era ruidoso e violento, varrendo as ruas sem piedade, e se alguém parasse para ouvir com um pouco mais de atenção, diria até que se parecia com milhares de gritos, sussurros farfalhantes, alertando aquela terra para o que estava por vir.

O guardião perdido

Watho ficava no sul das Terras do Sol e, para chegar até lá, Clarke teve de descer pelas veredas até o rio Gaertha, que descia até o grande deserto de Uthana. Para voltar à sua tão amada capital, no extremo norte daquela terra, Clarke decidiu que seria mais seguro se subisse, acompanhando o rio, por dentro das florestas a oeste. O caminho o levaria até o limiar do reino de Astela, de onde ele poderia pegar um cavalo descansado para seguir com mais agilidade rumo a Filenea.

Desde que pegara a Bússola, Clarke era incapaz de adormecer ou de dar ao seu corpo algum descanso, pois estava sendo atormentado, dia e noite, por uma presença incomum, um pesar e um pressentimento de que estava sendo seguido. Ele não tinha tempo a perder. Antes de seguir viagem, ele pensava que a parte mais difícil de sua missão seria encontrar o artefato, mas agora sentia que levá-lo de volta era o verdadeiro desafio.

Buldok era um bom cavalo. Embora fosse da Ordem, estava com ele por algum tempo, e o guardião começava a se sentir apegado ao animal. Ele pressentiu a urgência de seu mestre e não hesitou, ambos partiram em meio ao crepúsculo, com as três estrelas já brilhando reluzentes no céu. Clarke cortou aquele pedaço de terra o mais rápido que pôde, cavalgando tão rápido quanto o vento, e logo se afastou de qualquer assentamento humano.

As horas passaram e a escuridão da noite engoliu cavalo e cavaleiro, mas mesmo assim não pararam.

"Filenea, Filenea", era tudo que o guardião repetia para si mesmo, a força que o mantinha acordado, que mantinha ambos correndo. Naquela velocidade alcançariam os portões de entrada da nação em cinco dias — isso se parassem o mínimo possível. Clarke manteve em mente tudo o que lhe esperava em sua capital: o reconhecimento, o respeito, a restauração de seu papel na Ordem. Estava determinado, nem as próprias estrelas podiam impedi-lo de completar a missão. Ainda assim, seu coração temia. Enquanto isso, o artefato pesava no bolso da capa, confirmando sua presença e chacoalhando com os galopes do cavalo.

De repente, um trovão cortou o céu, solitário e imponente, cegando o guardião por um momento e fazendo a terra tremer. O cavalo se assustou e travou no chão, forçando o homem a se segurar para não cair.

— Buldok, está tudo bem, está tudo bem. — Ele passou as mãos trêmulas na crina do cavalo, tentando acalmá-lo. Mas ele também sentia o pavor congelante.

Em um galope o cavalo saiu correndo novamente, porém descontrolado, sem seguir uma linha reta. Clarke puxou as rédeas com toda a força que tinha, tentando colocar o animal na direção certa. Suas mãos ardiam e o corpo gritava de cansaço, com o coração palpitando no peito. Buldok não o obedeceu e, quando um novo relâmpago cortou o céu, ele correu ainda mais desgovernado; as árvores à sua volta se tornaram espessas, impedindo qualquer vislumbre do céu.

Clarke estava tonto e definitivamente perdido.

Os trovões cessaram lentamente, mas o cavalo permanecia agitado; outra coisa o perturbava, e Clarke percebeu que era tarde demais.

Dentre a escuridão das árvores emergiram dois olhos vermelhos, cujo corpo ainda não podia ser visto. O cavalo deu um pulo para trás, jogando seu montador no chão com um baque tão forte que o ar faltou em seu peito; seu primeiro impulso foi de checar o artefato na capa, mas ainda estava ali, dentro do mesmo bolso em que o havia colocado.

Clarke se levantou em um pulo, sentindo todo o corpo protestar, e percebeu que mais olhos vermelhos surgiam na escuridão. Será que procuravam pelo artefato?

— Buldok! — ele gritou para o cavalo e pulou de volta em seu dorso, puxando as cordas com determinação. O animal o obedeceu e voltou a correr em meio às árvores. Clarke não sabia mais onde estava agora, só sabia que não podia ser pego, sob hipótese alguma. Por isso guiou o cavalo escuridão a dentro.

Em fuga, ainda sentia a presença dos animais os acompanhando, suas patas ecoando entre as árvores, suas respirações perto até demais. Em meio ao vento cortando seu rosto, que se tornava cada vez mais gelado, e as batidas apressadas do seu peito, ele teve um vislumbre das três estrelas no céu. As árvores eram mais largas e mais baixas naquela região.

"Não me deixem morrer", ele pediu a elas, em pensamento. "Não me deixem morrer sem cumprir a missão."

Ele continuou correndo, mas seu corpo fraquejou por um instante, e, antes que pudesse reagir, eles foram pegos. A besta saiu de entre as árvores, pulando para cima do cavalo com sua boca aberta, repleta de presas. Clarke caiu para o lado e ouviu grunhidos do cavalo já quase morto.

— Não! — ele berrou desesperado, enquanto lutava para se levantar. Não podia morrer ali, não podia.

Ele se levantou em um pulo e apalpou o cinto em busca de seu catalisador. Empunhou a adaga na mão esquerda, seu peito subia e descia. A besta não estava longe, e ele não tinha muito tempo para pensar em um comando que não o exaurisse por completo. Os seus olhos brilharam assim que a ideia lhe veio à mente. Ele só tinha forças para uma ilusão, e era bom que ela fosse o suficiente. Com um movimento rápido, correu até a árvore mais próxima e a tocou com a adaga, pronunciando as palavras.

— *En anith falathrya hareth treaya*! — gritou com toda a força de seus pulmões, sentindo poder sair pela arma.

De imediato, duas árvores surgiram diante do guardião, copiando a forma da verdadeira, e o esconderam momentaneamente de seus predadores. Clarke aproveitou a distração e voltou a correr, sentindo seu corpo instantaneamente mais fraco. Suas pernas quase não tinham mais estabilidade, e ele continuava a apertar o artefato com força contra o peito. No que havia se metido?

Correu ouvindo o barulho de patas atrás de si. Lágrimas rebeldes rolaram por sua bochecha, ele mordeu o lábio e se forçou a continuar. Iria morrer correndo, mas não iria parar.

Mesmo com sua determinação, ele foi parado. À sua frente surgiu a figura de outra besta, tão grande e assustadora quanto a última. Seus pés travaram no chão, e quando ele virou o corpo para poder correr, outra besta o esperava. Estava cercado. Clarke notou um pequeno vão entre duas árvores e aquele espaço era toda a esperança que lhe tinha restado. Correu até lá sem hesitar, porém, sentiu uma dor agonizante de garras perfurando sua pele e caiu no chão, batendo a testa em um galho, fazendo sangue jorrar pelo seu rosto. Ele se virou e encontrou três grandes criaturas o cercando. Elas tinham a forma de lobos, porém eram três vezes maiores do que qualquer animal daquela espécie, e no lugar de apenas um rabo, havia três caudas que se moviam chacoalhando os galhos. Os olhos das feras eram vermelhos, e à medida que se aproximavam, Clarke notou que onde deveria haver pelos havia camadas de cristais brancos, que cobriam todo o corpo.

Clarke se arrastou pelo chão, fazendo força com as mãos e sentindo sua perna ferida queimar. Seu corpo foi tomado de calafrios quando viu que, a cada passo que as bestas davam, o chão em volta delas mudava. A grama secava e os troncos das árvores mais próximas começavam a mudar de cor, perdendo a tonalidade marrom e viva e se tornando brancos. Tão brancos quanto um céu cheio de nuvens ou a esclera de um olho humano. Um tipo de branco que era desconhecido para ele e para qualquer pessoa daquela terra.

— Não! — ele vociferou, se arrastando mais e mais para trás. — Não pode ser! Ele não pode quebrar o tratado... essas terras não lhe pertencem.

Clarke piscou e por um instante o tempo pareceu parar. Ele se lembrou de Filenea, do primeiro raio de sol pela manhã, das ondas da praia, do calor refrescante, da grande bola de fogo, guardiã e padroeira de sua terra, que iluminava o céu. Não podia perder tudo aquilo, não podia viver sem o verão.

Ele se ergueu num impulso, mancando com a perna ferida. Correria pelos dias de sol, correria por tudo que lhe era mais sagrado.

Pegou uma certa distância dos monstros, apoiando-se nas árvores pelas quais passava. Foi quando presenciou algo estranho e certamente não natural. Não havia nada à sua frente, apenas árvores e mais árvores que se estendiam pelo horizonte escuro, sem qualquer luz ou construções à vista. Mas a cada passo que dava, sentia a imagem reluzir diante de si, como o reflexo de um lago que não é inteiramente fiel à realidade. Continuou a correr, sentindo a dor na sua perna se espalhar por todo o corpo, e então viu diferentes casas à distância, toda uma comunidade que não estava lá apenas alguns instantes atrás.

Clarke piscou os olhos, sem acreditar na imagem que eles captavam, e encontrou forças naquela pequena ponta de esperança. "Uma provisão das estrelas", pensou.

Ele alcançou as ruas do local ainda sentindo o inimigo por perto e se espantou ao não encontrar nenhum ser vivo.

Estava tudo totalmente vazio. Talvez todos já estivessem mortos e ele seria o próximo.

Sentiu uma fincada arder em sua perna e tropeçou, caindo no chão. Direcionou seu olhar para o membro ferido e o encontrou num estado muito pior do que imaginava. A ferida queimava, de fato, mas pelo frio. O seu sangue havia secado e congelado junto com a perna, que agora era lentamente tomada por camadas de gelo que cresciam do ferimento, tornando sua perna branca e tão dura quanto uma pedra.

— Não, não! — Ele se levantou cambaleando, sentindo as forças do seu corpo se esvaírem.

Foi quando estava perdendo a esperança que finalmente ouviu sons de vozes e música. Vinham de um grande galpão a alguns metros de distância.

Ele sorriu aliviado e juntou a pouca força que lhe restava. As estrelas ainda brilhavam no céu e o artefato ainda pesava dentro de sua capa.

No entanto, seu cavalo havia morrido. Sua missão fracassara. Ele estava perdido e certamente longe de Filenea. Um tratado havia sido quebrado...

E ele estava vindo.

O festival dos apegos

Beor teve o pior final de semana da sua vida. Havia passado todo o sábado na oficina dos artífices, ajudando com a finalização das últimas peças e esculturas que seriam levadas para o festival. De início, pensou que poderia até ser uma experiência interessante, mas nenhum martelo ou picareta foi entregue a ele, e seu único trabalho foi observar e servir água e comida aos artesãos. Humilhante.

Depois tudo ainda piorou, pois ficou na equipe encarregada de levar todas as obras para o galpão central da vila, onde aconteceria o festival. Beor, que tinha um corpo mais fraco e menor do que gostaria, teve grande dificuldade de carregar os pesos; ainda assim, não pediu ajuda, negando-se a demonstrar fraqueza, mesmo que por um instante. Enquanto isso, o encontro com o pássaro bizarro da noite anterior continuava a assombrá-lo, deixando-o constantemente em dúvida se de fato tinha acontecido ou se tinha sido apenas um pesadelo.

Seu corpo doía e Beor estava mais irritado que o normal quando, no domingo, caminhou em direção ao grande galpão para ajudar com os preparativos do festival. Como toda criança, ele amava festas, a ideia de comida farta e música sendo tocada até tarde da noite sempre o agradava. O problema era *aquela* festa.

O festival dos apegos acontecia de três em três anos e celebrava a chegada do povo naquela terra e a descoberta dos primeiros apegos. Muito pouco se sabia e era falado sobre o passado, e o festival era a única lembrança de que havia algo antes, algo prévio àquela vila. Seu propósito, porém, não era ressaltar dúvidas ou curiosidades, mas reafirmar a certeza de que estavam seguros ali e apenas ali.

O daquele ano era ainda mais especial, pois era a centésima edição da festa, marcando exatamente trezentos anos da constituição daquela comunidade. O festival era regado de comida, música e intermináveis discursos que os cidadãos faziam sobre seus apegos; ali todos eram livres para contar suas histórias.

Depois de algumas horas, quando o sol já estava se pondo e uma brisa gelada passou pelo galpão, a família interina chegou, antes de qualquer outra família. John, o interino da vila, era um homem de quarenta anos e cabelos escuros com algumas mechas grisalhas; ele era bondoso e bem-humorado, alguns diziam que era o melhor interino que Teith havia tido em anos. Ele estava acompanhado de Madeline, sua esposa de cabelo cor de mel, que usava um belo vestido verde, e Naomi, sua única filha, que tinha o cabelo igual ao da mãe e que agora estava preso em duas tranças.

— Naomi! — Beor exclamou, aliviado ao ver o rosto de alguém que ele não detestava.

A garota riu e correu até ele.

— Espero que tenha amado sua experiência — ela o provocou, com um sorriso.

— Você nem imagina! — O garoto cerrou os olhos e se apoiou na mesa de madeira que estava colocada ao seu lado.

— E isso é porque ainda vamos ter horas e mais horas de discursos… — ela sussurrou, arregalando os olhos.

— Ah, os discursos. — Beor jogou a cabeça para trás em desolação.

— Beor, querido! — uma voz doce o chamou.

Madeline vinha na direção dele, com seu sorriso gentil de sempre.

— Oi, senhora interina. — Ele se levantou e falou com respeito.

— Madeline, querido, Madeline. — Ela o puxou para um abraço que ele não conseguiu recusar. — Sua mãe me contou do seu serviço voluntário para o festival, foi um ato muito gentil da sua parte. Estou orgulhosa. — Ela deu um tapinha na bochecha de Beor.

— É… claro, foi voluntário. — Ele rangeu os dentes, forçando um sorriso.

Madeline acariciou o rosto da filha e então saiu sorridente, cumprimentando as outras pessoas.

Naomi segurou a risada até a mãe sair e então não se conteve, começando a gargalhar.

— Voluntário? — Beor exclamou, irritado.

— Sua mãe é a melhor. — a garota suspirou e se sentou na cadeira ao lado dele.

— É claro… — Ele revirou os olhos.

— Talvez ela tenha falado isso porque queria que fosse verdade, que você estivesse de fato comprometido com a nossa comunidade.

Beor olhou para a amiga apertando os olhos.

— Não vai acontecer. Eu vou embora, vou conhecer o mundo — respondeu com normalidade.

— É claro que vai. — Naomi cruzou os braços.

— Não acredita?

— Não é isso. É só que... você tem treze anos! Nem sabe acender uma lamparina direito e já quer desvendar todos os mistérios além da floresta. Às vezes te faria bem viver um pouco mais no presente.

— O presente não é interessante o suficiente para mim, sinto muito. E você não entenderia — ele resmungou e se sentou na cadeira ao lado dela.

— Eu sei. — Ela bateu no ombro dele, confortando-o. — Nem sei por que estou tentando.

Os dois riram baixinho.

Mais tarde, todo o extenso saguão estava preenchido de praticamente todas as famílias de Teith. Havia cinco grandes mesas de madeira, tão longas quanto o comprimento de uma casa, onde todos estavam sentados. Em volta delas, nas extremidades do galpão, estavam as peças feitas para a celebração; vasos belíssimos, lamparinas, esculturas de animais em madeira e outros artigos. Todos poderiam ser levados para a casa de quem as escolhesse no final.

Beor estava sentado na ponta da primeira mesa, com Naomi de um lado e Nico de outro, que já havia chegado e se juntado a eles.

De início, o garoto não viu os seus pais, mas já estava acostumado. As demandas na mansão boticária eram tantas que ambos mal saíam de lá, e quando saíam, não importa qual fosse o evento, sempre chegavam atrasados e nunca ficavam por muito tempo.

A comemoração se iniciou oficialmente assim que John, o interino, subiu no palco de madeira que havia sido decorado com diferentes folhagens e posto na frente do salão. Ele usava uma calça marrom com uma bata verde e tinha em seu peito o colar dos interinos, que havia sido passado de um líder para o outro, desde o início.

— Boa noite — ele falou em alta voz, e todos se calaram. — Estamos aqui para celebrar nosso centésimo festival dos apegos...

BAM. O barulho da porta do fundo sendo aberta o interrompeu e todos olharam para trás. Tristan e Kira entraram juntos, trajando as mesmas roupas de trabalho. Eles cumprimentaram a todos balançando as mãos e caminharam até as cadeiras separadas para eles, na segunda mesa. Beor acompanhou os pais com o olhar, esperando que eles fizessem o mesmo, mas não o viram.

— Como disse — John coçou a garganta e retomou —, estamos aqui para celebrar e relembrar toda a nossa jornada e avanço até os dias de hoje!

Todos bradaram com alegria, e o barulho de palmas preencheu o galpão. A comoção permaneceu por alguns segundos, até que todos se acalmaram.

— Nossos ancestrais saíram de um mundo em chamas e fugindo de uma guerra onde a morte era certa, deixaram para trás suas raízes turbulentas para começarem uma nova vida aqui. Nada foi lembrado, nada foi trazido, além da determinação de sobreviver e recomeçar.

— É isso aí! — um senhor que já havia começado a beber gritou em meio ao silêncio.

— Em terras distantes, pessoas ainda morrem e vivem em constante perigo, enquanto nós, aqui... — Ele levantou os braços, apontando para o salão — encontramos um porto seguro, um refúgio perfeito, uma terra que cuida de nós, enquanto cuidamos dela.

Uma salva de palmas ecoou novamente, acompanhada de lágrimas emocionadas e abraços entre familiares.

— Hoje celebramos Teith, que nos recebeu, celebramos os apegos, que nos curaram e restauraram nossa alegria, e celebramos as estrelas sobre nossa cabeça, que nos guiaram até aqui.

O semblante de Beor se iluminou e, quando correu os olhos pela multidão de pessoas, encontrou seu pai olhando para ele com um sorriso. Ele sorriu de volta, surpreso. Então John também sabia sobre as estrelas? Será que acreditava nelas como sua avó?

O discurso de John se encerrou, e a comida foi finalmente servida. Todos na vila de Teith eram vegetarianos; depois dos apegos, poucas coisas eram tão importantes para aqueles moradores quanto o seu pacto com a natureza que os cercava. O máximo que já haviam feito era comer a carne de animais que tinham morrido de forma natural, mas, depois que algumas pessoas passaram mal, não continuaram com essa prática.

Em Teith, porém, a carne não fazia falta. As mesas estavam recheadas de diferentes pratos: bolos de chocolate, tortas de cenoura e de morango, saladas de lentilha, milho e diferentes pães com recheio.

E, depois da comida, começaram os discursos. O morador que quisesse poderia subir ao palco e contar a história de seu apego: o que era o objeto antes, a quem pertencia, como o havia curado e de quê. O festival oficialmente só acabava depois que todos os que desejavam já haviam falado.

A terceira pessoa no palco era uma senhora de cabelos grisalhos e pele flácida que segurava bem rente ao coração um pequeno sapato azul, contando que havia perdido a filha bebê muitos anos atrás e que até hoje carregava o sapato dela consigo, o que lhe garantia saúde. Beor, que em poucos minutos já estava empanturrado, fitava o palco com olhos arregalados e um semblante assustado, enquanto a boca estava suja de chocolate.

— Bizarro… — sussurrou, com a boca cheia.

— Com isso eu concordo — Nico comentou ao seu lado, enquanto pegava mais um pão quentinho.

— Mais respeito, os dois! — Naomi deu uma cotovelada em Beor e olhou decepcionada para Nico.

— Eu não fiz nada… — Nico pareceu perdido e afobado.

— Você tem que admitir — Beor olhou para ela —, a ideia de nos tornarmos iguais a eles não é nada animadora.

Naomi abaixou o olhar e fitou ambos os amigos. Beor estava certo, quanto mais sabia sobre os apegos, menos tinha vontade de tê-los.

— Acho que temos que aproveitar a nossa boa saúde enquanto ela durar. — Ela deu de ombros, forçando um sorriso. — Vamos crescer eventualmente.

— E nos tornar doentes? — Nico perguntou, desencorajado, da sua cadeira.

— Nesta vila, provavelmente — Beor respondeu de forma melancólica, antes de colocar um novo pedaço de bolo na boca. Parece que tudo o que eles podiam fazer naquele momento era comer.

— Querido — a voz doce de Kira o chamou de trás, acariciando seus cachos. — Eu estou voltando para a mansão, temos um paciente internado que precisa de cuidados.

— Mas já? — ele se virou e respondeu com a boca cheia.

— Sim, mas pode ficar aqui com seus amigos e voltar mais tarde, está bem? Seu pai também vai ficar.

— Tudo bem.

Kira beijou a cabeça dele e se afastou. O clima não estava o melhor entre os dois desde sexta-feira, mas Beor nunca duvidara do amor de sua mãe.

A senhorinha acabou a sua história no palco, para o alívio dos amigos, e foi recebida com uma salva de palmas emocionadas.

— Viva os apegos! — o mesmo senhor de antes, que agora já estava totalmente sob o efeito do álcool, gritou.

— Viva os apegos! — começaram a responder as pessoas, uma por uma.

— Viva os apegos! — gritaram mais alto, e Beor sentiu um peso, uma sensação ruim crescer em seu peito, enquanto se diminuía na cadeira.

— Viva os... — A comoção foi cortada com o estrondo das portas de madeira se abrindo com toda a força.

Um vento forte entrou, apagando as velas que estavam acesas nas mesas, e as portas bateram contra a parede do galpão, que tremeu por inteiro.

De fora entrou um homem ensanguentado, com o cabelo desgrenhado e sangue em sua capa; seu rosto e pernas estavam cobertos de uma substância azul que ninguém ali jamais tinha visto. Ele adentrou o galpão cambaleando, prestes a apagar.

— Ele está vindo… — sussurrou, delirando, e então caiu no chão, desmaiado.

7

O guardião do conhecimento

— Nós, guardiões, não somos nada além de grãos de areia, presenciando um conflito cósmico que perdura desde o início da luz. — O ardo encheu a mão de areia e então a abriu, observando cada grão vazar por entre seus dedos. — Alguém sabe nos dizer por que somos guardiões? O que exatamente guardamos? Uma magia desconhecida, artefatos mágicos? — ele provocou.

— Não. — Um jovem de dezessete anos levantou a mão, estava sentado na areia, ao lado dos outros narios aprendizes.

— Sim, Clarke?

— Guardamos o conhecimento. O conhecimento do grande Sol.

— Exatamente! — O semblante do homem se iluminou. — Todo o resto, a Ordem, os cargos, a nossa prepotência de tentar manipular algo que não nos pertence apenas acompanham o nosso único e exclusivo chamado:

guardar o conhecimento. Não deixar nunca que ele se torne público ou seja entregue às mãos erradas. Toda a Terra Natural depende disso.

A cabeça de Clarke doía e ele não fazia ideia de onde estava. O mundo girava em sua volta, e ele teve a sensação de que vomitaria. Isso não era comum, ele nunca passava mal. Durante todos os seus trinta e dois anos de vida ele sempre teve uma saúde indiscutível e um físico admirável, que era até um dos assuntos preferidos das guardiãs mais jovens em Filenea. Acontece que, devido ao seu treinamento na Ordem e seu próprio estilo de vida, nenhuma doença o atingia, nem as viroses mais fortes, nem as contaminações mais pesadas; era impossível para ele ficar doente.

— *Cof, cof.* — E ainda assim ele tossiu, sentindo a garganta arder e todo o cômodo em volta tremer.

"O que está acontecendo comigo?", se perguntou, aflito.

Passados alguns minutos, quando tudo parou de girar, pensou que todo o lugar estava coberto por densas trevas. Depois concluiu que não. Era ele quem estava com os olhos fechados.

Tentou mexer os braços, o que não resultou em mais do que um espasmo rápido, e abriu os olhos com dificuldade. Tudo doía e parecia custar um esforço muito maior do que antes. Três silhuetas, não mais do que sombras, tomaram o seu campo de visão. Elas eram barulhentas e falavam coisas sem sentido; uma das sombras pareceu socar a outra, e ele quase se convenceu de que ainda estava sonhando.

— Você o acordou! — Naomi sussurrou, irritada, para Beor, que fez uma careta de resposta e voltou a encarar o homem estranho com curiosidade e maravilhamento. "Alguém de fora da vila!", ele pensou.

— Sua mãe não sabe que estamos aqui, não é? — Nico sussurrou do outro lado. — Talvez a gente devesse…

— Deixem de ser medrosos! — Beor respondeu entre dentes. — Quando tivemos um estrangeiro em Teith?

A visão de Clarke, antes turva, foi se clareando aos poucos, revelando o rosto de três crianças em cima de si, que o fitavam com uma mistura de medo e curiosidade.

— Onde… — ele sussurrou, com a voz falhando, e apalpou pela cama onde estava.

Desesperado, passou a mão pelo seu peito, percebendo que não estava mais com a sua capa. "O artefato", pensou. Levantou num impulso, sentando-se na cama e assustando o grupo de amigos que saíram do quarto correndo.

— Ele acordou, ele acordou! — Beor saiu gritando pelos corredores, com Naomi e Nico ao seu lado. — O estrangeiro acordou!

Os três amigos passaram pelos guardas que protegiam a porta, que ficaram confusos ao vê-los, pois os garotos haviam entrado pelo sótão, e correram escada abaixo. Chegaram sem ar até a porta do consultório dos boticários, onde o casal estava conversando com John, tentando processar a noite anterior.

— Beor! — Kira se levantou da cadeira em um pulo. — Vocês foram ver o estrangeiro? Exatamente o que eu pedi para que não fizessem?

— Bom, desculpa. — O filho sorriu, colocando os braços atrás das costas. — É que ele acordou! — exclamou, sem conseguir esconder sua animação.

— Céus. — O olhar estarrecido de Kira encontrou com o de John e Tristan.

— Tudo bem, crianças. — John se levantou da cadeira em que estava. — Para a escola, os três!

— Mas pai, ainda está cedo...

— Naomi! — Ele a fitou com o olhar firme. — Para a escola, os três! Vocês têm uma excursão importante hoje e não devem se atrasar.

— Mas e o visitante? — Beor insistiu, sendo fuzilado pelo olhar sério de sua mãe.

— Ele não é um visitante, é um estranho, e por isso não é seguro. Quero os três fora da mansão agora.

— Vamos crianças, por favor. — Tristan, o mais calmo dos três, os empurrou gentilmente até a porta, garantindo que deixassem a casa.

— Isso não é justo — Beor protestou na varanda do lado de fora, com os amigos ao seu lado.

Seu pai, em resposta, apenas sorriu e fechou a porta.

Tristan se apoiou na porta de madeira e respirou fundo, deixando o medo e a confusão transparecer. Ele caminhou de volta ao escritório a passos lentos, enquanto mexia com seus fios encaracolados para liberar o estresse.

A noite passada havia sido um pesadelo completo. Depois de o homem misterioso cair desmaiado no galpão, todos começaram a gritar e a correr e um alvoroço se instaurou pelo local. Para um povo que tinha uma grande resistência a imprevistos, aquilo foi o suficiente para gerar vários traumas. O festival dos apegos se encerrou, todos foram mandados para casa e o estrangeiro foi levado inconsciente para a mansão boticária, onde foi tratado durante a noite.

— O que vamos fazer? — Kira perguntou, assim que o marido entrou no cômodo. Ela não tinha dormido nada durante a noite e seu rosto entregava isso, pois estava abatida e com olheiras.

— Precisamos interrogá-lo — respondeu Tristan puxando o ar, na esperança de que a coragem viesse junto.

— Temos sentinelas posicionados no andar de cima, então ele não pode fugir — John os lembrou.

— John, o homem está ferido, estava quase morto quando nos encontrou, não seria uma ameaça nem se quisesse — o boticário respondeu.

— Mas ainda não sabemos — o líder retrucou. — Pode muito bem ser um espião infiltrado, determinado a acabar com a paz de nossa comunidade. Nós não recebemos ninguém de fora há muitos anos… — As mãos do homem tremiam de maneira involuntária, externando seu nervosismo.

— Eu sei — Tristan o acalmou. — E é por isso que precisamos conversar com ele. Eu vou ver se ele acordou de fato e vocês podem ficar aqui.

— Tudo bem. — John respirou fundo e se sentou novamente.

— Eu vou com você. — Kira se adiantou até a porta, parando ao lado do marido.

Eles caminharam lado a lado, atravessando a sala, subindo a escada e passando pelo corredor, em completo silêncio.

— Espera. — Kira segurou o braço do marido, enquanto se aproximavam do quarto do estranho. — Isso não vai mudar nada, não é?

— Como assim? — Tristan se virou, fitando-a com um olhar de dúvida.

— Eu não sei. Eu só estou com uma sensação ruim. — Ela colocou a mão sobre o peito. — Só me prometa que nada mais vai mudar, nós vamos tratá-lo e então mandá-lo embora.

Tristan abriu um sorriso e se aproximou da esposa.

— Teith tem sido segura por mais de trezentos anos, por que agora mudaria? Ele é apenas um homem louco que precisa de ajuda, e nós não negamos ajuda nunca. Faz parte de nosso juramento. Mas isso não muda nada, estamos seguros aqui, como sempre estivemos. Se lembre dos fatos, querida, é com eles que nós trabalhamos.

A vida voltou ao semblante da mulher; o esposo tinha uma forma de encorajá-la que nunca falhava. Eram boticários, trabalhavam com fatos; medos e boatos não se aplicavam a eles.

— Você está certo. — Ela sorriu, confiante. — Vamos.

Eles caminharam lado a lado em direção à porta do quarto e, quando abriram, se depararam com uma imagem inesperada.

Clarke estava caído ao chão, tentando se levantar, sem sucesso. Momentos antes, ao ver sua capa pendurada no batente da porta, tentou correr até ela, movido pelo instinto, saindo da cama de uma vez e percebendo tarde demais que suas pernas não o acompanhavam. Ele caiu no chão, fazendo um baque, assustado e envergonhado, se sentindo impotente e incapaz. Suas pernas estavam ainda mais duras que antes, cobertas por um gelo espesso que parecia se espalhar e uma dor ardente que subia pra coluna. Ele fechou os olhos, sentindo o desespero tomar conta de si; iria morrer, não em batalha, não de uma forma digna e honrada, mas perdido, em um lugar que não conhecia e sem completar sua missão.

Ao ver o estrangeiro naquela situação, Tristan prontamente correu até ele e se ajoelhou.

— Vem, deixe que eu te ajude — disse, estendendo os braços, mas Clarke deu um tapa em sua mão, recusando.

Tristan retesou o corpo e olhou para a mulher, receoso.

— Você está perdendo o movimento de suas pernas, lamento dizer isso. — O boticário tentou mais uma vez. — Mas já estaria morto se não tivéssemos te ajudado. O mínimo que deve fazer é me deixar colocá-lo na cama.

Clarke, que evitava o contato visual, levantou o rosto, o maxilar marcado, com raiva e vergonha em seus olhos. A ferocidade em seu semblante o fez parecer mais um bicho da floresta do que um homem.

— Minha capa... — ele sussurrou.

Tristan acompanhou o olhar e entendeu. Ele se levantou e pegou a capa do homem, entregando para ele.

— Tome, aqui. Não vamos roubá-la de você, se é isso o que pensou.

Clarke aceitou a peça de roupa da mesma forma que um faminto aceitaria comida e a puxou da mão do boticário, revistando-a desesperado em busca do artefato. Quando sua mão tocou uma superfície dura e gelada, ele se acalmou. Segurou a caixa com força, para ter certeza de que era ela, mas manteve as mãos dentro da capa, para escondê-la.

— Vamos? — Tristan insistiu, se levantando.

Depois de alguns minutos de recusa, Clarke aceitou a ajuda e foi colocado de volta na cama, com a capa ainda presa em seus braços. Ele sentou novamente no colchão, com a vergonha e a raiva crescendo no seu peito. Nunca precisou de ajuda, nunca tinha sido carregado, ele é quem ajudava os fracos, mas nunca havia sido o fraco que necessitava de auxílio. E naquele momento desejou morrer logo ali, para que não passasse por aquilo novamente.

Kira engoliu em seco e caminhou até o lado do marido, que estava parado em frente à cama.

— Quem é você?

— Quem são vocês? — o homem retrucou.

— Kira e Tristan. — Ela apontou para o marido. — Somos o casal de boticários da vila.

— Que vila? Onde é que eu estou?

— Sua vez de responder à pergunta. — A boticária cruzou os braços. — Quem é você?

Clarke respirou fundo e fitou ambos antes de responder.

— Clarke Moynihan — ele falou. — Sou... um comerciante. Fui assaltado na estrada e perdi toda a minha mercadoria.

— O que é isso? Moninham? — Tristan perguntou. — É uma função?

— Não. — Clarke apertou os olhos, confuso. — É meu sobrenome, e é Moynihan, a família à qual pertenço. Vocês não têm isso aqui?

Kira e Tristan se olharam, considerando toda a ideia do homem antiquada.

— Não, não temos, não existem essas divisões em nossa comunidade e cada família é conhecida pelo membro mais velho vivo — Kira respondeu.

— Nossos ancestrais renunciaram a esse modelo de sobrenomes quando chegaram até aqui, garantindo que tudo o que viveram antes fosse esquecido e que pudessem recomeçar — Tristan completou.

— Mas o que é aqui? Onde eu estou?

— Na vila de Teith, somos uma comunidade independente que compartilha da floresta ao redor de Demilúr junto com a flora e a fauna daqui; coexistimos em harmonia.

— E por que eu nunca ouvi falar de vocês? Não existe conhecimento de comunidades humanas estabelecidas na Nação das Florestas.

— O que é isso? — Tristan franziu as sobrancelhas.

— É a região em que vivem. Como está nos mapas.

— Isso não importa, não existe conhecimento sobre nós porque assim nossos ancestrais quiseram. A montanha nos esconde e não nos relacionamos com o mundo exterior — Kira respondeu.

— O que nos leva à principal pergunta — Tristan falou. — Como chegou até aqui, como nos encontrou?

— Eu não… — Clarke hesitou por um instante. — Não foi intencional. Sou comerciante, e no caminho de volta para minha nação fui atacado por… bandidos e vim parar aqui. Foi estranho. — Ele coçou os olhos. — Era quase como se a vila não existisse.

— E esses bandidos? — Kira perguntou, sentindo o coração começar a palpitar. — Como eles eram? Acha que o seguiram? Que agora sabem sobre nossa vila?

Clarke fitou o rosto de ambos. Um povo recluso e estranho, que nem sobrenomes tinham… Se mencionasse a palavra, se falasse das criaturas que o seguiam, seria o suficiente para entrarem em desespero e talvez até linchá-lo.

— Não — respondeu, finalmente. — Eles não me seguiram. Os despistei na floresta.

— E a sua perna? — Tristan fitou com preocupação a ferida. — O que aconteceu com ela? Estamos tentando tratar, mas não é nada que já tenhamos visto antes.

— Acredito que foi uma infecção que peguei na viagem — mentiu Clarke.

— Está certo. Vamos tentar tratá-la até que se recupere o suficiente, e então deve partir. Não nos importa de onde veio, contanto que seja sua intenção deixar nossa vila o mais rápido possível — Kira reforçou.

— Senhora, eu nunca planejei estar aqui, meu destino era outro, mas infelizmente fui impedido de alcançá-lo. Não tenho o menor interesse na comunidade de vocês, que isso fique claro.

— Que bom. — Um suspiro de alívio deixou a boticária, que segurou na mão do marido.

— Por enquanto está seguro aqui. — Tristan sorriu para o homem. — Deve descansar.

Clarke apenas assentiu com a cabeça, mas com nenhum sinal de gratidão ou alívio em seu rosto.

Quando estava prestes a sair, Kira parou e fitou o homem novamente.

— Não que importe, mas... qual era o seu destino?

Clarke levantou o rosto, a culpa e a saudade entaladas na garganta.

— Filenea. A eterna cidade do Sol.

O nome fez um pequeno arrepio percorrer o corpo de Kira, que abaixou o olhar e saiu do quarto.

8

O último dia de verão

Beor não queria ter ido para a excursão, não queria mesmo. Era injusto que, quando algo verdadeiramente interessante acontecia na sua casa, ele não podia estar lá para ver. Incapaz de mudar o destino daquele dia, ele deitou a cabeça na borda da carroça, ouvindo as conversas dos outros pré-adolescentes e sentindo a brisa suave bater em seu rosto, aproveitando inconscientemente o que seria o seu último dia de verão. Com os olhos fechados, focava sua mente em decifrar tudo sobre o estrangeiro que arruinara o festival dos apegos. Ele estava secretamente grato ao homem, havia sido um festival muitíssimo mais interessante do que os anteriores e agora todos tinham um assunto para falar. Mas isso não era o suficiente, queria saber quem ele era, a sua história e o mais importante: do que ele estava fugindo.

Porém estava ali, indo em direção à última excursão de seu ano, acompanhado de colegas tão desinteressantes quanto o resto da vila. Primeiro havia sido a visita à mansão dos boticários, o que não fora nenhuma novidade para ele, já que era literalmente a sua casa. Depois à base dos sentinelas, os mantenedores da paz na vila; logo em seguida aos galpões dos artífices, o que acabou não sendo uma experiência muito boa, e agora, por último, aos campos de plantações.

A carroça chacoalhou ao passar por uma encosta íngreme e ele deu um pulo, voltando à realidade.

— De onde você acha que ele veio? — Naomi perguntou; estava sentada ao seu lado.

— Eu não sei. — Ele deu de ombros. — Mas acho que de muito longe.

— Talvez ele seja o espião de uma terra vizinha e Teith esteja prestes a ser atacada! — comentou Denis, um garoto pequeno e falador da turma que estava do outro lado da carroça, entrando na conversa.

— Eu nem sei por que seus pais o receberam. Ele devia ter sido jogado de volta na floresta — Tracyl, possivelmente a garota que Beor mais odiava em toda aquela vila, respondeu do outro lado, com um olhar de soberba.

— Quem são os seus pais mesmo? — Beor provocou, olhando pra ela. — Ah, sim, empregados da casa interina.

— Beor! — Naomi sussurrou entre dentes, segurando o braço do amigo, enquanto o rosto de Tracyl ficou vermelho e ela se calou.

— Eu ainda acho que teremos uma invasão — Denis insistiu na sua teoria, mas, depois que ninguém respondeu, também se calou.

Beor tinha muitas teorias, mas decidiu ainda não compartilhá-las; sua mente se dividia entre um medo profundo e a mais vívida curiosidade. Isso era tudo que havia desejado por um bom tempo, conhecer alguém de fora, mas o estado em que o homem havia chegado a Teith indicava que talvez o mundo exterior não fosse exatamente o que ele imaginava. E isso, secretamente, o assustava.

Um grande sacolejo na carroça anunciou que estavam chegando aos campos de plantações e mudou o foco dos alunos. Eles se localizavam ao norte da comunidade, na direção contrária da mata de Dorcha e sobre o sopé das grandes montanhas Demilúr, que cercavam parte da vila. Os olhos de Beor pairaram sobre o lugar. Era a primeira vez que estava ali, e a vista à sua frente não era nada parecida com a ideia que tinha criado em sua cabeça. O horizonte foi preenchido por um mar dourado de espigas de trigo que se estendia de norte a sul, refletindo a luz do sol, criando um espetáculo próprio de beleza e luz. Outras plantações, dos diferentes tipos de legumes que eram cultivados, eram vistas à medida que a vista aprofundava. Os campos eram tão grandes que Beor pensou ser quase do tamanho da própria vila e, mesmo relutante, admitiu para si mesmo que era lindo, de uma beleza maior do que pensou ser capaz de encontrar ali.

Sr. Redmund se levantou, diminuindo a velocidade da carroça e sentindo-se revigorado, tanto pela vista quanto pela expectativa de logo se livrar das crianças.

— Alunos, sejam bem-vindos aos campos de plantações!

— É, com essa vista, talvez não seria uma vida tão ruim — Nico sussurrou, também maravilhado.

Beor esboçou um pequeno e rápido sorriso, quase involuntário, mas fechou o rosto no instante seguinte, tão rápido quanto havia se permitido sorrir.

— É claro — ele zombou. — No mundo devem existir milhares de campos como este e eu vou visitar cada um deles.

Naomi e Nico se olharam e ela revirou os olhos, já acostumada com aquela conversa.

— Sem contar que a vista é bonita — Beor continuou —, mas duvido que trabalhar horas no sol vai ser algo prazeroso. Quando se cansarem podem deixar a vila comigo. — Ele sorriu, provocando os amigos.

Por um instante, Naomi pensou sobre o assunto, mesmo sabendo de sua impossibilidade.

— Combinado, mas você vai ter que levar minhas malas! — ela sussurrou, e os três amigos caíram no riso.

Por mais uns instantes eles deixaram de lado os acontecimentos da noite anterior, e Beor esqueceu a estranha sensação que parecia crescer em seu âmago.

— Podem descer! — Sr. Redmund gritou de uma forma aguda e afetada. A carroça atracou nas pedras que marcavam a entrada dos campos, e uma a uma as crianças foram descendo.

Um homem de pele morena, queimada pelo sol, os esperava. Ele usava roupas de pano leve e carregava uma grande bolsa de couro em sua cintura. Ele sorriu ao ver as crianças e caminhou até elas, parando com os braços cruzados.

— Sejam bem-vindas, crianças, eu sou Matias.

Os alunos se olharam incomodados de ainda serem chamados assim.

— Sim. — Ele riu, percebendo as reações. — Não me importo se vocês têm treze ou quatorze anos. Vocês têm rosto de criança, corpo de criança e não serão valorizados e reconhecidos como adultos até que se provem como tais. E, como sabem, escolher em qual área vão trabalhar na comunidade é o primeiro passo.

Ele caminhou de um lado para o outro, observando-as, uma por uma.

— Hoje será um dia introdutório. Vocês serão separados em grupos e estarão sob a tutela dos nossos melhores agrônomos e fazendeiros, aprendendo tudo o que há para ser conhecido em nossos campos. Não se preocupem ainda, o trabalho pesado vem depois. — Ele soltou um sorriso prazeroso, já esperando ansiosamente ver o sofrimento das crianças, o que daria um alívio para o trabalho e ótimas histórias para levar para casa.

— Vamos, então! — Ele apontou para um caminho que estava aberto entre as espigas de milho, e as crianças o seguiram caminhando em fila, enquanto Sr. Redmund acenava para eles da carroça com um sorriso falso e um olhar dissimulado. Ele agora estava livre, voltaria somente à noite para buscá-las.

O caminho os levou até um espaço central, um círculo limpo em volta das plantações. Lá os esperavam três homens fortes, de físico parecido com o de Matias, que dividiu o grupo entre eles. Naomi, Nico e Beor acabaram ficando separados. A amiga ficou com Jade e Quylis, enquanto Nico foi para o grupo de Denis e Eoin; já Beor, para sua grande infelicidade, seguiu com Tracyl e Jude. Ele fechou o rosto enquanto via os amigos se afastarem, estava ainda menos animado agora que teria que passar todo o dia longe das únicas pessoas que tornariam aquele trabalho mais suportável.

O grupo de Beor começou a andar, seguindo o agricultor que os guiava. Como já era esperado, Tracyl disparou a falar igual uma maritaca, comentando sobre tudo que viam, na tentativa de mostrar o quanto sabia. Beor apenas revirou os olhos e decidiu não dar corda; quanto antes ela parasse de falar, melhor.

— Vamos parar aqui. — A voz do homem pegou-o de surpresa. Eles caminharam até uma parte das plantações que era agora de algodão, bem no sopé da grande montanha.

O lugar era bem diferente do campo em que eles haviam chegado, e Beor nunca havia ficado tão perto da montanha. Ela se estendia majestosa à sua volta, tampando até mesmo a luz do sol. Seu coração acelerou e ele se sentiu pequeno e insignificante perto de uma força tão grande.

— Eu diria que o grupo de vocês é privilegiado… — O homem começou. — Vocês estão prestes a visitar o que é a mais bela e a mais rara plantação que temos aqui nos campos.

Uma fagulha de interesse acendeu em Beor, ele gostava de tudo que era belo e raro. As outras crianças antes distraídas seguiram seu olhar de interesse.

— Ah, bom. — O homem sorriu, vendo a mudança. — Agora tenho a atenção de vocês. Venham. — Ele estendeu o braço e apressou o passo, abrindo caminho entre as grandes plantas, agora maiores que as próprias crianças.

Passadas as plantações de algodão, eles chegaram à encosta da montanha, onde bem à sua frente havia uma grande abertura na rocha.

— Uma caverna! — Tracyl exclamou, assustada, o que fez Beor sorrir.

A entrada era larga e extensa, e ao fundo pequenos pontos de luz brilhavam.

— O que é esse lugar? — Beor indagou.

— Que bom que perguntou. — O homem se virou. — Qual é o seu nome?

— Beor. E o seu, senhor? — Agora na frente daquela caverna o homem já havia se tornado alguém que Beor admirava, o que o tornava digno de ser chamado de "senhor".

— Claro, Beor, falha minha não ter me apresentado. Sou Sergei e, respondendo à sua pergunta... — Ele caminhou mais próximo da entrada. — Aqui nós cultivamos labritis, uma espécie exótica de planta, muitas vezes usadas na produção de medicamentos por nossos boticários.

— Oh! — Beor exclamou, surpreso. — Eu não sabia.

— Sim, e por serem plantas exóticas e muito sensíveis, elas não podem ser cultivadas à luz do sol, pois assim morreriam. Por isso, são delicadamente cultivadas no interior dessa caverna, que fornece o ecossistema perfeito para crescerem e se multiplicarem. Venham ver.

Ele acenou para as crianças e caminhou para dentro da caverna. Uma a uma elas o seguiram, agora completamente atentas e interessadas no guia.

No momento em que entraram na caverna, um frio percorreu seus corpos, uma brisa refrescante e suave. O ambiente dali não permitia que todo o calor do lado de fora entrasse e isso resultava naquele clima diferente.

As labritis eram plantas altas, com esguias espigas que cresciam caindo para os lados. O fruto era relativamente parecido com o formato de um milho, mas era roxo e brilhava no escuro.

— Uau! — Jude exclamou, maravilhada, enquanto Tracyl, mesmo interessada, ainda mantinha um semblante assustado.

Beor olhou para ela, concordando com sua reação. As plantas eram quase do tamanho de Sergei, e quando ele parou do lado delas, parecia tão pequeno quanto as outras crianças. A natureza tinha disso; era capaz de, perante sua beleza, fazer insignificantes até os mais poderosos dos homens.

— Aqui nos campos nós temos muitas regras… — Sergei começou a falar, fitando as crianças. — Mas apenas uma delas é importante e é a única que garante que você vai cumprir todas as outras: o amor.

Todos ficaram surpresos. Beor franziu as sobrancelhas e soltou uma risadinha inconscientemente.

— É uma pegadinha não é, senhor? Como o amor poderia ser uma regra para fazer plantas crescerem? — ele falou em tom zombeteiro.

O homem, porém, fechou o rosto e não respondeu à sua risada.

— Eu falo sério, Beor, seríssimo — ele falou para o garoto, que sentiu vergonha pela primeira vez e, com a bochecha queimando, abaixou o olhar.

— O amor é essencial para qualquer trabalho, e se não ensinaram isso para vocês antes, ensinarei agora. Se alguém não ama o seu trabalho, não vale a pena fazê-lo. Aqueles que escolherem trabalhar nos campos serão aceitos apenas se amarem o trabalho e demonstrarem isso nos detalhes. Sim, o amor está nos detalhes, e com as plantações não é diferente. Se amarem as plantações e cada uma das espécies aqui presentes; e se entenderem esse trabalho como algo único e essencial não apenas para a sobrevivência da vila, mas para o cuidado da sua família; se virem tudo isso que temos aqui — ele esticou os braços, olhando em volta — como um presente eterno das estrelas; e se entenderem que sua única missão é cultivar e honrar o que temos como se fossem as próprias estrelas, então estarão fazendo o melhor trabalho e certamente seguirão todas as outras regras. Mas, no fim do dia, será simplesmente um trabalho de amor, amor à natureza, amor ao nosso próximo e amor às estrelas. Nós honramos o céu quando cuidamos da Terra.

Todas as crianças, incluindo Beor, ouviam atentamente, boquiabertas. Havia algo nas palavras de Sergei que conseguia falar com suas mentes antes tão aéreas e desconectadas. Naquele momento, Beor não queria muito mais do que estar ali, dentro daquela caverna, ouvindo aquelas palavras. "Talvez alguns adultos saibam das coisas", ele pensou, se esquecendo de todo o resto.

— Por isso, vou ensinar vocês a cuidar das plantas, a proteger suas raízes, e quem sabe nesse processo vocês aprendam a amá-las.

Sergei caminhou até o canto direito da caverna, onde havia vários cestos trançados. Ele passou os olhos, procurando por um específico, e então pegou um cesto baixo e carregou-o até os meninos.

— Aqui — ele falou, colocando o cesto no chão. — Cada um de vocês se aproxime e pegue um avental; isso se não quiserem chegar em casa sujos de terra.

Beor foi o primeiro a se aproximar. Ele deu um pequeno sorriso ao homem, ainda envergonhado, pegou um avental e se afastou.

Depois de apropriadamente vestidos, Sergei espalhou as três crianças por entre a plantação, sentando com cada uma delas e explicando detalhadamente a tarefa.

Quando chegou a vez de Beor, ele estava sentado no chão observando a raiz da planta na terra enquanto esperava pelo professor.

— Sua vez, Beor — Sergei exclamou, sentando-se ao lado dele.

— Ah, sim, senhor. — Beor sorriu, não contendo sua animação.

— Vamos lá. — Com as mãos, Sergei afastou a terra, tirando finas raízes de cor laranja, que antes estavam escondidas.

— Vê isso?

— Sim. São lindas — Beor exclamou.

— E maléficas também. São ervas daninhas. Elas se disfarçam de raízes de labritis para sugarem toda a água que iria para a planta e assim elas acabam morrendo.

— Oh, isso é horrível.

— Exato, e é por isso que devemos aprender a diferenciá-las. — Ele afundou a mão na terra e pegou uma outra raiz também laranja, mas um pouco diferente.

— Essa é a raiz das labritis, vê? — Ele segurou uma raiz em cada mão.

Beor aproximou o rosto, olhando atentamente e tentando encontrar a diferença.

— Essa é mais opaca...? — Ele virou o rosto, fitando o homem.

— Exatamente! A raiz das labritis é laranja, porém é opaca. Enquanto a de uma erva daninha é laranja brilhante, reluzente. Bom trabalho! — Ele soltou as raízes e colocou os braços nas costas do garoto.

— Obrigado.

— Agora esse vai ser o seu trabalho: observar atentamente, reconhecer o que é a raiz da planta e tirar cada erva daninha.

O olhar de Beor abaixou. Olhando em volta e vendo a quantidade de plantas que havia, de repente não estava mais tão animado. Se lembrou do estranho em sua casa, de seus planos de deixar a vila, tinha assuntos mais importantes a resolver do que tirar raízes de ervas daninhas.

Sergei percebeu o seu olhar.

— Você não quer estar aqui, não é mesmo, Beor?

Relutante de início, o garoto acenou com a cabeça, concordando.

— É que... são tantas plantas! E... sem querer ofender, não me parece um trabalho muito importante.

Sergei soltou um pequeno riso.

— Não me ofende. — Sua voz era pacífica e compreensível. — Agora me diga, o que não te parece muito importante? Nosso trabalho aqui nesta caverna, nosso trabalho nas plantações ou qualquer trabalho na vila?

Beor olhou para o homem, surpreso. Havia ele lido seus pensamentos?

— Bom, qualquer trabalho na vila. Pensar que no mundo afora tantas coisas importantes podem estar acontecendo, cidades e guerras… Faz a nossa vila parecer insignificante.

— Eu te entendo, já pensei assim também. Quando era jovem até visitei um outro povoado dessa região.

— O quê? — O coração de Beor acelerou. — Você podia fazer isso?

— Não… — Sergei admitiu, rindo. — Mas ninguém ficou sabendo, então é nosso segredo. Mas o ponto é: aquilo que não conhecemos sempre é mais interessante do que o que temos à nossa volta.

— Sim, exatamente! — Beor exclamou, sentindo a emoção de, pela primeira vez, conversar com alguém que o entendesse.

— Se é realmente melhor ou não, isso é algo que só você pode descobrir no futuro. Mas por hoje estou interessado nas suas crenças.

— Como assim?

— Você acredita nas estrelas, Beor? Sei que é filho dos boticários, então seus pais não acreditam.

Beor pensou por um instante, já sabendo a resposta.

— Eu acredito naquilo que eu vejo. E eu vejo as estrelas no céu, então, acredito, sim.

— E você vê aquilo que está além delas? Quem elas são, onde elas vivem?

— Hã... não, senhor.

— Mas só porque você não vê algo, não significa que não seja real ou que não esteja lá. Talvez apenas não seja visível aos seus olhos humanos.

— Hã, tá bom. — A cabeça de Beor começava a ficar confusa.

— Você acredita nas estrelas porque as vê. Agora uma outra pergunta: acredita que elas veem você?

— O quê?

Sergei riu.

— Eu sei. O que eu estou tentando dizer é que é como uma via de mão dupla: não só nós vemos as estrelas, mas elas também nos veem. Pelo menos é nisso que eu acredito. Acredito que as estrelas veem cada ser humano que caminha em nossa terra. E no momento em que acredito nisso, minha vida muda, assim como meu trabalho. Se as estrelas olham a todos nós, não existe trabalho mais ou menos significante. Todo trabalho tem valor, pois todos somos vistos por elas. Não sei o que você vai fazer no futuro, talvez se torne alguém grande e poderoso, talvez mude tudo. Mas, por hoje, quero que você tire cada uma dessas ervas daninhas como se fosse o trabalho mais importante do mundo, como se as próprias estrelas estivessem olhando para você, porque de fato elas estão.

Beor respirou fundo, cada palavra era estranha, mas fazia completo sentido. Nenhum mistério era tão importante agora; talvez aquele fosse realmente o trabalho mais importante do mundo, pelo menos por aquela tarde: ser visto pelas estrelas.

— Sim, senhor, eu acho que entendo.

— Ótimo! Agora mãos à obra! — Sergei deu um tapinha em suas costas e se levantou, deixando o garoto sozinho novamente.

Pela primeira meia hora, Beor se esforçou completamente. Celebrava sempre quando conseguia diferenciar as raízes e se sentia o garoto mais inteligente do mundo. Porém o tempo foi passando e sua cabeça foi se distraindo novamente. Por diversas vezes ele quis parar e sair andando, mesmo sabendo que seria errado. Mas, em todas essas vezes, bastava apenas um olhar para a entrada da caverna, para a pequena porção do céu ali mostrada, para que sua mente voltasse a se acalmar. Seu coração se aquecia com a ideia de que as estrelas os estivessem olhando naquele momento e, então, ele dava o melhor de si.

Ele olhou tantas vezes para a entrada da caverna que se assustou quando percebeu que o céu havia escurecido e já havia anoitecido. Ele se levantou, um pouco atordoado, percebendo também como suas mãos estavam vermelhas de tanto arrancar raízes. Caminhou por alguns instantes até trombar com Jude, que saía do meio das plantações com o cabelo desgrenhado e um sorriso no rosto.

Ele sorriu ao ver sua expressão.

— Foi legal, né? — ela comentou.

— Sim — ele concordou, estranhando o fato de estar sendo amigável com alguém que não era muito próximo.

Eles caminharam juntos até a entrada da caverna, onde Sergei e Tracyl os esperavam.

— E então, Beor, como diria que foi o seu dia?

— Nada mal — ele afirmou, pensando a respeito. — Mas eu estou com muita fome. — Ele colocou a mão na barriga, fazendo as meninas rirem.

— Sim, minha culpa! — Sergei riu. — Nós aqui dos campos nem sempre seguimos os horários certos de refeições, eu deveria tê-los avisado.

— Tudo bem, senhor, somos fortes — Tracyl falou, sentindo-se orgulhosa.

— Eu sei, mas ainda assim mandei buscarem um pedido especial da vila.

Sergei pegou um cesto que estava perto da entrada da caverna e levou até eles. Ele o colocou no chão, abrindo a tampa, e um cheiro de torta de morango preencheu todo aquele espaço.

— Torta de morango! — Beor exclamou, reconhecendo o cheiro.

— Isso mesmo — Sergei sorriu, orgulhoso. — Pensei que vocês mereciam, depois do longo dia. Agora vamos, sentem-se aqui. Temos cerca de meia hora até estarmos na entrada das plantações para o professor de vocês buscá-los.

As crianças se sentaram, todas mortas de fome e cheias de expectativa. Ele começou a repartir os pedaços, mas então parou, olhando em volta.

— Beor — ele falou de repente. — Faz um favor para mim?

Os olhos de Beor levantaram.

— Claro, senhor.

— Se caminhar reto, atrás das plantações tem uma mesa de madeira que provavelmente vai estar dobrada. Se puder, vá lá e pegue-a para mim.

Beor se levantou, sentindo-se orgulhoso de que havia sido ele o escolhido.

— Claro. — Ele sorriu e começou a caminhar para dentro das plantações.

Ele fez como Sergei falou e caminhou apressadamente por alguns minutos até que saiu das plantações e começou a adentrar o fundo da caverna. Ele sentiu o medo pegá-lo de surpresa. Estava escuro e era tão profundo que se não fossem as luzes das plantas para iluminar a caverna ele agora estaria mergulhado num breu completo. Beor olhou em volta e nenhum sinal da tal mesa que Sergei havia falado. Ele pensou em voltar, mas não retornaria sem cumprir sua missão. Respirou fundo, tragando o ar, e deu mais um passo, afastando-se das luzes das plantas e sentindo a escuridão cobri-lo. "Tem que estar perto", ele pensou. Ele caminhou até perder a noção de onde estava, sendo tomado pela sensação de que o tal desconhecido que o atraía não estava tão longe quanto ele pensava... estava também naquela caverna. Ele olhou para trás e viu as poucas luzes das plantas agora distantes.

— Isso é ridículo, eu vou voltar — falou, decidido. Não havia mesa alguma. Ele virou seu corpo para retornar, mas naquele momento algo chamou sua atenção. Era uma outra fonte de luz, mais à distância, que ele tinha certeza de que não estava lá um segundo atrás. Ele se aproximou, percebendo que era uma luz arroxeada, emanando de um lago totalmente escuro. O menino chegou ainda mais perto, surpreso, enfeitiçado pela luz do local. Ele se abaixou, com seus olhos fixados no brilho que saía da água escura. Ele pensou estar ouvindo vozes, pequenos murmúrios, de diferentes pessoas em um lugar distante. Sem controlar seus movimentos, ele estendeu o braço em direção à água, pronto para tocá-la.

— Beor! — uma voz o chamou.

Ele olhou para o lado e era Sergei, que estava parado a alguns metros dele.

— Senhor! — Beor se levantou num pulo. — Eu vim procurar a mesa que você pediu, mas não encontrei em lugar nenhum, e estava tão escuro e profundo.

— Mas Beor... — Sergei o trouxe de volta à realidade — a mesa está ali. — Ele apontou para o lado esquerdo da caverna, onde uma mesa estava encostada na parede do lado das últimas plantações.

— E nós não estamos tão fundo, veja. — Ele virou o rosto de Beor, mostrando as plantações de labritis que estavam bem à sua frente.

— Mas... eu não entendo. — Beor colocou a mão na cabeça, sentindo-se tonto e confuso.

— Eu sinto muito, a culpa mais uma vez foi minha. Não deveria ter te mandado sozinho. Outros homens já tiveram algumas alucinações nesta caverna. É um dos mistérios da natureza.

— Mas o que é esse lugar, senhor? — o garoto perguntou, tentando encontrar sentido. Segundos atrás ele tinha certeza de que estava tão distante.

— Bom, esse é o fundo da caverna e isso... — ele apontou para o pequeno lago que nascia das pedras. — Isso é um mistério para nós. É um lago natural da caverna e tudo que eu sei é que é perigoso e gosta de engolir crianças ambiciosas que querem deixar a vila. Principalmente as loiras.

Beor acreditou por um instante, até virar o rosto e perceber que Sergei estava caçoando dele.

— Ah, tá bom. — Ele abriu um sorriso, rindo. — Bom saber.

— Agora vamos lá. Me ajude a levar essa mesa — Sergei o chamou, caminhando até a parede. Segurando a mesa, Beor deu uma última olhada para trás, fitando o estranho lago e pensando se tudo realmente havia sido apenas um truque da sua mente. Tantas coisas estranhas estavam acontecendo com ele de uma só vez.

Eles levaram a mesa até a entrada, onde sentaram com as outras crianças e comeram alegremente toda a torta. Sergei ligou algumas lamparinas antes de deixarem a caverna e caminhou com eles de volta até o centro da plantação.

— Fico triste de me despedir de vocês... — o homem falou quando eles chegaram. — Se eu tivesse vocês aqui trabalhando todos os dias como trabalharam hoje, poderia me aposentar amanhã. — Ele continuou, fazendo todos rirem. — Foi uma honra — finalizou com um sorriso.

— Boa noite, senhor — Tracyl se despediu e saiu andando junto com Jude.

— Boa noite, senhor. — Beor se aproximou do homem. — Obrigado por hoje.

— Eu que agradeço, Beor. Que as estrelas o protejam. Te vejo ano que vem?

— Talvez. — O garoto arqueou as sobrancelhas.

— Está certo. — Sergei riu e apontou para que ele seguisse as meninas.

Beor se afastou e caminhou com o grupo até a entrada do campo, onde as carroças os esperavam.

Ele olhou para cima e percebeu que o céu estava estranho, preenchido por densas nuvens que escondiam completamente o brilho das estrelas. Ele se lembrou do estrangeiro em sua casa e do que ele tinha falado quando invadiu o festival: ele está chegando. "Mas ele quem?", pensou. "Teria o pássaro falante algo a ver com isso? E talvez até o lago que tinha acabado de encontrar?"

— Beor! — Naomi gritou ao vê-lo e caminhou até ele junto com Nico.

— Por que demorou tanto? — Nico perguntou. — Estava na caverna, não é?

— Sim!

— Olha, depois de hoje eu aceito a sua proposta. Estou pronta para deixar a vila — Naomi exclamou, dramaticamente. Seu cabelo enrolado estava desgrenhado e seu rosto todo sujo de terra. Nico, ainda assim, a achava adorável.

— Tem certeza? — o amigo mais alto perguntou, preocupado com a possibilidade de ela deixar Teith.

— Com certeza, hoje foi horrível! — Ela se apoiou nos ombros dele, que recebeu o ato de bom grado.

— E você, Beor, como foi? — Nico perguntou quando começaram a caminhar em direção à carroça. — Tão ruim quanto pensava?

— Bom… — Beor pensou, subindo no veículo. — Na verdade, não. Foi surpreendentemente bom. — Ele esboçou um pequeno sorriso.

Naomi e Nico olharam um para o outro, surpresos.

— É estranho, eu sei — ele admitiu, e os três riram.

Enquanto a carroça se afastava, Beor olhou para trás e tentou imaginar um futuro no qual ele crescesse ali e trabalhasse nas plantações. Não seria nada glorioso e heroico, como ele sempre sonhara, mas talvez fosse belo da sua própria forma.

E foi então, naquele instante, que tudo mudou. Um risco de luz cortou o céu de repente, vindo de dentro das nuvens, e todo o chão tremeu. A carroça sacolejou e as crianças gritaram desesperadas, se agarrando umas às outras. Assustado, o professor deixou as rédeas mais soltas para que o cavalo que os conduzia, também assustado, corresse mais rápido, e o animal obedeceu, obstinado a fugir do que quer que estivesse chegando.

Beor se segurou nos amigos, enquanto via o céu mudar de forma perante os seus olhos. Mais e mais luzes brilharam por toda a extensão do horizonte e todo o calor abandonou seus corpos ao mesmo tempo, sendo substituído por um frio gelado que veio trazido por uma forte rajada de vento.

A carroça correu sobre a estrada irregular, e com ela veio a sensação imediata sobre todos: algo muito ruim estava chegando.

PARTE 2

A chegada do inverno

O grande congelamento

Clarke viu a manhã passar arrastada pelas janelas do quarto. O seu corpo doía e tudo o incomodava: o piar de alguns pássaros do lado de fora, o barulho irritante do relógio na parede e o silêncio que tomou o cômodo. Para alguém que nunca fez questão da presença de outras pessoas, não gostou de ser deixado sozinho. Se ao menos pudesse sair daquela maldita cama, teria a liberdade de fazer sua própria pesquisa sobre onde tinha ido parar, para entender melhor o lugar em que estava e, talvez, até roubar um cavalo para partir novamente. Mas não, se sentia mais cansado do que havia sentido em toda a sua vida, mesmo nos piores dias de batalha. Seu corpo doía e sua mente nunca esteve tão fraca, apática, praticamente aceitando a derrota. Esse não era o Clarke, porém, desde o ataque na noite anterior, a doença não foi a única coisa que se apossou do seu corpo, pois junto se alastrou por seu espírito uma força desconhecida, opressora, levando-o para baixo a todo momento.

Ele piscava, tentando rejeitar essa força e organizar seus pensamentos novamente. O que ele sabia até aquele momento era que o artefato que carregava era importante, mais do que imaginava, e muitos outros estavam atrás dele. Ele também tinha quase certeza, pelo que havia observado do céu, que algo havia dado errado na transição. Nunca havia presenciado algo na proporção do que estava para acontecer, mas já estivera prestes a cruzar a grande fronteira e sabia quão cruel o inverno poderia ser.

Deitado na cama, afundando em frustração e raiva, ele sentiu o exato momento em que todo calor deixou seu corpo. Foi instantâneo e angustiante. Ele levantou a cabeça, assustado, e virou o rosto para a janela. O céu estava escurecendo, mas não tinha nenhum pôr do sol à vista, tudo estava coberto por uma densa camada de nuvens.

— Está muito cedo — ele sussurrou para si mesmo, enquanto tirava o lençol que o cobria. — Muito cedo — lamentou, com lágrimas nos olhos.

A perna ferida tocou o chão e ele não sentiu nada, a perna esquerda também tinha a marca azul se espalhando, mas sobre ela ainda tinha algum controle. Se arrastando pela borda da cama e se segurando nos móveis, ele chegou até o batente da janela. Abriu o vidro com dificuldade, qualquer esforço já era muito para ele. Um vento gelado roçou o seu rosto e entrou no cômodo, fazendo os pelos do seu corpo arrepiarem.

Ele estendeu a mão para fora, queria estar errado — pela primeira vez queria mais do que tudo não estar certo.

No entanto, para sua infelicidade, um floco de neve, tão branco quanto as nuvens do céu, pousou na palma de sua mão. Ele fechou a mão com força, descontando todo o seu medo e confusão naquele floco. Uma lágrima rolou pelo seu rosto e seu peito foi tomado pela dor de perder aquilo que lhe era mais importante. Já havia perdido tudo, mas percebeu naquele momento que não estava pronto para perder o sol.

Ele estendeu a mão sobre a mesa que havia ao lado e pegou um sino que tinham deixado para ele. O balançou ruidosamente, colocando toda a sua força no movimento.

— O que é? — A porta foi aberta. O guarda que cobria o turno o olhou, mal-humorado.

— Eu preciso falar com o casal de boticários. — Clarke rangeu os dentes. — Agora.

O homem saiu com uma careta e passou algum tempo até que alguém adentrasse o cômodo novamente.

— Olá. — Tristan entrou hesitante. — Me chamou?

— Sim. — Clarke coçou a garganta e olhou novamente para a janela. — Vocês têm meia hora até que toda a sua terra seja tomada e a vida como conhecem desapareça. Se querem sobreviver, precisam me ouvir.

Quando o inverno chegou naquela terra, ele pegou todos de surpresa, pois não havia como ninguém se preparar. Em toda aquela região, seja nos campos de plantação ou nas ruas da vila, pessoas caíram no chão consumidas pela dor do frio. A carroça que carregava os alunos travou, com suas rodas congeladas em questão de segundos, o cavalo rompeu com as cordas e saiu descontrolado, para não aguentar e cair no chão alguns instantes depois.

— O que está acontecendo?! — Naomi gritou enquanto a carroça capotava, levando os estudantes e o professor juntos.

Beor levantou o rosto a tempo de ver uma camada branca cobrir toda a grama verde perante os seus olhos. Um vento de força e proporção que eles nunca haviam experimentado varreu tudo, arrancando as folhas e os frutos das árvores, só para eles caírem no chão e serem congelados logo em seguida.

— Estamos perto da minha casa, precisamos correr! — Beor gritou ao perceber que a camada branca que crescia no chão vinha em direção a eles.

Professor Redmund, que tinha um ferimento na bacia, se levantou com dificuldade, puxando alguns dos alunos junto. Beor saiu da carroça junto com Nico, e eles ajudaram as meninas a sair também. A estrada em que estavam era convenientemente próxima de sua casa, que estava atrás do conjunto de árvores mais distante. Ele não sabia o que estava acontecendo, mas sabia que era mortal e que lá seria um lugar seguro.

— Vamos! — gritou novamente, enquanto oferecia suporte a Denis, que estava machucado.

Ferido e aflito, o professor Redmund virou o rosto para Beor, seu olhar se encontrou com o dele, sem dizer nenhuma palavra.

— Vamos! — ele concordou. — Todos para a mansão dos boticários!

E juntos, toda a classe começou a correr.

— Eu vou morrer, Beor, eu vou morrer! — Denis berrava ao lado do amigo, sendo tomado pelo desespero.

— Não vai não, estamos quase lá!

A cada passo que davam a temperatura caía e o calor ia deixando seus corpos. Em um passo falho, Beor tropeçou e caiu no chão, sentindo uma dor aguda tomar conta de suas pernas e subir por todo o corpo. Era pior do que tudo o que já havia sentido, era uma dor que o fazia desejar morrer, só para não senti-la. Ele sentiu o corpo enfraquecer e os olhos falharem, não conseguia lutar nem encontrar estímulo em si mesmo para resistir.

— Vamos! — Ele se surpreendeu com a figura de Nico aparecendo na sua frente e o levantando do chão. Mais forte do que a maioria, o garoto ainda permanecia de pé. — Vamos — ele repetiu com um sorriso nervoso e puxou Beor e Denis para cima, que voltaram a correr.

— Eu não consigo... — Naomi balbuciou atrás deles. — Minhas pernas doem. — Lágrimas de pavor começaram a correr por suas bochechas e se congelaram no instante seguinte, formando pequenas pedras de gelo próximas aos olhos.

Nico a fitou, decidido, e correu até ela. O frio beliscava a sua pele e fazia cada extremidade do seu corpo arder, mas ele ainda tinha forças para resistir.

— Pode brigar comigo depois — chegou até a garota e falou, antes de pegá-la pela cintura e pendurá-la em seus ombros.

Ela tentou bater as pernas e recusar, mas estava fraca demais para isso. Ele respirou fundo e voltou a correr em direção à casa, seguindo Beor e os outros colegas. A mansão agora já estava à vista, e com ela a esperança de que sobreviveriam.

Beor, acompanhado do professor e de toda a sua turma, entrou correndo pelas portas da casa, que já estava aberta.

— Beor, pelos céus! — Kira correu em direção a ele, tremendo de frio. — Que bom que está bem! Oh, que bom, que bom! — Ela abraçou o filho com toda sua força, apertando-o contra o peito e falando com a voz rouca.

Nico, que também tremia, deixou Naomi no sofá e ela caiu encolhida, sem conseguir reagir ou se mexer.

— Obrigada — ela sussurrou para ele, seus olhares se encontrando.

— Sempre — o amigo respondeu um pouco desconcertado.

A turma toda adentrou a mansão, e uma a uma as crianças foram caindo no chão, com nenhuma força restante em seus corpos.

Kira correu com Tristan até as duas portas de madeira que se abriam na entrada e juntos empurraram elas com dificuldade, fechando a casa e selando o lugar por onde as rajadas de frio entravam.

Depois que as portas foram fechadas, todo o cômodo ficou em silêncio absoluto; apenas respirações ofegantes eram ouvidas. Beor deitou no carpete, percebendo que sua respiração saía da boca como uma fumaça branca e passou a mão por ela, sem compreender o que acontecia. "Provavelmente estou morrendo", pensou.

Um barulho no chão, que não era de passos, ressoou pelo saguão principal, ecoando nas paredes. Beor levantou o rosto assustado e deu de frente com a figura de Clarke, sustentado por duas grossas bengalas de madeira; ele estava parado bem na entrada da porta da cozinha.

— Venham para a cozinha. — disse ele com um semblante sem qualquer emoção e a voz áspera. — Vão se sentir melhor.

De início as crianças apenas o olharam, sem reagir.

— Vamos! — Kira balançou o braço. — Todos para a cozinha, agora!

A ordem da boticária fez eles reagirem lentamente, e quando começaram a sentir a onda de calor que emanava do cômodo eles foram instantaneamente reanimados e correram até lá.

O forno a lenha que havia na extremidade do cômodo estava ativo, com as brasas em seu interior queimando, mas nada era cozinhado na superfície além de grandes panelas com água.

Beor caminhou pelo aposento e se sentou na cadeira da mesa mais próxima ao calor. Em poucos minutos o cômodo estava cheio, com os alunos da turma e todos os funcionários da mansão. A mesma dúvida pairava na mente de cada um, mas até aquele momento ninguém havia perguntado.

— O que aconteceu? — Beor ergueu a voz, enchendo o peito de coragem e encarando o visitante; sabia que só ele teria a resposta.

Os outros olhares acompanharam o dele até Clarke, que permaneceu imóvel, parado na entrada.

— Isso… — ele falou hesitante, depois de algum tempo. — é o inverno. Um estado climático oposto a tudo que vocês vivem aqui. As temperaturas baixam, o ar se torna rarefeito e apenas os mais fortes sobrevivem.

— Você trouxe isso pra nossa vila, não foi? — Tracyl, que estava sentada do outro lado da mesa, ousou falar.

O olhar de repulsa que Clarke lançou a ela foi o suficiente para fazer as pernas da garota tremerem e ninguém cogitar a opção.

— Nunca me associe a isso. Não me importa o que parece a vocês, não tenho parte nesta tragédia — ele respondeu, rangendo os dentes e se sentindo incomodado. Ele não tinha parte, certo? — E se eu tivesse algum poder para algo do tipo, o que não tenho, usaria para repeli-lo e não para trazê-lo até nossas terras. Não fomos feitos para o inverno, nós e ninguém da nossa terra.

— Nossa terra? — Beor perguntou, sobressaltado.

— É claro. As Terras do Sol, a região à qual pertencemos.

Clarke sentiu o olhar de Kira endurecer sobre ele, mesmo assim continuou.

— Existem duas estações que regem toda a Terra Natural, verão e inverno. As terras ao oeste, além do horizonte, são onde o Inverno reina ininterrupto. Lá, há sociedades e criaturas que desconhecemos. E todas as terras ao leste, da mais alta torre de Filenea ao norte até o deserto de Uthana ao sul, são, ou eram até agora, os domínios do Sol. Nascidos do calor e dos mais belos dias de sol, não deveríamos conhecer o inverno, nem experimentá-lo.

— O inverno é isso? — A voz de Kira saiu como um sussurro. O seu coração batia acelerado, e ela odiava não ter o controle do que estava acontecendo. — Essa camada branca e esse frio?

— O inverno… — Clarke bufou, estava irritado consigo mesmo e com todos à sua volta. Em que fim de mundo havia parado! — é um frio consumidor, isso que vocês estão sentindo agora. É gelo espalhado por toda parte, cobrindo tudo. Gelo, no caso, é no que a água se transforma no frio... É mais complexo que isso, mas é o suficiente para entenderem. Inverno é frio, fome e, então, morte.

— Morte? — professor Redmund, que estava sentado na última cadeira, indagou, assustado.

— Se o inverno é isso — Beor piscou, fitando o homem —, então isso na sua perna também é inverno, não é? Você já tinha isso quando chegou aqui.

O rosto inflexível de Clarke se tornou ainda mais duro, e ele abaixou o olhar. Não poderia, não contaria àquelas pessoas nada sobre sua missão e o seu caminho até ali. Especialmente sobre o seu grande fracasso.

— Isso é verdade. — Kira balançou a cabeça. — Você já havia encontrado ele antes, então! Por isso soube o que fazer. Como saberei que de fato não foi você que o trouxe até nós?

— Eu já havia estudado sobre ele antes e sobre como as pessoas do outro continente vivem. Como um mercador, era parte do meu trabalho — falou com segurança, na esperança de parecer convincente o bastante. — Mas não o controlo, sou um mero homem, como vocês. E sobre a minha ferida — seu olhar se fixou no garoto, que se encolheu um pouco na mesa, ainda sem deixar de encará-lo —, não encontrei o Inverno antes de chegar aqui, mas sim aqueles que o servem, e foram eles que me feriram.

— Que o servem? — Beor engoliu em seco, sentindo um pavor crescer em seu peito. — Quem são eles?

— Criaturas que não pertencem a essa terra, selvagens e sanguinárias. Elas acompanham o Inverno.

— Então mentiu sobre o grupo de bandidos que o assaltou no caminho. — Kira cerrou o olhar, já se arrependendo amargamente de ter aceitado o homem em sua casa.

— Não. — Clarke coçou a garganta. — Eu apenas omiti. Não queria assustá-los. Mas agora parece que não tenho mais escolha.

Beor encolheu o corpo na cadeira, abraçando seus joelhos. Não parecia real, nada daquilo, não deveria ser. De tudo o que sonhava e esperava para o seu futuro, morrer de inverno aos treze anos não estava nos seus planos.

— E como fazemos isso parar? — perguntou, inocente.

Clarke riu, uma risada amarga.

— Não paramos, ninguém pode parar. Nenhum ser humano tem esse poder.

— Então é isso? — Kira balbuciou. — Vamos morrer?

— Mas em nossa vila temos uma baixa taxa de mortalidade; pessoas morrem depois dos oitenta anos — comentou o professor Redmund, preocupado com sua própria segurança.

— No inverno, não — Clarke respondeu friamente. — No inverno, elas morrem antes de nascer.

— Como pode dizer isso? — Kira gritou, assustada.

Tristan correu até ela e a abraçou.

— Porque é a verdade. Se fossem uma cidade grande e desenvolvida, com recursos suficientes, talvez sobrevivessem. Mas não são mais do que um punhado de pedra empilhada. Eu sinto muito, mas não vão durar.

— Você sente muito?! Não pode chegar aqui e nos condenar à morte dessa forma. Você não sabe nada sobre nosso povo, sobre tudo o que já enfrentamos — Kira pestanejou.

— E você não sabe nada sobre o inverno. Não os condeno, apenas digo a verdade — respondeu o turdo.

— Por que isso aconteceu? — Beor fez a única pergunta que importava. — Por que o calor desapareceu e esse inverno tomou nossas terras?

O olhar de Clarke o encontrou novamente.

— Eu não sei — foi tudo o que ele respondeu. — Esses são assuntos muito elevados para qualquer humano, não temos como saber.

Naquele momento, Beor sentiu que ele estava mentindo. No entanto, por que ele estaria agindo assim o garoto não tinha ideia, mas sentiu que havia algo que o olhar do homem escondeu, uma responsabilidade, um fardo talvez.

— O que fazemos agora, então? — Tristan ergueu a voz finalmente, olhando para todos à volta em busca de alguma resposta que pudesse trazer um pouco de esperança.

— Honestamente? Partir. O mais rápido possível — Clarke respondeu, e todos fizeram um som de espanto ao ouvir aquela palavra.

— Como assim? —Tristan rebateu.

— Fugir. Não estamos longe de Filenea, a cidade mais desenvolvida de nossa terra e o local mais seguro nesse momento. São três dias de viagem, talvez cinco, pela minha estimativa. Eles têm uma boa estrutura, hospitais e tecnologia. Se tem algum lugar em que sobreviveremos ao inverno, é lá.

— Mas essa… — Kira riu de nervoso. — Essa é a nossa terra, nossa por direito. É a nossa casa, não vamos sair. Não podemos.

Clarke não respondeu, pois percebeu que não havia nada que ele pudesse dizer para convencê-los. O próprio inverno faria esse trabalho.

Um silêncio doloroso tomou a cozinha, enquanto apenas os estalidos das brasas queimando eram ouvidos. Estavam todos processando o que haviam acabado de perder, suas vidas como conheciam, de forma tão precoce e inesperada.

— Precisamos encontrar John — Tristan declarou, olhando para a esposa. — Ele saberá o que fazer.

— Sim. — Kira balançou a cabeça. — Precisamos checar nos bairros e ver se todos estão bem. Mas... — A voz dela sumiu, e, mesmo com orgulho, ela olhou para Clarke. — Como fazemos isso? Como saímos para fora sem morrermos de dor?

Clarke balançou a cabeça, como se pensasse se ajudaria ou não.

— Certo... Vão precisar de quatro camadas a mais de roupas, tudo pode ser usado, de toalhas de mesa a fronhas de travesseiro. Cortinas e lençóis são mais necessários agora do que nunca, mas todos os tecidos disponíveis que tiverem na casa devem ser transformados em roupa. Eu aconselharia levarem brasas queimadas em um pequeno pote de metal, para impedir que as mãos congelem no caminho.

Tristan engoliu em seco e assentiu.

— Eu vou. Você fica aqui — ele disse para a esposa. — Vamos trazer os feridos que conseguirmos para a mansão.

— Tudo bem — Kira assentiu.

— Feridos? — Clarke sussurrou, com um pesar em seu semblante.

— O quê? — O casal se virou para ele.

— Eu sinto muito, mas a essa altura é provável que muitos já estejam mortos.

10

O concílio geral

O estrago em Teith havia sido ainda maior do que pensavam. O sol tinha desaparecido por completo e o céu estava continuamente tomado por uma espessa camada de neve que não parava de cair. Ela rapidamente obstruiu as trilhas e as estradas, fazendo a missão de encontrar feridos ainda mais difícil. A maior perda da comunidade foi nas plantações. Distante das casas e, consequentemente, de fornos, fogueiras ou qualquer coisa que pudesse trazer calor, muitos morreram congelados ali mesmo, em meio às plantas. Outros foram encontrados alucinando, mal respirando, e foram levados às pressas para a mansão boticária.

Na mansão, mais e mais pessoas começaram a chegar; apenas naquela tarde quase todos os quartos foram preenchidos. Era a maior construção da vila, e Clarke instruiu para que os habitantes fossem divididos e ficassem juntos nas casas maiores, para que o calor corporal os ajudasse a enfrentar o frio.

Beor estava sentado ao lado do forno, dividindo uma manta com os amigos, enquanto observava o fogo crepitar e dançar na sua frente.

— As plantações estão destruídas — Naomi sussurrou, com o choro entalado na garganta. — Tudo o que vimos hoje. Não sobrou nada.

Beor a fitou, compartilhando da dor e do choque que assolavam a todos.

— Bom, pelo menos não vamos precisar trabalhar lá ano que vem. — Ele tentou fazer uma piada, que saiu mórbida e desconfortável. Arrependeu-se no exato momento em que ela saiu por seus lábios.

Naomi olhou para ele, ofendida.

— Desse jeito não vai ter ano que vem, seu pateta!

— Eu sei, eu sei. — O amigo coçou a garganta e abaixou o olhar, não sabendo como reagir a tudo aquilo.

— Vocês acham que Clarke está certo? Que a gente tem que deixar a vila? — Nico perguntou, fitando os amigos. Ele tremia um pouco, com os lábios rachados.

— Não! — Naomi exclamou entre arrepios, se aproximando um pouquinho mais do forno. — Nós não podemos, aqui é nossa casa, sempre foi. Não deveríamos ir para lugar nenhum. — Ela se encolheu mais na manta e suspirou.

— Talvez a gente não precise; se existem pessoas que vivem no outro continente com o inverno, talvez possamos aprender a viver aqui também — Beor comentou, tentando parecer encorajador.

— Você não acredita nisso. — Naomi cravou o olhar nele, magoada e com raiva.

— O quê?

— Você queria isso! Sempre quis. — Apontou para cima. — Um motivo pra sair daqui, para deixar a vila.

— Mas não assim. Nunca assim. — Ele cerrou os lábios, sentindo-se incomodado e culpado. A alegria de finalmente ter uma oportunidade de deixar a vila juntava-se à tristeza inesperada de ver tudo o que cresceu em volta agora sem vida, frio e coberto de neve.

— Mas você pediu! — Naomi continuou, provocando-o. — Pediu tanto que talvez as estrelas tenham ouvido e mandado esse frio.

— O quê? Está louca? Isso não foi culpa minha! — Seu rosto tomou um semblante ofendido, mas por dentro se perguntou se a amiga não estaria certa, se ele não tinha alguma influência naquilo.

— Não é justo, Naomi — Nico concordou, encostando a mão no ombro dela. Esse simples ato a fez se acalmar, como se uma onda de paz passasse por seu corpo, e ela abaixou os ombros. Seu corpo reclinou de forma quase involuntária para Nico.

— Eu sei, só não quero ter que ir embora — choramingou, com os olhos enchendo de lágrimas.

— E não vai! — Beor aprumou o corpo. — Isso vai passar. Vai passar logo, talvez dure apenas alguns dias! — Ele arqueou as sobrancelhas. — Nós não sabemos. Não sabemos o que esperar.

— Não precisa fingir que se importa — Naomi sussurrou, com um olhar triste.

— Mas eu me importo. — Ele suspirou, com a cabeça caindo.

Nada é tão cruel quanto a primeira noite de inverno para um povo que cresceu com o calor do Sol. Beor dormiu espremido entre os seus pais; eles não tinham esse costume, e dormir com eles o fez se sentir um pouco desconfortável, mas não havia outra opção, era a única garantia de que estariam os três vivos pela manhã. Todas as famílias que haviam se mudado para a mansão dormiram juntas. Clarke os alertou sobre os perigo da noite, como ela podia ser ainda mais cruel e mortal do que o dia. O estrangeiro, junto com algumas outras pessoas que não tinham família, passaram a noite na cozinha, que agora era o cômodo mais disputado de toda a casa.

A manhã veio de forma lenta e arrastada, porém trouxe consigo uma pequena mudança no céu, que clareou um pouco e fez parar de nevar. Poucos dormiram durante a noite, preocupados demais se iriam ver o dia seguinte. Na cozinha, Clarke se permitiu descansar por algumas horas, caindo em um sono profundo e sem sonhos, e acordou pela manhã com o primeiro barulho de passos. Assim que despertou, percebeu sua dor, ainda mais aguda do que na noite passada. As camadas de gelo haviam crescido por sua perna como ondas tomando a areia da praia. O gelo estava ainda mais espesso do que no dia anterior e se espalhou, chegando ao joelho e começando a crescer por sua coxa.

Clarke não entendia o que estava acontecendo, mas tinha algumas teorias. Tinha certeza de apenas cinco coisas naquele momento: iria morrer em alguns dias, o tratado havia sido quebrado, uma guerra estava prestes a acontecer, guardava em sua capa algo que poderia influenciá-la e, por último, tinha que fazer algo a respeito disso.

Ele se ajeitou na cadeira, recolhendo as forças para se levantar; as suas duas bengalas estavam encostadas na mesa, a alguns metros de distância. Sua mente funcionava como mil engrenagens, tentando pensar em uma forma que pudesse deixar a vila. Aconteceria um concílio na mansão dentro de algumas horas, e, pelas falas ríspidas e olhares desconfiados, ele sabia que seria o principal interrogado. Talvez, se colaborasse o bastante, poderia convencê-los a lhe dar um cavalo e um auxiliar, para terminar a viagem até Filenea. Pelas estrelas, só faltavam alguns dias. Estava mais perto do que nunca agora e, ao mesmo tempo, nunca esteve tão longe.

— Ei, você — professor Redmund, que estava sentado do outro lado da mesa, o chamou; ele tinha uma faixa cobrindo parte do seu abdômen, resultado do acidente da carroça, e o rosto aparentava cansaço e fraqueza.

Clarke virou a cabeça para ele, sem qualquer interesse em interagir com o velho.

— Esse é o seu apego? — o professor perguntou, apontando com a cabeça para as mãos de Clarke, que estavam agarradas à sua capa, prendendo-a bem firme, rente ao peito.

O guardião arregalou os olhos, assustado. Já havia percebido desde que chegara que o povo dali tinha um pensamento um tanto primitivo e limitado do mundo e não deixou de notar que a maioria dos habitantes estava sempre agarrada a algum objeto completamente aleatório, como um bando de fanáticos.

— Não. — Ele abraçou a capa um pouco mais. — Claro que não — respondeu de forma seca e com um olhar orgulhoso. — Eu apenas gosto muito dela.

— É um apego, então.

Clarke cerrou os lábios, irritado; não aceitaria ser comparado àquelas pessoas que nem sobrenome tinham, mas, antes que pudesse responder ao homem, Kira entrou pela porta.

Ela suspirou de alívio ao contar todos no cômodo e atraiu toda a atenção para si.

— Bom dia. Fico feliz que estão todos bem, não tivemos nenhuma perda na mansão.

— Mas e quanto ao resto da vila? — perguntou uma senhora que estava deitada em uma maca improvisada, ao lado da lareira.

— Eu ainda não sei. Alguns moradores estão a caminho, junto com o nosso interino, para realizarmos o concílio e decidirmos os próximos passos — ela respondeu, olhando para Clarke.

Beor acordou melancólico pela manhã. Dormiu muito mal durante a noite, estava desconfortável e o seu pescoço doía pelo mal jeito.

Ele empurrou a coberta para o lado e saiu da cama, o toque dos seus pés no chão frio de madeira fez seu corpo tremer, e ele correu para calçar suas botas. Odiava o inverno, já o odiava completamente. Caminhou de forma lenta e deprimida até a janela, querendo muito acreditar que veria o sol quando abrisse as cortinas.

— Por favor... — ele exclamou de olhos fechados, puxando uma cortina.

Para a sua decepção, o céu estava acinzentado com algumas pinceladas de branco, mas sem sol ou luz dourada à vista. Houve, porém, algo que chamou sua atenção: três estrelas, brilhando tão forte entre as nuvens que não podiam passar despercebidas.

Eles as fitou, lembrando da lição de Sergei e da história de seu pai: se elas o viam, talvez nem tudo estivesse perdido, talvez o inverno passasse afinal, talvez, em um momento mais distante, tudo fizesse sentido. Ele encontrou forças nas estrelas, que nem o próprio inverno, nem a densa neve foram capazes de esconder. Tudo que lhe era comum e familiar havia desaparecido, tudo menos elas.

Beor desceu as escadas quando o concílio da vila estava prestes a começar, no saguão principal da mansão. Havia sido aberto para as pessoas que estavam na casa, já que nada as impediria de ouvir. John já havia chegado, junto com sua esposa, que não aparentava estar muito bem de saúde quando Beor a viu passar, e Naomi, que correu até ele assim que o avistou.

— Está terrível lá fora! — ela exclamou, enrolada em sua manta, logo que alcançou o amigo. — Papai falou que vamos ficar aqui agora, para o bem da saúde da mamãe.

— Pelo menos alguma coisa boa desse inverno. — Ele sorriu.

— Acho que sim. — Naomi sorriu de volta. — Você viu Nico? — Ela esticou a cabeça, na esperança de que ele estivesse perdido entre as pessoas que pareciam sair de todos os lugares.

— Ainda não, acho que não chegou.

— Que pena. Bom, o concílio vai começar, vamos! — Ela puxou Beor pela mão para o centro do cômodo, onde um grupo de homens estava espalhado pelos quatro sofás e algumas cadeiras colocadas.

Clarke estava sentado no primeiro sofá, ao lado de Tristan, enquanto era fuzilado por diferentes olhares. Depois de alguns minutos de murmúrios e cochichos, John finalmente se levantou, fazendo todo o som do ambiente cessar de uma vez.

— Bom dia a todos. — Ele coçou a garganta, não havia nada de bom naquela manhã de luto e perdas, e isso era transparecido em seu olhar distante e cansado. — Agradeço a todos que puderam comparecer mesmo em meio a condições tão hostis. — Ele esboçou um sorriso triste. — Estamos aqui para discutir os últimos eventos e os nossos próximos passos como comunidade para enfrentar esse tal inverno. — Ele engoliu em seco, sendo obrigado a simplesmente aceitar aquele fato.

Todos continuaram a encará-lo, esperando.

— Temos entre nós um forasteiro — ele apontou para Clarke —, que é, até o presente momento, o único que pode nos fornecer algumas respostas. Por favor, se levante. — Ele fitou Clarke, que piscou, demonstrando desconforto com a demanda.

O guardião se segurou com dificuldade nas suas bengalas e fez força para levantar, mas falhou nas duas primeiras tentativas. Desconcertado e com raiva, ele finalmente aceitou a ajuda de Tristan, que o colocou de pé.

— Você aceita ser interrogado pelo conselho de Teith e se submeter à autoridade de seu interino? — o líder perguntou, com um olhar nada acolhedor. Havia bastado um dia de inverno para esfriar muita da mansidão de John.

— Sim. — Clarke rangeu os dentes, enquanto a raiva pelo homem crescia em seu peito e os braços doíam pela força para ficar em pé.

— Jura compartilhar apenas a verdade e colaborar em tudo que for possível?

— Sim; caso não tenha percebido, é o que já estou fazendo — o guardião provocou.

— Certo. — John se sentou, cruzando as pernas.

Com as mãos tremendo e vacilando, Clarke fez o movimento para se sentar também.

— Não. — O líder o interrompeu, levantando a mão. — Enquanto for interrogado deverá permanecer de pé, como manda a tradição.

— Mas John, ele… — Tristan tentou intervir, mas apenas um olhar do líder bastou para calá-lo.

— Nos diga, Clarke de Filenea, por que veio até nossa vila? Como descobriu nossa localização? — John perguntou.

Clarke respirou fundo e fechou os punhos na bengala, imaginando que era o pescoço do líder.

— Como eu já disse anteriormente, o meu encontro com sua comunidade nunca foi planejado, foi um mero e infeliz acidente. Depois de ser desviado do meu destino original, acabei encontrando a vila, por pura sorte e nada mais. Se é isso que os preocupa, posso garantir que a localização deste lugar não é conhecida por ninguém da Terra do Sol. — Ele blefou, já que não tinha como garantir aquilo; porém, realmente não esperava que ninguém conhecesse ou se importasse com aquele mísero lugar.

— E, por favor, nos esclareça de uma vez por todas: Você jura não ter nenhuma relação com a chegada do inverno em nossa vila? — John perguntou, com incredulidade em sua voz.

— Juro, é claro que juro. Eu não teria qualquer motivo para trazer algo tão ruim a um povo que mal conheço, e, como já disse, nenhum humano comum seria capaz de fazer isso. Eu não tenho esse poder.

— Mas não acha suspeito que esta tragédia tenha caído sobre nós logo após a sua chegada? — o líder continuou a confrontá-lo, gerando algumas reações e comentários entre os presentes.

— É isso mesmo! Foi culpa dele — alguns disseram.

— O inverno chegaria até a vila de uma forma ou outra! Mesmo que eu não os tivesse encontrado, ontem o sol não mais existiria. Foi um grande infortúnio tudo isso e, especialmente, eu ter vindo parar aqui. Nunca foi minha intenção e eu não sei como poderia deixar isso mais claro.

Do outro lado, Beor continuava a observar Clarke, a sua dificuldade em permanecer em pé, a doença horripilante que o tomava e o olhar em seu rosto, cansado, irritado, perdido. Pela primeira vez acreditou no homem. Observando a figura exótica de Clarke, as pernas azuis, cobertas de gelo, e uma longa capa toda rasgada que ele insistia em usar, Beor se atentou para algo.

— Naomi... — ele sussurrou para a amiga ao seu lado, que observava tudo atentamente.

— O quê? — ela respondeu, sem prestar atenção.

— Tem algo dentro da capa dele. — Ele apertou os olhos, focando na elevação que tinha logo acima da barriga do homem.

— O quê? — Naomi olhou para ele.

— Ali, ele está guardando algo — ele afirmou, em um sussurro, tendo a sua mente tomada por curiosidade. — É por isso que ele sempre está com ela... profe Redmund comentou de ser um apego.

— E pode ser. — Ela deu de ombros e voltou a atenção para o interrogatório. — Às vezes é um mapa, um caderno... como vamos saber?

— Verdade — Beor sussurrou, enquanto percebia que aquela curiosidade já o tomava por inteiro.

Ele sentia, de uma forma que não podia explicar, que Clarke sabia algo sobre o inverno. Estava lá, escondido no canto do olhar do homem, algo que ele não estava compartilhando. Não acreditava que ele fosse mal ou culpado, mas guardava algo, e talvez aquela capa estivesse ligada a isso.

— É por isso — Clarke elevou a sua voz, dissipando os comentários e sussurros — que tenho algo a pedir para vocês.

John franziu as sobrancelhas, surpreendido.

— O inverno é tão odiado por mim quanto por vocês — ele falou com tanta dor em seus olhos que não puderam duvidar de sua sinceridade. — E me disponibilizo a instruí-los em tudo para que então possam partir. No entanto, eu preciso sair daqui rápido. Eu tinha uma missão antes de vir parar neste lugar e pretendo concluí-la — Clarke disse, fazendo uma careta involuntária quando mencionou o lugar que ele já odiava quase tanto quanto o inverno.

— Você está muito doente! — John exclamou. — Não vejo como conseguiria ao menos montar em um cavalo.

— Eu sei, e é por isso que precisaria de uma carroça, um cavalo e um voluntário, alguém para guiá-la.

Silêncio tomou conta do cômodo, só a ideia de que alguém seria entregue para acompanhar o forasteiro louco em seja qual fosse sua missão era arrepiante, o pior destino que um habitante respeitável de Teith poderia receber.

— Eu vou! — Beor exclamou, levantando a sua mão, sem nem mesmo pensar a respeito. — Eu poderia levá-lo, sei como conduzir uma carroça.

— Mas é claro que não! — Kira bradou do outro lado, com o olhar furioso.

— Mas mãe!

— Beor, sua segurança está fora de cogitação. — Ela o olhou de forma firme, dando aquele assunto por encerrado.

— Você está louco? — Naomi sussurrou do seu lado.

— Eu... — Ele desmontou no braço do sofá em que estava. — Não custava tentar.

— É um pedido muito difícil, esse seu. — John se levantou, fitando o guardião. — Entregar um dos nossos e um dos nossos animais também.

Todos fitavam o líder com expectativa e ansiedade.

— Mas pode ser realizado — ele falou, finalmente. — Com uma condição.

— Qual? — perguntou Clarke.

— Não temos a intenção de deixar a nossa vila. — O líder bateu o pé no chão, gerando uma comoção entre as pessoas, que com gritos e comentários concordaram com ele. — Se garantir a nossa sobrevivência e nos instruir em como podemos sobreviver permanecendo aqui, você poderá partir com cavalo, carroça, homens e o que mais precisar.

Clarke retesou o maxilar, pensativo. Era um povo estúpido, isso estava claro, não queriam ouvi-lo e não partiriam. Eles iriam cavar a própria cova naquele oceano de neve e gelo, mas ele poderia fazer algo, poderia cumprir a sua missão e, talvez, mover uma engrenagem, por menor que fosse, que mudaria o destino daquela terra.

— Combinado. — Ele sorriu, mentindo e maquinando em sua mente outro plano.

— Por onde começamos, então? — o líder perguntou, dando alguns passos e se aproximando dele.

— Para sobreviverem o máximo possível, a primeira coisa a se fazer é racionar toda a comida restante.

11

O plano fadado ao fracasso

O racionamento começou naquela mesma tarde, logo após o concílio. Homens foram mandados de volta para as plantações — cenário trágico em que todos tentavam não pensar, para averiguar se ainda havia algo que poderia ser usado. De toda a vastidão e quilômetros de plantações, apenas algumas caixas de couve, rabanete e sementes foram salvas.

Na vila mais de vinte casas foram evacuadas, para que o maior número de pessoas habitasse em uma só moradia, favorecendo uma temperatura mais amena nos interiores. Toda a comida e os grãos de cada família foram levados para a mansão interina, onde foram divididos em partes iguais para cada casa habitada. Simultaneamente, em meio a todo o tumulto e preparações para sobreviverem nos próximos dias, os mortos foram enterrados, todos de uma vez, em valas cavadas pelos homens mais fortes. Era um trabalho que

ninguém queria fazer, se despedir, mas concordavam que o inverno não deveria tirar o restante da dignidade daqueles que se foram; todos seriam enterrados com honra, mesmo que não existisse qualquer esperança debaixo da terra.

Beor estava escorado no batente da janela da sala observando o movimento do lado de fora, os homens que saíam e chegavam com notícias e provisões, montados nos poucos cavalos fortes o suficiente para resistirem à neve. Ele queria estar lá fora com eles, ajudando, fazendo algo, mas sua mãe não havia permitido.

Por isso só havia restado para ele observar, com um semblante melancólico, o que a grama verde ao redor da casa se tornou: uma mistura de neve, lama e pequenos sulcos, formados pelas pegadas dos cavalos. As árvores em volta colaboraram para o cenário taciturno, com seus gordos galhos tomando a forma de nuvens brancas, cobertos pela neve e o céu no fundo, anunciando a noite que chegava.

— Ainda pensando em fugir? — uma voz o chamou para a realidade. Quando ele virou o rosto, deparou-se com Naomi sentada no sofá ao seu lado.

Beor soltou um respiro alto e abafado e apoiou suas costas na janela.

— Acha mesmo que eu tenho culpa nisso? — ele perguntou, abaixando o olhar. — Você disse ontem…

— O quê? — A amiga apertou os olhos. — Não. Eu estava assustada, ainda estou, mas não acho que você teria esse poder. Desculpa te decepcionar — ela disse, debochando do amigo.

— Eu sei que só faz um dia, mas… — Ele enrolou os braços em torno de si, tentando encontrar algum consolo no ato.

— É horrível — Naomi completou.

— É pior que isso. — Suspirou pesado. — É um pesadelo que não parece real, não deveria ser. — Ele caminhou até o sofá e se sentou ao lado da amiga. — Eu juro, Na, eu acordei pela manhã e por um único segundo pensei que era um sonho. Que tudo não tinha passado de um pesadelo. — Ele abaixou o olhar. — Mas então o frio me encontrou, e aí eu acordei de verdade.

— Não é justo mesmo, nada disso é — a amiga concordou. — E o pior é saber que os adultos estão tão perdidos quanto nós.

— E justo agora! De todos os tempos, agora? — Beor resmungou. — É estúpido, mas eu sinto que é pessoal. — Ele cruzou os braços. — Seja lá quem, o sol... o verão, ele decidiu desaparecer exatamente porque sabia que eu tinha toda uma vida para viver. Me condenando a não só viver em Teith, mas talvez a morrer aqui.

— Beor! — Naomi exclamou.

— É verdade. Você não viu quantos morreram? Eles não querem compartilhar, mas eu ouvi meus pais falando. — Ele se aproximou da amiga, observando se não havia alguém por perto. — Pessoas morreram dormindo, Naomi, dormindo! Eles não estão falando os nomes, mas... talvez tenha até gente da nossa turma. — Ele engoliu em seco, não querendo compartilhar com a amiga que sabia, de fato, que um dos alunos, Quylis, havia morrido há poucas horas.

— Não, não pode ser. Eu não quero morrer, não tô pronta — a amiga sussurrou, com o choro entalado na garganta.

— E muito menos eu. — Ele deu um soco na almofada do sofá, indignado.

— E o que nós vamos fazer? — A amiga fez a única pergunta que importava.

— Como assim? — Beor riu.

— Como assim? — Ela arqueou a sobrancelha. — Você é, por mais que eu não goste de admitir, mais inteligente do que todos nós — disse Naomi, com uma careta. — Não pensei que iria desistir da sua vida de aventuras com tanta facilidade, você odeia ser contrariado.

— Mas... Naomi! O que eu poderia fazer?

— Eu não sei, mas tenho certeza que pode pensar em algo. — Ela gesticulou, encorajadora.

Beor balançou a cabeça concordando e se sentindo desafiado pelo elogio. Ele realmente acreditava que era o mais inteligente dali e que teria um destino glorioso; sentia isso desde que era pequeno. Ainda queria deixar Teith e conhecer o mundo inteiro, tudo o que precisava era que aquele inverno fosse embora.

— Os adultos estão tão perdidos quanto nós — ele refletiu. — Precisamos de alguém que saiba o que está fazendo.

— E você tem alguma ideia?

— Não, nenhuma. — Beor virou o rosto lentamente para a porta da cozinha. — Mas ele tem.

Clarke tinha que partir ainda naquela noite, sentia que suas forças estavam se exaurindo a cada hora, algo o consumia por dentro, enfraquecendo não apenas o seu corpo, mas seu espírito. Havia escutado sobre a estratégia de domínio do inverno antes, o controle dos pensamentos, o enfraquecimento da mente, mas não pensou que ele, um guardião tão bem treinado, poderia ser afetado por isso. Ainda assim, sentia que lutava ferozmente com sua própria consciência, recusando-se a aceitar a derrota.

Fazia dois dias que estava naquele lugar, e o inverno havia tomado toda a terra e progredia de formas que ele pensava ser impossível até então. Algo estava acontecendo, algo muito maior do que as mentes pequenas daquele vilarejo poderiam compreender.

— Você pode mesmo fazer o inverno ir embora? — uma voz de criança o chamou. Ao levantar a cabeça, deu de cara com o menino desvairado, filho dos boticários.

Ele o encarou e suspirou, pensando em qual seria sua resposta.

— Talvez — respondeu, com hesitação, e percebeu que havia feito a coisa certa ao ver um brilho se acender nos olhos do garoto.

— Pode mesmo? — Ele suspirou, cheio de expectativa, e se sentou na cadeira ao lado de Clarke. — Eu sei que os adultos não te ouvem, mas... eu posso te ajudar.

— Preciso da sua ajuda — ele falou ao mesmo tempo que o garoto.

— É claro! — o garoto sussurrou com os olhos cintilando. — Faço o que pedir, parto com você.

Clarke moveu a cabeça para trás, surpreso positivamente com a reação. Era um garoto louco mesmo.

— É filho dos boticários, não é?

— Isso mesmo, senhor... moço, estrangeiro — ele se embolou em como se referir ao homem.

— E está mesmo disposto a fazer isso? Deixar sua vila e partir comigo?

— Mas é claro, deixar essa vila é tudo que eu sempre quis! — ele exclamou, um pouco mais animado do que deveria. — E não vamos aguentar esse inverno, ninguém vai.

— Não vai ser uma jornada fácil.

— Eu estou preparado, li muitos livros.

— Talvez você possa morrer.

— Eu... espera, o quê? — ele exclamou. — Não, eu não quero morrer, não.

— Estou brincando — Clarke sorriu, mentindo. — Você vai ficar cem por cento seguro, eu garanto. — Estendeu as mãos, tentando ser encorajador.

— Excelente! Estou totalmente disposto a ajudar, contanto que eu viva aventuras e não corra riscos, entende?

— É claro — o guardião respondeu, porém sem sorrir. O que estava fazendo? Colocaria mesmo em risco a vida de uma criança que ainda não entendia a seriedade do que estava acontecendo? "Não é para isso que fui treinado", pensou.

— Ótimo, então qual é o plano?

— Plano? — Clarke respondeu, saindo de seus pensamentos. Por que crianças tinham a mania de tentar tornar as coisas mais sérias em meras aventuras? A aprendiz em Filenea agia da mesma forma.

O rápido pensamento de sua cidade natal fez seu peito arder de saudade e, principalmente, receio de que ela nunca recuperasse sua glória novamente. Não tinha medo de morrer, contanto que Filenea vivesse e fosse mais uma vez iluminada pelos raios do sol. Para isso tinha que completar a sua missão, mas não às custas de outra vida.

— Preciso de um cavalo — falou, finalmente. — O mais saudável e forte que vocês têm. Esqueça a carroça, ela... não será mais necessária.

— Por quê?

— Isso não importa, o que importa é se posso contar com você. Pode fazer isso para mim, Beor? Se conseguir trazê-lo de noite até a porta dos fundos que sai pela cozinha durante a noite, poderei... digo, poderemos partir sem sermos notados. É necessário preparar uma bolsa com corda, coberta e grãos de reserva também.

— Claro. Mas eu vou com você, não é?

— Claro que vai. Contanto que antes que a noite tome toda a terra esteja aqui com o cavalo.

Beor sorriu e se levantou da cadeira, movido pela expectativa da aventura.

— É claro, eu estarei.

Ele acenou com a cabeça e partiu em direção à sala.

— Beor! — Clarke chamou e ele se virou. — Quantos anos você tem mesmo?

— Treze — respondeu confiante. — Praticamente um adulto.

— É claro. — Clarke se segurou para não rir da inocência. Se soubesse da verdade do mundo ele nunca desejaria crescer. — Tem um bocado de coragem em você, senhor praticamente adulto. Tenho certeza de que será útil no tempo certo.

— Obrigado, eu acho.

Beor voltou para a sala com um olhar diferente e uma nova expectativa no peito. Procurou de imediato os amigos, mas Naomi não estava em nenhum lugar que pudesse ser vista, e a figura de Nico saindo de um dos cômodos foi mais do que suficiente para que ele corresse até o amigo.

— Nico! Nico! Nico! — Chegou esbaforido.

— O que foi? — O rapaz estranhou a animação de Beor nas condições tão miseráveis em que estavam. Sentia que a ficha do amigo ainda não havia caído e tinha medo de que isso nunca acontecesse.

Beor o puxou pelas mãos até o único canto da sala que estava vazio.

— Preciso da sua ajuda — declarou, determinado. — Precisamos roubar um cavalo.

Nico permaneceu atônito, se perguntando se Beor não havia enlouquecido. Talvez fosse a forma dele de lidar com o choque dos últimos dias.

— O quê? — Arqueou as sobrancelhas.

— Não pode contar para ninguém, mas eu vou ajudar Clarke a sair da vila e levar o inverno embora.

— Não vai, não. — Nico riu. — Sua mãe não deixou você ir com ele, sem contar que John disse que só iria entregar o que ele precisa para partir depois de nos ajudar.

— Sim, e é exatamente por isso que precisamos *roubar*. — Beor gesticulou com as mãos, dando ênfase na última palavra, enquanto Nico o encarava com a cara fechada. — Nico, por favor! — Ele juntou as mãos. — É por uma boa causa, Clarke falou que, se ele partir, talvez possa ajudar a trazer o verão de volta.

— E você vai com ele?

— É claro! — Beor exclamou como se fosse óbvio. — Trazer o sol de volta e conhecer o mundo? Que outra oportunidade eu teria?

Nico suspirou, ainda não levando toda a ideia a sério.

— Se quer roubar um cavalo, precisamos ir ao estábulo — respondeu, finalmente, para a alegria do amigo.

— Exato — Beor assentiu. — Você pode ficar de vigia para mim, enquanto eu entro e escolho o mais forte.

— Tudo bem — Nico bufou, revirando os olhos. Lá iam eles para mais uma aventura inconsequente. Em seu íntimo sabia exatamente como terminaria, mas decidiu não desencorajar o amigo, o espírito vivo de Beor era um pouco do que precisava naqueles dias frios.

O estábulo da mansão boticária ficava a alguns metros de distância da casa, ainda mais perto da fronteira com a floresta de Dorcha. Beor vestiu um casaco do pai que encontrou pendurado na porta e Nico apertou contra o corpo a manta que o cobria. Eles saíram de forma sorrateira pela porta dos fundos, o crepúsculo cobria o céu e lentamente se espalhava por entre as árvores; em alguns minutos a noite já tomaria tudo. Nico carregava uma lamparina que bruxuleava, iluminando o caminho e afastando a iminente escuridão. Beor ia na frente, agora que seus pés pisavam na neve e o frio cortava seus lábios, questionando a sua decisão. Ele não iria partir, não poderia. Onde estava com a cabeça? Era corajoso em seus pensamentos, mas ali, naquele momento, se sentiu completamente paralisado.

Quando chegaram ao estábulo, depois de caminharem com dificuldade pela neve, Beor empurrou a porta e entrou no local enquanto Nico o seguia com a lamparina. No momento em que seus pés tocaram o chão de madeira, agora tomado por uma mistura de lama, neve e grama, dois cavalos ao lado se assustaram, relinchando alto, e os garotos deram um pulo para trás.

— Beor! — Nico exclamou, quase derrubando a lamparina.

— Foi mal — Beor resmungou, tentando não mostrar que estava assustado. — Vamos!

Tinha cinco cavalos no estábulo. Dois à sua esquerda, próximos à entrada; um à direita, mais afastado; um que parecia estar dormindo no chão; e, por último, um que Beor não podia ver com clareza, apenas a enorme sombra dele ocupava a parede dos fundos, próxima à porta que levava para a floresta.

— Tudo bem, aquele lá parece ser o maior — disse ele com uma falsa confiança, apontando para a silhueta nos fundos. — Deve ser o ideal para a viagem.

— Eu não sei, não, Beor, acho que a gente tinha que voltar — Nico balbuciou, sentindo os pelos de seu braço arrepiarem.

— Se estiver com medo, pode ir. Eu fico aqui. — Beor deu um passo à frente, porém, com a voz trêmula entregando o seu próprio medo.

— E deixar você sozinho aqui? Sem chance. Se a gente morrer, a gente morre junto. Porque, se só você morrer, é comigo que a sua mãe vai brigar.

Beor parou no caminho e soltou um risinho, voltando o olhar para o amigo. Ele sentiu o medo se dissipar um pouco do seu peito.

— Vamos, então.

O estábulo era longo e estreito e foi parecendo estranhamente vazio à medida que caminhavam. Beor parou a alguns centímetros do cavalo que estava deitado no chão; sentiu, talvez tarde demais, que algo estava errado.

Os cavalos estavam mais do que silenciosos e assustados, eles estavam em choque. O que aconteceu no coração de Beor naquele instante foi algo que nunca conseguiria explicar. Ele sentiu uma presença, forte e pesada, mais pesada que a neve ou que as botas encharcadas; era uma consciência que ele simplesmente conseguiu pressentir, ali, naquele espaço. Não um animal, não um humano... algo. Outra coisa.

— Nico — sussurrou, assustado, para o amigo. — A luz.

Nico moveu a mão ao lado de Beor, iluminando finalmente o corpo do cavalo no chão. Ele não estava dormindo como o garoto pensava, estava morto, completamente sem vida, e o assassino não estava muito longe.

O cerco do inverno

Beor levantou a cabeça lentamente, trêmulo, sentindo cada músculo do pescoço distendendo com o movimento. A tensão e a adrenalina corriam por todo o seu corpo.

— Nico, acho que aquilo não é um cavalo.

— É… — ele respondeu — e acho que essa foi, oficialmente, a sua ideia mais burra de todas.

O animal na penumbra próximo à porta dos fundos, até então silencioso, rosnou, e o seu hálito foi capaz de fazer o chão tremer sobre eles.

— No três a gente corre, tá bom? — Nico falou, atrás de Beor.

— No três? A gente corre é agora mesmo! — Beor exclamou e virou o corpo para trás, cometendo o seu maior erro. Sem mais contato visual, o monstro se levantou, provando que sua sombra era ainda maior do que mostrava, e avançou na direção das crianças.

— A gente vai morreeeer! — Beor gritou, agarrando-se no braço de Nico, enquanto corriam a toda velocidade até a entrada do estábulo.

O segundo cavalo, que havia se assustado com Beor no início, se moveu de repente, quebrando a portinhola de madeira que o prendia e parando logo atrás dos garotos.

Ele não era páreo para a criatura medonha, nunca conseguiria lutar com ele, mas ainda assim permaneceu ali, protegendo os humanos e relinchando, com os olhos esbugalhados e os cascos batendo ferozmente contra o chão. O monstro na escuridão hesitou, Beor ainda não conseguia vê-lo claramente, mas já tinha certeza de que era muito maior do que qualquer animal comum. Alternando entre correr, gritar e olhar para trás, Beor finalmente alcançou o lado de fora, com Nico ao seu lado. O seu coração palpitava e as pernas tremiam, fraquejando. Ele ouviu um som nada agradável atrás de si e, ao virar rapidamente o rosto, viu o cavalo sendo jogado para o lado pela criatura. Ele correu com toda a sua energia e encontrou certa força na visão das estrelas que brilhavam no céu. Porém, o monstro ainda permanecia no seu encalço, e simplesmente sentir a presença dele atrás de si fazia suas pernas vacilarem.

Nico corria com muito mais vigor e agilidade à sua frente, enquanto Beor se sentia traído pela própria neve, que se acumulava em suas pernas. As batidas de seu coração se tornaram toda uma comitiva de guerra, de tão alto que retumbavam, e, quando se deu conta, suas pernas falharam e ele caiu com tudo na neve. A criatura atrás de si respirava pesadamente, indicando a sua aproximação, e Nico não estava mais em nenhum lugar em volta. "Burro, burro", era tudo o que Beor repetia em pensamento enquanto virava a cabeça lentamente.

Os seus olhos falharam e a sua respiração parou por um instante assim que vislumbrou a criatura. Não mais protegida pela escuridão, ela agora se estendia à sua frente, provando ser tão alta quanto o estábulo. Ela se parecia com uma raposa, porém era branca como a neve, tinha mais patas do que deveria e diferentes caudas balançavam nas suas costas. O seu olhar era paralisante, e no momento em que encontrou o de Beor, o garoto teve a sensação de que o tempo parou à sua volta. Iria morrer ali, porém, mais do que isso, teve a sensação, quase a certeza, de que todos também morreriam. Sua mente foi inundada por imagens, pesadelos ganhando forma, e ele piscou, tentando lutar contra o terror que o abatia. O animal rosnava e se aproximava, uma passada de cada vez, mantendo o olhar fixo no garoto, o que o impedia de se mover.

Muito ao longe, Beor ouviu um leve som de passos, mas nada que o fizesse reagir, já que isso era impossível. Porém, no instante seguinte, o animal cortou a conexão com ele, virando o rosto de repente. Beor respirou pesadamente e sentiu a força voltar ao seu corpo, tinha controle sobre si novamente. Em um ímpeto moveu as pernas, tentando se levantar, não iria desperdiçar aquela oportunidade. Assim que se pôs de pé, conseguiu ver mais claramente quem havia atraído a atenção do monstro. Para a sua surpresa, Clarke estava parado do lado de fora, apoiado pelas duas bengalas. Seu pai, Tristan, estava parado atrás dele e ao seu lado estava Nico, que havia corrido para avisá-los.

Beor engoliu em seco, o monstro estava entre ele e a porta, apesar de que, a esse ponto, ele pensava que nem a

mansão seria de muita proteção contra o animal. Clarke, com a ajuda das bengalas, deu alguns passos à frente, se afastando da entrada. Seu olhar estava preso ao do monstro, mas, diferente de Beor, não havia sido paralisado por isso. Ele carregava uma ferocidade em seu rosto que surpreendeu o garoto, não tinha qualquer medo do animal e parecia mais vivo do que havia estado pelos últimos dois dias.

Em uma questão de segundos o animal rosnou para o estrangeiro e avançou com tudo, as patas traseiras impulsionando todo o corpo. Não se demorou, como fez com Beor; parecia algo mais pessoal. Em um reflexo, Tristan abraçou Nico na porta e Beor caiu para trás. Um só pulo e as garras do animal estavam prestes a alcançar o guardião. Clarke respirou fundo, como havia sido treinado, e, mesmo com a dor irradiando pelo seu corpo, tomou sua posição de batalha, com sua perna direita na frente e a esquerda atrás. Resoluto, largou a bengala da mão esquerda, que caiu com um baque na neve, e, tão rápido quanto o próprio lobo, pegou o seu catalisador na cintura e o posicionou à frente do rosto. O dourado da adaga brilhou, refletindo a fraca luz das estrelas. Com a mão firme, ele a fincou na cabeça do lobo, a alguns centímetros de seu rosto.

— *En anith lyriumthrya* — O guardião bradou em alta voz.

A adaga brilhou em suas mãos, ardendo pela energia que estava sendo consumida e cegando rapidamente todos em volta. Clarke sabia que aquele era um comando arriscado, exigia muita energia vital, talvez mais do que ele poderia dar naquele momento, mas sabia que também era o único que os salvaria. Com um uivo de dor, a pele do focinho do animal queimou, e ele foi lançado para longe com uma força descomunal. Seu corpo bateu contra as árvores mais distantes e diversos galhos foram quebrados, causando um estrondo. Em seguida, o animal se levantou ferido e fugiu mancando para dentro da Dorcha, desaparecendo entre a escuridão.

O brilho da adaga se dissipou e o corpo de Clarke cobrou o preço; havia usado o comando de repulsão, com o qual empregara a força do próprio monstro contra ele. De imediato, toda a energia do homem lhe deixou, e ele tentou, sem sucesso, se apoiar na bengala, antes de cair com tudo para trás. Tristan e Nico o seguraram, e Beor, que ainda assimilava tudo, correu até eles.

— Beor! — Tristan exclamou, aliviado ao ver o filho ao seu lado.

— Ele está bem?! O que aconteceu? — Beor perguntou, com o coração batendo na boca.

Os olhos de Clarke piscavam, incapazes de se manterem abertos; ele estava apagando.

— Ele acabou de nos salvar — Tristan falou. — Foi isso o que aconteceu.

Não havia lógica de Tristan que explicasse o que ele tinha acabado de presenciar. O corpo desacordado de Clarke estava estirado em um colchão na cozinha, bem ao lado do forno, e Beor e Nico estavam encolhidos ao lado dele, tremendo de choque e de frio.

— O que foi que vocês estavam pensando?! — Kira rosnou entre os dentes com a voz ofegante, enquanto andava de um lado para o outro.

— Eles estão bem e estão vivos — Tristan respondeu, da cadeira da mesa em que estava sentado. — Isso é o que importa.

— Me desculpa, mãe, a ideia foi minha — Beor admitiu em um sussurro. — Eu queria muito trazer o sol de volta.

Com a adrenalina finalmente baixando e o perigo tendo partido, o garoto se sentia agora terrivelmente envergonhado de sua inocência; nunca conseguiria deixar a vila, não sobreviveria um dia sequer em meio àquele inverno.

A resposta dele surpreendeu a mãe, que se acalmou entre longos suspiros.

— É um alívio estarem ambos bem, mas, pelos céus, Beor, não sei como continuaria vivendo se algo acontecesse a você! Precisa entender, não pode mais agir assim, de forma inconsequente. Não é mais uma criança, e lá fora não é mais verão.

O filho abaixou o olhar, sentindo a culpa e a vergonha vindo sobre si. As duas afirmações lhe doeram mais do que gostaria de admitir, mas sua mãe estava certa, pela primeira vez ele entendia isso.

— Isso muda tudo, Kira. É um milagre os meninos estarem vivos. Aquela criatura, aquele animal, não era nada que conhecemos. Não pertence a essas terras — Tristan falou, pensativo, com o semblante endurecido pelo choque dos acontecimentos.

Próximo ao fogo, Clarke soltou um pequeno murmúrio, o seu corpo voltando à consciência.

— Ele nos salvou. Seja lá o que ele fez, não foi ciência boticária — Beor comentou, fitando o homem.

Àquele ponto da noite a cozinha estava abarrotada de curiosos, todos haviam ouvido os horripilantes sons do embate no lado de fora e agora aguardavam, juntamente com todo o resto, que Clarke recobrasse a consciência.

O guardião abriu os olhos com dificuldade; seu corpo doía e as feridas de gelo na sua perna agora ardiam mais intensamente. Os lobos o haviam encontrado, estavam cercando a vila, e essa consciência fez a tontura que sentia aumentar um pouco mais. A última coisa que queria era ter acabado naquele fim de mundo, mas tampouco estava nos seus planos trazer o fim àquela comunidade. O Inverno era cruel o suficiente, porém os seus servos, eles eram mortais.

— Oghiro — ele falou num suspiro.

— O quê? — Beor perguntou, se aproximando do guardião.

— O lobo que os atacou. Era um oghiro. — Clarke piscou, tentando afastar a tontura. Ele estalou as costas e fez força para levantar o corpo, sentando-se com dificuldade no colchão.

— Foi ele que causou sua ferida? — Beor apontou para a perna do turdo.

— Não posso afirmar que foi ele, mas um de sua espécie.

— E o que são esses monstros? — A voz trêmula de professor Redmund ecoou no silêncio angustiante da cozinha.

— São criaturas invernais, que habitam nas regiões mais inóspitas do outro continente.

— E como eles chegaram até aqui? O inverno chegou não faz mais que alguns dias... — a boticária questionou.

— O sol não brilha mais no céu, toda a Terra Natural é deles agora.

— Isso significa que esses monstros estão à solta? Cercando a nossa vila? — indagou Kira.

— Provavelmente. — Clarke engoliu em seco.

Sentia-se culpado por aquilo e sabia que sua consciência não o acusava injustamente.

Todos que estavam na cozinha ficaram assustados com a informação.

— Provavelmente?! Como iremos sobreviver a isso? O que podemos fazer? — Kira abriu os braços, inconformada.

— Oghiros não gostam de calor, nem de fogo, isso pode vir a ser de ajuda, caso um novo ataque aconteça. O acesso deles até a vila é através da floresta, então deve-se proibir que qualquer um se aventure por ali. Também é mais raro que ataquem pelas primeiras horas do dia, então sugiro que logo pela manhã seja construída uma cerca pelo menos nos arredores da mansão, para proteção.

Um silêncio recaiu sobre o cômodo, alguns assentiram em concordância, outros não esboçaram qualquer reação.

— Mas, de todos os lugares, por que estariam logo aqui, logo em Teith? — Kira questionou.

Clarke sabia o porquê. Estavam atrás do artefato que, naquele momento, ele carregava dentro de sua capa. Se deixasse a vila seria pego e então toda e qualquer esperança que aquele artefato poderia representar sucumbiria para sempre. Mas, se permanecesse ali, simplesmente morreria, junto com todos os outros moradores.

— Eu não sei — ele respondeu. — Não tenho as respostas que precisam. Sou tão vítima desse inverno quanto vocês.

— Eu não acredito. — Kira cruzou os braços, despejando no homem toda a frustração e raiva que sentia pelo inverno. — Existem muitas coisas sobre você que ainda não fazem sentido. Pode não ser um homem mau, mas também não acredito que seja uma vítima.

— Ele salvou Beor. Se isso não o faz de confiança, não sei o que mais faria — Tristan interrompeu, entrando em defesa do guardião.

— Sei que não me querem aqui, todos vocês. Mas tudo isso é tão difícil para vocês quanto para mim. Estou longe de casa, em um lugar que não consta nos mapas e, com os oghiros lá fora, eu não tenho a menor chance de conseguir partir. — A última palavra soou quase como um sussurro, e Clarke grunhiu baixinho reagindo à dor congelante que se alastrava por sua perna.

Ter conjurado um comando como aquele havia sido a decisão errada por inúmeras razões. Havia exposto os seus dons e cobrado mais de sua energia vital do que ele poderia dar naquele momento. Sentia seu corpo duplamente mais fraco do que antes e estava quase certo de que não mais andaria. Filenea, a Ordem, o Sol e as estrelas, tudo estava ainda mais distante do que antes. Porém, surpreendentemente ele não se arrependia. Servir e proteger estava no cerne de seu juramento como guardião, e aquela noite o havia lembrado disso, algo que talvez há muitos anos ele houvesse esquecido.

— O que faremos?

— Não deixaremos a nossa vila. Isso é o que vamos fazer — uma das senhoras deitada em uma maca respondeu, obstinada. — O inverno não é forte o suficiente para nos tirar daqui, senhor estrangeiro — falou com a voz fraca e desgastada, porém, com um orgulho mais alto que o teto. Os outros no cômodo assentiram, em concordância. — Morreremos com Teith, mas não a deixaremos.

A menção da palavra morte fez com que a confiança deixasse o rosto de alguns, em especial o de Kira.

— Que ótimo — Clarke comentou com um sussurro. — Morreremos todos, então.

Beor saiu às pressas da água quente, estava no banheiro do andar debaixo, o mais próximo da cozinha e, assim, o que tinha os carvões mais quentes sob a banheira. Ele vestiu sua roupa o mais rápido que conseguiu, tremendo pelo contato com o frio. Não se lembrava de ter sido ferido enquanto corria do estábulo, mas seu peito permanecia pesado, perfurado pelo medo e pelo choque. O lobo havia feito alguma coisa nele, podia sentir isso. Por aqueles curtos instantes em que ficou preso por seu olhar pôde vislumbrar um pouco do caos que estava por vir. A consciência do monstro era forte e pesada, como uma tempestade de neve o empurrando para baixo.

— Tem alguém aí? — Uma batida na porta acompanhada da voz fez o garoto dar um pulo.

De volta à realidade, Beor juntou suas coisas e saiu rapidamente do banheiro.

Antes de subir para o quarto, onde dormiria com os seus pais, o garoto decidiu dar uma rápida passada na cozinha. Ele adentrou o cômodo e percebeu que o professor Redmund já havia dormido, deitado em um colchão, as duas senhoras das macas também; apenas Clarke permanecia desperto, o corpo deitado e o olhar fixo no teto.

O guardião notou a figura do menino se aproximando em silêncio e se sentou com dificuldade, apoiando o corpo na parede.

— Nós não vamos conseguir ir embora, não é? — Beor perguntou num sussurro.

— Não. Receio que não, garoto.

O menino olhou em volta, conferindo se todos estavam dormindo e então agachou, sentando no chão ao lado do homem.

— Você me salvou, lá fora — afirmou.

— E também coloquei sua vida em risco. Apenas fiz o que deveria fazer.

— Obrigado, de qualquer forma.

O guardião assentiu com a cabeça. Ele piscou, esperando que o garoto se levantasse e fosse embora, mas Beor permaneceu ali, com o olhar perdido.

— Ele é ruim. O inverno ou a pessoa que está por trás dele. Eu senti quando o oghiro me olhou, não conseguia me mexer.

— Faz sentido, oghiros são criaturas poderosas.

— Mas ele não fez isso com você. Não conseguiu paralisar você. Por quê?

Clarke respirou fundo, o garoto era esperto.

— Porque eu fui treinado — admitiu.

— Então não é um comerciante.

— Não.

Beor ficou em silêncio por alguns instantes, pensativo.

— Aquelas palavras que você falou, que idioma era aquele?

— O idioma das estrelas. Um que está muito além de qualquer conhecimento humano. Um que contém magia — o homem respondeu em um sussurro.

— Então você é um feiticeiro?! Como nos livros?

Clarke soltou um pequeno riso.

— Não. Nada como nos livros.

— Então quem você é? — Beor insistiu. — Quem é você de verdade?

Clarke finalmente se deu por vencido e virou o rosto na direção do garoto. Iluminado pela luz alaranjada das chamas, ele parecia mais velho e mais doente do que antes.

— Eu sou alguém que falhou na sua missão.

13
O princípio das dores

Os dias na vila passaram de forma lenta e arrastada, e o inverno só se agravou, tornando as manhãs cada vez mais frias e as noites ainda mais mortais. Toda a comunidade se dedicou a estocar comida e sementes, tomando um cuidado ainda maior com a fronteira da Dorcha, a mata que se estendia atrás da casa dos boticários e de onde o animal misterioso tinha saído. Nenhum barulho estranho ou ameaça foi notado, mas todos sabiam que eles poderiam estar por perto, por isso todo o cuidado ainda era pouco.

A única parte da floresta em que se permitiam aventurar era nas antigas regiões das plantações, para o norte da vila, onde mesmo com a neve as árvores eram mais finas e distantes uma das outras, garantindo uma boa visão do ambiente. Equipes de trabalho haviam sido formadas para aquele território, de onde, diariamente, diferentes grupos de homens traziam toras e mais toras de madeira para alimentar os fornos de todas as casas. Pouco tempo depois da chegada do inverno, Beor foi convocado a se juntar à tarefa, acompanhado dos outros garotos da sua turma. Os mais velhos mal aguentavam pisar do lado de fora, e ninguém estava se adaptando tão bem ao clima rigoroso quanto as crianças e os adolescentes. Mesmo contra sua vontade, Kira permitiu que o filho se juntasse aos outros, sentindo o seu coração partir assim que o viu passar pela porta.

"Por favor, não se perca na floresta." O pedido temeroso da mãe ecoava na mente do filho como um sussurro, enquanto adentrava a floresta gélida de Dorcha, e o acompanhou por todo o trajeto. Estava aliviado por finalmente poder sair da mansão e fazer algo que o afastasse, pelo menos por alguns momentos, da sua própria mente. A cada dia que passava se sentia definhando, perdendo a cor no olhar e a esperança pelo dia seguinte. Precisava do sol, sentia que necessitava dele mais do que qualquer outra pessoa ali. Essa era a sua fonte de energia, e quanto mais ele vivia sem ela, mais rápido parecia se esquecer de quem era.

Desde a noite do ataque, Clarke havia se afundado em um silêncio apático; ele estava cada dia mais fraco e mais magro do que no anterior. Nem Tristan nem Nico comentaram sobre o que haviam presenciado naquela noite. Não sobre o lobo, mas sobre a forma que Clarke os salvou. A mente de Beor não se enganara, ele era poderoso; se não era totalmente como nos livros, pelo menos em alguma porcentagem. Havia mais sobre o mundo do que ele conhecia, havia magia, mas agora isso pouco importava. A cada dia que passava, a esperança de Beor se esfriava tanto quanto a grama em que ele pisava naquele momento, gélida, sem vida.

— No que está pensando? — A voz de Nico o trouxe de volta para a realidade. O amigo caminhava ao seu lado, carregando uma cesta com três grandes machados.

— Nada. — Beor apenas balançou a cabeça, sem expressar nenhuma emoção, os olhos vazios e perdidos entre o oceano de neve.

— Nunca daria certo, você sabe, não sabe? — o amigo continuou. — Aquele plano de roubar um cavalo. — Ele conteve uma risada que tentou sair.

— Foi tão estúpido assim? — Beor olhou para ele, rindo junto e se sentindo completamente idiota.

— Sim! — disse Nico, erguendo as sobrancelhas. — Mas foi um plano movido pelo desespero, então eu não te julgo. — Deu um pequeno tapinha no ombro do amigo e continuou a caminhar.

— Eu não consigo parar de pensar que talvez seja culpa minha — Beor admitiu, depois de alguns minutos de silêncio.

— Como assim?

— A Naomi até falou isso, lembra? Que eu queria tanto que algo mudasse, que alguma coisa acontecesse, e agora parece que eu trouxe tudo isso para nós! — Ele sabia que não era a verdade, mas mesmo assim era a opção que mais fazia sentido para ele.

— Beor, você precisa parar de fazer isso. — Nico interrompeu a caminhada, olhando para o amigo, sério.

— O quê?

— Tentar sempre criar um plano ou uma justificativa. Ninguém sabe o porquê de tudo isso estar acontecendo, e você não é nenhum culpado, vilão ou herói, igual nas suas histórias. É um menino que está sofrendo porque perdeu tudo o que conhecia. E tudo bem, todos nós estamos. Mas não é culpa sua.

Eles permaneceram ali parados por alguns instantes, enquanto Beor se recusava a falar.

— Talvez tenha razão, mas eu só odeio não ter controle de nada. — Eles voltaram a caminhar, para não perderem de vista o grupo de homens que seguiam.

— Se serve de consolo, ninguém tem. Não significa que você tem culpa ou que é menor do que os outros. Significa que é a vida. E acho que só estamos vivendo ela.

Beor não conseguiu conter o pequeno riso.

— Acho que não gosto muito dela, então — admitiu. — Não é nada como eu imaginava.

— Eu também não — Nico concordou. — Mas ainda existem pontos positivos, é claro. Mesmo em meio a esse inverno.

— O quê? — Beor perguntou, quase ofendido; não havia absolutamente nada de bom naquele momento.

— Crescer — Nico explicou, dando de ombros. — Nós vamos fazer quatorze anos logo, isso significa que seremos meio adultos, o que significa que poderemos fazer coisas de adultos, sabe?

Beor olhou para o amigo, desconfiado.

— Como...?

— Namorar, talvez... — Nico confessou, sem encará-lo.

— Namorar? — Beor o interpelou. — É nisso que você pensa? Com tudo o que está acontecendo?

— É claro! A gente tem que achar alguma coisa boa na história. — Nico deu de ombros.

Beor balançou a cabeça, sem acreditar. Até aquele ponto de sua vida não via muita graça em relacionamentos humanos, em especial os românticos. Não era algo pelo qual nutria qualquer expectativa, e escolheria mil vezes realizar seu sonho de conhecer o mundo em vez de namorar. O simples pensamento de ter sua vida resumida a isso o fez se sentir enjoado. Trabalhar nas plantações e voltar para casa no final do dia, tendo se casado com uma das meninas da sua turma? Nunca, garantiu a si mesmo.

— Se isso é tudo o que resta, eu definitivamente acho que não quero crescer — ele falou, fazendo Nico rir.

— É estúpido, na verdade — Nico admitiu, tendo o seu sorriso tomado por uma expressão melancólica. — Eu só penso nisso para passar o tempo.

— Como assim?

— Você sabe, como eu vou ter uma família, se vamos estar mortos em um mês?

Beor quis corrigi-lo, falar que ele não estava certo, mas ambos sabiam que aquela era a única verdade no momento. Ele abaixou o olhar, e um silêncio pacífico, interrompido apenas pelo quebrar dos galhos sob seus pés, tomou conta de todo o restante da caminhada.

A manhã e a tarde passaram de forma arrastada, e o grupo de homens teve pouco sucesso em encontrar grãos e qualquer coisa que pudesse ser utilizada; porém, encontraram uma família inteira de cervos que haviam morrido congelados. Para um povo pacífico e vegetariano, aquela era uma escolha difícil, mas não para um povo faminto e arrasado pelo inverno.

Beor fazia o caminho de volta para sua casa com dificuldade, com Nico ao seu lado. A camada de neve que cobria tudo havia aumentado durante a tarde, e ele pisava irritado, esmagando os flocos com prazer ao pensar no que os homens estavam fazendo com os animais.

— Nós não somos assim... — resmungou, irritado.

— Era isso ou morreremos de fome, Beor. Pelo menos não tivemos que matá-los.

Enquanto eles caminhavam, dois homens vieram correndo da vila na direção deles. Os garotos pararam, sem entender, e um dos homens se aproximou, ofegante.

— Vocês viram John? — perguntou.

— Sim — Beor respondeu. — Está na floresta. Por quê? Aconteceu alguma coisa?

— É a esposa dele, ela acordou muito doente. Os seus pais estão cuidando dela, está internada na mansão, mas achamos melhor chamar John.

— Madeline está doente — Beor repetiu a informação em voz alta. Nico, que havia parado um pouco mais à frente, olhou para o amigo, ambos pensando em Naomi.

Os dois correram o mais rápido que conseguiram em direção à vila, preocupados com Naomi, que sempre fora muito próxima de sua mãe.

Ao chegarem na mansão boticária, encontraram a boticária-chefe saindo da cozinha com uma jarra de água quente nas mãos.

— Querido! — Kira se aproximou de Beor e lhe deu um beijo na testa. — Que bom que voltou cedo, não gosto de você fora dessa casa.

— Onde está Madeline, mãe? Ouvimos que ela não está bem — perguntou sem delongas.

O semblante abatido de Kira perdeu a vida, já confirmando a informação.

— Ah, sim. Ela piorou significativamente pela manhã, já vinha sendo tratada, mas com um quadro estável, até... bom, até hoje. O frio baixou muito sua imunidade, e ela pegou uma infecção aguda em seu sistema respiratório. É o que está acontecendo com muitos aqui, na verdade. — Ela apontou para a sala, o seu olhar pesado e preocupado recaindo sobre os pacientes. — Esse é um dos motivos pelos quais não gosto que saia.

Beor piscou, não havia entendido uma só palavra do que a mãe havia dito, mas percebeu, pelo seu tom de voz, que a situação era realmente ruim.

— Devem estar preocupados com Naomi. Eu levo vocês até lá.

Os dois garotos começaram a caminhar pelo corredor, seguindo Kira até onde Madeline estava. Localizado no primeiro andar, eles entraram pela porta no que era um dos menores quartos da casa. A janela estava fechada e Madeline parecia dormir um sono profundo. Naomi estava sentada no tapete com a cabeça encostada no colchão, observando sua mãe. O barulho dos garotos entrando chamou sua atenção e a fez levantar o rosto, sorrindo de surpresa e alívio ao vê-los na porta. Sem hesitar, os dois foram em sua direção e a abraçaram, sentando no tapete com ela. Kira voltou para o corredor e fechou a porta.

— Ela está dormindo? — Nico perguntou enquanto se sentava, observando Madeline.

— Finalmente. Ela não dormiu nada essa última noite, nem de manhã. Kira deu um chá bem forte para ela mais cedo, mas só fez efeito agora.

— O que aconteceu, Na? — Beor perguntou.

Naomi fitou o tapete e respirou profundamente, antes de começar.

— Eu não sei. — Passou a mão pelo cabelo desgrenhado, aflita. — Ela estava fraca já fazia alguns dias, mas todos nós estamos, não é? Fizemos tudo que o estrangeiro orientou, as camadas de cobertas, as brasas quentes em volta da cama... Porém, hoje pela manhã, eu cheguei no quarto e ela estava tão quente, quente como se tivesse engolido um sol inteiro. Eu nem pensei que isso era possível! Quer dizer, em um frio desses? Percebi que ela também não estava raciocinando bem, não conseguia responder minhas perguntas e parecia estar alucinando, não parecia a minha mãe. — Sua voz saiu como um sussurro e ela fechou os olhos, tentando não se lembrar. Num impulso, Nico estendeu o braço e apertou forte a sua mão, em uma tentativa de consolá-la. Ela aceitou o gesto, respirou fundo e se recompôs, colocando seu cabelo para trás; tudo em questão de segundos.

— Continuando... — Levantou o rosto como a adulta que o inverno a estava forçando ser. — Eu corri e chamei Kira. Ela cuidou da minha mãe e introduziu alguns novos medicamentos, mais fortes dessa vez. — Sua voz falhou e ela foi incapaz de segurar a lágrima que rolou em sua bochecha. Ela abaixou o rosto, escondendo-a. A preocupação e o sentimento de responsabilidade pela vida da mãe pesavam em seu peito, e era um peso que ela nunca havia conhecido.

— Naomi, vai ficar tudo bem, a minha mãe vai dar um jeito, ela sempre dá. Sabe que ela é a melhor no que faz.

— É, mas nós nunca passamos por isso, Beor! Como a sua mãe vai conseguir curar algo que ela nem sabe o que é? — Naomi indagou, externando sua frustração e seu medo.

— Eu não sei, mas ela vai — ele sussurrou baixinho, sabendo que a amiga tinha razão. Muitos já haviam morrido naquela última semana, e não havia ninguém que estivesse muito doente que seus pais tinham conseguido salvar.

— Olha, desculpa. — A menina coçou os olhos.

— Não, eu... eu entendo — Beor respondeu, dando a ela um sorriso de consolo.

Naomi não expressou nenhuma reação, seu rosto estava abatido demais para isso, apenas abaixou a cabeça e ficou ali, encarando o tapete. Nico também permaneceu em silêncio, continuando a segurar a mão dela. Sabia que não havia nada que ele pudesse falar ou fazer naquele momento além de permiti-la sentir todo o turbilhão de emoções dentro de si.

Beor observou os amigos, iluminados pela luz fria da janela misturada às sombras alaranjadas das duas velas do local, e sentiu uma dor estranha crescer dentro de seu peito. Uma com a qual ele não estava acostumado. Ela crescia junto com a melancolia que dançava pelo seu coração e, naquele momento de silêncio, o fez entender algo sobre si mesmo: não gostava de forma alguma de ver seus amigos sofrerem. Era estranho, incômodo, e lhe trazia sentimentos que nunca havia sentido antes. De certo modo, aquilo tornava pequeno e insignificante tudo com que ele se preocupava, todas as suas frustrações até então. Alguém que era especial para ele sofria e não tinha a capacidade de agir a respeito. Queria poder fazer algo, por mais simples que fosse, para tirar o medo que Naomi estava sentindo. Mas, naquele momento, não encontrou nada capaz de fazer isso.

Eles ficaram ali no quarto, sentados no tapete, sem dizer nenhuma palavra. Talvez ser amigo realmente significasse

isso: estar junto. Nem sempre com a solução para os problemas ou os melhores conselhos, mas apenas estar física e emocionalmente presente, para aquele que sofre saber que não está sozinho. Naomi sabia disso e se sentiu tão segura ali com os amigos, que rapidamente também adormeceu, com a sua cabeça encostada na cama e sua mão ainda segurando a de Nico.

— Acho que Madeline não era a única que precisava dormir — Beor sussurrou para Nico.

Nico se levantou e lentamente pegou Naomi no colo, tendo todo o cuidado para não acordá-la. Caminhou com ela pelo quarto e então a deitou no sofá. Nico observou o seu rosto pacífico dormir, até que foi puxado por Beor para o lado de fora. Os amigos saíram em silêncio, fechando a porta devagar.

— Beor! — O garoto deu de frente com o pai assim que deixou o cômodo. — Graças às estrelas — o boticário exclamou, para o estranhamento do filho. — Venha comigo, eu preciso de você!

Ele pegou Beor pela mão e correu com ele corredor adentro, fazendo-o perder Nico de vista.

— O que está acontecendo? — o filho questionou ao pararem na terceira porta do local.

— Venha, precisa olhá-lo para mim enquanto vou buscar o remédio. Todos os outros assistentes estão ocupados. — O pai entrou no cômodo, que era um típico quarto de tratamento, com pia, banheira e duas camas de solteiro abaixo da janela. Caído no chão entre as camas estava um senhor abatido, com boa parte da blusa coberta de um líquido amarelado.

O estômago de Beor revirou assim que viu a cena e sentiu o odor que vinha do homem. O senhor virou o rosto e vomitou novamente em um balde que tinha ao seu lado.

— Venha! — Tristan encorajou o filho a se aproximar, enquanto se ajoelhava no carpete e segurava os ombros do homem. Ele carregava uma toalha que passou sobre a roupa suja do paciente. O velho, no entanto, parecia mal notar a presença do médico ao seu lado. Com a cabeça abaixada, ele estava tão fraco, a ponto de desmaiar. Ao bater o olho na figura, Beor reconheceu rapidamente que era o seu antigo professor, Sr. Redmund, ele estava em tratamento na mansão desde o primeiro dia de inverno, mas o garoto nunca o havia visto tão ruim assim.

— Pai, eu não acho que sou a melhor pessoa para isso. — Deu um passo para trás, enojado.

— Você vê mais alguém? — o pai o rebateu, ríspido e agitado. — Preciso da sua ajuda agora, então venha.

Beor quis permanecer ali, parado sobre o carpete, ou então correr rapidamente para o corredor, mas a imagem do seu professor tão doente e vulnerável o perturbou, e ele não teve nenhuma outra escolha senão obedecer o pai.

— Está bem… — ele resmungou, tampando o nariz e se aproximando deles, com uma careta no rosto. — Eu... ahh — exclamou, ao sentar no chão e pegar a toalha suja que o pai passou para ele.

Tristan se levantou e caminhou até a porta.

— Não vai levar mais do que alguns minutos, apenas preciso encontrar a sua mãe para pegar o chá correto. Fique com ele e não o deixe desmaiar ou engasgar com o próprio vômito.

— O quê? — Beor gritou, apavorado, mas o pai já havia deixado o quarto.

Ele virou o rosto lentamente e encarou a figura pálida e esquelética do seu professor, que respirava com dificuldade e tinha o olhar vazio, perdido entre o nada.

Desconcertado, Beor aproximou suas mãos lentamente e segurou o ombro do homem, que parecia prestes a cair. Sua mão se afastou por um instante, ele estava quente, uma temperatura corporal que seria impossível alguém ter naquele inverno. Lutando contra sua racionalidade, ele se aproximou um pouco mais e envolveu as costas do idoso com o seu braço, mantendo-o sentado. Com a outra mão puxou o balde para perto e tremeu ao perceber que havia encostado no vômito. Limpou a mão freneticamente no pano e então suspirou, em silêncio, sem saber mais o que fazer.

— Profe Redmund… — ele se arriscou a puxar a conversa, depois de alguns instantes. O professor respirava com dificuldade e mantinha seus olhos fechados.

— Hã? — foi tudo que o doente conseguiu responder.

— O que aconteceu com o senhor? — Beor perguntou, confuso. — Você estava mal, mas não assim.

O professor se forçou a levantar o rosto e abrir os olhos, encontrando o olhar assustado do garoto.

— Eu te conheço, certo? — Sua voz saiu fraca, quase inaudível, e um nó se formou no estômago de Beor. Ele nunca havia pensado que poderia ver o seu professor naquele estado.

— Eu sou o Beor, não se lembra? Está na minha casa todos esses dias. Eu sou, quer dizer, fui, eu acho, um dos seus alunos — disse, fechando os olhos.

— Ah, é claro, Beor! — o velho exclamou. — O garoto que vai conhecer o mundo. — Sua voz saiu falha e fraca, mas não sarcástica.

— Acho que não mais... — Beor deu um pequeno risinho triste. — Profe Redmund, onde está a sua família? Se quiser eu poderia chamá-la.

— Ah, eu não tenho família, garoto. É por isso que vim para cá — o velho respondeu, parecendo ainda mais fraco depois da afirmação. Seus ombros caíram e ele teve que se segurar no balde. — E vou morrer hoje, com o aluno que sempre me odiou limpando o meu vômito. — Riu baixinho, uma risada triste e melancólica. — Que grande ironia — concluiu, ainda parecendo delirar.

— Eu nunca odiei o senhor! — Beor se defendeu, sentindo como se uma faca tivesse sido cravada em seu peito. Sentiu culpa, talvez pela primeira vez. — Nunca odiei o senhor, sabe? Eu só sempre quis ser difícil, eu acho — refletiu, olhando para o chão. — Nunca fiz muita questão de nada.

— Bom, isso é verdade. — O velho soltou uma fraca risada. — Me deu um trabalho danado nos últimos três anos. Fazia décadas que não encontrava um aluno tão insolente assim.

Beor riu.

— Quem foi o último? — perguntou por curiosidade.

— Faniel, o pai de Nico, com certeza.

O sorriso se desmanchou no rosto do menino, que não considerava mais o pai de Nico um herói. Se a pessoa com quem era mais parecido era alguém que havia abandonado a esposa e o filho para trás, isso não poderia ser algo bom.

— Mas a verdade... eu acho que sempre admirei você, Beor — o professor continuou a falar, trazendo-o de volta. A afirmação surpreendeu Beor, que olhou assustado para o velho.

— Eu? Mas por quê?

— O seu espírito aventureiro. Não negando as suas falhas, porque você sabe que as tem...

— Sim, senhor. — Revirou os olhos.

— Mas essa motivação, essa convicção que você carrega, ela te faz um garoto diferente. Se amadurecesse e aprendesse a usá-la, poderia se tornar alguém grande.

— Não há muito a ser grande em uma vila tão pequena como a nossa — resmungou. — Especialmente agora com esse inverno.

— Você está errado, existe grandeza nas pequenas ações. Você, por exemplo, está sentando agora no chão, sujo de vômito, ajudando um velho miserável que... — A voz falhou e os olhos de Redmund se fecharam de repente. Ele correu com o rosto para o balde vomitando mais uma vez, enquanto gemia de dor.

Os olhos de Beor lacrimejaram sem que ele pudesse perceber e ele teve compaixão do homem.

— O senhor não é miserável, profe Redmund, e eu... não tenho nada de grande. — Suspirou.

Ajudou o velho a se sentar novamente e passou um pano em sua boca.

— Acho que sempre tive medo disso, de ser pequeno... Por isso criei esses sonhos tão altos, para que talvez eu me tornasse alguém importante quando os realizasse — refletiu em voz alta.

O velho fechou os olhos, incapaz de respondê-lo.

— Me desculpe, Sr. Redmund. Por tudo. Por todas as vezes que fugi da aula. Por aquela vez que botei fogo na classe... Por ter te dado trabalho.

— Tudo bem... — A voz do velho saiu estranha, ainda mais áspera que antes. — Tudo bem, Beor. — Ele olhou para o garoto, a lucidez não mais presente em seus olhos. — Beor... o grande! — repetiu, cantando.

— Chegamos! — Tristan apareceu na porta carregando toalhas limpas e um pote, acompanhado da assistente Isabel. Ao perceber o estado de Redmund, pediu para que a assistente chamasse Kira com urgência.

— Ele vai ficar bem, pai? — Beor perguntou, assustado, enquanto Tristan levantava o senhor do chão.

— Vai sim, Beor, daremos o nosso melhor. Você pode ir agora. Obrigado pela ajuda.

— Mas eu posso ajudar mais.

Tristan olhou para ele, sorrindo levemente.

— Está tudo bem, filho, de verdade. Pode ir agora, vai precisar de um banho — ele disse apontando para a blusa do menino, que estava suja.

— Tudo bem. — Beor fez uma careta. — Eu vou. — Começou a caminhar para a porta do quarto, sentindo os seus pés pesados, relutantes para deixarem o lugar, e virou o corpo, olhando mais uma vez o antigo professor que agora era colocado na cama.

Kira e Isabel entraram correndo no quarto, mal notando a presença de Beor. Hesitante, ele finalmente saiu pela porta, caminhando pelo corredor com o coração estranhamente apertado. De tudo de ruim que o inverno havia trazido, não pensou que o mais difícil seria ver o seu professor doente e a sua amiga sofrendo.

14

Aquilo que importa

Deitado na banheira, Beor esfregava a bucha nas mãos, tirando toda a sujeira, mas incapaz de tirar o peso que havia crescido em seu coração. Ele não compreendeu quando as lágrimas rolaram em seu rosto e, por não ter ninguém em volta, apenas deixou-as cair. Não conseguia imaginar o tamanho da dor que o Sr. Redmund estava passando, ainda mais sem família e ninguém para cuidar dele. O garoto desejou que ele ficasse bem; desejou que todos aqueles que estavam doentes se recuperassem logo; até mesmo Clarke, que parecia mais morto do que vivo nos últimos dias. Por um breve momento, Beor desejou isso até mais do que ser capaz de deixar a vila.

Ele vestiu suas roupas e saiu pelo corredor. A casa ainda continuava cheia, borbulhando de doentes em todos os cantos. Ele caminhou pela grande sala do andar de baixo, sendo iluminado pela luz das lamparinas. A sala de estar estava mais cheia de pacientes do que antes, já que a cozinha tinha sido esvaziada para preparar toda a família de cervos que tinha chegado. Como a mansão era até aquele momento a casa que abrigava o maior número de pessoas, a maior parte da comida também ia para lá.

— Ah, você está aí — Kira o cumprimentou assim que ele entrou no cômodo, ela estava encostada na pia, conversando algo com Tristan. Assim que ela o encarou, Beor pôde notar as olheiras profundas de sua mãe, junto com outras manchas de cansaço que se espalhavam pelo rosto. Além do casal, apenas duas cozinheiras estavam no cômodo, mexendo duas grandes panelas de aço no forno.

— Como está o Sr. Redmund? — perguntou de uma vez, expondo aquilo que o afligia.

A mãe deu um sorriso e se sentou à mesa, puxando o marido para fazer o mesmo.

— Ele está bem. Um pouco melhor agora, vai dormir na sala com os outros pacientes, o que vai lhe garantir no mínimo uma noite mais aquecida — Tristan respondeu.

— Que bom.

— E como você tem estado, querido? Com tudo isso? Sei que perdemos toda a nossa privacidade aqui e sua casa não é mais a mesma.

— Não. Não é isso. — Ele engoliu em seco. Por algum motivo havia criado sua própria regra de não compartilhar seus sentimentos com os pais. No entanto, não há orgulho tão grande que o inverno não quebre. — Eu fiquei assustado. Vendo o Sr. Redmund daquele jeito e com a Dona Madeline também piorando. Tudo está muito incerto e eu não gosto disso. Eu sinto... medo de tudo.

— Oh, Beor... eu entendo — ela falou, cheia de compaixão pelo filho. — Parece que o inverno fez isso com todos. As pessoas que consideramos as mais fortes se tornaram fracas e vulneráveis. E isso é assustador para todos nós. Porém, é por isso que estamos aqui, a família boticária, para sustentá-las quando caírem, para cuidar daqueles que não podem cuidar de si mesmos. Foi o que essa casa sempre representou para mim. — Ela olhou para o teto, e Beor percebeu que até sua expressão havia se tornado mais leve. — Com ou sem inverno.

— Mas não é cansativo, mãe, cuidar dos outros? — Beor perguntou, arrependendo-se logo em seguida de sua pergunta egoísta.

— Como assim? — Kira pôs seus braços na mesa, interessada.

— Bom, se você só cuida das pessoas... pode se esquecer de você mesma. Se vive para os outros, o que acontece com seus sonhos? — perguntou de forma honesta.

— O meu sonho sempre foi cuidar das pessoas. — Kira deu de ombros.

— Mas como? — Beor deu um riso de incredulidade. "Que sonho mais estranho", pensou consigo mesmo.

— Porque… — Kira parou por um instante. — Primeiro, cuidaram de mim.

Ela olhou para Tristan e era como se estivessem revisitando a mesma história.

— Eu sempre quis ser boticária, era o trabalho mais respeitado na vila. Eu e seu pai estudamos juntos e treinamos por muitos anos, e então nos apaixonamos.

— Sua mãe era filha única — Tristan continuou a história —, pois os pais dela já eram muito velhos quando a tiveram.

— E pouco depois do nosso casamento meus pais morreram. — Kira engoliu em seco; era estranho se lembrar. — Eu cuidei deles junto com o boticário da época, mas não conseguimos fazer nada. Eu fui deixada sozinha, sem pai nem mãe.

— Eu sei… — Beor falou baixinho, sem querer atrapalhar a narração.

— Acontece que eu sempre quis ser mãe, mas durante os primeiros anos do nosso casamento eu não conseguia, não podia.

— Sério?

— Sim. Engravidei várias vezes e perdi todos os filhos que teria.

— Acho que foram quatro, não foram? — Tristan comentou, colocando a mão sobre a dela.

— Sim... E todas as vezes foram muito dolorosas para mim. — Ela parou um instante e olhou para Beor. — Não quero te assustar detalhando o processo. No entanto, posso dizer que foi muito doloroso, e cada filho que eu perdi são cicatrizes que eu vou carregar para sempre.

Beor apenas balançou a cabeça, incapaz de falar alguma coisa. Sua mãe também havia experimentado a dor.

— Mas então, quatorze anos atrás, eu engravidei novamente. E disse para mim mesma que seria a última vez.

— De mim, certo? — Ele perguntou, com um sorriso inesperado.

— Sim. — Ela sorriu de volta. — Eu passei mal e fiquei muito doente, mas consegui carregar a gravidez até o último mês. Clara era a esposa do boticário na época. Ela já era muito mais velha, mas insistiu em ficar comigo durante todo o processo. Quando chegou o momento de você nascer, eu sabia que eu provavelmente morreria, mas estava determinada a tê-lo. O meu corpo estava muito fraco e já havia passado por muita dor. E então chegou a hora do parto. — Um sorriso surgiu no rosto de Kira. — Você nasceu, com vida! Mas eu tive uma hemorragia e já havia perdido muito sangue.

Beor fechou o punho, assustado com tudo aquilo.

— Tristan e o boticário correram pela casa, procurando algum remédio ou algo que me trouxesse de volta. Clara estava no quarto comigo e, naquele momento, ela sabia o que tinha que fazer. Não havia tempo a perder, e tudo que ela tinha era uma hipótese e o desejo de me salvar. Ela, então, pegou os instrumentos que havia no quarto e transfundiu o próprio sangue dela para mim. Por sorte, nosso sangue era compatível e aquilo impediu que eu morresse naquela noite. Na verdade... eu não sei como ela conseguiu me salvar, as probabilidades eram mínimas.

— Se eu não fosse um médico, diria que foi um milagre — Tristan acrescentou, com um sorriso no rosto.

— Acontece que eu sobrevivi, mas Clara perdeu muito sangue. Ela ficou internada por semanas, e todos os dias eu a visitei com você em meu colo. Ela dizia que as estrelas haviam me dado uma segunda chance e que eu deveria aproveitá-la. Clara morreu um mês depois de ter me salvado.

— Mãe, eu não sabia.

— No dia em que ela partiu, ela me disse algo: não existe maior amor do que se doar por aqueles que ama. Dar a própria vida pelos seus amigos.

Beor respirou fundo, sentindo-se incomodado por aquelas palavras. Eram duras demais.

— E então é isso que eu faço. Fiz antes e faço agora no inverno. E eu sinto que o que eu faço por essas pessoas ainda é pouco comparado à Clara, que literalmente deu o sangue por mim. É por isso que eu me importo com as pessoas, entende? É amor. E olhar para você tão grande é o meu lembrete diário disso.

Beor deixou seu corpo cair na cadeira, sentindo-se culpado e, ao mesmo tempo, leve. Mais leve do que havia se sentido em meses.

— Acho que eu entendo. — Suspirou. — Você estava realmente disposta a morrer para que eu nascesse?

— É claro! — Kira levantou as sobrancelhas, como se fosse a resposta mais óbvia do mundo.

— Eu nunca vi sua mãe tão decidida em relação a algo como ela estava em ter você — Tristan acrescentou, com um sorriso.

— É por isso que fui dura com você algumas vezes, Beor. Você tem uma mente brilhante, filho, eu realmente acho. Mas ela não vai valer de nada se não se importar com as pessoas.

— Eu não sei o que falar além de "você está certa, mãe". Como sempre. — Ele riu admitindo.

— Eu sei. — Kira bocejou involuntariamente.

— Fico feliz de ter feito a gente relembrar essa história. É um pouco parte da sua história também. — Tristan estendeu o braço e pegou na mão do filho, que retribuiu o movimento.

Beor, então, percebeu algo. Aquele estava sendo o primeiro momento bom com os seus pais em tempos, no qual conseguiu vê-los de verdade, quem eles eram, e se sentiu também visto por eles. E, para sua surpresa, não se sentiu desconfortável; sentiu-se feliz, sentiu-se amado.

— Que tal irmos dormir agora? — Tristan sacudiu sua mão, trazendo-o para a realidade.

— Vamos. — Beor sorriu.

Eles subiram as escadas juntos, abraçados uns aos outros, como a família que eram, na tentativa de se segurarem ainda mais firmes à única coisa que o inverno não poderia tirar: o amor.

A vela foi apagada e os três se espremeram sob as cobertas na cama de casal.

— Nós vamos ficar bem, não vamos? — Beor perguntou, de repente, num suspiro.

O olhar preocupado de Kira se encontrou com o de Tristan, do outro lado da cama.

— É claro, querido. Enquanto ficarmos juntos, vamos ficar bem. — Ela passou a mão nos fios loiros do filho.

Beor, então, deitou sua cabeça no travesseiro e não sentiu o medo tomar seus pensamentos e atormentar seus sonhos. O sol havia ido embora, o inverno havia dominado toda a sua terra, oghiros cercavam o lugar e talvez ele realmente nunca deixaria sua vila. Mas ele tinha uma família, e talvez fosse tudo o que precisava. Naquela noite, foi o suficiente para que ele dormisse em paz.

Do outro lado da casa, entre diferentes colchões e cobertas que tomaram todo o espaço da sala de estar da mansão, Clarke estava deitado no chão, espremido entre alguns dos doentes mais graves. A ferida de gelo em sua perna havia crescido, tomando o quadril e levando embora toda a sua mobilidade. Seu corpo tremia, e mesmo com diferentes cobertas ele não se sentia aquecido, nunca sentia. Ao seu lado estava deitado o professor Redmund, cuja vida havia se esvaído quase completamente em pouco mais de uma semana. Mesmo fraco e ferido, Clarke ainda era um sensitivo e sabia que o homem não duraria até o dia seguinte. Esse conhecimento comprimiu seu coração, já que, mesmo não se afeiçoando a ninguém naquele maldito lugar, nunca se alegrava com a chegada da morte.

Ele fechou os olhos, incapaz de impedir que as memórias de Filenea e dos dias de verão voltassem para ele, lembranças repentinas de uma vida que nem mais parecia ter sido real.

— *Gorgolthia farym.* — Ouviu seus lábios sussurrarem, numa tentativa desesperada de saber que ainda tinha aquelas palavras, aquele idioma, intacto em sua memória.

— O que é isso? — A voz fraca e áspera de Redmund ressoou ao seu lado. — Que idioma é esse?

Clarke coçou a garganta, arrependido, e se encolheu ainda mais debaixo da coberta.

— É um idioma que não pertence aos homens — respondeu, de forma seca e melancólica.

— E o que queria dizer?

O guardião hesitou por um momento.

— "Boa sorte, viajante." É uma das canções mais antigas de minha nação. Era cantada para os marinheiros que partiam pelo oceano e para aqueles que partiam desta terra.

— Poderia cantar para mim? Essa canção? Gostaria de saber como é a melodia.

Clarke suspirou, o pesar e a tristeza tomando todo o seu semblante.

— Posso. — Cedeu finalmente.

Ele deu uns tapinhas em seu rosto e mexeu os ombros, era a sua forma de "aprumar o corpo" para a ocasião, já que agora mal conseguia se sentar sem ajuda.

Começou, finalmente, sentindo a emoção e o gosto do mar que aquelas palavras carregavam.

Para todos os que adentram a densa escuridão,
que se despedem dessa terra
e rumam em direção ao grande portão.

Dolorosa é a partida,
que dilacera o coração,
mas digna é a chegada
à terra de toda a consolação,

Coragem em sua jornada,
caro viajante,
abasteça o óleo
e siga sempre avante.

Não é tolo aquele que perde sua terra
para ganhar a imensidão do mar,
que perde sua vida
para o seu verdadeiro lar encontrar.

Incerto pode até ser o caminho a seguir,
mas em tudo as estrelas zelarão por ti.

Enquanto ouvia aquelas palavras, o professor Redmund se sentiu embalado por uma força desconhecida, a melodia fora cortando lentamente as cordas que prendiam sua alma àquela terra e ele foi se despedindo, com doçura e leveza, de toda a vida que havia levado até ali. Ninguém desejava morrer em meio a um inverno angustiante, em um cômodo abarrotado de doentes e cercado por desconhecidos, mas, naqueles últimos suspiros, ele aceitou o seu destino e se deixou ser abraçado pela escuridão.

Quando terminou a canção, com lágrimas nos olhos, Clarke olhou para o lado e percebeu que o velho senhor não estava mais com ele.

15

Onde estão as estrelas?

Toda a surpresa, porém bem-vinda, paz que Beor sentiu ao dormir naquela noite rodeado de seus pais evaporou-se no momento em que despertou. Ele acordou sobressaltado, como se tivessem se passado apenas alguns minutos depois de pegar no sono. Sentou-se num pulo, mas encontrou a cama vazia e coberta por neve. Seus pais haviam desaparecido, assim como as cobertas e os travesseiros. Olhou em volta e percebeu que uma espessa camada de neve cobria tudo, o guarda-roupa, as cômodas e o sofá. Ele se assustou ao sentir uma picada gelada em sua testa e levantou a cabeça, encontrando o céu nublado no lugar em que deveria ser o teto. Deu um pulo para trás, estupefato, e escorregou para fora da cama, a neve grudando em toda a sua roupa.

Beor caminhou lentamente para fora do quarto, sem conseguir compreender ainda o que estava acontecendo.

Todo o teto da casa havia desaparecido, e nevava naquele exato momento, embaçando um pouco a sua visão. Ele saiu do quarto e desceu as escadas, sentindo-se em um deserto gelado, não havia nenhuma outra viva alma para onde quer que olhasse. Para o seu choque, depois de alguns minutos descobriu o destino que haviam levado todas as outras pessoas. Estavam todos congelados, como estátua de mármore, ocupando o salão principal. Agrupados e próximos uns dos outros, estavam todos imóveis, com semblantes de dor impressos em seus rostos. Beor inspecionou as figuras de gelo com as mãos trêmulas e o coração lhe saltando no peito. Precisava encontrá-los.

Ele parou abruptamente, a respiração vacilando, e quase virou uma estátua ao ver o corpo dos pais congelados, abraçados um ao outro no sofá. As lágrimas rolaram livres pelo seu rosto, tornando-se pequenas pedras de gelo presas à pele, e ele recuou um passo, tentando se afastar o mais rápido possível. Sua perna ficou presa em algo firme e gelado, e ele caiu para trás. Pensou que alcançaria o chão, mas isso nunca aconteceu, pois caiu em cima de mais estátuas, que estavam aglomeradas aos pés do sofá. Tomado por uma onda de pânico, tentou se levantar o mais rápido possível, debatendo-se contra o gelo, mas, por mais que tentasse, não saía do lugar. Ele mesmo estava congelando, prendendo-se às outras estátuas. Quando finalmente se cansou, ele girou o tronco para trás, dando de frente com outros rostos assustados e sem vida. Naomi e Nico estavam entre eles, o que fez o seu coração se apertar ainda mais. Próximo a eles, porém, havia uma estátua um pouco diferente das demais. Clarke estava sentado ao lado dos dois, os olhos parados e o corpo azul. Bem no centro de seu peito havia uma esfera; parecia com um sol em miniatura que queimava, iluminando todo aquele espaço em que deveria estar seu coração. O pequeno sol brilhou por mais alguns instantes e então começou a se apagar, revelando um objeto, uma forma redonda e dourada… e Beor acordou.

Mais um pesadelo. Parecia que, desde a chegada do inverno e do encontro com o oghiro, isso era tudo o que ele tinha, e nem por uma só noite era poupado. Seus pais não estavam mais na cama, porém o teto permanecia em seu lugar, o que foi suficiente para ele suspirar aliviado. "Mais um dia de inverno, mais um dia sem vida e sem cor", pensou, antes de se levantar.

Enquanto rumava em direção à cozinha, algum tempo mais tarde, o pesadelo permanecia intacto em sua mente, repetindo-se de novo e de novo, como um aviso incessante. Havia algo sobre o peito de Clarke, um objeto talvez. Ele cerrou os olhos, confuso, tentando visualizar, saborear novamente cada detalhe. Mas sonhos são como uma cortina que se recusa a se abrir completamente: depois de acordados, tudo o que vemos são apenas vislumbres do que verdadeiramente foi.

— Beor? — a voz de Naomi o chamou; a garota estava parada na porta de um quarto.

— Oi. — Ele sorriu, porém, com o olhar ainda distante. — Bom dia.

— Mau dia, né? — ela resmungou, com um semblante abatido. — Como todos os outros neste inverno.

— Como está a sua mãe?

— Eu não sei. Eles a levaram bem cedinho para um quarto particular lá em cima e não estão me deixando entrar. — Ela engoliu em seco, tentando segurar as lágrimas, mas sendo denunciada pela bola vermelha que estava se tornando o seu nariz.

— Ei. — Beor se aproximou. — Vai ficar tudo bem. Minha mãe me prometeu ontem.

Naomi deu uma risada sarcástica.

— E desde quando os adultos sabem de alguma coisa, Beor?

— E desde quando nós sabemos? — Ele piscou. — Prefiro confiar que eles podem sim fazer alguma coisa.

— Talvez.

— Vem, vamos procurar comida. — Beor mudou de assunto e a puxou em direção à cozinha, que já era o seu destino.

Eles adentram o cômodo, onde um aroma de pães com carne cozida preenchia todo o espaço. Beor pensou que ficaria enjoado por ter que comer animais que até pouco tempo estavam vivos — apenas aquela ideia já era repugnante —, porém o inverno era capaz de mudar até as mais fortes convicções, e o garoto se surpreendeu ao sentir seu estômago traiçoeiro roncar na barriga.

Nico estava na cozinha, auxiliando sua mãe com as fornadas de pães que eles haviam conseguido fazer com os grãos restantes. Elas seriam divididas entre as casas habitadas, as quais, naquele estágio, já não chegavam a vinte.

— Nico, meu amigo querido, melhor amigo do mundo. — Beor estendeu os braços para ele de forma dramática. — O que tem aí?

Nico segurou a risada e parou na frente do amigo com os braços cruzados; ele havia emagrecido e perdido um pouco de sua força, mas Beor teve a impressão de que estava ainda mais alto, o que era no mínimo irritante.

— O café da manhã será em conjunto, Beor. Devem esperar no saguão, como todos os outros — falou de forma responsável, sentindo o olhar de aprovação de sua mãe sobre ele.

— Mas, Nico... — Naomi deu um passo à frente, abrindo um bico delicado. — Minha mãe está doente, não estão me deixando vê-la e... eu estou com fome, muita fome.

Toda a pose de Nico desmoronou em instantes, seu olhar caiu e ele se aproximou dela, preocupado.

— É sério, Na?

— Sim — ela respondeu num sussurro. — Eu falaria qualquer coisa para conseguir comida, mas é a verdade.

Nico hesitou e virou o olhar pedinte para a mãe. Ela o respondeu com um sorriso de cúmplice e balançou a cabeça de forma positiva.

— Só um pouco.

— Obrigada!

— Tudo bem, vem. Vamos comer de forma bem silenciosa. — Ele passou o braço por Naomi e a levou em direção ao fogão.

— Ei! — Beor exclamou, ofendido. — Eu também, né?

— Tá bom. — Nico revirou os olhos. — Você também.

Depois de comerem de maneira furtiva, as crianças foram procurar um espaço para se sentar no saguão, já que nem

Kira nem Tristan estavam à vista e Naomi continuava sem notícias de sua mãe.

A imagem do salão principal abarrotado de pessoas era sempre estranha para Beor, que, apenas algumas semanas atrás, tinha uma casa tão diferente do que havia se tornado agora. A mansão sempre fora um hospital, mas agora parecia o último navio a naufragar. Seus amigos avançaram para dentro do cômodo, e Beor se viu sozinho aos pés da escada. Ele se virou e acompanhou o movimento que acontecia na casa por alguns momentos. Pessoas com semblantes assustados, algumas sendo carregadas, outras engatando em crises de tosse intermináveis. "Nem eram mais pessoas", ele pensou, "apenas corpos sobreviventes." Como queria ter o sol novamente. Um dia comum de escola e uma casa para voltar que fosse calma, aconchegante e tivesse boa comida. Tudo isso era a rotina monótona que ele tanto detestava antes, mas que agora eram pedras preciosas, joias cujo valor ele não reconhecia naquela época.

Naquele instante, alguém derrubou um balde de limpeza ali perto, e o estrondo trouxe o garoto de volta à realidade. Ele olhou para o vulto da pessoa, que estava atrás da escada, e notou que ninguém estava indo ajudá-la. Num impulso, caminhou até ela. Conforme avançava em sua direção, Beor percebeu que se tratava de um homem. Ele estava magro e com o corpo contorcido, focado em recolher as toalhas sujas que havia deixado cair.

— Deixa eu te ajudar — Beor falou ao se aproximar. Ele se abaixou e começou a recolher os panos, quando percebeu que algo ali se destacava. Era uma espécie de lenço com uma pequena fita azul amarrada na ponta. Um apego.

— Você deixou cair o seu... — Ele estendeu o braço para pegar o pano, mas o homem o puxou com tanta força de sua mão que ele teve que se equilibrar para não cair.

— Isso não é seu! — o homem falou, rispidamente.

— Só estava tentando ajudar — rebateu, assustado.

Quando se levantou, Beor percebeu que conhecia aquele rosto.

— Sergei? — O seu semblante se acendeu, lembrando do simpático homem que trabalhava nas plantações. — Você sobreviveu! Pensei que todos na plantação naquele dia tivessem morrido.

— Infelizmente — o homem resmungou. — Eu estava em uma carroça que havia partido um pouco antes da carroça do professor Redmund. Que ele descanse em paz.

— O quê? Profe Redmund morreu?

— Nesta madrugada. Assim como minha esposa — Sergei comentou, com um semblante sem vida.

— Não... Mas e as estrelas? — Beor perguntou de repente, se lembrando da lição do homem que o havia marcado tanto. — Elas ainda nos veem, certo? Elas têm que ver. Ver tudo isso que está acontecendo conosco — falou com os olhos marejados.

Por um instante o olhar do homem mudou, a menção às estrelas trouxe algum efeito ao seu semblante; o fez ainda mais rabugento que antes.

— Não. — Ele pigarreou. — Era tudo besteira. Elas se esqueceram completamente de nós. — Ele puxou os panos que ainda estavam na mão de Beor, colocou-os no balde e saiu andando no mesmo instante.

— Mas... — Beor tentou chamá-lo, desolado, mas o homem já não estava ali.

Ele deixou o seu corpo escorregar até cair no carpete. Professor Redmund estava morto. Morto. Assim como tantos outros.

— Não. Não. — Ele pressionou as mãos contra os olhos, tentando conter as lágrimas. Estava farto desse inverno e toda a tristeza e dor que ele tinha trazido. Não era isso que ele tinha pedido, não era isso que ele queria, nem para ele, nem para ninguém.

Acompanhado apenas pelo seu próprio lamento e escondido atrás da escada, ele ouviu um barulho de tosse que foi assustadoramente familiar.

Levantou num impulso, curioso, e caminhou até o cômodo de onde havia vindo o som. Ele se aproximou da porta, que estava entreaberta, apenas com uma pequena fresta por onde passava o som e achegou a cabeça, apertando os olhos, tentando ter uma ideia do que acontecia no lado de dentro. Para a sua surpresa viu exatamente quem gostaria e temia encontrar ali: seus pais, acompanhados de John. Eles falavam em sussurros e apenas as tosses chamavam atenção para o local.

— Ela não está bem. Acordou muito pior que antes. — Ouviu sua mãe falar, com um semblante pálido no rosto e as mãos na têmpora.

— Também tivemos um recorde de mortes nesta madrugada, John — o pai falou sem cerimônia, porém, com um pesar na voz. — O cerco está se fechando, a família de Hugi, que está na única casa habitada no oeste da vila, relatou mais animais mortos pela manhã. Foram atacados, provavelmente pelos lobos.

— Mas que droga! — John bateu a mão na mesa de madeira à sua frente, o maxilar contraído de raiva e pavor. — Acham que... — Engoliu em seco. — Acham que erramos em não partir como o estrangeiro sugeriu?

— O quê? Não! — Kira exclamou sem nem mesmo titubear. — Tudo isso é loucura, e a ideia de partir é ainda mais. Não sabemos o que poderíamos encontrar.

— Mas nós sabemos que existem comunidades muito mais avançadas que a nossa — Tristan contestou, olhando para a esposa.

— Querido...

— Um grande reino que tem posse de pelo menos metade dessas terras... — ele continuou, surpreendendo ambos no cômodo por tocar no assunto.

— Clarke veio de lá e... — ele hesitou. Seria o primeiro em três séculos a tocar no assunto evitado por todos. — Talvez nós...

— Não. — Kira estendeu a mão, assustada, e emendou em uma tosse seca e dolorida.

O peito de Beor encolheu ao ver sua teoria se provando verdadeira: a tosse vinha de sua mãe.

Tristan ofereceu um copo de água para a esposa, que respirou pesadamente até recuperar o fôlego.

— Precisamos focar em Madeline, ela é nossa prioridade agora — disse Kira depois de alguns minutos, desejosa por mudar de assunto.

— Sim! — O semblante duro e frio de quem John havia se tornado naquele inverno desapareceu por alguns instantes, dando lugar a um marido preocupado. — Por favor, Tristan, deve ter algo que possam fazer.

— Nós já fizemos de tudo, John. O possível e o impossível. Esse inverno tem humilhado nosso conhecimento e descartado nossa ciência. Não sabemos mais o que fazer.

Um silêncio doloroso recaiu sobre eles. Não queriam aceitar o provável destino que os encontraria, mas também não faziam o suficiente para mudá-lo. Kira deu um longo suspiro e falou, finalmente.

— Demos a última medicação algumas horas atrás. Ela está sob observação agora. Se algo acontecer, seremos avisados.

Beor se assustou com o barulho de passos atrás de si e virou o corpo, dando de frente com uma Isabel que parecia dez anos mais velha do que a assistente que o irritava há algumas semanas. Ela olhou para ele, considerando se o entregava ou não por bisbilhotar, mas simplesmente desistiu, passando em sua frente e abrindo a porta.

— Senhor John — disse, curvando a cabeça. — É Madeline. Ela pediu que o chamasse.

John se levantou da cadeira de forma desconcertada.

— São boas notícias? — ousou perguntar, com a voz trêmula.

— Eu temo que não — a menina respondeu, com pesar, evitando contato visual.

A Terra que há de vir

Com o coração batendo na boca, Beor correu até o saguão da casa em busca dos amigos. Ele passou pelos sofás e diferentes grupos de doentes sem conseguir localizá-los. Encontrou-os finalmente de volta à cozinha, sentados na mesa, e Naomi ria de alguma piada que Nico tinha feito.

— Na... — Ele entrou na cozinha. Seu corpo estava duro, e seu rosto sério e assustado; tentou forçar um sorriso, mas falhou.

— Beor, o que aconteceu? — Ela se assustou ao ver o amigo daquela forma.

— A sua mãe. Chamaram o seu pai agora mesmo. Achei que deveria saber.

A expressão no rosto de Naomi mudou instantaneamente. Ela deixou a vasilha que segurava cair na mesa e correu de uma vez em direção à porta. Nico e Beor se entreolharam e foram atrás dela. O corredor no segundo andar estava mais movimentado que o normal, era como se todos já soubessem da notícia ou sentissem o que estava por vir. Madeline havia sido, de acordo com os registros, uma das damas-interinas mais amadas pela vila de Teith. Por todos os anos em que John fora o líder e, até mesmo antes, ela era sempre bondosa e gentil com todos. E tinha também uma certa particularidade, criticada por alguns e admirada em segredos por outros: ninguém nunca a vira com um apego.

Os meninos chegaram na porta do quarto um pouco depois de Naomi, que batia na madeira de forma frenética. Tristan abriu a porta no mesmo momento e seu olhar, já triste, pareceu cair ainda mais quando viu a garota.

— Ah, Naomi. Eu estava indo te procurar. Entre.

Ele guiou a garota para dentro do quarto e saiu, fechando a porta atrás de si, sem permitir que ninguém tivesse um vislumbre do quarto ou de Madeline.

— Vamos dar um pouco de privacidade para a família. Por favor — falou para as pessoas em volta.

Surpreendidas e algumas ofendidas, mas todas verdadeiramente preocupadas, elas foram se afastando uma a uma. Até que sobraram apenas Beor e Nico, que olhavam confusos para Tristan, pedindo por uma explicação.

— Pai, ela está bem?

— Meninos... Madeline está muito doente já faz algum tempo. Nada do que fizemos a ajudou a se recuperar. Ela tem sido forte, muito forte, mas tememos que ela não aguente muito mais.

— O que isso quer dizer? — Beor perguntou, mesmo já sabendo a resposta.

— Que ela está morrendo — Nico respondeu ao seu lado.

Beor abaixou o rosto. Não queria aceitar. Primeiro o professor Redmund, agora Madeline, e o pior disso: a parte de Naomi que ele sabia que morreria com a mãe.

— Exatamente... Ela está certa de que não passa de hoje. Por isso pediu para chamar a família. — Tristan balançou a cabeça, olhando para as crianças e desejando que elas não precisassem vivenciar esse tipo de dor.

— Mas você é médico, pai, tem que ter algo que ainda não fez. Que não tentou — disse Beor, enquanto se empenhava para segurar as lágrimas que ameaçavam cair.

— Fizemos de tudo, Beor. Tudo mesmo. Eu sinto muito, garotos. Naomi vai precisar de vocês agora mais do que nunca.

O pai acariciou a cabeça de Beor rapidamente e se afastou, descendo a escada. Tristan se segurava para ser forte na frente dos meninos. Porém, no momento em que seus pés pisaram nos degraus, lágrimas rolaram por seu rosto.

— Nós precisamos fazer alguma coisa... — Beor resmungou, choroso, para Nico. Ele não queria aceitar.

— Não acho que podemos, Beor — Nico respondeu, deixando uma lágrima cair.

Beor parou por um segundo, pensando, e então moveu o corpo, o olhar momentaneamente iluminado por uma ideia.

— Venha. Precisamos estar com ela nesse momento! — gritou enquanto já corria escada abaixo.

— Para onde você está indo? — Nico respondeu, confuso, mas mesmo assim o acompanhou.

Beor desceu a escada e começou a correr pelos corredores da casa no primeiro andar, esbarrando em pessoas sem ao menos ter tempo para se desculpar — mas Nico, que vinha atrás, parava e fazia isso pelo amigo. Beor correu até chegar em um pequeno quarto que parecia estar abandonado, um típico quarto de tralhas e objetos quebrados.

— Aqui, me ajude.

— O que você está fazendo, Beor?

— Espere.

Beor subiu em um uma cadeira que estava quebrada e puxou uma corda no teto, que revelou uma escada dobrável. Ele estendeu seus braços e puxou a escada e, antes que Nico pudesse se opor, ele já estava subindo nela.

— Ei, pra onde você tá indo?

— Vem comigo! — Beor gritou com sua cabeça já dentro da parede.

Inquieto e sem entender nada, Nico não teve outra opção.

Os garotos subiram a longa escada por alguns minutos, passando por um estreito espaço e chegando no sótão da mansão, acima do segundo andar. Não era um sótão comum, era como um andar extra que se estendia por todos os cômodos da casa. Havia pequenas entradas de ar em que se podia ver parcialmente o que acontecia em cada quarto. O andar era feito de tiras de madeira que pareciam instáveis em alguns momentos, porém isso não impediu Beor de começar a andar sobre elas.

— Ei! Onde você tá indo?

— Até o quarto — Beor respondeu, sussurrando.

Os dois amigos caminharam pelas tábuas até chegarem em cima de um aposento, onde Beor parou por um instante, tentando ouvir.

— É aqui — afirmou em um sussurro.

Os dois garotos caminharam lentamente até a entrada de ar e, aproximando seus rostos dela, puderam ver o vulto de Naomi andando de um lado para o outro. John havia acabado de deixar o quarto.

— Querida, você pode vir aqui? — Madeline dirigiu-se para Naomi.

A garota parou por um segundo, fitando a janela, e então se virou na direção da mãe, com o rosto encharcado de lágrimas. Ela encarou a mãe sentindo seu coração partir ao meio e finalmente aproximou-se da cama.

— Como a gente não tem tanto tempo, gostaria de compartilhar algumas coisas com você — disse Madeline com um sorriso triste, porém leve.

— Mãe... — Naomi balbuciou, voltando a chorar.

— Eu posso falar? — Madeline perguntou com a voz falhando, o que fez Naomi mudar sua atitude.

Ela balançou a cabeça, tentando ser forte.

— Pode.

— Sente-se aqui. — Sua mãe indicou a ponta da cama. — Infelizmente parece que eu não estarei aqui para muitas coisas. — Ela parou abruptamente, segurando o choro. Então acalmou-se, respirou fundo e continuou. Ela era forte, Naomi havia herdado seu espírito. — Então gostaria de te preparar. Tudo bem?

Naomi fez que sim com a cabeça, com os olhos fechados e as lágrimas ainda rolando.

— Olha, ainda tem muita coisa por vir na sua vida e, por mais que tudo isso pareça o começo da dor, é também o começo da beleza. O começo de algo bom, verdadeiro e digno.

— Como? — Naomi perguntou, sem entender.

— Porque está te fazendo crescer; você está amadurecendo e, apesar de toda a dor, há beleza nisso. Eu sei que não estarei aqui para acompanhar esse processo, mas não quero que viva como se te faltasse algo.

Naomi abaixou o olhar, nada daquilo fazia sentido.

— Olhe para mim. Quero que se lembre disso quando precisar, e sei que vai: você é tão valiosa quanto qualquer outra garota. Nunca se permita se sentir menor ou inferior por não ter uma mãe viva.

— Mãe…

— Isso é importante. Porque eu sempre vou viver em você. Aqui. — Ela apontou para o coração de Naomi. — Você é suficiente, filha, e a dor que está sentindo agora não te define. Não deixe que ela te defina.

Naomi balançou a cabeça, em meio às lágrimas.

— Você teve uma mãe e você sempre terá. Nada do que foi dado a nós pelas estrelas pode ser retirado de nós. Não verdadeiramente. Elas me escolheram para ser sua mãe e você para ser minha filha. E é assim que será, mesmo quando eu não estiver mais aqui. Você tem uma mãe, essa é a verdade sobre você para sempre.

Madeline levantou o queixo de Naomi com suas mãos.

— Você acredita nisso?

Naomi deu um sorriso triste para a mãe e balançou a cabeça, concordando. Nesse momento seu rosto já se encontrava vermelho de tanto chorar.

— Agora, há uma outra coisa que eu preciso te falar. Talvez essa te assuste um pouco mais. — Ela soltou um pequeno risinho, que Naomi devolveu com uma expressão de dúvida.

— Você vai crescer e um dia vai se apaixonar.

Se houvesse como o rosto de Naomi ficar mais vermelho do que já estava, ele certamente ficaria.

— Mãe!

— Tudo bem, tudo bem, não é agora, mas um dia. — Madeline riu. — E o amor é uma das experiências mais belas dessa vida. É o que nos faz ser criança de novo, mesmo aos quarenta anos de idade, e nos faz amadurecer tanto, mesmo tão jovem… Quero que reconheça o tempo certo para deixar o amor entrar em seu coração. É uma tarefa difícil, eu sei, mas quero que esteja ciente dela… O seu coração é a sua casa, é onde todo o seu ser reside, não deixe qualquer um entrar. Mas, quando for o tempo, e saiba reconhecer esse tempo, escolha abri-lo e se tornar vulnerável para mais alguém morar… Quando for se apaixonar, se for possível não escolha simplesmente a pessoa mais bela ou forte, mas sim a mais bondosa, pois só essa será digna do seu coração.

Naquele momento, acima do quarto, nas tábuas do sótão, Nico sentiu seu coração acelerar levemente e seu rosto esquentar, apesar de não entender ao certo o porquê daquilo. Beor se sentiu igualmente desconcertado, porém mais enjoado; seus pais nunca tiveram aquela conversa com ele, e esperava que nunca tivessem. Reagiu com uma pequena careta, não se via se apaixonando nem naquele momento nem no futuro quando crescesse. Nunca, foi o que desejou.

— Tudo bem? — Madeline perguntou, buscando saber se Naomi estava acompanhando. — Isso é muito importante...

— Sim. — Naomi deu um pequeno sorriso e as lágrimas cessaram por alguns momentos.

Madeline pegou a mão de Naomi e a fechou, como se estivesse dando algo a ela, e então a guiou até o seu próprio coração.

— Guarde isso para o futuro.

— Tudo bem, mamãe.

— A última coisa que eu queria falar é sobre esperança. Eu estou muito cansada, entende? A minha mente ainda está viva e sã. Porém o meu corpo está fraco e não aguenta muito mais.

O pequeno sorriso que havia nascido no rosto de Naomi se fechou, e ela mais uma vez tentou sem sucesso controlar as lágrimas rebeldes.

Madeline tirou um colar de seu pescoço que estava escondido dentro da blusa. Um colar que Naomi nunca tinha visto. Ele era de prata com um pingente de uma estrela, como as que brilhavam no céu.

— Eu quero que você saiba que essa não vai ser a última vez que você vai me ver. Um dia nos encontraremos novamente na Terra que há de vir, juntamente com as estrelas... E toda a nossa vida aqui será celebrada com elas, e nada do que vivemos aqui será comparado ao que viveremos lá — Madeline disse, com muita convicção, enquanto entregava o colar para Naomi. — Até lá, quero que você viva, quero que você ame e seja tudo aquilo que você é capaz de ser, está bem? — Ela continuou, carregando um semblante incrivelmente pacífico, apesar de toda a fraqueza também visível.

— Sim. Mas, mãe, como é que eu vou viver sem você? Como eu vou viver sem você, mamãe? — As lágrimas rolavam descontroladamente e ela se levantou e abraçou a mãe, caindo em seus braços. Ela chorou soluçando, enquanto sua mãe acariciava seus cabelos.

—Você vai, querida, você vai... eu sei que vai. Olha... nós vamos ficar sem nos ver por um bom tempo, então eu gostaria que as nossas últimas memórias fossem felizes, não tristes. Para termos no que nos segurar até a gente se encontrar de novo.

Naomi entendeu o que ela estava falando e balançou a cabeça concordando. Era um privilégio ter aqueles últimos momentos. Ela teria tempo para sofrer depois.

— Tudo bem. Saiba que eu sou muito, muito feliz pelas estrelas terem me escolhido para ser sua filha.

— Eu também sou muito, muito feliz pelas estrelas terem me escolhido para ser sua mãe — Madeline respondeu, chorosa.

— Mãe. Posso ficar aqui com você? Até você...

Madeline não conseguiu mais segurar as lágrimas que guardava durante toda a noite e começou a chorar, sendo ela agora a atingida pela consciência da partida.

— Você pode me contar histórias. Sempre amei suas histórias — Naomi disse, dando tudo de si para abrir um sorriso.

Madeline sorriu e limpou suas lágrimas.

— É claro! — ela disse, respirando fundo, e foi a primeira vez na noite que sua voz não pareceu fraca.

— Já te contei como conheci seu pai?

— Já! — Naomi caiu na gargalhada.

— Vou contar de novo então!

— Ótimo! — Naomi exclamou, segurando fortemente sua mão.

E elas passaram toda a manhã juntas, conversando, rindo e chorando. As últimas memórias que Naomi teve com sua mãe foram entre lágrimas e risadas, ouvindo toda a história de sua vida. "E que vida!", Naomi pensou. Gostaria de viver o mesmo tanto que sua mãe havia vivido; talvez não em anos, mas em profundidade.

Beor e Nico se recusaram a sair de lá, mesmo com o cansaço e o frio batendo depois de algumas horas. Decidiram para si mesmos, apesar de não terem externado um para o outro, que ficariam ali com Naomi até o fim, mesmo que ela não soubesse que eles estavam fisicamente ali. Toda a manhã e tarde, entre cochilos e puxões de orelha, eles permaneceram ali. De certa forma viram tudo: Naomi e Madeline conversaram por horas. John entrou no quarto e chorou. Naomi se recusou a sair. Tristan, Kira e outras diferentes pessoas vieram até o quarto, conversaram brevemente com ela e logo saíram. John entrou no quarto mais uma vez, chorou e dessa vez também se recusou a sair. Eles ficaram os três ali, por minutos ou horas que pareceram uma eternidade. Mais tarde, Kira entrou novamente sozinha. Ela se sentou na cama e chorou, conversou um pouco e se despediu da amiga, em lágrimas. Saiu logo depois, ainda tentando ser forte. Em certo momento da tarde, Naomi deitou ao lado de Madeline e acabou adormecendo. Quando acordou, seu pai acariciou seu cabelo e sua mãe já havia partido.

17

O último dia em Teith

Naquela noite toda a vila lamentou pela morte de Madeline. Eles já haviam perdido muitos e continuavam a perder a cada dia, porém a notícia do falecimento da dama-interina era mais dolorosa que as outras, mostrava que o inverno não fazia concessões, não poupava nem os mais poderosos naquela comunidade.

O corpo dela foi levado e enterrado naquela madrugada mesmo. Não houve cerimônia, John não quis uma, e a enterrou com a ajuda de Tristan. Tudo de bondade e mansidão que antes havia no líder parecia ter se extinguido por completo, ele não havia chorado desde a tarde, quando a esposa finalmente entregou as forças e partiu daquela terra. Nenhuma lágrima havia sido derramada em seu rosto, que parecia mais frio e rígido a cada hora que passava.

Beor e Nico se encontraram com Naomi pouco depois de ela ser retirada do quarto da mãe e ficaram abraçados com ela por um bom tempo. Os três estavam aninhados no canto de um sofá e Naomi finalmente havia parado de chorar; agora, ela apenas encarava a janela com um semblante pálido e olhar perdido.

— Não parece real — ela sussurrou depois de um tempo de silêncio. — Parece um longo sonho do qual eu não consigo acordar. Um pesadelo que... uma hora tem que terminar, não é? — Ela virou o rosto para Beor, os olhos vermelhos com pequenas rodelas de olheiras se alojando ao redor. — Não pode durar para sempre, esse inverno. — Sua voz saiu áspera e ferida. — Ele não pode levar mais gente. Tem que acabar alguma hora.

Beor engoliu em seco e a olhou com as sobrancelhas caídas, consumido por pena e culpa. Ele queria ter uma resposta, queria garantir que o inverno acabaria, mas sabia que era mais provável que ele acabasse com todos.

A porta da frente da casa se abriu, causando um pequeno chacoalhar nos lustres com uma lufada de vento que entrou por ela. Uma tempestade de neve acontecia do lado de fora; naquele ponto elas haviam se tornado cada vez mais frequentes. John e Tristan entraram, acompanhados por mais dois homens e todos cobertos por gelo, que iam sujando o carpete e tudo mais que tocavam. Os passos firmes e pesados de John alertaram sobre o seu estado de espírito e ele marchou em direção à sala, trombando em quem estivesse no caminho.

— Onde está ele? — bradou, fazendo Naomi dar um pulinho e se encolher mais para o lado de Nico. Tão ruim quanto perder a mãe era ver o pai naquele estado.

— Onde está Clarke? — insistiu, passando por cada sofá e maca, investigando entre os rostos.

— Aqui — a voz fraca, porém ainda orgulhosa de Clarke chamou, vindo de uma maca do lado direito da escada.

Ele estava sentado, apoiado por algumas almofadas. O gelo em sua pele já havia crescido a ponto de cobrir o quadril, e o seu rosto magro agora mostrava pequenas manchas de cor azul nas bochechas. As crianças tinham pavor dele, já que agora se assemelhava a uma figura digna de pesadelos, e acreditavam que logo, logo ele se transformaria em pura neve.

— Me diga, se partirmos agora, outros vão sobreviver? Me diga!

Clarke sustentou o olhar furioso do líder por alguns instantes e então abaixou o rosto, a culpa e a raiva guerreando dentro de si.

— Não tem mais como ninguém sobreviver. Deveriam ter partido quando eu avisei; talvez nem mesmo lá teria sido possível. As estradas obstruídas, as tempestades de neve, os oghiros à solta, é impossível — o guardião falou em um sussurro e emendou uma tosse seca e dolorosa.

O semblante de John, fitando o homem, se encheu de fúria.

— É culpa sua! Você deveria morrer, não ela. Não Madeline. Se não tivesse chegado aqui, nada disso teria acontecido. — Sua voz saiu embargada.

Clarke revirou os olhos, fraco e irritado pela estupidez do homem. Porém, por mais que estivesse definhando, ainda era humano o suficiente para reconhecer os efeitos do luto.

— Não fui eu que a matei, foi o Inverno, entenda isso. Ninguém sobreviveria... Ninguém vai sobreviver.

Tomado pela raiva, John partiu para cima do estrangeiro, sendo apoiado por alguns moradores em volta. Ele tomou Clarke pelas mãos e o jogou no chão; sem poder revidar, o corpo fraco e parcialmente congelado do guardião caiu no chão em um baque, e seu semblante não mostrava qualquer reação, estava fraco demais para se importar. Talvez fosse até melhor que o interino o matasse, ele pensou, acabaria com esse sofrimento, com essa angústia de ser lentamente consumido pelo inverno e de passar os seus últimos dias de vida tão distante do que um dia ele chegou a ser.

— Não existe mais escapatória agora. Os dias se tornarão mais frios até seus ossos congelarem. E quando seus corações pararem de bater, suas carcaças serão comidas pelos monstros que habitam a floresta — ele falou num sussurro, provocando-o.

— Mate ele! — um senhor gritou. — Talvez traga o sol de volta!

Todo o restante dos moradores assistiram à cena em silêncio e expectativa. Kira apareceu nas escadas, o olhar perdido e confuso tentando encontrar Tristan, que por sua vez tentava atravessar a multidão de pessoas e chegar até o amigo.

O líder permanecia de pé, encarando o corpo de Clarke no chão e ponderando suas próximas ações. Queria matá-lo, queria muito, tudo havia começado com ele, tinha que ter uma parcela de culpa naquilo, na chegada do inverno. Porém, sabia no seu íntimo que sua esposa nunca concordaria com a ação.

"Mas ela não está mais aqui, não é mesmo?", John pensou. Ele então partiu para cima do estrangeiro, as mãos fechadas em punho. Se matá-lo era a única forma de vingar a morte da esposa, era isso que ele faria.

Naquele momento, do outro lado do cômodo, Beor entendeu o que estava acontecendo. Ele piscou, estarrecido com a cena que se desenrolava à sua frente. Era isso que o Inverno queria, de alguma forma todo o congelamento, a dor, os monstros na floresta, levavam a esse momento: onde um povo pacífico, cuja cultura vegetariana demonstrava respeito até ao mais singelo dos animais, estava disposto a tirar a vida de um homem.

— Não faça isso. — A voz controlada de Tristan surgiu atrás do interino e ele segurou os ombros do líder com força.

Irritado, John se desvencilhou e empurrou o boticário.

— John, por favor. Não precisa disso, sabe que não vai mudar nada — ele falou pausadamente e levantou as mãos, mostrando que não queria feri-lo ou ofendê-lo.

Todos os olhos do cômodo se voltaram para os dois, alguns surpresos e outros irritados. John piscou, nervoso, o peito subindo e descendo sobre a jaqueta grossa, com seu semblante se acalmando aos poucos.

— Amigo, por favor. Ele já vai morrer, não deixe que mate junto toda a sua bondade. — Tristan engoliu em seco e o seu olhar se encontrou com o do filho, do outro lado da sala. — Se lembre das estrelas, é o que a Madeline gostaria.

Ele estava indo muito bem, até a última frase. A face de John se contorceu, as sobrancelhas arqueadas, e o homem abriu um sorriso debochado.

— As estrelas? — John começou a rir, fazendo Tristan se sentir completamente ridículo.

— Sim, pai. — A voz de Naomi cortou todo aquele barulho. Ela se levantou, respirando fundo, e caminhou até o pai, as mãos agitadas e trêmulas presas no colar em seu pescoço. — As estrelas. A mamãe acreditava nelas. Não acho que ela gostaria disso.

John deu um passo para trás, desestabilizado pela filha. Seus olhos se encheram de lágrimas e ele piscou várias vezes para impedi-las de cair.

— Mamãe gostaria que a gente lutasse pela nossa vida, que não desistisse agora e, principalmente, que não tirasse a vida de mais ninguém. Esse é o trabalho do inverno, não é? Não o nosso. Por favor — ela concluiu com um sorriso, esticando a mão para alcançar a dele.

O interino respirou fundo e fitou todos em volta, enquanto a tensão em suas mãos se dissipava lentamente. Ele pegou a mão da filha e a apertou com força.

— Tudo bem — falou finalmente. — Ele não morrerá hoje. Mas nós também não.

Deu um último olhar no corpo do homem caído no chão, o rosto sem expressão, a pele mais parecida com neve do que com carne, a vida se esvaindo. Não era o destino que ele queria para a sua filha e faria o que fosse possível para impedir que qualquer coisa similar acontecesse a ela.

— Tristan, Kira, venham comigo, por favor.

O clima dentro do escritório era mais frio que as tempestades do lado de fora. John andava em círculos, ruminando um pensamento específico, enquanto Tristan e Kira permaneciam lado a lado em silêncio, aguardando pelas palavras do líder.

— John — disse Kira, já incomodada pelo silêncio.

— Precisamos deixar a vila — o interino falou de repente, a impedindo de completar a frase.

— Hum, o quê? — A boticária arqueou as sobrancelhas.

— John, sabe que isso não é seguro. Clarke pode estar louco, mas não está errado. Não sobreviveríamos — Tristan falou.

— E por acaso vamos sobreviver aqui? Estamos mais seguros aqui do que estaríamos lá fora?

— Estamos aquecidos! E protegidos. Nada disso teríamos a partir do momento em que saíssemos por essas portas — Kira rebateu.

— Mas teríamos algo que essa casa não pode nos dar: um futuro, uma possibilidade.

— Não, você está louco... — a boticária sussurrou, sentindo o seu corpo um pouco mais fraco.

— Por favor, não espero que entendam, mas não posso permitir que o inverno leve minha filha assim como levou minha esposa. Não posso e não vou. — Os olhos do líder lacrimejaram e o casal de boticários se calou, ambos baixaram o olhar, se solidarizando pela perda do homem.

— Você tem algo em mente? — Tristan foi o primeiro a falar.

— Uma possibilidade. Uma que veio primeiro à minha mente desde o ataque da besta invernal, mas fui orgulhoso demais para considerá-la naquele momento. — A voz saiu com arrependimento.

— Qual? — A voz de Kira saiu com um sussurro.

— As montanhas Demilúr.

A vela que queimava na mesa iluminou o rosto do líder, coberto de raiva, luto e convicção.

— Esse é um conhecimento que nunca compartilhei com ninguém, mas entre os arquivos da casa interina encontrei, anos atrás, registros que sugerem a existência de túneis sob as montanhas, talvez túneis que até mesmo trouxeram nossos ancestrais até aqui. Não é uma certeza, tampouco sabemos se são seguros, mas é um caminho para fora do vale. Talvez o único que temos. Pelos túneis estaremos protegidos da neve e dos lobos.

— É arriscado — Tristan falou com a respiração pesada; a revelação de um fato que desconheciam sobre seus antepassados fez seu coração acelerar.

— Mas é um risco que eu estou disposto a correr. Não podemos ficar aqui, sabemos disso.

— Não! Temos muitos doentes, e as pessoas não conseguiriam fazer a viagem, não teria como tratá-las no caminho…

— Se não deixarmos a vila o mais rápido possível, não existirá qualquer caminho. Nem mesmo qualquer memória de que um dia um povo viveu aqui. Nossa história será soterrada pela neve e todo o sacrifício de nossos ancestrais será em vão. Nem que eu seja o último interino que Teith tenha, não deixarei isso acontecer.

Encorajado por suas próprias palavras, o líder balançou a cabeça e caminhou até a porta.

— Está decidido. As dispensas serão esvaziadas e todas as carroças e cavalos devem ser preparados. Vamos partir.

A notícia do decreto interino se espalhou rapidamente por entre as casas habitadas. John primeiro anunciou na mansão boticária, gerando uma grande comoção entre os pacientes; não permaneceu o suficiente para ouvir as reclamações e os questionamentos, subiu em seu cavalo e partiu logo para as outras moradias.

No saguão principal, enquanto as pessoas se desesperavam e corriam para todos os lados tentando processar a notícia, a mente de Beor estava distante, mal se importando com o anúncio. Tudo voltava para ele, o encontro com o oghiro e como todo o seu corpo havia sido paralisado, e o pesadelo de dias atrás, em que havia visto todos na casa congelados. John não estava errado em partir, esse era de fato o destino de todos, o garoto sabia, mas não era nisso em que seus pensamentos estavam focados, e sim na bola de luz que pulsava sobre o peito de Clarke, o estranho objeto que o garoto não conseguiu identificar pouco antes de despertar daquele sonho. Tomado pela curiosidade e por algum outro sentimento que não pôde nomear, Beor caminhou até Clarke, que permanecia no chão, sem receber ajuda de ninguém.

— Oi.

— Olá, garoto.

— Está confortável aí?

— Até que a madeira não é de todo ruim.

— Eu posso te ajudar.

Beor se agachou e passou o braço por trás das costas do homem, puxando-o para cima. Com dificuldade o arrastou até o sofá mais próximo, colocando-o sentado. Enquanto fazia isso, apalpou com cuidado a capa que Clarke sempre usava, em busca de algo que se assemelhasse ao que viu em seu sonho.

— Você sabe de algo que pode acabar com esse inverno, mas não está compartilhando — falou de uma vez, com convicção, e se afastou, tendo sucesso na sua missão. Estava no bolso direito, seja lá o que fosse.

— O quê? — Clarke levantou o olhar.

Beor respirou fundo.

— Eu não sei como eu sei, mas eu sei.

— Está falando do que não entende. Nunca foi a minha intenção…

— Mas você veio parar aqui! Por mais que não quisesse, foi o que aconteceu. Por que não me deixa ajudar você? Se tem algo que podemos fazer, seja lá qual a missão em que você falhou, me deixe completá-la.

Clarke deu uma risada da ingenuidade do garoto.

— Não funciona assim.

— E então como funciona? Com todos nós morrendo porque você prefere esse destino a deixar de ser orgulhoso? Se for assim, acho que não merecia ter recebido essa missão, para começo de conversa.

— Não funciona porque eu fiz um juramento. E sob esse juramento está a minha vida. — O guardião bufou, irritado e ofendido, porque até que gostava do garoto.

— Nada é maior que esse juramento, então? Nem a vida das outras pessoas?

— Não. Maior que ele apenas as estrelas.

Quando Tristan entrou no quarto pela noite, Beor já estava adormecido na cama e Kira estava em pé, parada na janela do outro lado do cômodo, silenciosa e altiva, com os longos cabelos loiros emaranhados em um coque. Mesmo no inverno era bela. Ela tossiu, o que fez a pintura se dissolver e trouxe o marido de volta para a realidade.

— Querida. — Tristan se aproximou.

Kira virou o rosto para encontrá-lo, e ele percebeu que a mulher chorava.

— Não podemos partir — ela disse, num sussurro. — John está fora de si, sabe disso!

Tristan acenou com a cabeça, sabia que teriam aquela conversa, mas ansiou em seu íntimo que ela não fosse necessária. Havia sido ingênuo, claramente.

— Eu sei. Mas ele também está certo. Não tem como sobrevivermos aqui. Tentamos até agora e, Kira, não conseguimos salvar ninguém. — Sua voz saiu pesada, carregada de dor e culpa.

— Mas isso não faz sentido, nem é um plano, Tristan.

— Não, não é, mas é o que temos. E entre ver meu filho morrer aqui e saber que pode existir uma cidade onde ele estará seguro, já faz o risco valer a pena.

O rosto de Kira se comprimiu com a menção a Beor, e os dois olharam juntos para o filho na cama, cujos olhos fechados e semblante pacífico confirmavam que ele estava dormindo.

— Isso não é justo.

Ela tossiu mais uma vez e se encolheu um pouco com a dor que ecoou por seu peito.

— E olha para você. Está adoecendo, sabe disso. E se não temos uma cura para eles, também não temos uma cura para você. E como seu marido não estou disposto a enterrar minha esposa em nenhum momento futuro, está entendendo?

Ela balançou a cabeça em negação, estava irredutível.

— Tem que haver outro jeito... E a nossa casa? E os doentes? Vamos simplesmente abandoná-los aqui?

— Não. Eu conversei com John, os doentes serão levados nas carroças, não vão precisar caminhar durante a jornada, é pelo menos o que esperamos.

— É arriscado demais, é arriscado demais.

— Mas também é arriscado ficar aqui — Tristan falou, aproximando docemente seu rosto do dela, na esperança de que ela o compreendesse. — Amor, não existe mais vida para nós aqui. A vila está condenada e se ficarmos aqui nós também estaremos.

Kira virou seu rosto, recusando-se a aceitar.

— Essa casa... eu não posso. Ela é tudo que eu sempre sonhei. — Sua voz saiu abafada pelas lágrimas.

— Eu sei. Foi uma vida linda que tivemos aqui, não foi?

— Sim.

— Mas você é mais importante do que essa casa, Kira. Para mim, você e Beor são mais importantes que tudo. Eu deixaria a casa para trás e caminharia apenas com a roupa do corpo para encontrarmos uma terra onde o sol ainda reine no céu e onde nossa família permaneça unida.

Kira sentiu verdade em sua voz; ela queria acreditar nele, queria ter a mesma esperança e coragem que o marido, mas não podia, não conseguia.

— Não. Me peça tudo, mas não me peça isso. Você sabe que eu não consigo. Sabe que eu não posso abandoná-la.

— Mas é claro que pode. Enquanto estivermos vivos existirão outras casas, talvez até melhores que essa...

— Não existe outra casa. Não para mim.

— Mas…

— Por todos esses anos, eu não tive um pai, eu não tive uma mãe, mas eu tive essa casa. Eu sonhei com ela e lutei por ela com todas as minhas forças. Não me peça para deixar a única segurança que eu tenho, a única que me sobrou.

Ela se debulhou em lágrimas e Tristan a puxou para perto, abraçando-a com força. Nunca tinha visto a esposa tão vulnerável e descontrolada como naquele momento. O choro abafou em sua blusa, porém, mesmo assim, foi o suficiente para despertar Beor, que fitou furtivamente a cena dos pais, sem entender ao certo o que acontecia.

— Não temos nenhuma segurança, meu amor, senão um ao outro e as estrelas acima de nós. Me deixe ser sua segurança, assim como tenho tentado ser todos esses anos. — Tristan enxugou as lágrimas da esposa e a beijou suavemente.

Na cama, Beor fez uma careta, revirou os olhos e virou o corpo. Já havia visto demais.

— Você confia em mim? — o marido perguntou com esperança.

— Confio — sua esposa respondeu, receosa.

18

Vejo vocês no futuro

Na manhã seguinte, toda a vila corria contra o tempo se preparando para a partida. Era a única escolha possível desde que o sol havia os deixado, mas ainda assim havia sido tomada tarde demais. Muitos estavam revoltados, apavorados com a ideia de deixarem a vila. Outros, porém, concordavam com a decisão do líder e, movidos pelo espírito de sobrevivência, arrumavam as provisões e incentivavam os vizinhos a fazerem o mesmo.

As muitas famílias da vila tiveram que escolher, entre todos os seus pertences, apenas as roupas mais quentes e os objetos mais essenciais para levarem consigo na viagem. Tristan reuniu um grupo de pessoas em sua casa para fazer de antemão os diferentes remédios e xaropes que também seriam levados. Calculando pelo número de pessoas que estavam doentes, eles durariam em torno de um mês, o que ele acreditava ser tempo suficiente.

Na casa de Nico, sua mãe estava engajada na tarefa de assar diferentes fornadas de pães, provavelmente as últimas, que seriam levadas para a viagem. Eles eram guardados em cestos cobertos com uma grossa camada de tecido, para que não esfriassem tanto.

John, juntamente com outros homens, passou rapidamente por cada casa da vila, conferindo como estavam os preparativos para a viagem e alimentando os animais, em especial os cavalos que levariam os doentes. Cada pessoa trabalhava da forma que podia para que estivessem tudo e todos prontos para partir, mesmo deixando tanto para trás.

Beor, porém, agia de forma contraditória. Não estava nem animado, nem assustado com a ideia de deixar a vila, pois agora sua mente estava focada em apenas uma coisa: descobrir o que Clarke tanto escondia. Parecia loucura e certamente não fazia sentido para ele, porém, sentia-se atraído pelo tal objeto, como se estivesse sendo chamado por ele. O garoto havia tido o mesmo sonho novamente e agora estava claro que não era mera coincidência e sim um aviso, uma orientação. Quem o orientava, porém, ele não podia imaginar.

Enquanto observava a movimentação que ocorria pelos corredores da mansão, com pacientes entrando e saindo, macas sendo desmontadas e roupas guardadas, pela primeira vez ele não quis deixá-la. Nem se importava mais em viajar ou explorar. Queria que sua mãe ficasse bem, queria que Madeline ainda estivesse viva e que Clarke nunca tivesse encontrado sua vila. Queria que sua casa voltasse a ser o que era antes, viva e alegre, queria que o sol voltasse a brilhar por entre as janelas, queria exatamente a vida que tinha antes, mas sabia que isso agora era impossível.

Beor arrumou sua bolsa pela manhã, sem nenhuma animação ou expectativa, apenas reproduzindo o que todos estavam fazendo. De volta ao seu velho quarto, ele fitou melancólico as paredes, a sua estante de livros e a janela, onde acreditava ter ouvido o estranho pássaro falar. Nem fazia tanto tempo, mas agora parecia uma vida atrás, quando ele ainda ansiava por explorações e aventuras. Ele caminhou até sua estante de livros, aqueles que, em seus curtos anos de vida, haviam sido seus maiores incentivadores e confidentes. Havia lido todos ali repetidas vezes e agora tinha a terrível missão de escolher apenas um para a viagem. Seu pai foi bastante categórico: deveriam deixar para trás tudo o que não fosse essencial. Mais uma coisa que Beor não gostava, porque para ele todos aqueles livros eram mais do que essenciais.

Ele resmungou contrariado enquanto os folheava, até que finalmente escolheu o vencedor. *As Mil Canções da Meia-Noite*. Retirou-o da estante e o segurou em suas mãos, observando sua bela capa de tecido verde. O livro, que já tinha pertencido a Kira, contava a história de Galagah e Hovan, um casal que era separado todas as noites por uma maldição que, à meia-note, transformava a mulher em uma besta da floresta. Todas as madrugadas o marido partia em busca da amada e, quando a encontrava na floresta, cantava para ela diferentes trovas e lendas há muito esquecidas, até que ela voltasse à forma humana. Beor gostava da lenda, já sua mãe amava o romance, e, assim, os dois tinham o mesmo livro preferido. Decidido, ele colocou o objeto dentro de sua bolsa e deixou o quarto.

Sentindo-se entediado na mansão, ele ficou sabendo que Naomi havia voltado para a casa interina para arrumar suas coisas e resolveu ir até lá.

Caminhou solitário pela neve, observando cada casa no caminho e notando como pareciam tão pálidas e sem vida agora.

Já na casa de Naomi, ele anunciou sua presença, parado na porta do quarto da amiga.

— Beor. O que está fazendo aqui? — Naomi sorriu ao vê-lo.

— Eu vim te ajudar a fazer as malas, eu acho. Imaginei que seu pai estaria ocupado e seria difícil para você fazer sem a sua mãe. Principalmente porque vocês... garotas, sabe? Gostam dessas coisas.

Naomi deu uma risada triste e se sentou na cama, surpreendida com o ato do amigo.

— Não me odeie — ela comentou —, mas acho que o inverno mudou você. E não para mal.

— Talvez. Só não queria que ficasse sozinha. É irritante e mandona, mas é minha família.

Naomi sorriu, sentindo-se melhor. Foi um pequeno gesto, mas lembrou-a de que ela era amada e querida. Beor se surpreendeu ao ver que uma lágrima ameaçava cair de seus olhos.

— Entre. Depois a gente pode ir à sua casa refazer a sua mala.

— Mas eu já fiz! — Beor caminhou até ela e mostrou, orgulhoso, sua mochila, agora suja de neve e com meias quase saltando pelas bordas.

— Acredite, vai ter que fazer de novo. — Naomi riu, pegando a bolsa e colocando-a em sua cama.

— Então tá — ele resmungou.

— Você também é família para mim — ela falou, de repente, enquanto ele pegava algumas roupas na cama e tentava dobrá-las.

— Bom, se você não fosse tão chata, poderia até te adotar como minha irmã... — Beor falou, dando de ombros, fazendo Naomi rir. — Mas acho que não precisa, você já é.

— Promete? Promete que vamos sempre cuidar um do outro? Como irmãos de verdade cuidariam?

Beor olhou para ela, entendendo a responsabilidade que ele aceitaria concordando com aquilo.

— Eu prometo, Na. Lembra quando a gente era pequeno e brincava que éramos irmãos? Então, eu não estava brincando.

Naomi sorriu para ele, satisfeita e sentindo-se mais segura. Então, ela caminhou até o sofá, de onde começou a pegar algumas outras peças de roupas.

— É estranho, sabe? Não ter mais ela aqui. — Foi tudo que conseguiu dizer antes que seus olhos se enchessem de lágrimas novamente.

— Eu nem imagino. Mas você é forte e vai ficar bem, Na. Sei que vai.

Naomi concordou com a cabeça, querendo de todo coração acreditar naquilo.

Eles escolheram uma bolsa relativamente pequena e colocaram todas as roupas lá dentro. Naomi ensinou a Beor como dobrar as peças de uma forma que sobrasse mais espaço, e eles refizeram a mochila dele.

Depois que terminaram a organização, ambos caminharam de volta para a mansão boticária. A neve que caía

do céu era espessa e contínua, e o próprio céu já estava escurecendo. Eles seguiram por alguns minutos, os pés afundando na neve e tendo a companhia apenas um do outro, sem trocar muitas palavras. À medida que andavam, viram uma figura se aproximando deles, como um vulto; ela estava distante, e a neve a tornava irreconhecível. Por um momento, Beor pensou que fosse Clarke. Ele piscou, sabendo que caía em um truque da sua mente; seria impossível para Clarke estar ali e muito menos conseguir andar, mesmo assim a sensação perdurou até que a figura, agora mais próxima, se revelasse.

— Pai? — Naomi perguntou, surpresa.

— Graças às estrelas, crianças! — John exclamou, preocupado. — O que estão fazendo aqui com uma nevasca dessas? — Ele não lhes deu tempo para responderem. — Beor, eu estava procurando por você.

— Por mim?

— Sim, seu pai mandou te chamar, precisa ir para casa agora.

— Agora?

— Sim. Os dois.

— Algo aconteceu?

— Bom, houve algumas mudanças de plano. Mas sua mãe... bom, ela passou mal nesta tarde.

Beor sentiu todo o pouco calor deixar o seu corpo, e suas pernas vacilaram por um instante, seu coração batendo acelerado no peito.

— Não acredito! — Ele engoliu em seco, antes de começar a correr, deixando pai e filha para trás.

— Espere! — John gritou, mas ele já estava longe.

A tempestade de neve pareceu engrossar a cada passo que ele dava, e Beor mal podia ver o que estava à sua frente. A neve se misturava com suas lágrimas, e o frio que sentia não era nada comparado ao medo que o assombrava, temendo pela vida de sua mãe. Ele continuou a caminhar, sem rumo, tentando se situar em meio a tanta neve. Sem solução, olhou para o céu e sentiu sua vista ficar embaralhada pela neve que caía bem em cima. Porém, além da neve, ele conseguiu ver também as estrelas, as três estrelas que eram as primeiras a aparecer no céu e que ficavam sempre ao norte. Naquele momento, olhando para elas, ele sabia então para onde ir; elas eram o seu norte. Começou a caminhar em direção oposta à que elas estavam, com os olhos fixos nas luzes no céu e lutando contra a neve que prendia seus pés.

E foi dessa forma que, mesmo sem enxergar nada, Beor chegou na frente de sua casa. Ele se alegrou ao ver o local e sorriu, pensando que as estrelas o tinham ajudado. Correu até a porta e entrou afobado, tirando de uma vez seu cachecol, que estava coberto de neve.

— Pai? Pai?

—Aqui, Beor. — Ele ouviu seu pai chamando da cozinha.

Ele estranhou e correu até o cômodo, onde encontrou Tristan misturando algumas ervas e colocando-as em uma água quente. Ele reparou que suas mãos tremiam.

— Pai, está tudo bem? O que aconteceu com a mamãe?

Tristan tinha uma expressão cansada, como se tivesse perdido todas as suas forças.

— Ela passou mal, Beor. Teve uma crise de febre alta e vomitou. Está melhor agora, mas continua muito fraca. Beor, nós dois não vamos conseguir viajar com o resto da vila amanhã, querido. — Soltou de uma vez. — Mas quero que você vá com eles.

— O quê? — Beor balbuciou, sem entender nada.

— Algumas famílias também estão ficando e sua mãe está muito fraca para fazer a viagem. Ela não quer ir, ela não pode.

Beor parou por um instante, tentando processar todas as informações que havia acabado de receber.

— Ela está melhor agora?

— Está.

— Então por que ela não pode ir? Eu não vou sem ela, não vou sem vocês!

— Bom, venha comigo. Vamos levar esse chá para ela.

Beor concordou com a cabeça e acompanhou o pai pela casa. Mesmo em meio a todas as dificuldades dos últimos meses, ele nunca havia visto o seu pai como naquele momento. Era como se toda esperança tivesse se esvaído dele, dessa vez completamente.

Eles subiram a escada e entraram no quarto de Kira. As janelas estavam fechadas e uma vela iluminava o lugar. Kira estava sonolenta, mas não adormecida. Estava tão fraca que tinha que lutar para se manter acordada. O barulho do marido e do filho entrando no quarto tirou-a de sua luta com o sono, trazendo-a de volta para a realidade.

— Beor. — Ela sorriu, tentando estender seus braços para o filho.

— Ei, mãe... — Ele sorriu para ela, segurando as lágrimas que vieram ao vê-la naquele estado. Sabia que ela estava adoecendo nos últimos dias, mas ainda permanecia forte até algumas horas atrás.

Ele se aproximou e entregou o chá. Com a ajuda de Tristan, que parou ao seu lado, Kira se sentou na cama e pegou a xícara. Ela bebeu lentamente, saboreando a bebida e fazendo pequenas e silenciosas orações para que dessa vez ela funcionasse.

— Como você está se sentindo, mãe?

— Não muito bem, querido, me sinto fraca como nunca estive. Mas está tudo certo, eu vou ficar bem. Eu disse para o seu pai que vocês poderiam ir com o resto da vila amanhã.

— Kira, nem fale isso! Você vai melhorar e então nós dois viajaremos, alcançando John e os outros moradores. Por agora — Tristan continuou olhando para Kira —, apenas nos deixe cuidar de você e descanse.

— Tudo bem. — Ela sorriu para Tristan. Ele havia criado uma mentira para convencer a si mesmo e ela sabia disso: eles nunca se encontrariam com os outros. Kira deitou novamente, colocando sua cabeça no travesseiro e fechando os olhos.

Tristan acenou para Beor, indicando que deveriam sair do quarto. Os dois se levantaram e caminharam até o lado de fora.

Eles viram que John havia entrado na casa, seguido por Nico e Naomi.

Desceram juntos e foram até o encontro deles; a mansão já estava mais vazia naquele ponto, com alguns doentes tendo mudado de casa para facilitar na viagem, já que aquela casa era a última da vila.

— Ela está bem? — Naomi se aproximou de Beor, com um semblante de preocupação.

— Está sim, só muito cansada.

— Contou ao garoto? — John perguntou, pegando Tristan de surpresa, que o olhou assustado.

— Não. Não tudo.

Beor se surpreendeu com a resposta, olhando para o pai.

— Não contou o quê? — ele perguntou.

— Venha, vamos nos sentar.

Todos caminharam e se sentaram à mesa. Beor continuou fitando seu pai, esperando pela resposta.

— Acontece que sua mãe não pode deixar a casa, Beor. Ela realmente não consegue.

— Como assim?

— Sua mãe estava melhor pela manhã. Foi num momento da tarde em que nós caminhamos para fora apenas para checar os cavalos que ela imediatamente piorou. No momento em que Kira pisou do lado de fora da casa, seu corpo reagiu. E não pelo frio. Apenas a ideia de deixar a casa a adoece.

— Eu ainda não entendo — Beor franziu as sobrancelhas.

— Isso não é algo de agora, filho. Kira nunca conseguiu passar muito tempo fora de casa, não sei se já reparou.

— Mas por quê?

— Você já viu sua mãe doente? Alguma vez?

—Não. Nunca, eu acho. Não até o inverno.

Tristan respirou fundo, não sabendo muito bem como entregar as notícias.

— Isso é porque a casa é a própria fonte de saúde de sua mãe.

— O quê? Isso não faz sentido...

— Beor, a casa é o apego da sua mãe. Ela não pode deixá-la.

— Não. Não, a mamãe não tem um apego. Ela é forte, não é igual às outras pessoas.

— Ela é igual a qualquer adulto. — Tristan cerrou os lábios, com o olhar cansado e o semblante de alguém que já havia perdido a batalha.

Beor abriu a boca para questioná-lo, mas nada veio à sua mente. Ele sempre teve certo preconceito com os outros adultos em Teith, pensando que seus pais eram diferentes, que eram os mais fortes. Mas não, eles eram feitos do mesmo material: os mesmos ossos, pele e medos.

— Sua mãe está presa a esta casa. Sua conexão emocional com ela a prende. Por isso a vila não pode nos esperar. Eles partirão pela manhã e eu ficarei com sua mãe. Não posso deixá-la.

— Não, nunca — Beor concordou. — Eu também ficarei.

— Espera, vocês não vão com a gente? — Nico questionou, do outro lado da mesa, finalmente entendendo o que estava acontecendo.

— O quê? Não! — Naomi exclamou. — Se vocês não vão, então ninguém deveria ir.

— Não é uma decisão tão fácil assim, querida. — John olhou para a filha, com um semblante dócil, porém decidido. — Devemos partir.

— Ficaremos com alguns dos outros moradores que estão em um estado já crítico ou se recusam a deixar Teith. Ficaremos juntos. Vamos dar um jeito de sobreviver. Sempre demos — Tristan falou sem passar muita confiança.

— Mas, pai… — O coração de Beor batia forte no peito, e sua mente custava a processar a informação.

— Teith precisa continuar, assim como o seu povo. Mesmo que seja em outro lugar. Porém, para que sua mãe melhore, para que ela tenha a oportunidade, a possibilidade de se recuperar, ela tem que ficar aqui. Estamos fazendo o que é melhor para ela e só podemos torcer para que as estrelas, se é que elas se importam, estejam olhando por nós tanto aqui como na viagem que se seguirá. — Ele olhou para o filho com um sorriso triste.

— Você não acreditava nas estrelas.

— Bom, é uma das coisas que o inverno faz conosco. Nos faz querer acreditar em milagres.

— Ambos os caminhos são sem garantia — John acrescentou. — Corremos risco ficando e partindo, mas precisamos tentar. Precisamos correr o risco. Por todos os que perdemos até aqui.

— Não há mais nada que possamos fazer, crianças, está decidido — Tristan concluiu, balançando a cabeça.

John olhou em volta, sentindo o peso que pairava na sala e nos olhares desolados das crianças. Ele se levantou e aprumou o corpo.

— Nós partiremos cedo pela manhã — falou para Naomi e Nico.

— Meu querido amigo, espero honestamente que nos encontremos novamente. — Ele se dirigiu a Tristan, olhando para ele e respirando fundo.

— Eu também — o boticário respondeu, e eles se abraçaram. Um abraço triste e curto, uma despedida.

John virou o corpo e olhou de volta para as crianças.

— É uma criança inteligente, Beor, tem um bom coração e um espírito forte. Eu cuidaria de você, se quisesse partir conosco, mas sei que é teimoso e não deixará sua família. — Ele encarou com tristeza o menino.

Beor apenas abaixou o olhar e respondeu com um sorriso falso. Ainda não acreditava que aquilo era real, que aquele era o veredito final.

— Vou esperar na porta e deixar vocês se despedirem de Beor — John falou a Naomi e Nico e então se afastou, caminhando até a porta.

Tristan também levantou, colocou a mão na cabeça de Beor, tentando em vão consolá-lo, e seguiu em direção ao seu escritório.

Os três amigos ficaram ali, olhando uns para os outros, absorvendo o baque das últimas notícias, sem conseguir encontrar palavras para dizerem qualquer coisa. Momentos antes tiveram esperança, porém agora eram apenas crianças novamente, vivendo a dura e fria realidade.

— Isso está acontecendo de verdade? — Nico foi o primeiro a conseguir falar, como se conseguisse finalmente respirar novamente.

— Não. — Naomi balbuciou com raiva, uma lágrima solitária rolou por seu rosto. — Não é justo. — Ela choramingou, encarando o chão de madeira e seus pés.

— O quê? — Beor levantou o olhar lentamente.

— Eu já tive que perder minha mãe... E agora vou perder você também? — Mais lágrimas caíram de seu rosto, que agora se tornava lentamente vermelho. — Por que tudo isso está acontecendo com a gente? — Ela fez a pergunta que reverberava na mente de todos pelos últimos meses.

— Eu não sei — Beor respondeu, contendo as próprias lágrimas.

— Isso significa que a gente nunca mais vai se ver? — Naomi olhou para os dois.

— Eu não sei. Acho que sim. — Nico olhou para baixo, com vergonha por admitir isso, mas ele era realista e sabia que era a verdade.

— Mas não está certo. Tem que ter alguma coisa que a gente possa fazer! — Naomi bateu na mesa, inconformada.

Beor permaneceu calado, não tinha forças para concordar com ela ou tentar pensar em qualquer plano, todos até aquele momento haviam falhado. Naquele instante, toda autocomiseração que existia no mundo caiu sobre ele. Era tudo tão injusto e toda sua vida parecia seguir uma sequência de tragédias, sem mesmo lhe dar tempo para descansar. Por que a sua vila? Por que a sua família? Por que a sua mãe? Por que justo ele?

— Acho que não tem mais nada para fazer, Na... — ele sussurrou, sentindo toda força deixar seu corpo.

— Então você vai desistir? Vai desistir da gente? — Ela não conseguiu esconder quão machucada estava.

— Não! Eu nunca desistiria. Mas acho que as estrelas desistiram de nós. — Ele abaixou o olhar, percebendo o quanto aquilo fazia sentido; tinha que ser, era a única explicação possível.

Obrigando-se a ser forte, ele se afastou da cadeira e deu a volta na mesa, parando ao lado dos amigos.

— Eu vou sentir falta de vocês. — Foi tudo o que ele conseguiu falar, levantando a cabeça e encontrando seus olhares.

— Eu também. — Naomi começou a chorar e correu para abraçá-lo. Nico também se levantou e caminhou até os dois. Eles ficaram os três abraçados em pé, desejando que tudo aquilo fosse apenas um pesadelo bem ruim.

Depois de um tempo eles se afastaram, os três com lágrimas nos olhos.

— Espero que a gente não morra... — Beor falou depois de algum tempo. — Porque, se vivermos, eu vou encontrar vocês. De alguma forma, mas vou.

— Sim! E nós não vamos morrer! Eu sei que não — Nico exclamou, tentando se segurar à esperança. — Vai dar tudo certo. — Ele balançou os braços, contendo a agitação que o tomava sempre que estava nervoso. — Vamos fazer uma promessa, um ao outro. — Ele olhou para Beor e Naomi. — Nós vamos nos encontrar novamente. Não importa onde vamos estar, ainda vamos nos ver de novo.

— Não tem como prometer isso, Nico — disse Naomi desesperançosa.

— Eu não me importo! Eles não dizem que as crianças sonham demais ou que não aceitam a realidade? Então! Eu escolho acreditar que vamos ver Beor de novo, independente do que os adultos ou a realidade me digam — Nico falou, confiante.

— Não somos ninguém para desafiar a realidade. — Beor riu da ingenuidade do amigo.

— É claro que somos. — Nico sorriu. — E você concordaria. — Ele estendeu a mão para Beor. —Você promete?

Observando os dois, Naomi segurou num reflexo o colar que sua mãe lhe havia dado, o pequeno pingente de estrela, e, ao fazer isso, sentiu uma pitada de esperança em seu coração.

— Nós temos que jurar perante as estrelas! Minha mãe sempre falou que as estrelas nos ouvem. Vamos até a janela. — Ela começou a caminhar, determinada.

Os dois a seguiram.

Eles pararam em frente à grande janela que cobria a entrada da casa, onde, mesmo com a forte neve que caía, ainda conseguiam ver algumas estrelas no céu. Na verdade, apenas três; as mesmas três estrelas.

— Nós juramos perante as estrelas... — Naomi começou, pegando-os de surpresa. Ela fechou os olhos, tentando acreditar de todo o coração. — Que ainda vamos nos encontrar novamente. — Enquanto falava, seu sorriso deu lugar ao choro, que voltou mais uma vez. — Nós vamos.

— Sim. — Beor então a seguiu, subitamente inspirado pela visão das estrelas. — Eu juro perante as estrelas que vou procurar vocês, e um dia nos encontraremos de novo. E que não vou morrer antes disso — ele falou, segurando as lágrimas e respirando fundo.

— Eu juro que ainda vou te ver de novo, Beor, juro pelas estrelas — Nico disse, confiante, sorrindo para o amigo.

— Crianças, precisamos ir. — A voz de John os trouxe de volta.

— Não... — Beor sussurrou, de forma quase inaudível. Ele se assustou quando as lágrimas simplesmente saíram de seus olhos e as palavras, de sua boca. — Eu amo vocês. — Ele respirou fundo. — Nem todas as pessoas poderiam me aguentar como vocês aguentaram, então... — Ele parou, refletindo. — Obrigado. Obrigado por serem meus amigos. São os melhores que qualquer pessoa poderia ter.

Eles se abraçaram, e Naomi e Nico falaram juntos.

— Eu te amo também.

Beor se afastou, tentando se recompor.

— Acho que vocês têm que ir agora — ele disse, de forma serena, limpando as lágrimas.

As crianças permaneceram paradas por mais uns minutos, olhando para seus pés no chão, buscando uma reação, até que começaram a se mover.

Nico e Naomi olharam um para o outro antes de se afastarem de Beor. À medida que eles se afastavam, era como se Beor perdesse uma parte do próprio corpo. Ele a via ir embora sem poder fazer nada.

— Ei! — ele os chamou quando já estavam na porta. — Eu vejo vocês no futuro.

Nico sorriu.

— Eu te espero lá, então.

Naomi respondeu apenas com um sorriso triste e saiu pela porta.

Aquela foi a última noite em que Beor viu seus amigos. Ele foi incapaz de vê-los partir, então se virou e fitou a neve que caía pela janela. Ele ouviu somente o barulho da porta batendo quando todos saíram.

Depois de alguns minutos, Tristan se aproximou dele lentamente. Ele entendia a dor que o garoto estava sentindo, mas não encontrava em si nenhuma palavra que pudesse encorajá-lo.

— Eu sinto muito, filho — ele falou, aproximando-se e colocando a mão em seu ombro. — Sinto mesmo.

Vendo que Beor não se movia, nem expressava reação, ele apenas se afastou, escolhendo dar um tempo para o garoto processar seus sentimentos.

Beor perdeu a conta de quanto tempo ficou parado ali, apenas observando a vista. Como criança, sua mente vagou por todos os lugares do seu inconsciente. Por um momento esqueceu que estava sofrendo e se perguntava se a neve sentia dor. Depois criou uma história sobre as estrelas que moravam no céu, quem elas eram e o que faziam. Sobre como elas estavam com Madeline agora e o ajudariam a encontrar seus amigos novamente. Depois ficou com sono. E, então, voltou à sua realidade. Estava frio e ele havia passado tempo demais na janela. Algumas lamparinas da casa já estavam apagadas, e ele pensou que seu pai já tinha ido dormir.

Beor se virou e caminhou lentamente pelo silêncio da casa, sendo iluminado pela lamparina que pegara da mesa e agora segurava. Passou pela cozinha, onde alguns dos doentes que ficariam para trás estavam deitados, todos próximos do forno. Clarke estava entre eles, surpreendendo a todos por aguentar mais um dia vivo.

Ele não quis dormir com os seus pais naquela noite, só queria ficar sozinho, mesmo que fosse por apenas algumas horas. Subiu a escada e seguiu até o final. Entrar no seu quarto foi algo estranho. Ele passara tão pouco tempo lá nas últimas semanas e sempre por curtos momentos, que parecia um cômodo desconhecido agora, perdido em sua memória. Tão vazio, era como uma lembrança do que sua vida havia sido um dia — boa, muito boa.

Ele tirou *As Mil Canções da Meia-Noite* da mochila, sentou na cama com a lamparina ao lado e tentou ler, como forma de fugir de suas emoções e pensamentos. Seus olhos pararam em uma parte que ele nunca havia dado muita atenção antes:

"Talvez essa meia-noite nunca acabe, talvez a gente fique aqui até o fim de nossos dias. Talvez o sol nunca raie novamente sobre nossas cabeças e nenhuma risada seja ouvida novamente em nosso lar. Ainda assim, no dia em que encontrá-las, não terei reclamações. Não questionarei as estrelas sobre a dor, nem sobre a perda. Em meus lábios não terá uma só palavra contra elas, porque, mesmo em meio à mais longa madrugada, elas nunca deixaram de brilhar para nós."

Os olhos de Beor falharam de sono e ele fechou o livro, com a frase reverberando em sua mente.

"Elas nunca deixaram de brilhar para nós."

Descobriu então que, quando não havia mais lágrimas para chorar nem forças para lutar, a melhor coisa a se fazer era dormir. E foi isso que ele fez. Apenas deitou na cama com as roupas que estava mesmo e adormeceu, sem se importar se teria o mesmo pesadelo de antes ou se acordaria na manhã seguinte.

Sua paz não durou um instante, pois no segundo em que seus olhos fecharam, despertou em um outro lugar, um pesadelo novo e desconhecido. Sonhou que estava em uma pista de gelo, pisando em um lago que havia sido congelado. Ele estava no extremo oposto do lago, e do outro lado estava uma figura sem rosto, coberta de neve e envolta numa névoa branca. A figura despertava muito medo, e Beor quase teve certeza de que ouviu inúmeros gritos abafados, à distância, vindos daquele corpo. Diferentes criaturas brancas que ora se assemelhavam a lobos, ora a monstros cercavam a figura, andando em volta dela. Oghiros. Aquele era o Inverno. De alguma forma, Beor sabia.

Impelido pela coragem, o garoto começou a caminhar em direção a ele, andando sobre o lago congelado.

Uma voz saiu, então, da figura, pegando-o de surpresa.

— Quem é você? — a voz fria e aguda perguntou, reverberando no ambiente e fazendo tremer o chão sob os pés do garoto.

Beor ficou paralisado, sem saber como responder.

— Eu sou Beor — respondeu com a voz falhando.

— E o que é aquilo que te torna quem você é? — a voz falou mais uma vez, ameaçadora e investigatória.

— Eu... eu não sei — ele admitiu.

— Não é importante, não é mesmo, Beor? — O garoto tremeu ao ouvir seu nome sendo pronunciado por uma força tão medonha. — É uma frustração para os outros e também para você. Gostaria muito de ser igual aos heróis nos seus livros, mas a realidade tem mostrado que você não é. Na verdade, não sabe nem quem você é. E eu te mostrei que é mais fraco do que pensava.

Beor não conseguia responder, sentia como se a criatura tivesse lido cada um de seus pensamentos, vasculhado por cada centímetro do seu ser.

— Não é ninguém, não é o escolhido para nada grandioso. E agora que eu já tirei todos os que você ama, o último a cair será você. — A voz se tornou mais sombria e mais apavorante.

Beor olhou para o chão e, abaixo da camada de gelo, viu seus pais e seus amigos, todos se afogando e gritando por socorro. E no momento em que levantou seus olhos, a última coisa que viu foi a criatura do Inverno parada à sua frente, agora com afiados dentes à mostra e suas patas com longas garras prestes a apanhá-lo.

A verdade sobre as estações

Beor acordou num sobressalto. Não conseguia respirar, e suas mãos tremiam. Tomado pelo desespero, ele afastou as cobertas e saiu da cama, caindo no chão. Os seus braços arderam com o baque, e ele bateu a mão no peito, sentindo-se sufocado. Quando finalmente conseguiu recuperar o fôlego, sentiu como se a vida estivesse voltando ao seu corpo. Ele respirou fundo, encostou a cabeça na cama e permaneceu ali por alguns instantes, no chão frio, lembrando-se do sonho como em *flashbacks*.

Surpreendentemente o sonho não lhe causou medo, mas sim revolta. Agora, parado em seu quarto, conseguindo ver a sua própria respiração saindo do nariz como uma fumaça branca, ele sentia raiva, muita raiva. Mesmo com frio ele se levantou determinado e caminhou até a janela, vendo a neve cair. Pela primeira vez ele quis lutar, não deixaria que o inverno tomasse tudo o que tinha. Era um pensamento ingênuo, ele sabia, mas o inverno não poderia pensar que destruiria sua vila, seus amigos e toda a sua vida sem esperar que ele lutasse de volta.

Ele poderia não ser muito importante, ou até nem conseguir fazer muito, mas alguma coisa ele faria, tinha que fazer. Beor estranhou a força de seus pensamentos e a determinação que crescia em seu peito. Talvez esses sentimentos sempre tenham estado lá e o inverno só os tenham feito adormecer, mas não mais. Ele não pertencia ao inverno, não gostava do frio e nem da neve. Havia nascido no verão e vivido toda a sua vida nele; e iria, de alguma forma, trazê-lo de volta ou, pelo menos, morrer tentando. Era melhor do que permanecer ali, apático, e só esperar o inverno acabar com tudo.

Clarke, então, lhe veio à mente, e junto com ele a lembrança dos pesadelos que vinha tendo. Tudo voltou à memória, fazendo completo sentido agora. Ele não entendia muito bem, mas de alguma forma sabia o que fazer.

Ele colocou seus sapatos, calçou seu longo casaco de frio e saiu pela porta. Atravessou o corredor do segundo andar em silêncio e por alguns instantes parou no quarto dos pais, observando-os dormir através da fresta na porta, que estava encostada. Um aperto involuntário cresceu em seu peito, acompanhado de uma sensação ruim. Mesmo assim ele sorriu, querendo acreditar que seus pais viveriam dias melhores novamente. Amava-os mais do que pensava ser possível algumas semanas atrás, e agora entendia melhor seus sacrifícios e suas dores. Teve, por um segundo, a sensação de que não os veria novamente e balançou a cabeça, tentando afastar esses pensamentos.

Forçou-se a continuar e desceu as escadas de forma silenciosa. Ao chegar na sala se deparou com uma cena que fez seu corpo congelar. Clarke estava sozinho, sentado no sofá ao lado da janela e com o rosto voltado para o céu. Suas duas bengalas de madeira estavam encostadas ao lado. Ele se virou e encarou Beor, que se aproximou lentamente.

— O quê... como conseguiu chegar até aqui? Você não conseguia andar — o garoto perguntou, desconfiado.

— Eu não conseguia dormir, então pedi que Sergei me ajudasse a me aproximar da janela. Queria ver as estrelas uma última vez.

— Última vez? — Beor repetiu.

— Sim. Um sensitivo simplesmente sabe das coisas. Eu morro esta noite. — Clarke suspirou.

— Um sensitivo? O que é isso? — Beor se aproximou e sentou ao seu lado, estrategicamente do lado em que sabia que o objeto estava.

— Sensitivos são um grupo de pessoas que tem uma conexão mais profunda com a Terra Natural. Podemos ver, ouvir e sentir algumas coisas que outras pessoas não podem.

— Eu ouvi um pássaro falar, uma vez. Ele me avisou sobre o inverno.

Clarke arqueou as sobrancelhas, surpreso.

— Olha... Talvez você seja um. É uma pena que não viva o bastante para aperfeiçoar o dom. Seria um bom guardião, garoto, tem mais coração que muitos aqui.

— Não. Eu não tenho. Mas, sinto muito que vai morrer hoje. Ninguém merece isso, nem você.

— Eu sei. Mas, como pode ver, estou em paz. Finalmente. Sinto muito por não ter feito mais por você e por sua casa. Não eram pessoas ruins, afinal. Talvez o pior deste lugar seja eu, e é por isso que não me importo de morrer. Sinto que já o fiz há muito tempo.

— Bom, você pode fazer algo por mim. — Beor sorriu de forma triste, enquanto seu coração batia acelerado no peito.

— O que é?

— Um... abraço? — Beor abriu os braços, com a feição mais comovente que conseguiu gerar. — Eu acabei de dar adeus aos meus amigos, minha mãe está doente e vamos todos morrer. Acho que não me faria mal um abraço. Apesar de que você tem cara de que nunca ganhou um na vida — brincou com o estrangeiro, que riu.

— Não está totalmente errado. Mas, já que vou morrer mesmo... — E abriu os braços para o garoto.

O olhar de Beor se cravou na capa, agora aberta; seria a sua única chance. Ele abraçou Clarke e, então, estendeu a mão até exatamente o local em que sabia que o objeto estava. Em questão de segundos, tirou do bolso interno uma pequena caixa de metal quadrada e a arrancou para fora, dando um pulo para trás no mesmo momento.

— O quê? — Clarke esbravejou e esticou as mãos, tentando alcançá-lo, mas não tinha forças para se levantar.

Beor caminhou até o sofá do outro lado, mantendo uma distância fixa de alguns metros, porém, sem quebrar o contato visual com o guardião.

— Clarke, o que tem aqui?

— Não toque! Devolva-o para mim, agora! O que você tem em mãos é extremamente perigoso!

— Tem algo a ver com o inverno, não tem? Essa é a missão em que você falhou? Os monstros na floresta, eles estão atrás disso?

— Como você sabe?

— Eu te disse, eu sonhei. — Beor balançou a caixa, sentindo alguma coisa se mover dentro. — Existe mais, não existe? Sobre o inverno e o verão? Muito mais do que sabemos aqui na vila.

— Nã… — Clarke abriu a boca para questionar, mas Beor o cortou.

— Eu quero que me conte. Que me diga como eu posso trazer o verão de volta.

— Você não pode. — Clarke riu.

— Sim, eu posso. E se eu não puder, eu vou morrer tentando. É melhor do que ficar aqui definhando e assistir a todos morrerem, como você está fazendo.

— Beor, escute. Esse artefato, ele é muito mais antigo que o próprio chão em que pisamos. Ele existe desde a aurora de nosso mundo e pode matá-lo se apenas olhar para ele.

Beor riu, em parte de desespero, em parte porque não acreditava que aquilo poderia acontecer.

— Bom, que assim seja. — Ele suspirou, olhando para a caixa e tentando com todas as forças ser corajoso. — Se eu morrer, as estrelas me receberão, e então eu estarei bem.

Respirando fundo e sem nenhum tempo a perder, Beor abriu a caixa, virou-a, e um objeto pesado e frio caiu bem em sua mão.

— Uma… bússola? — ele questionou, sem entender mais nada.

Os olhos de Clarke se abriram em surpresa e choque.

— Você não morreu...

— Pois é, acho que não. — Beor virou a bússola do outro lado; era pesada e certamente feita de ouro. Ela tinha vários sóis entalhados em sua volta e dois ponteiros no centro.

O garoto cerrou os olhos e observou os ponteiros, até então imóveis, começarem a tremer e a se mover de forma frenética.

— Está mexendo! — o garoto sussurrou, assustado, e caminhou de volta para perto de Clarke.

— Era você... Era você, então! — Clarke exclamou, com os olhos cheios de lágrimas. — Eu nunca estive destinado a voltar para Filenea, então; eu estava destinado a vir até aqui. As estrelas me trouxeram até aqui! — ele exclamou, eufórico.

— O quê? — Beor voltou a se sentar ao lado dele, a mão que segurava a bússola tremia. — O que está acontecendo, Clarke?

— Tudo bem. — Ele virou para a janela, com o olhar agora atento e alerta. — Temos pouco tempo e muito a ser dito. Você me perguntou sobre a verdade, certo? A verdade das estações.

— Sim, é o que eu mais quero saber.

— Mas antes, precisa me prometer algo. Saiba que essa foi sua escolha, você se colocou nisso.

— Tudo bem. Apenas diga!

— Promete guardar esse conhecimento e, agora que carrega esse fardo, promete encontrar o Verão?

— Eu prometo morrer tentando.

— Tudo bem. Para te contar o que está acontecendo e em que parte da história nos encontramos, preciso te contar desde o início. Saiba que raríssimas pessoas, em toda a história de nosso mundo, obtiveram o conhecimento sobre as estações. É um conhecimento poderoso e perigoso, entregue apenas a alguns. É uma informação que tem vida própria, e, no momento em que você souber, estará preso a ela. Sua vida mudará completamente.

— Está bem, só fale logo! — Beor se sentia impaciente, a bússola em sua mão fazia toda uma onda de ansiedade correr por seu corpo.

— No início de tudo, nos primeiros séculos, não havia nenhuma fonte de luz em nossas terras além das estrelas. Os humanos viviam em completa escuridão, até que um dia as estrelas se compadeceram e escolheram dar a eles dois elementos que definiriam seus dias. Duas estrelas caíram em regiões opostas da nossa terra, e no lugar onde elas caíram nasceram duas árvores diferentes. As árvores primordiais. Uma árvore emanava uma luz forte e laranja e, à medida que foi crescendo, parecia estar pegando fogo. Por todos os anos que se seguiram, todos que tentavam se aproximar dessa árvore não suportavam as chamas e morriam; mas, de alguma forma, essas chamas nunca consumiam a árvore, que só continuava a crescer, pois, na verdade, as chamas vinham dela própria. Até que, um dia, um homem corajoso e determinado, que tinha em seu coração um anseio pelas estrelas, decidiu se aproximar da árvore. Discernindo a verdade de seu coração, a árvore escolheu aquele homem, e, quando ele se aproximou, milagrosamente não morreu. Em vez disso, a árvore fez nascer um fruto, que o homem pegou e, direcionado pelas estrelas em sua mente, comeu. Ao comê-lo, todo o poder que havia na árvore passou para ele, e assim ele se tornou o primeiro Famradh, "Verão" na língua dos homens, um humano com poderes estelares e não naturais, que, além de poder controlar o verão, era a personificação da própria estação na Terra. Ele era o calor, o sol e tudo mais.

Com o coração batendo acelerado, Beor degustava cada palavra daquela história, sem acreditar que tudo aquilo poderia ser verdade, mas de alguma forma sabendo que era.

Clarke continuou.

— A outra árvore que surgiu do outro lado do mundo também tinha a sua própria luz, mas essa era fria e azul. Toda a terra em volta de onde a árvore cresceu era gélida e árida. Nada crescia ali, e todo animal ou ser humano que se aproximava também morria. Depois de muito medo por parte das pessoas daquela região, uma jovem decidiu tentar a sorte e se aproximar da árvore. Inesperadamente, à medida que ela se aproximava, seus pés não congelavam nem o frio assolava seu corpo. Nada nela mudava, pois a árvore a havia escolhido. De modo semelhante à árvore do Verão, a árvore do Inverno também fez nascer um fruto, que a garota também comeu. Naquele momento, todos os poderes, visíveis e invisíveis, de Orgoth, o Inverno, passaram para ela, e ela se tornou o primeiro Inverno na Terra.

O guardião fez uma breve pausa e então prosseguiu.

— O primeiro Verão cortou a madeira que havia sobrado de sua árvore, madeira que era mais dura e resistente que todos os metais da terra, e dela fez uma espada. Já a primeira Inverno também cortou sua árvore e dela fez um longa e bela lança, que carregava sempre consigo. A espada e a lança se tornaram, então, os objetos estacionários.

— Objetos estacionários? — perguntou o garoto.

— Significa que eles carregavam em si o poder de cada estação. Tanto o Verão quanto o Inverno daquela época, cujos nomes não são lembrados, eram pacíficos. Instruídos pelas estrelas, se retiraram de suas comunidades para nunca mais serem vistos por outros seres humanos e viviam ora nas montanhas, ora nas altas nuvens, perto das estrelas, administrando e cuidando de suas terras. O Verão produzia sua própria luz, retirada de uma estrela maior no céu, assim como o Inverno. Eles envelheciam muito mais lentamente do que os humanos normais, mas, em certo momento, acabaram morrendo. Aqueles que encontraram os respectivos objetos estacionários se tornaram os próximos Verão e Inverno.

Beor escutava atentamente, sorvendo cada informação que lhe era passada.

E o guardião acrescentou.

— E assim foi criado o ciclo das estações que por muito tempo governaram nossa Terra. Há muito mais sobre isso para se saber, mas o que importa agora é: o humano que é escolhido para ser uma estação não se torna imortal; ele vive três vezes mais que um humano normal, porém também morre e, assim, precisa passar a sua função para alguém. Houve inúmeros Verões e Invernos na história de nossa Terra, mas nunca ocorreu algo como agora. O Inverno já passou de sua data biológica natural e, em vez de enfraquecer e morrer, só tem se tornado cada vez mais forte. O Verão, contudo, já está velho e suas forças se esvaíram. A minha teoria é a de que o Inverno vem tentando dominar todas as terras. Ele e o Verão devem ter lutado por muito tempo, até que o Verão não pôde suportar e foi derrotado, fugindo para algum lugar e permanecendo escondido.

Beor ficou parado por alguns minutos, pensando em tudo que havia ouvido. Pouco tempo antes achava que o sol sobre a sua cabeça duraria para sempre. Agora descobrira que além de desaparecido, o Verão era uma pessoa, assim como também o Inverno. Não eram só condições climáticas. Eles eram seres, criaturas místicas, que haviam sido pessoas comuns, assim como ele. Tudo era fantástico demais, mas também real o suficiente para não o assustar. Era como se a verdade que ele sempre ansiou encontrar agora estivesse bem à sua frente.

— Então ele está escondido? — Beor perguntou.

— Precisamente. E esse artefato que você tem em mãos é a chave para encontrá-lo.

— Por isso uma bússola.

— Sim, porém mais que isso. Essa é a bússola do Verão. Ela foi entregue aos humanos para que pudessem encontrar as estações em momentos de extrema urgência. Ela foi forjada da mesma árvore que os objetos estacionários e por isso tem vida própria. É ela que escolhe para quem vai funcionar. Existem histórias, Beor, de que essa bússola não funciona há quatrocentos anos. Apenas poucos dos mais poderosos guardiões da minha Ordem, a Ordem do Conhecimento das Estações, já a empunharam antes, e ela nunca funcionou com ninguém.

— Mas, ela está funcionando agora. — Beor engoliu em seco e aproximou o objeto do rosto.

— Exato! Ela escolheu você, o Verão está te chamando, Beor, deve estar te chamando já há algum tempo. Eu que fui tolo o suficiente para não perceber.

— Então, eu posso encontrá-lo — ele pronunciou as palavras com um arrepio correndo por seu corpo.

— Você deve. A bússola só funciona com aquele a quem ela escolher e é o único caminho até o Verão.

Naquele momento, um uivo ecoou pelo céu, além da floresta de Dorcha.

— Você precisa partir — Clarke falou sobressaltado, sentindo até a força voltar para o seu corpo. — Precisa partir agora, eles já sabem que você a tem. Sabem que a bússola foi ativada.

— Eles quem? — Beor se levantou, confuso.

— Os oghiros, os lobos do Inverno. São seus servos mais leais; um deles foi a criatura que você encontrou no estábulo naquela noite. — Clarke pegou suas duas bengalas e, com sua última força restante, fez suas pernas congeladas se colocarem de pé. Beor o auxiliou, segurando o seu braço. — Precisa montar em seu cavalo e correr o mais rápido possível. Os lobos vão lhe perseguir e você só estará a salvo quando encontrar o Verão.

— O quê? Eu tenho que partir agora?

— Você *deve*! Não pode parar, não pode se esconder ou desistir. A partir de agora, não tem como voltar atrás.

— Tudo bem. — Beor engoliu em seco mais uma vez.

— Vamos até o estábulo, você precisa de um cavalo.

Com a ajuda de Beor, ambos saíram pela porta lateral da sala, que dava de frente para o estábulo, a alguns metros da casa e na entrada da Dorcha. Eles caminharam apressadamente pela neve, o mais rápido que as pernas petrificadas de Clarke permitiam, e chegaram até a porta do local.

— Tome isso. É para proteção, use-a apenas quando necessário. — Clarke entregou para Beor a sua adaga, seu catalisador. A arma mais importante de um guardião.

Beor balançou a cabeça em concordância, sentindo um estranhamento em seu âmago por estar segurando uma arma pela primeira vez, e a guardou no bolso da jaqueta.

Eles entraram no estábulo, onde estavam quatro cavalos que tinham sobrevivido até então.

— Aquele é o cavalo do meu pai. — Beor apontou para o último cavalo, um garanhão branco. — É jovem e corre bem.

— Ótimo. Vamos nele.

No momento em que ambos começaram a caminhar, um cavalo de pelo marrom e com uma cicatriz no torso, o mesmo que havia lutado contra o oghiro, saiu de sua cabine e parou na frente deles, fechando o caminho.

— Mas que... — Clarke tentou contorná-lo, mas o cavalo se moveu, recusando-se a sair da frente.

Um segundo uivo veio do lado de fora, acompanhado de um rugido medonho.

— Estão aqui — Clarke exclamou. — Mas que maldição, vamos, suba neste mesmo!

Beor assentiu com a cabeça e celebrou o fato de que já tinha uma cela no cavalo. Com a ajuda de Clarke ele subiu e se encaixou no animal, com seu coração batendo forte. Estava mesmo fazendo isso, estava sendo seguido e estava prestes a deixar a vila.

Ele olhou para a bússola, que apontava para sudeste, para o coração da floresta de Dorcha e em direção às terras desconhecidas por ele.

Guiando o cavalo, ele saiu do estábulo, com Clarke vindo logo atrás.

— Você vai ficar bem? — ele perguntou para o estrangeiro.

— Eu já estou bem, Beor. Muito melhor do que isso. Você estava certo, eu não sabia como receber ajuda. Obrigado por ter insistido.

Beor assentiu, com um sorriso quase imperceptível.

— Agora vá, encontre o Verão e nos salve desse Inver...

Antes que o guardião pudesse completar a frase, um oghiro com o dobro do seu tamanho, rosto de lobo e corpo de alguma fera que Beor desconhecia saiu da escuridão da floresta e pulou para cima do homem.

— Não! — Beor gritou apavorado enquanto seu cavalo, por instinto, começou a correr imediatamente. — Clarke, não! — Ele virou o rosto para trás vendo o homem ser puxado para dentro da floresta.

— Corra, Beor! — Foi a última coisa que ele ouviu do guardião, pois o cavalo, que era muito mais forte do que ele imaginava, já corria a toda velocidade por entre as árvores, deixando a casa, a vila e toda a sua vida para trás.

Beor aprumou o corpo e, enquanto segurava as rédeas com uma mão, com a outra checou a bússola.

— É mais para a esquerda, vamos! — Puxou a rédea, redirecionando a cavalo, que aceitou o comando, enquanto as lágrimas de pavor rolavam pelo rosto do garoto.

Com uma última olhada para trás, ele pôde ver sua casa já longe, se perdendo entre os galhos. Ela já era como uma memória antiga para ele. Era a casa de suas memórias, mas não mais a casa de seu corpo, pois seu corpo não tinha mais casa agora, apenas um alvo e uma bússola. E por mais que doesse saber disso, era a verdade e ele entendia. Pensou em seus pais dormindo naquele momento em um dos muitos cômodos da mansão. Ele traria o Verão de volta, e esse não seria o fim nem de sua família, nem de sua vila, mesmo que talvez fosse o seu fim.

Beor sentiu naquele momento, apesar de só admitir mais tarde, que aquela era a sua despedida; a despedida não só da vila, mas de sua vida como conhecia, pois, assim como Clarke havia falado, no instante em que ele pegou a bússola tudo já havia mudado. Não podia mais voltar atrás.

PARTE 3

Em busca do Verão

O cavalo e o seu menino

Beor cavalgou pela noite, adentrando a densa floresta. Quando seus pensamentos voltaram para seu corpo, ele já estava longe de sua casa e de sua vila. Seu cavalo corria tão rápido que as árvores pareciam vultos, passando rapidamente por eles. Ele, porém, ainda podia ouvir o barulho dos oghiros à distância, vindo atrás dele; barulho que o fez acordar, tomando novamente noção do perigo.

Enquanto eles fugiam, podia sentir seu coração bater forte em seu peito, se equilibrou no cavalo e pegou a bússola novamente, mas ela só apontava para a mesma direção; não tinham nada mais a fazer além de continuar o trajeto e torcer para que as criaturas não os alcançassem. Porém, a cada metro que eles avançavam, mais perto podia sentir a presença deles. Olhando em volta desesperado e tentando pensar em como sairia vivo daquela noite, os olhos de Beor pararam no céu novamente, onde ele reparou algo diferente. As estrelas. Elas haviam mudado de lugar. Não estavam no lugar em que deveriam estar, e isso nunca havia acontecido antes. As três estrelas estavam agora posicionadas ao sul, bem em cima de um pequeno monte que Beor via ao longe. Sem tempo para pensar, ele decidiu que aquilo tinha que ser um sinal; e se não fosse, pelo menos valeria a pena tentar. Além da bússola em sua mão, elas eram as únicas guias que ele tinha naquela jornada que ainda nem parecia real. Ele puxou a rédea, mudando a rota, o que o cavalo estranhou, mas rapidamente obedeceu.

Começaram a avançar em direção ao monte, que a cada momento ficava mais perto. Beor ainda conseguia ouvir os lobos atrás de si, mas um pouco mais longe. As árvores foram se afastando, abrindo o caminho para a montanha coberta de neve. Ele olhou para cima e as estrelas permaneciam ali, bem em cima do local. Enchendo seu peito de coragem, continuou a cavalgar em direção à frente do monte, que a cada instante estava mais próximo.

Percebendo o que eles estavam fazendo, o cavalo relinchou, tentando mudar a rota.

— Confie em mim — Beor se abaixou e sussurrou para o cavalo, que pareceu ter entendido. — Vamos, vamos! — o garoto falou em voz alta para si mesmo e incitou o animal com as rédeas, incentivando-o a correr mais.

A frente do monte coberta de neve estava cada vez mais perto e ele respirava ofegante, tentando não pensar na possível loucura que estava fazendo. A frente de pedra coberta de neve se aproximou mais. E mais. E mais.

Prestes a bater, Beor se segurou no cavalo e fechou firmemente os olhos.

— Ahhhhhhh! — ele gritou.

— Garoto burro e suicida. — Ouviu uma voz grossa abaixo de si falar.

No momento em que eles iam bater na parede de neve, algo no mínimo milagroso aconteceu: eles afundaram. E continuaram a correr, adentrando uma total escuridão.

Beor, então, parou o cavalo e olhou para trás, maravilhado. Não era na pedra em que haviam batido, mas sim atravessado uma extensa cortina de folhas cobertas por grossas camadas de neve.

— É uma caverna! — Beor exclamou, aliviado. Não era loucura, as estrelas estavam realmente zelando por ele.

Beor desceu do cavalo, sentindo suas pernas moles, e começou a observar o lugar, respirando com calma pela primeira vez desde que haviam deixado a vila. No segundo anterior estava certo de que iria morrer e agora estava vivo e protegido dos lobos em uma caverna escondida. O ambiente estava completamente escuro, mas parecia seguro. Fios de luz opacos que entravam pelas frestas na neve iluminavam minimamente o lugar, o suficiente para fazê-lo não ter medo.

— As estrelas estavam realmente me guiando — repetiu, confirmando o fato para si mesmo. Sergei sempre esteve certo, então, desde o dia nas plantações, elas o viam, esse tempo todo elas realmente o viam.

Ele ouviu um bufar vindo do seu lado, numa entonação que pareceu de reclamação. E então se virou, assustado, lembrando da voz que tinha escutado antes.

— Você me chamou de burro, não foi? — Ele franziu as sobrancelhas, pensando se não havia enlouquecido de vez, e se aproximou do cavalo, em parte incrédulo, em parte animado.

O cavalo fez uma expressão quase humana, como tirando a culpa de si, e virou o rosto, ignorando o menino.

— Você falou comigo! Eu tenho certeza. Você fala!

O cavalo olhou para ele mais uma vez com uma expressão de deboche e se virou de novo.

— Tudo bem se não quiser admitir, mas eu sei o que ouvi. — Beor deu de ombros, cruzando os braços.

Os minutos se passaram e ele se sentia inquieto, ainda não conseguia processar que havia mesmo deixado sua vila e visto Clarke morrer bem na sua frente. Ele queria chorar, queria sentir a dor, mas não conseguia, estava em choque demais para ter qualquer reação, então caminhou por algum tempo pela caverna, esperando que sua respiração normalizasse. Ele não ouviu nenhum barulho que fosse similar ao dos oghiros, por isso acreditou que estavam seguros naquela noite. Eles continuariam atrás dele, é claro, mas por enquanto podiam tentar descansar um pouco.

Depois de um tempo, quando tudo parecia estar calmo, ele parou e se sentou bem na entrada da caverna. Um pouco de neve caiu em seu rosto e ele abraçou o seu corpo, sentindo frio. Agora que seu coração ia se aquietando, suas mãos começaram a tremer e ele se arrependeu de não ter pensado nos detalhes e se preparado melhor.

— Preciso achar o Verão logo, se não vou morrer de frio — ele comentou consigo mesmo, tremendo.

Ouvindo isso, o cavalo, que já estava deitado do outro lado da caverna, se levantou e caminhou até ele. Ele se aproximou do garoto e então se abaixou, deitando ao seu lado.

— Obrigado, eu acho — Beor falou e o cavalo respondeu com outra bufada.

Juntando alguns gravetos com a pouca luz que lhe era disponível, Beor conseguiu fazer uma pequena fogueira, habilidade que havia aprendido com o seu pai alguns anos atrás. Ela não durou muito tempo nem cresceu o suficiente a ponto de ser considerada uma fogueira de respeito, mas o esquentou parcialmente durante a noite.

Sentado ali, em uma caverna selvagem e desconhecida, fugindo dos lobos do Inverno e em busca do Verão, foi que Beor caiu em si. Ele havia realmente deixado a sua vila, não estava mais em casa. Ele colocou a mão na cabeça, tendo dificuldade em acreditar que realmente havia feito isso. Que havia sido corajoso o suficiente. "Mas não foi coragem", ele pensou, foi uma necessidade. Ele se lembrou que todos em sua vila estavam fadados a morrer, seus pais, seus amigos, até as pessoas cujo nomes ele nunca havia se importado em aprender. Encontrou consolo nisso, em saber que estava em suas mãos salvar cada um deles. Não se sentia capaz disso, nem um pouco, mas tinha que ser, já que não havia mais ninguém.

Beor adormeceu longe de casa, dentro de uma caverna em uma floresta estranha, mas de alguma forma não se sentiu mais sozinho. Além da companhia do cavalo, sabia que as estrelas brilhavam no céu para ele.

Pela manhã, Beor acordou com dor de cabeça e todo o corpo dolorido. O cavalo já estava em pé, cutucando-o com uma das patas. Num pulo, o garoto abriu os olhos e se levantou, mesmo ainda estando sonolento.

— Bom dia! Bom, vamos continuar a jornada, eu acho. — Sorriu para o cavalo, que devolveu com a mesma expressão de indiferença de sempre, e tirou a bússola de seu bolso.

Ele abriu a bússola e a analisou por alguns minutos. Apontava para a mesma direção que na noite anterior. Colocou-a, então, de volta no bolso e montou no animal.

Olhando para a cortina de folhas e respirando fundo, ele puxou as rédeas e o cavalo começou a caminhar para a frente. Eles passaram pela cortina novamente e a neve que estava lá caiu toda em cima dele. Porém, como já nevava do lado de fora, aquilo fez pouca diferença.

Eles começaram cavalgando lentamente, observando a área e conscientes de qualquer perigo que poderia estar em volta. Porém, a floresta estava silenciosa, nem Beor nem o cavalo sentiram nada; mesmo assim, ele continuou com a estranha sensação em seu âmago de que aqueles seres estavam próximos.

— Pronto para correr? Não sabemos o quanto vai demorar até chegarmos ao Verão.

O cavalo concordou com a cabeça e, antes que Beor estivesse realmente preparado, saiu em disparada. O garoto teve que se segurar para não cair, e acabou deixando escapar uma gargalhada de surpresa e adrenalina.

— Ao sul! — Ele apontou para a frente, de alguma forma sentindo-se animado com aquela aventura.

Eles correram e correram, enquanto a manhã nublada se estendia pelo céu. Em determinado momento, Beor perdeu a conta de quantas horas já haviam se passado e o cavalo não mostrava qualquer cansaço ou fadiga; ele corria tão rápido que parecia que estavam parados e eram as árvores que se moviam em volta.

O dia começou a escurecer lentamente, as mãos de Beor ardiam por segurar a rédea e ele sentia fome. Em certo momento sua barriga roncou tão alto que fez o cavalo parar abruptamente.

— O quê? Vamos! Precisamos continuar! — Ele puxou a rédea, tentando fazer o cavalo se mexer, mas ele não obedeceu.

O animal caminhou lentamente no entorno, como se estivesse inspecionando as árvores, e parou então na copa da maior que encontrou, cujas poucas folhas verdes ainda eram visíveis por baixo da neve. Ele apontou para a árvore com a cabeça, mas Beor não entendeu.

— Suba — O cavalo finalmente falou, com uma voz grossa e séria.

— Rá!, viu! — Beor exclamou de susto e animação. — Eu sabia!

O cavalo não expressou nenhuma reação e continuou olhando para ele, esperando que ele subisse na árvore.

— Tudo bem, tudo bem. — Beor segurou firmemente na árvore, tentando se equilibrar para ficar em pé no cavalo. — Comida, certo?

O cavalo relinchou, fazendo ele balançar.

— Para você também, não é? — ele perguntou.

O cavalo balançou a cabeça, concordando.

— Tudo bem.

Beor colocou toda a força em suas mãos e começou a escalar o tronco. Graças aos seus anos de experiência em subir em árvores em Teith, aquilo foi algo relativamente fácil, e, tirando a neve, que o fez escorregar algumas vezes, ele rapidamente alcançou o topo. Não sabia como encontraria alguma fruta ali que ainda estivesse comestível, mas acreditou que o cavalo sabia o que estava fazendo, então apenas continuou procurando.

Foi depois de alguns minutos que ele encontrou, por um milagre, três maçãs que ainda estavam verdes atrás de algumas folhas.

Exaurido pela visão, estendeu seus braços na expectativa de colhê-las. Mas o que recebeu foi uma fincada em sua mão, fina e dolorosa.

— Ai! — ele gritou, retraindo o braço.

— Quem mandou pegar a comida dos outros? — Beor ouviu uma voz falar, vindo de trás das árvores.

— O quê? — ele exclamou, assustado, e aproximou sua cabeça, tirando as folhas da frente. Para sua surpresa, se deparou com um maçarico-de-papo-vermelho, que o olhava desconfiado.

— Você também pode falar? — Beor perguntou, maravilhado.

— Eu e todos os outros animais da floresta — o pássaro respondeu, orgulhoso. — Não falamos com os humanos porque vocês são burros. — O pássaro disparou a rir, de uma forma que parecia estar piando e engasgando ao mesmo tempo. — Brincadeira — ele continuou, recuperando seu fôlego —, não falamos com vocês porque as estações não permitem. É meio que proibido.

— Mas você está falando comigo agora… — Beor arqueou a sobrancelha.

— Lobos que me mordam, é verdade. — A voz do pássaro saiu preocupada. — Mas você não vai contar para ninguém, não é mesmo? Então não terá problema…

— Eu duvido que tenha qualquer outra alma viva nessa floresta para eu contar. — Beor riu. — E não, eu não contaria, é o terceiro animal que eu ouço falar, na verdade.

— Ah, eu agradeço grandemente — o pássaro respondeu.

— E como você se chama? Pássaros têm nomes, certo?

— É claro que temos! Eu sou Grim, o último descendente de minha família — falou com orgulho. — E você, pequeno humano?

— O meu nome é Beor e eu não sou um anão, estou em fase de crescimento. E estou também em uma missão — compartilhou, sem conseguir resistir.

— Ah, sério? Eu também — o pássaro acrescentou, passando a gostar do garoto a partir daquele momento.

— Estou à procura do Verão — eles falaram juntos, para a surpresa de ambos.

— Espera, o quê? — Beor perguntou, sem poder conter a animação.

— Bom, eu estou à procura do Verão. Venho de uma linhagem de pássaros que sempre ajudaram os Verões de nossa terra. Meu tataravô foi morto pelo Inverno enquanto recuperava a espada do Verão e a jogava no rio, garantindo que ela fosse encontrada novamente.

— Ah, o quê? — Beor perguntou, confuso e maravilhado.

— Ele era um herói. É tudo o que precisa saber — o pássaro respondeu, descontraído. — E devido a esse glorioso legado e ao fato de ser o último da minha família, acredito que cabe a mim a missão.

— Isso é fantástico! — Beor exclamou.

— Certamente — o pássaro concordou.

— Bom, eu também estou procurando por ele. O Verão. — Beor colocou a mão no bolso para tirar a bússola.

No momento em que o pássaro viu o objeto dourado, não pôde acreditar.

— Como você conseguiu isso?

— A bússola do Verão funcionou comigo! — comentou, como se ele ainda estivesse tendo dificuldade de acreditar.

— Então você deve escondê-la! — O pássaro fez um pequeno voo até ele. — Sabia que ela atrai os lobos do Inverno? Toda vez que você a abre, acaba chamando eles.

— Eu não sabia disso. Clarke não teve tempo para explicar — Beor respondeu, preocupado, e guardou a bússola rapidamente.

— Nunca mais a abra quando estiver parado, tudo bem? Apenas em movimento. Pelo menos é o que dizem. Agora nós precisamos sair daqui! — ele acrescentou, temeroso.

— Nós? — Beor perguntou.

— Bom... — o pássaro falou, desconcertado. — Visto que estamos na mesma missão, e você tem o artefato que pode nos levar ao Verão e já eu, o conhecimento, presumo que seria vantajoso para os dois lados se continuássemos a viagem juntos. O que acha?

—Acho que seria ótimo — Beor falou, sorrindo. — Mas eu fico com as maçãs!

Antes que o pássaro pudesse reagir, ele correu e pegou as frutas. Ele as colocou em seu bolso e começou a descer da árvore lentamente.

— Ah, o meu cavalo também irá nos acompanhar na viagem — Beor comentou na descida. — Na verdade, ele não é meu, nem sei direito de onde veio.

O pássaro piou de alegria quando eles chegaram à copa e viu o cavalo.

— Graças às estrelas, me sinto muito mais confortável sabendo que não viajarei sozinho com um humano.

— Ah, sim... — Beor respondeu, não sabendo se sentia-se ofendido ou não. — Esse é... meu cavalo? — provocou, já esperando a repreensão do animal.

— O meu nome é Felipe — a voz grossa do cavalo falou, imperativa e orgulhosa.

— Ah e ele fala, mas não gosta de falar comigo — Beor pontuou.

— Ele não deve gostar de quebrar o mandamento. Não é isso, caro amigo? — o pássaro falou, pousando em Felipe. Ele concordou com o comentário, acenando com a cabeça.

— Foi um momento de fraqueza — falou com sua voz grossa.

— Acho que não gosta muito de mim também, não é, Felipe? — Beor falou, montando no cavalo.

Ele bufou, o que para Beor pareceu um "tanto faz".

— Não é pessoal. Só não sou um grande fã da sua raça e da mania que vocês têm de aprisionar cavalos — Felipe falou mais uma vez, surpreendendo Beor.

— Faz sentido, eu acho — o menino respondeu. — Aqui a sua maçã. — Ele a colocou na boca do cavalo, que a aceitou alegremente.

— Está seguro, amigo pássaro? — Beor perguntou, virando a cabeça para trás.

— Estou sim, humano.

Beor se ajeitou no cavalo e pegou as rédeas sem puxá-las.

— Podemos ir agora — ele afirmou, respirando fundo, e Felipe voltou a correr pela floresta.

No passar daquele dia, Beor acabou dividindo sua maçã com o pássaro, que se revezava entre se segurar no cavalo, agarrando seus pés nas rédeas, e dar pequenos voos seguindo os dois, logo atrás.

Felipe correu o mais rápido que podia, ainda muito consciente do perigo que enfrentavam. Eles viajaram pelo que pareceu horas, sem interrupção, e toda vez que Beor olhava para a bússola, a direção era exatamente a mesma. Ele se perguntou quanto tempo demoraria até que finalmente encontrassem o Verão.

Auxílio na floresta

O dia passou e eles cavalgaram por horas; as árvores em volta eram mais espessas e mais altas que as de Teith, e Beor se perguntava onde eles estariam naquele momento, com certeza muito longe dos limites da Dorcha. Por alguns poucos momentos a adrenalina da aventura até chegava a tomar conta dele, por obra da companhia de dois animais falantes e do fato de ter deixado a vila e estar indo mais longe do que todos os que ele conhecia já haviam ido. Mas qualquer alegria ou expectativa que surgia disso durava muito pouco, pois o frio congelante que fazia cada osso de seu corpo doer o lembrava que não tinha nada de alegre ou emocionante nessa missão. Tudo era incerto, inclusive o caminho à sua frente, e ele só queria acreditar que quando encontrasse o Verão as coisas voltariam a fazer sentido.

Quando o céu começou a escurecer, trazendo consigo a noite, mais gélida e cruel que o dia, sabiam que era hora de parar.

— Precisamos encontrar um abrigo — Felipe falou.

— Certamente — Grim concordou.

Eles sabiam muito melhor dos perigos que a noite trazia que o garoto e, diminuindo o ritmo, Felipe passou alguns minutos analisando um trecho do caminho à procura de um lugar em que pudessem descansar com segurança.

— Se você não fosse tão pesado, meu caro, tenho certeza de que caberia em uma árvore — Grim comentou para Felipe, que não respondeu, sentindo-se ofendido.

— E se nós subirmos ali? — Beor comentou, apontando para um pequeno monte que subia a encosta, coberto de neve. — Não vamos estar escondidos, mas pelo menos vamos estar em um lugar alto. Podemos ver se algum lobo se aproximar.

— O alto é seguro, mas também é mais frio, Beor — Felipe comentou.

— É verdade. Não sei o que vamos fazer, então — o menino resmungou, começando a ser pego pelo sono.

— Vamos caminhar mais um pouco. Apenas um pouco mais — disse o cavalo, que continuou a transitar por entre as árvores.

Passaram-se alguns minutos e o corpo de Beor pedia por um lugar para dormir, mesmo assim ele tentou se manter o mais alerta possível.

— Ali — disse Felipe finalmente, com alívio.

Eles haviam chegado até a copa de uma grande árvore, a maior daquela região, cujos galhos cobertos por neve formavam uma espécie de meia cortina.

— Vamos estar seguros aqui? — Beor perguntou com um bocejo.

— Não aqui e em nenhum lugar dessa floresta, mas pelo menos estaremos protegidos da neve. Teremos que confiar que as estrelas farão o resto.

Eles se aconchegaram junto às raízes das árvores, sendo recebidos pelo silêncio e o farfalhar das folhas congeladas sob seus pés. Beor desceu de Felipe e Grim saiu voando para o alto. O pássaro voou até acima da árvore, observou toda a terra em volta à medida que o céu escurecia, e então voltou para perto do garoto e do cavalo.

— Estaremos seguros aqui, eu creio. — Ele se aproximou deles.

— Quanto tempo será que falta para encontrarmos o Verão? — Beor perguntou, enrolando os braços em torno de si e dando alguns pulinhos para tentar espantar o frio.

— Não sabemos, criança, mas vamos torcer para que seja logo — Grim respondeu.

Beor concordou com a cabeça e observou um pedaço do céu que resplandecia através de uma fresta entre os galhos. Havia tanto que ele não conhecia, tantas terras distantes, um mundo inteiro para ser descoberto por ele. Se permitiu sonhar por um instante e desejou que quando tudo aquilo acabasse e ele conseguisse trazer o Verão de volta, ele pudesse viajar com seus amigos e conhecer cada uma daquelas terras que se encontravam além daquela floresta. E foi aí que mais uma vez sua mente foi levada até seus amigos.

— Já faz um dia! — Ele refletiu, preocupado.

— O quê? — Grim perguntou.

— Os meus amigos. — Ele respirou fundo. — Eles iriam partir nessa manhã, mas eu não sei se conseguiriam chegar a algum lugar. E minha mãe, ela não estava bem ontem. E se tiver piorado pela manhã?

Ele colocou a mão no rosto, sentindo um medo desconfortante crescer em seu peito, trazendo falta de ar e lágrimas indesejadas.

— Se acalme, Beor — disse Felipe, de forma serena. Sua voz emanava um oceano de sabedoria, como a de alguém que havia vivido inúmeras histórias. — Pelo menos os oghiros agora estão atrás de nós. Seu povo não é mais a prioridade deles, nós somos.

Beor sentiu seu coração acalmar.

— É verdade. — Ele respirou fundo.

— Vamos então apenas descansar, caro menino — Grim comentou, voando até uma pedra no chão. — Sente-se aqui — falou para Beor. — Vamos descansar por hoje e, se as estrelas quiserem, encontraremos o Verão amanhã.

Beor sentou-se ao lado do pássaro e Felipe o seguiu, deitando bem ao seu lado para esquentá-lo. Receoso e sonolento, ele deitou sua cabeça no cavalo, não sabendo se ele gostaria ou não; mas sabia que daria um bom travesseiro e naquela noite precisava de um. O cavalo não protestou, então continuou ali, deixando o corpo descansar. Sentia-se melancólico sem poder saber qual seria o futuro de seus amigos e muito menos o seu, então levantou os olhos e começou a observar as estrelas no céu. As três estrelas haviam voltado para o seu lugar de sempre e naquela noite não estavam sozinhas: iluminavam o céu acompanhadas de toda uma constelação.

— Grim... — Beor o chamou.

— Sim, garoto?

— O que você sabe sobre as estrelas? — ele perguntou, sentindo seus olhos se perderem naquela infinidade de beleza.

— Bom — Grim coçou a garganta, sentindo-se orgulhoso de saber responder aquilo —, elas estão lá desde sempre; as três grandes estrelas, é claro. — O pássaro apontou para elas com sua asa. — Ninguém sabe quando elas começaram a existir, nem de onde vieram. Mas não é nosso papel saber, apenas vivemos a contemplar sua beleza, e o que sabemos é que viemos delas. Cada parte do que vemos, cada folha, cada gota da água, cada animal, cada estrela menor, cada sorriso e cada lágrima foram criados pelas três estrelas. Todos nós somos feitos de matéria estelar.

— Elas criaram as emoções também? — Beor perguntou, achando graça do seu pensamento, sem saber se faria sentido ou não.

— É claro! Elas criaram nosso coração! — Grim respondeu. — É onde ficam nossas emoções, não é mesmo? Para elas o que sentimos é tão importante quanto a flor mais bela ou o pôr do sol mais bonito.

— Então elas se importam? Acredita que elas realmente nos veem? — o garoto continuou. — Tipo, em todo tempo?

— Elas estão lá no céu, não é mesmo? É claro que podem ver todo mundo. A perspectiva delas é bem diferente da nossa.

— Acredita nisso, Felipe? — Beor virou seu rosto, tentando olhar para o cavalo.

— Em todos os meus anos de vida de cavalo — o animal fez sua voz ecoar —, não teve um só dia em que eu não senti o cuidado das estrelas. Então, sim, acredito — Felipe respondeu, sempre sábio e convincente.

— Isso é legal — Beor respondeu, refletindo. — Imagina poder falar isso: que você foi cuidado pelas estrelas!

— Não acredita que elas o veem? — Grim perguntou.

— Não é isso! Acredito, sim... acredito mesmo. É que eu não sabia disso até pouco tempo. Não é o tipo de coisa que nos ensinam na escola, sabe?

— Ah, sim! — Grim concordou. — É um mistério muito profundo, muito mais revelado à natureza do que aos humanos. Os humanos têm medo do que não conhecem ou não conseguem explicar, foi por isso que pararam de olhar para o céu e passaram a olhar apenas para si mesmos.

— É por isso que nós, animais, somos mais sábios que vocês; não rejeitamos a natureza, fazemos parte dela. A nossa conexão com as estações e com a terra é mais profunda do que a de qualquer humano, por isso guardamos a nossa sabedoria para nós mesmos — Felipe comentou.

— Sim — Beor concordou, maravilhado. — É bom saber que não estou sozinho.

— E você nunca esteve — Felipe afirmou. — Se em algum momento achou que estava, foi porque esqueceu de olhar para o céu. Para as estrelas.

Beor sorriu, encontrando certo conforto naquele pensamento.

— E as outras estrelas, sem ser as três, elas são pessoas? — ele continuou, sentindo em seu coração uma alegria e esperança que não sentia mesmo antes do inverno.

— Talvez — Grim respondeu. — Dizem que é para onde vamos depois que morremos. Vamos morar com elas, na Terra que há de vir.

— Terra que há de vir — o garoto repetiu, saboreando aquelas palavras, sonolento. — Se de longe já é tão bonito, imagina um dia morar lá.

— E nós iremos, Beor, um dia — Felipe falou.

— Um dia — ele repetiu, sentindo seus olhos se fecharem, tendo as estrelas como a última imagem em sua mente.

Quando amanheceu o dia seguinte, o segundo dia de sua jornada, Beor acordou com o coração estranhamente confortado. Ele respirou o ar gelado da manhã, sentindo a esperança retornar para o seu peito. Ter dormido falando das estrelas lhe fez certo bem, pois não havia tido qualquer sonho ou pesadelo.

— Está na hora de irmos, companheiros — a voz de Felipe o chamou, ele já estava em pé e pronto para partir.

— Encontrar o Verão, certo? — Beor comentou, mais para si mesmo do que para os animais.

— Isso mesmo! — Grim piou enquanto alçava voo, rodopiando em volta do garoto. — Talvez até cheguemos a tempo de tomar um chá com ele.

— Seria maravilhoso. — Beor riu, subindo no cavalo.

Felipe desceu o monte e começou a correr em linha reta, enquanto Beor conferia a bússola em seu bolso. O ponteiro havia mudado alguns centímetros, e ele rapidamente instruiu o cavalo na direção correta; Felipe não parou ou se cansou por toda a manhã, correndo sempre veloz e determinado.

Eles passaram por campos completamente áridos e abandonados, todos tomados pelo inverno. Atravessando aquela região, foram descendo à medida que o solo ia se inclinando e, depois de algumas horas, encontraram uma estrada que marcava a entrada de uma nova floresta, com árvores menores, porém de raízes mais grossas e expostas na superfície, o que dificultou parcialmente a travessia.

O corpo de Beor estava fraco e com fome, e, por mais positiva que sua mente tentasse ser, ele travava uma guerra consigo mesmo para continuar a se segurar no cavalo, levantar o rosto e ignorar a dor no estômago. "Encontrar o Verão, encontrar o Verão", era tudo o que repetia para si mesmo. Ele descobriu naquela tarde, em especial, que seus livros o enganaram completamente sobre as aventuras e os heróis. Nos livros, os heróis não choravam de cansaço como ele naquele momento tinha vontade de chorar, não sentiam fome de doer os ossos e quase nunca duvidavam se eram capazes. Já ele duvidava a cada instante. Deixar a vila dois dias atrás foi deixar toda a ideia de como a vida deveria ser e descobrir que esse exato momento de estar sozinho, cruzando florestas completamente solitárias e não tendo segurança nenhuma além de três pontos de luz no céu, era algo para o qual os livros nunca poderiam prepará-lo.

— Por que não tem nenhum animal por aqui? — ele perguntou, finalmente cortando o silêncio que pairava há algumas horas.

— Bom, os que não morreram certamente fugiram. Poucos conseguiriam sobreviver a esse frio — Grim respondeu.

— Mas fugiram para onde?

— Dizem que o Verão os abrigou, ele recebeu a todos que não aguentariam o inverno e que conseguiram encontrá-lo. Pelo menos foi isso que ouvi as árvores sussurrando alguns dias atrás.

— As árvores sussurram? — Um sorriso de curiosidade e maravilhamento nasceu no rosto do garoto.

— Mas é claro. Elas têm uma linguagem própria. São os seres mais antigos e sábios de nossa terra, algumas delas têm raízes tão profundas que datam antes da chegada das próprias estações.

— Então vocês podem conversar com elas?

— Não, elas não conversam conosco; são muito fechadas entre si, e seu idioma é antigo e diferente demais para qualquer um de nós dominá-lo. Porém, em alguns momentos incomuns, apenas quando assim desejam, podem se fazer entendidas. Acredito que foi isso que aconteceu, o Verão as pediu para entregar uma mensagem.

— Isso é fantástico! Eu sempre senti que as árvores tinham uma certa personalidade.

— Ah, e como elas têm! Não queira entrar em uma briga com uma — Grim exasperou.

Eles chegaram até uma ribanceira, Felipe desceu o declive com todo o cuidado e passou ligeiro pelo riacho à frente que estava completamente congelado. Foi ao chegar do outro lado que Beor ouviu algo que fez dissipar toda fome, sono ou qualquer outra preocupação que ocupasse sua mente.

— Pessoal… — ele balbuciou, mas então já era tarde.

A alguns metros deles, camuflando-se por entre as árvores, estava um oghiro branco que tinha a forma de um lobo, porém com seis patas; seu focinho estava coberto de sangue e ele parecia ainda mais assustador do que o que Beor havia encontrado antes.

— Esse não se parece com um dos que nos seguiam… — Beor sussurrou, engolindo em seco e sentindo seu coração na garganta.

— E não é — ouviu Felipe responder abaixo de si. — Eles estão por todo canto agora. Observando e notificando a ele.

— Então talvez ele não nos ataque? — Beor perguntou movendo a rédea para o lado; Felipe respondeu ao comando, pronto para correr.

— Impossível — o cavalo falou. — Todos os oghiros têm uma mente conjunta e servem aos desígnios do Inverno.

À distância, a besta rosnou para eles, e, sem esperar mais nem um momento, Felipe bateu os cascos no chão e disparou a correr na direção contrária, passando novamente pelo riacho congelado e subindo a depressão de terra e neve.

O coração de Beor batia mais alto que o próprio galope do animal, que pulava por entre as grossas raízes, lutando pela vida dos três. O grande oghiro correu atrás deles a toda velocidade, uivando e derrubando galhos no caminho. Beor podia ouvir a respiração do bicho atrás de si, enquanto se segurava com dificuldade no pescoço do cavalo, com o corpo agora deitado. Se vacilasse por um instante poderia escorregar e acabar caindo.

— Vamos, Felipe, vamos! — ele gritou, com lágrimas nos olhos.

Era isso, havia deixado sua vila, sua família, tudo para morrer ali. O lobo era o dobro do tamanho de Felipe e estava perto demais, não tinha como escaparem. Enquanto isso, Grim se escondia dentro de sua blusa, piando descontroladamente de desespero.

Beor fechou os olhos, as forças e a esperança se esvaindo. Ele se surpreendeu quando uma rajada de vento muito forte veio do céu, acompanhada de um estranho som de bater de asas. Por um instante, tudo ficou silencioso novamente. Ele levantou o rosto, assustado, tentando procurar a origem do vento, porém nada viu, além da figura do monstro atrás de si. À frente deles, uma grande raiz saía da terra, se embolando com outras, e estava parcialmente camuflada pela neve. A pata de Felipe se prendeu nos emaranhados, e o cavalo caiu com tudo para a frente, levando consigo o menino e o pássaro. Beor voou até o outro lado e caiu na neve, sentindo cada osso do seu corpo ser esmagado. Ele levantou o olhar e o lobo estava na sua frente, com as presas formando quase um sorriso macabro.

— Beor! — O cavalo caído do outro lado gritou para o garoto, mas nada podia ser feito.

Impulsionando as patas traseiras, a criatura saltou. Tão rápido como um raio, um animal alado saiu de dentro das árvores, as garras se prenderam no pescoço do oghiro e o jogaram violentamente no tronco de uma árvore. O ser uivou de dor e caiu como um peso morto no chão.

Beor pulou para trás, exasperado, enquanto tentava identificar a criatura na sua frente, sua estranha salvadora. Seus olhos se iluminaram e um sorriso maravilhado nasceu em seus lábios quando percebeu: era uma águia, não uma águia qualquer, uma águia gigantesca, tão grande quanto o próprio oghiro e, diferente dele, ela usava uma armadura dourada abaixo do pescoço, com um belo e reluzente sol cravado no centro.

A sua alegria durou pouco ao ver pelo canto do olho o oghiro se levantar e correr em direção à águia para revidar. Ele pensou em avisar ao pássaro, mas não foi necessário. A ave voou por cima do garoto, por um instante suas gigantescas asas cobriram todo o céu, e partiu para cima do animal. O oghiro arreganhou os dentes e abocanhou a asa esquerda da ave, que fez um som de agonia. Ela cravou suas garras sobre o peito do animal, rasgando sua pele e o jogando para baixo. O lobo do Inverno caiu novamente, soltando a asa ferida, e, antes que pudesse se recuperar novamente, a águia o prendeu sob as patas e com uma abocanhada lhe quebrou o pescoço.

Todo o som cessou. O peito de Beor subia e descia de susto e adrenalina. A grande águia, mesmo ferida e sangrando, era majestosa, suas penas douradas pareciam ser feitas do próprio sol e dela emanava uma paz que foi lentamente acalmando o garoto. Foram salvos, resgatados, por uma criatura que ele nunca nem sonhou que existiria.

— Obrigado! — foi tudo o que ele conseguiu falar.

O animal permanecia parado à sua frente, como se esperasse pela confirmação de que os três estavam bem: cavalo, pássaro e menino. Porém, não o respondeu e apenas o fitou com intensidade. E então abriu as asas e alçou voo. Beor piscou, confuso, pois pensou ver o animal se dissolver assim que passou pelas árvores e desapareceu no céu.

— O quê... — Ele suspirou, tentando se levantar. — O que aconteceu?

— O que aconteceu é que ele está nos ajudando! O Verão — Grim gritou com sua vozinha estridente, voando até o garoto. — Ele quer ser encontrado.

— Aquela era uma águia do Verão. — A voz grossa de Felipe veio do outro lado, enquanto o cavalo se levantava lentamente. — Mas não uma qualquer. Minha mente pode estar me enganando, mas senti em meu coração que era ele, estávamos na presença de Gwair, o grande senhor das águias, cujos feitos contam as lendas. Ele deve estar nos vigiando por já algum tempo, o que significa que não podemos parar.

— Tem razão. — Beor balançou a cabeça e correu até o cavalo, se lembrando do peso da responsabilidade que carregavam.

— Poucos foram os animais que presenciaram a aparição de uma águia do Sol. Eles não aparecem a ninguém, apenas ao seu mestre — Grim comentou, animado, enquanto pousava no braço de Beor.

— Exato. E muito menos a maior delas — Felipe concordou, enquanto fitava a carcaça do lobo morto no chão, manchando a neve de vermelho. — Para isso acontecer, me parece que tem ainda mais em jogo do que imaginamos.

— O que pode ser mais importante do que trazer o Verão de volta? — Beor perguntou, sem entender.

— O destino, não só de nosso continente, mas de toda a Terra Natural.

22

O viajante misterioso

A bússola continuava a apontar para a mesma direção, sempre ao sul, e a noite chegou furtivamente, escurecendo tudo em volta e mostrando que não seria aquele dia em que encontrariam o Verão.

— Precisamos parar — Beor sussurrou, com seu corpo fraco e cansado tombando para o lado.

— Sim, porém, para isso, precisamos encontrar um lugar seguro — Felipe respondeu. — Aguente só mais um pouco, garoto. O meu olfato me diz que algo está próximo.

— Como o quê?

— Ainda não sei ao certo, um assentamento de humanos, talvez.

— Tudo bem. — Beor piscou e forçou seus olhos a permanecerem abertos. — Eu tenho uma pergunta — anunciou, tentando distrair sua mente.

— O que é? — Grim o incentivou.

— Se já existiram inúmeros Invernos e Verões desde o início da luz... todos os Invernos que vieram antes eram maus como esse?

— Não — Felipe respondeu. — Já houve muitos Invernos nobres e justos na história. Porém, todas as estações até hoje foram humanos, ou ao menos eram, antes de serem escolhidos. E por mais que voltadas a um grande propósito, emoções humanas são voláteis e imprevisíveis, difíceis de subjugar e, uma vez no controle, cegam todo o resto e são capazes de fazer grandes estragos.

— Então já existiu algum Verão mau?

— Sim — Grim quem respondeu. — Há mais de quinhentos anos, na época de meu grande tataravô.

— É sério? — Beor se virou para o pássaro, surpreso.

— Ele era um Verão bom no início, mas se tornou cruel e ganancioso. E no fim teve que ser morto pelo próprio Inverno. Porém, por não confiar que um objeto estacionário ficasse nas mãos da estação oposta, meu tataravô pegou a espada e a jogou no rio, para que fosse levada até uma próxima pessoa, que se tornaria o Verão. Como eu disse — Grim encheu o peito —, sou de uma linhagem que fez muito pelas estações.

— Clarke me falou desta espada! — Beor falou. — O objeto estacionário é a espada do Verão, certo?

— Exatamente.

— E como você sabe tanto sobre isso? — Felipe perguntou para Grim, levemente desconfiado.

— Já disse, meu tataravô.

O cavalo bufou, tendo que concordar.

— E o que aconteceu com o seu tataravô? — Beor continuou, ainda curioso.

— Bom, ele morreu — Grim falou com pesar. — Foi morto pelo Inverno logo após ter recuperado a espada. Minha pobre tataravó assistiu a tudo à distância.

— Então o Inverno também era mau? — Beor perguntou, confuso.

— Ele era humano — disse Felipe, embaixo do garoto. — Então provavelmente nem bom, nem ruim.

— Falho — Beor completou, entendendo. —E o que aconteceu com esse Inverno? — continuou, não cessando com suas perguntas.

— Aí eu já não sei. É onde a história do meu tataravô termina — Grim concluiu.

— E também onde termina nosso dia — Felipe anunciou, parando de repente de andar.

À frente deles uma pequena casa construída com pedras polidas indicava a entrada de uma comunidade humana. O olfato de Felipe não o havia enganado. Porém, como já era esperado, o lugar parecia completamente vazio e abandonado. O cavalo seguiu lentamente, passando pelas primeiras construções, inspecionando o lugar. Beor fitava as casas, achando engraçado como eram tão diferentes das de Teith. Todas feitas de pedras, elas eram longas, com diferentes janelas e portas, e tinham apenas um andar.

Não precisaram adentrar muito para notarem algo que não se encaixava: sob a neve no chão e próximo às portas de algumas casas havia manchas escuras, como de fuligem, que destoavam do branco da paisagem.

— O que é isso? — Beor perguntou, enquanto Felipe se aproximava de uma delas.

— Eu não tenho ideia, garoto — o cavalo respondeu.

— Pare, aqui — Beor pediu. — Preciso descer um pouco.

— Tudo bem. — O cavalo obedeceu e o garoto escorregou para o chão, sentindo suas pernas tremerem ao contato com a neve. — Vamos terminar de inspecionar o local e então escolher uma casa para passarmos a noite — Felipe orientou.

— Não seria nada mal dormir em uma cama — Beor comentou, esfregando as mãos umas nas outras. — E também comer, só pra garantir que não vamos morrer até o Verão.

— Tem razão — o cavalo concordou. — Vamos nos separar e buscar provisão dentro das casas.

— Tem certeza? — Grim indagou, falhando em não demonstrar seu medo.

— Ficaremos próximos, mas cada um vai para uma casa. — Felipe apontou com o focinho. — Quanto mais rápido encontrarmos algo, mais rápido poderemos descansar. Estejam sempre alertas e se mantenham distante das manchas no chão, por precaução.

Beor assentiu e caminhou em direção à construção mais próxima de si. Se havia algum perigo em volta, ele simplesmente não o pressentiu, devido ao estado de cansaço em que estava. Ele empurrou a porta e adentrou a construção escura e abafada, uma camada de poeira subiu, fazendo-o tossir. As manchas escuras continuavam na parte de dentro, no chão, seguindo todo um caminho. Beor estava no que parecia ser uma cozinha, inspecionou todas as gavetas e compartimentos, porém sem achar nenhuma comida. Sua barriga roncou e ele começou a se sentir mais inquieto, como se houvesse algo específico dentro daquela casa que o irritava.

— Não tem nada aqui! — Gritou pela janela, para os animais do lado de fora.

— Não tem nada aqui. — pensou ouvir uma voz feminina, tão baixa quanto um sussurro, o imitar. Ele estava prestes a sair pela porta, mas se virou, as sobrancelhas arqueadas e os olhos arregalados de susto.

— O quê? Quem está aí? — perguntou, irritado.

— Quem está aí? — ouviu a voz repetir.

Ele sabia que não deveria, que certamente o bom senso o impediria, mas esse já o havia deixado há muito tempo.

Caminhou para dentro da casa, seguindo o som e a inquietação que só crescia em seu peito. Havia alguma força ali, algo que não era nem Inverno, nem Verão, algo diferente, e ele sentiu isso. Chegou até o último cômodo, um quarto que parecia ter sido de crianças, onde de um lado estava um berço e do outro, uma cama de madeira com as vigas completamente destruídas. Ele se aproximou da cama, notando que as manchas escuras no chão e a estranha fuligem tomavam quase todo o local. Empurrando a mobília quebrada e caindo aos pedaços, viu o que se escondia por baixo dela. Raízes que saíam do chão, quebrando a pedra, formavam um círculo escuro que se abria no solo, formando uma superfície quase espelhada. Só que não era uma superfície, Beor constatou ao aproximar o rosto, era um líquido, era um lago.

Ele deu um passo para trás, confuso e assustado, já havia visto um daqueles antes, algumas semanas atrás, dentro da caverna sob as montanhas Demilúr. Como da última vez, ele se sentiu tonto e irresistivelmente atraído pelo lago. Suas pernas perderam as forças e ele caiu de joelhos, os olhos vidrados no líquido prateado que parecia se mover. Ele respirou fundo e decidiu que não seria tão ruim se apenas encostasse no lago, queria muito fazê-lo, só encostaria a ponta dos dedos para sentir a superfície e isso seria tudo. Ele aproximou sua mão do líquido e se surpreendeu quando o lago fez o mesmo. Bem abaixo da sua mão, uma mão igual a sua emergiu do lago, feita pelo mesmo líquido escuro-prateado. Beor mexeu sua mão para o lado, e viu a mão acompanhar o movimento; ele estalou os dedos, e assim a mão também o fez.

— Esquecidos na escuridão — a voz do lago voltou a sussurrar para ele. — Remanescentes de um mundo que há muito não existe. Abandonados pela luz, banidos da criação.

Hipnotizado pela voz, ele percebeu tarde demais quando a mão espelhada segurou a dele, puxando-o para baixo.

— Não! — Ele tentou puxar a mão de volta, mas o lago era forte e o sugava pouco a pouco.

— Felipe! Grim! Socorro! — ele gritou para os amigos enquanto esperneava, mas a força de dentro do lago continuava a puxá-lo mais para dentro.

"Foi isso que aconteceu", sua consciência o alertou, "foi o que aconteceu com essas pessoas. Não foram mortas pelo inverno, foram levadas pelo lago."

— Não, não, por favor, não! — Ele fechou os olhos, sentindo o líquido gelado e paralisante chegar até seu braço esquerdo.

Um barulho de porta batendo ecoou atrás de si. Ele ouviu passos apressados e uma voz grossa que ele não conhecia.

— *Está fora de seus domínios. Que a luz o amaldiçoe.* — Um homem surgiu ao seu lado, falando um idioma que ele não conhecia. Empunhando um longo machado de ferro, ele cortou de uma vez o braço de sombra que segurava Beor, que caiu, finalmente, liberto no chão.

Ele se levantou, ofegante, sem acreditar que havia sobrevivido. O homem parado à sua frente, seu estranho salvador, era alto e de pele escura, tinha olhos intimidadores, de cor verde-água e um cabelo encaracolado, que o fez lembrar de Nico. Ele guardou em suas costas o machado e esticou o braço para Beor.

— Está bem, garoto? — ele perguntou. — Teve sorte de eu estar por perto.

— Estou... eu acho. — Beor suspirou, sentindo a sanidade lhe voltar à mente. — O que são essas coisas? — ele apontou para o lago.

— É difícil de explicar. São falhas da natureza, portais para uma outra terra. Uma que deveria ter permanecido esquecida — ele respondeu, de forma enigmática. — Sou Erik Crane, aliás.

— Beor.

— Beor! Beor, você está bem? — ele ouviu a voz fina de Grim o chamar, do lado fora.

— Ah, são meus amigos. Eu estou aqui, eu estou bem. Eu encontrei um homem.

A feição de Felipe se fechou assim que Beor saiu da pequena casa acompanhado do homem desconhecido.

— Erik Crane, Felipe e Grim — ele os apresentou.

Os animais, porém, não esboçaram nenhuma reação e nem arriscaram dizer qualquer palavra.

— Eu conheço o juramento que têm com as estações — o homem falou, com um sorriso. — Não se preocupem, não precisam mantê-lo comigo. Provavelmente sei mais sobre essa terra do que ambos juntos.

— Isso é impossível — Grim rebateu, com o orgulho ferido.

Ele recebeu uma repreensão de Felipe logo após, que o olhou emburrado por ele ter falado.

— Bom. — Erik esfregou as mãos, notando a tensão que havia se criado pela desconfiança no olhar dos animais. — Imagino que precisem de um lugar para passar a noite. Podem ficar comigo. Cheguei aqui há algumas horas e encontrei uma casa com comida e até uma lareira que ainda funciona.

— O que faz por essas terras? — Beor finalmente fez a pergunta necessária, colocando sua gratidão de lado e considerando o fato de que o homem havia surgido do nada.

— Eu poderia te fazer a mesma pergunta — Erik rebateu, arqueando as sobrancelhas.

— Eu fiz primeiro.

— Eu não sou nenhuma ameaça, se querem saber. Aparentemente apenas tão louco quanto vocês para viajar em um inverno desses. Estou indo para o sul, em direção às terras fronteiriças. Estou procurando alguém. É uma questão urgente, não estaria aqui se não fosse. Problemas de família, sabe como é?

— Acho que sim. — Beor respirou com mais leveza. Apesar do aviso dos animais, ele não via qualquer mal no homem. Pelo contrário, sabe-se lá onde estaria se não fosse por ele. — Nossa vila está morrendo — Ele decidiu responder, porém consciente de que não deveria contar a verdade. — Fomos os únicos que sobraram e estamos indo para o sul. Mais precisamente para aquela direção. — Apontou com o braço para o sudeste.

— Pretende atravessar a fronteira, então? — Erik perguntou, surpreso.

— A fronteira?

— Sim. Mais um dia de viagem naquela direção e chegará até o limiar dos continentes, a cordilheira que separa ambas as terras. Lá, o Inverno não é o invasor, ele é o senhor. Toda a terra ao oeste de nosso mundo está sob o domínio legítimo do Inverno, enquanto tudo ao leste pertence ao Verão. Lá — o homem apontou —, é ele que domina tudo, desde sempre e para sempre.

Beor engoliu em seco, atemorizado com a ideia.

— Sim, é para lá mesmo que vamos.

— Bom... — Erik tirou um pedaço de pão que guardava no casaco e jogou para o garoto. — Nesse caso, é bom que esteja preparado.

Naquela noite eles não encontraram o Verão, mas Beor tomou um banho pela primeira vez em três dias, o que pensou, apenas por um instante, ser quase tão bom quanto. Eles se acomodaram em uma casa pequena, no centro da comunidade abandonada, onde a maioria dos móveis permanecia intacta. Os animais foram alimentados com os grãos que encontraram no local e Beor comeu todo o restante da fornada de pães que Erik tinha conseguido fazer. O homem era de fato misterioso e não compartilhava muito mais sobre o seu destino do que já havia feito, mas Beor sabia que não poderia julgá-lo, já que ele mesmo também não contaria a verdade.

Ele ajudou o homem a trazer os colchões de palha para a sala, onde passariam a noite, mais perto da lareira, e, quando finalmente conseguiu, se permitiu jogar seu corpo para trás, sentindo cada músculo do seu corpo se aliviar com o contato da superfície macia.

— Ficaremos bem pela noite, eu inspecionei o perímetro e vou saber caso algum perigo se aproxime — disse Erik.

Beor escutou Felipe bufar mal-humorado atrás de si, e o cavalo se aproximou lentamente, deitando ao lado do colchão do garoto. Erik foi até a cozinha e pegou uma garrafa de vidro.

— Hum! Eu nunca pensei que em um lugar como esses poderia encontrar um vinho assim. Aceita? Ajuda a esquentar. — Ele estendeu a garrafa para Beor.

— Eu tenho treze anos! — o menino exclamou, com as sobrancelhas arqueadas.

— E daí? O sol foi embora, as pessoas morreram, acha que quem vai te dedurar, o cavalo?

Beor revirou os olhos e empurrou a garrafa que Erik ainda apontava para ele.

— Não, obrigado — disse mal-humorado. — Sobra mais para você.

— Tudo bem, então. — O homem deu de ombros e bebeu um pouco mais do conteúdo.

Beor levantou o corpo e se sentou no colchão, observando a casa em volta deles. Ela tinha uma arquitetura tão diferente, cadeiras estranhas e um forno que ficava no meio da sala. Pensou em quantas casas e povos ainda mais distintos deveriam existir por toda aquela terra.

— O que acha que aconteceu aqui? — perguntou, virando o rosto para Erik.

O fogo alaranjado da lareira iluminava o homem de olhar vazio e cansado, que carregava uma cicatriz no queixo que Beor não havia notado antes.

— Eu tenho algumas teorias — ele resmungou, tomando mais um gole da garrafa.

— E quais são? — O olhar de Beor se abriu em curiosidade.

— Bom, não é algo que deve ser dito a essa hora da noite, em hora alguma, na verdade. Mas há muito eu já não me importo com essas coisas.

Beor o fitou, confuso e intrigado, e se aproximou um pouco do homem.

— Contam que, em uma era em que o próprio tempo não existia, nosso mundo foi dividido em três terras. A Terra das Estrelas, Alnuhia. — Ele apontou para a janela, onde podiam ver o céu escuro com algumas poucas estrelas. — A Terra Natural, que é esta em que vivemos: Nadur, na língua dos homens e Eargothia, na língua das estrelas. E, por último, Umbrya, a Terra da Escuridão Perpétua. Não era para existir nenhum contato entre as terras, mas a natureza tem a sua própria forma de quebrar as regras, e acredito que aquele lago faça parte disso.

— Um portal... para uma outra terra? — Beor engoliu em seco.

— Aham. Uma que consegue ser ainda pior do que a nossa, ainda pior do que esse Inverno. Mas é tudo teoria, é claro. — Ele esboçou um sorriso sem verdade.

— Acha que as pessoas daqui foram engolidas por ele, sugadas por esse lago escuro? — Beor falou, temeroso, sentindo uma aflição se apossar de seu coração.

— Acredito que algo foi desencadeado, aqui deste lado do lago ou no outro, e o resultado foi uma vila inteira desaparecida. Não havia sinais de que eles partiram e, apesar de algumas casas estarem destruídas, mostrando algum tipo de ataque, não havia sangue no chão, em nenhum lugar.

O coração de Beor se apertou, e ele olhou para os lados, instantaneamente não se sentindo mais seguro. O barulho do vento soprando e da neve caindo do lado de fora e o estalar da madeira velha do assoalho da casa lhe pareceram agora terrivelmente assustadores.

— Estamos seguros? — Ele abraçou suas pernas, se encolhendo no colchão.

— Contanto que partam na primeira luz da manhã e nunca mais retornem a esse lugar, acredito que sim. É o que eu irei fazer.

— Você é um guardião? — Beor perguntou de repente, juntando o pouco conhecimento que tinha sobre eles. — Você sabe tanto. Só um guardião das estações poderia saber disso tudo.

— Não. — Erik fez uma careta, surpreendido com a pergunta. — Eu não sou um e acho que a morte seria infinitamente melhor do que carregar esse nome amaldiçoado. Agora é melhor dormir, se pretende encontrá-lo a tempo.

— O quê? — Beor virou o rosto, assustado. Não havia contado nada ao homem sobre sua missão de encontrar o Verão.

— Partir a tempo, foi o que quis dizer. — Erik deixou a garrafa ao lado da lareira e se dirigiu, já sonolento, para o seu colchão.

Com o coração batendo acelerado, Beor virou o rosto e encontrou o semblante do cavalo, que estava alerta e parecendo desconfiado. Ambos ouviram a mesma coisa. O garoto entendeu o recado e se deitou tenso no travesseiro, não sabendo agora o que lhe preocupava mais: o Inverno, o lago escuro ou o estranho ao seu lado.

No coração do inverno

Para a surpresa dos três, pela manhã Erik já havia ido embora. Beor acordou sobressaltado quando percebeu que estava sozinho novamente com os animais e nem mesmo Felipe, que mal dormiu durante a madrugada, o ouviu partir; foi como se ele tivesse simplesmente desaparecido sem fazer qualquer som.

Impulsionados por isso e conscientes do peso que carregavam, os três também partiram o mais rápido possível. Beor era grato pela pequena cidade que se mostrou para eles no momento em que mais precisavam, porém, estava mais do que feliz em deixá-la para trás, junto com seu assustador lago escuro e seja lá o que fosse que ele guardava. Aquela pequena comunidade havia colocado mais perguntas em sua mente e o feito refletir como realmente não sabia nada sobre o mundo em que vivia. Enquanto se aprontava para partir, Beor notou algo que havia passado completamente despercebido para ele no dia anterior, provavelmente devido à escuridão. Olhando pela janela ele viu que havia um traço de pegadas na neve deixadas por Erik e o seu cavalo e de início lhe pareceu normal, até que, apertando os olhos, percebeu que exatamente onde elas estavam a neve parecia derretida, se transformando em lama e mostrando um pouco da grama morta por baixo. Todo o resto, porém, permanecia intacto, e a neve era tão branca e abundante quanto antes.

Eles se alimentaram antes de partir e, por isso, viajaram por todo aquele dia sem fazer ao menos uma única parada. Felipe se recusava a diminuir o ritmo, mas, por mais que as horas passassem, não parecia que estavam nem um pouco mais perto. O cavalo estava se exaurindo, com suas forças lentamente acabando; Beor sentia isso quando, entre uma hora e outra, o animal respirava pesadamente e o corpo falhava por alguns instantes. Mas Felipe era forte e estava determinado a concluir sua missão, por isso não reclamou em momento algum. Pela tarde eles finalmente chegaram à cordilheira de Ur, que dividia os dois continentes. O conjunto de pedras, formando o que parecia um muro desregular, era um pouco mais alto do que o tamanho do garoto, e tiveram que caminhar por ele por algum tempo até encontrarem uma passagem.

Algo realmente mudou no ar no momento em que atravessaram para as Terras Invernais. Beor sentiu na sua respiração, no arrepio que passou por seu corpo e no barulho que as árvores de lá faziam. Por que o Verão estaria logo ali era algo que o garoto não conseguia entender, mas, ainda assim, aprumou o corpo e chamou de volta para si a chama de coragem que o havia sustentado até então. Estavam mais próximos de encontrar o Verão, e isso era tudo o que importava. Em um momento ou outro, Beor pensou ter visto a sombra de um pássaro no céu e sentiu que, mesmo à distância, a águia do Verão continuava a protegê-los.

Porém, toda a esperança de finalmente encontrá-lo ainda naquele dia foi minguando aos poucos, à medida que adentravam mais e mais nas infindáveis florestas invernais, cobertas pelo branco para onde quer que olhassem, e sem encontrar nada que parecesse promissor, mesmo à distância. Eles cavalgaram pelo resto do dia. A cada hora que passava o frio parecia aumentar e estava muito mais frio que nas noites anteriores, já que agora estavam caminhando para o coração do inverno.

À medida que as estrelas apareciam no céu e que escurecia, uma frustração foi lentamente crescendo no garoto. Seria mais um dia sem encontrar o Verão, e toda sua vila poderia estar morta agora, inclusive sua mãe, e seus amigos talvez não tivessem conseguido deixar Teith. Apesar de ele tentar não pensar nessa possibilidade, ela sempre voltava, escondida num canto de sua mente. Aquele era mais um dia caminhando pelo frio intenso sem nenhuma prova de que estavam realmente na direção certa, nenhuma prova de que aquilo que procuravam era alcançável. "Será que o Verão era realmente real?", ele se perguntava, enquanto sentia seus olhos querendo se fechar. Havia deixado o conforto de sua casa e o cuidado de seus pais para partir sozinho, viajando por uma terra desconhecida, sendo guiado por uma bússola mágica. Será que os animais que viajavam com ele realmente falavam ou era apenas uma criação da sua mente, algo que ele havia imaginado para escapar da solidão?

A noite chegou e Beor duvidou de tudo na sua vida, tudo o que havia visto ou ouvido. O frio doía os seus ossos profundamente e, naquele momento, ele só queria ir para casa. Cansados e com frio, porém desesperados para encontrar o Verão, eles decidiram que não iriam parar naquela noite. A região que haviam adentrado era tão fria que, se parassem para dormir, talvez não acordassem mais no dia seguinte. Tinham que se manter em movimento para não deixar que a neve os congelasse. E assim escolheram continuar. As conversas cessaram à medida que o cansaço e a tristeza foram tomando lugar; Felipe desconfiava internamente que era o próprio lugar que os fazia se sentir assim.

Mais horas se passaram e o cavalo, já desgastado e cansado, parava por alguns instantes, enquanto Beor descia e caminhava para suas pernas não atrofiarem. Naqueles momentos, não havia nem medo nem alarme de serem atacados pelos lobos do Inverno; a parte de suas mentes que os mantinham alerta não funcionava mais. Se eles se mantiveram vivos naquela noite, não foi por cuidado e atenção própria, mas simplesmente por proteção das estrelas.

Na madrugada, montado no cavalo, com a cabeça caindo e prestes a adormecer, Beor virou o seu rosto e seu olhar se encontrou diretamente com o céu. Sua visão distorcida pelo sono e pelo cansaço encontrou as estrelas em meio à neve que ainda caía. Foi como um sopro de ar fresco em seu coração. Ainda queria chorar e voltar para casa, mas sabia que não poderia ser tudo mentira. Poderia duvidar de tudo o que havia acontecido até ali, mas certamente não poderia duvidar das estrelas. E de alguma forma seu coração sabia disso. Ele se lembrou da frase que Madeline havia falado para Naomi e pensou que, se acabasse morrendo naquela noite, talvez não fosse tão ruim. Estaria tudo bem.

Beor só percebeu que havia adormecido quando acordou num pulo, assustado com o barulho de um galho, por cima do qual Felipe havia passado.

— Opa, tudo bem, garoto? — Grim perguntou, observando ele acordar.

— Sim. Só estou cansado. — Beor coçou os olhos e arrumou a postura.

— Todos nós estamos — o pássaro concordou, desanimado. — Que tal dar uma olhada novamente na sua bússola, quem sabe ela não nos dá boas notícias?

— Tudo bem — Beor respondeu, dando de ombros. Ele já havia se frustrado tanto pegando a bússola diversas vezes à espera de algum sinal ou de que algo mudasse, mas sempre via a mesma imagem.

— E aí, garoto? — Grim perguntou esperançoso.

Beor a mostrou para o pássaro.

— Para frente para tooodo o sempre — o garoto caçoou. — Acho que ela está nos levando para a nossa morte.

— Então não acredita mais? — Felipe perguntou, confrontando o garoto.

— Não, eu só estou exausto — Beor falou, sonolento, sentindo-se culpado. — Sei que é errado, mas só queria estar em casa e dormir na minha cama.

— Mas sua mãe está morrendo, e sua casa e sua vila não existirão por muito tempo mais — Felipe falou, duramente, mas com uma doçura em sua voz. — Você não tem uma realidade para a qual voltar, Beor, é necessário se lembrar disso. Mas talvez tenha um futuro para ir, e é por isso que precisamos continuar.

— Certamente terá! — Grim falou, esperançoso. — Eu lhes garanto, meus amigos, que não vamos morrer aqui e que ainda sentiremos o calor do sol sob nossas penas novamente.

Beor riu e acenou com a cabeça, concordando.

— Eu espero, Grim. Eu espero.

Mais algumas horas se passaram e quando perceberam haviam vencido toda uma noite, sem ataques de lobos e sem mortes. Era uma grande vitória, mas talvez seria a última. Eles estavam há mais de um dia sem comer, pois não encontraram mais nenhum fruto que estivesse bom pela floresta.

Em determinado momento entraram no que pareceu ser um bosque muito fechado, que se tornava mais denso a cada passo que Felipe avançava, dando a impressão de que não teria uma saída e que uma hora seriam simplesmente impedidos pelas árvores de continuar.

Beor sentiu todo o seu corpo flutuar quando as pernas de Felipe falharam e o animal caiu no chão, levando Beor e Grim com ele.

— Me desculpem, amigos — o cavalo falou com sua voz fraca, envergonhado pelo acontecido.

Por duas vezes ele tentou se levantar, colocando toda a força que ainda tinha, mas foi em vão.

— Acho que não consigo mais — o cavalo falou, então, desistindo.

— Felipe! — Beor correu até ele, preocupado. — Tudo bem, você fez muito. Fez demais, na verdade. Muito mais do que eu poderia te pedir. — Beor acariciou sua crina, com o coração partido de ver o animal naquele estado. — Me carregou por quatro dias em um frio intenso, correndo o mais rápido que pôde.

— Descanse agora, meu amigo. Descanse um pouco — Grim falou, voando até o seu lado. — Ficaremos aqui com você.

— Você... você vai ficar bem — Beor falou com a voz trêmula. — Vai descansar um pouco, e depois eu continuo a viagem a pé. — Ele ergueu a cabeça, tentando ser esperançoso. — Vamos chegar lá, vamos encontrar o Verão juntos!

— Me desculpe, garoto, não sei se conseguirei levantar novamente — Felipe respondeu, tomado pelo cansaço e pela fadiga, deitando sua cabeça no chão.

— Não, Felipe, não! — Os olhos de Beor começaram a lacrimejar.

— Eu ainda estou aqui, menino — disse Felipe. — Só não sei por quanto tempo.

— Grim, precisamos fazer alguma coisa! — O garoto se virou para o pássaro, desesperado.

— Eu não sou médico, não sei o que fazer — Grim respondeu com uma voz aflita.

— Felipe, fique conversando comigo, está bem? — Beor falou, tentando pensar em algo. — Por favor, não me deixe.

— Eu, eu não sei se consigo. Preciso dormir um pouco e aqui parece o lugar ideal — o cavalo respondeu, alucinando.

— Não, não…

— Eu gosto de você, garoto. Me surpreendeu mais que muitos homens grandes. É um humano estranho, mas tem coração de cavalo. Sempre será um potro de respeito para mim. — Os olhos dele se fecharam lentamente.

— Não, não, Felipe, não! — Beor gritou, assustado.

Ele se levantou, sem saber o que fazer, olhou para o céu, mas nenhuma estrela estava à vista. Não sabia para quem pedir, nem como agir, as árvores em volta se fechavam sobre eles, como se estivessem os engolindo. As estrelas pareciam tê-lo deixado, e agora Felipe também.

— Beor, aquilo é a bússola? — Grim apontou para uma pequena luz que saía da blusa do garoto que havia caído no chão.

Ele se virou, assustado.

— Sim, é sim!

Ele correu até o local e procurou depressa pelo objeto. Encontrou-o em um bolso e tirou-o para fora, segurando em sua mão. A bússola agora brilhava, emitindo uma luz que vinha de dentro, como um minúsculo sol, iluminando a neve em volta, exatamente como no sonho que havia tido antes, quando ainda estava em casa. Surpreso e maravilhado, ele puxou a tampa e a abriu. A luz vinha dos ponteiros, que agora giravam incessantemente para todas as direções.

Beor se levantou com um sorriso e o instrumento em mãos.

— Eu acho que estamos aqui! — ele exclamou, com a voz entrecortada.

Grim voou até o seu lado. O objeto continuava a girar cada vez mais rápido, e Beor sentiu que algo o estava puxando, como um ímã. Incapaz de resistir por mais um momento sequer, ele deixou que a bússola o guiasse e foi arrastado para dentro das densas árvores.

Grim voou até Felipe.

— Amigo, estamos aqui! — ele exclamou com sua voz falhando, segurando o choro. — Nós estamos perto agora, mais perto do que nunca! Por favor, continue conosco!

Deixando os dois para trás, Beor começou a caminhar, mesmo sem saber para onde. A bússola o puxava, o impelia a andar, e, em vez de lutar contra aquela estranha sensação, ele apenas deixou que ela o guiasse para dentro da floresta. Ela o arrastou cada vez mais e ele sabia que estava perto, muito perto agora de todo o motivo da sua missão. Ele passou por árvores cobertas de neve, encontrando-se em uma parte da floresta similar à que estava antes. Só havia caminhado alguns passos, mas agora já se sentia perdido e não acreditava que conseguiria encontrar seus amigos novamente. Ainda assim, não deixou o desespero tomar seu coração; respirou fundo e manteve o olhar atento à bússola, continuando a ser guiado por ela. Mais alguns metros e então a paisagem mudou de repente, tão rápido que passou despercebida por ele nos primeiros segundos. As árvores não pareciam mais todas iguais; elas estavam mais verdes, com menos neve, e a cada passo que dava elas pareciam mais vivas, mais vibrantes.

A expectativa tomou o seu coração. Ele olhou em volta maravilhado e continuou caminhando. Mais alguns passos e ele se viu em uma clareira onde as árvores ao redor eram verdes e quase sem qualquer neve. Deu uma volta, encantado com a vista, e percebeu que agora não sentia mais tanto frio. Seu olhar passou por toda aquela clareira até chegar a uma singela cabana, construída bem no centro. Ela era uma construção incomum para se encontrar naquela parte da floresta. Não havia nada de mágico na misteriosa cabana; era feita de madeira, como eram todas as cabanas, e era bem menor que a casa de Beor, simples e comum. O que fez os olhos de Beor brilharem em relação a ela foi a luz que saía dela. Uma luz forte como a luz do sol, cujos raios atravessavam as janelas iluminando toda a clareira. Ele percebeu que todo o pedaço de terra que cercava a cabana estava completamente verde. As árvores davam frutos, as gramas novinhas cresciam ao lado e não havia nenhum sinal de neve. A alguns metros de distância as árvores estavam cobertas, a neve caía fortemente e o frio era de doer os ossos; mas, naquele círculo, de alguma forma, era verão.

Ele caminhou lentamente em direção ao local, sendo puxado pela bússola. Saboreou aquela sensação e fechou os olhos por alguns segundos, apenas sentindo os raios do sol encostando mais uma vez em sua pele. Era o que o fazia se sentir vivo, o que lhe dava esperança, alegria, o que lhe permitia sonhar com as estrelas. Desde que o Verão havia partido ele não era mais o mesmo; e talvez aquilo não fosse de todo ruim, mas certamente havia perdido uma parte de si que estava reencontrando naquele momento.

Ele chegou finalmente até a porta da cabana, onde de repente o ponteiro da bússola simplesmente parou, apontando para a casa. Fechou, então, o instrumento e o colocou de volta no bolso, observando a porta e se perguntando se deveria entrar ou não. Quando deu o primeiro passo, ouviu um pequeno ranger da madeira e percebeu que a porta havia se aberto sozinha, revelando agora um pouco do interior do local. Sem tempo a perder, ele deu mais um passo e entrou. No segundo em que avançou para dentro do lugar, seus olhos se fecharam de forma involuntária, ainda se acostumando com a forte luz que vinha de dentro. Ele sentiu seu corpo relaxar pelo calor do ambiente, tão diferente do clima de fora, e então abriu os olhos devagar, se deparando com diferentes animais que olhavam para ele.

A cabana era muito maior por dentro do que por fora, com um teto três vezes mais alto e duas escadas no fundo que levavam a um segundo andar. Havia todo um mundo escondido ali dentro. Estava em uma larga sala de estar, com estantes de madeira polida onde imagens de batalhas estavam esculpidas, dois belos lustres no teto, que davam ao lugar uma aparência de palácio real, uma mesa de centro com alguns jarros de flores e uma grande lareira, onde um fogo leve ardia entre as duas escadas. Porém, a grande luz que o havia cegado não vinha de lá. Ela vinha de uma poltrona que estava diante da lareira, de costas para a entrada. A poltrona era maior do que o próprio garoto e era esculpida no formato de uma árvore. Os pés eram o tronco, e toda a extensão crescia como galhos, até se encontrarem por onde repousava a cabeça, formando a figura de um sol. Beor piscou os olhos, maravilhado com tudo, e por um instante teve a impressão de que o próprio desenho na cadeira se movia.

O lugar, como ele já havia notado, estava abarrotado de animais. Havia ursos, raposas, esquilos, diferentes espécies de pássaros e muitos outros que ele nem notou. Seu olhar voltou a encarar o trono em frente à lareira e, impelido por uma força que ele não compreendia, caminhou até lá. Os animais começaram a abrir caminho, se afastando para os lados e formando um corredor para ele passar. Quando estava a alguns passos de distância a poltrona se mexeu, com os próprios pés-galhos do assento se movendo e virando a cadeira para revelar um senhor de cabelos brancos e uma barba rala, vestido com simples roupas de um camponês. Tudo sobre ele era comum, menos os seus olhos. Eles eram alaranjados como o próprio sol e brilhavam tanto quanto as estrelas no céu.

Beor se assustou, dando um passo para trás. O velho, porém, sorriu como resposta. Ele piscou e o temor que emanava dele se dissipou um pouco. Ele tinha um olhar gentil, mas era como se sua imagem não fosse feita para olhos humanos, então ele hipnotizava e assustava ao mesmo tempo. Toda a sua pele brilhava, assim como suas roupas, mas a luz que emanava de si agora já não cegava Beor, pois não era um clarão forte que simplesmente saía dele; era parte dele, parte de seu corpo.

— Você é o Verão — Beor disse, não em dúvida, mas em certeza.

Seu olhar estava parado e sua boca entreaberta em surpresa. A presença do homem era tão leve, mas ao mesmo tempo tão forte, que saber que ele estava de frente com a força sobre-humana que controlava o sol — cujos poderes lhe haviam sido dados pelas próprias estrelas — era intimidador. Ele havia esperado tanto para conhecê-lo, havia torcido com todas as suas forças durante toda essa viagem para que ele realmente fosse real, e agora estava parado à sua frente. Que estranha sensação era aquela, de ver aquilo que ele apenas imaginava em sua mente se tornar algo de carne e osso. E não era nada como ele imaginava; nem melhor, nem pior, mas estranhamente *humano* e real.

O velho sorriu, percebendo a expressão no rosto do menino.

— Sim, eu sou — ele falou, gentilmente. — E estava te esperando, Beor. Fico feliz que tenha me encontrado.

24
A cabana do Verão

O homem na poltrona olhava para Beor com um sorriso, esperando uma resposta dele. Porém tudo o que saiu do garoto foi uma risada de nervoso e de esperança. Ele havia conseguido, conseguido de verdade. Havia encontrado o Verão e agora o traria de volta para a sua terra, salvando a todos em sua vila.

— Como sabia sobre mim, senhor? Como sabia meu nome? — perguntou, de forma humilde.

— Ah, as árvores me contaram sobre você. Sobre um menino que havia sido capaz de ativar minha antiga bússola e agora atravessava as terras meridionais sem medo, enfrentando o árduo inverno e tudo mais que se colocasse à sua frente, para então encontrar meu abrigo. Vim torcendo por ti durante todo esse tempo — ele disse, com um sorriso.

— A águia! Foi você que a mandou, certo?

O olhar do homem perdeu levemente o brilho.

— Não... Não as vejo fazem bons anos. Elas não são minha propriedade, entende? Mas fico feliz que tenham aparecido nesse tempo de grande necessidade. E você conseguiu, chegou até aqui.

Beor sorriu, concordando. Havia de fato conseguido. Ele não soube se foi pela ausência do frio ou por ter o Verão na sua frente, mas por um instante até se permitiu sonhar novamente. Se ele trouxesse o Verão de volta talvez ainda pudesse viajar e conhecer o mundo. Seus pais e seus amigos estariam bem e ele iria visitá-los de tempos em tempos. Pensou que poderia voltar para casa sendo considerado um herói — o garoto que encontrou o Verão. Contaria tudo para os seus pais e eles teriam que acreditar, contaria como uma história de seus livros, mas dessa vez ele a havia vivido. Contaria sobre como havia atravessado a floresta de gelo, enfrentado um lobo do Inverno e descoberto que seu cavalo falava.

Felipe! Suas fantasias foram cortadas de uma vez e ele voltou à realidade ao lembrar-se de seu amigo. Sua expressão se transformou de alívio para preocupação.

— Senhor, eu preciso da sua ajuda. Eu tenho um amigo, ele é um cavalo leal e destemido. Não teria nunca sobrevivido a essa jornada se não fosse por ele.

— Sim, e onde está tal amigo? — O homem o ouvia atentamente.

— Ele está na floresta, senhor! Ele está morrendo, o frio está matando ele. Tem que salvá-lo, por favor!

O velho parou, refletindo sobre o que havia ouvido.

— Não posso prometer que irei salvá-lo. Se a natureza escolher levá-lo, não há nada que eu possa fazer. Mas, enquanto seu espírito permanecer nesta terra, poderei curá-lo.

A expressão do garoto se aliviou, e um pequeno sorriso nasceu em seu rosto.

— Tudo bem.

Desviando a atenção do garoto, o Verão fechou os olhos e permaneceu em silêncio por alguns instantes. Beor não entendeu a ação, o que o deixou mais ansioso.

— Eu posso te levar até ele! — o menino quebrou o silêncio.

— Não precisa — o homem respondeu de forma séria, ainda de olhos fechados. — Eu posso sentir todos os animais da floresta.

O Verão, então, abaixou sua mão e a encostou no chão, ainda sentado na cadeira. No mesmo instante em que sua pele tocou na madeira, o batimento do coração de cada animal se tornou evidente para ele, cada inseto, pássaro, cobra e urso agora estava em comunhão, formando uma única e contínua respiração com a própria floresta. Ele passou por cada ser vivente em sua consciência, até finalmente encontrar o animal caído no chão da floresta; naquele instante, percebeu que o cavalo em questão não era qualquer cavalo, mas um conhecido dele.

— *Ó sol que tudo vê, tudo cobre e tudo cura. Pela luz que nunca cessa, me conceda iluminar mais uma vez* — pediu como uma prece, em um idioma que Beor não pôde entender.

— A língua das estrelas — o garoto sussurrou para si mesmo.

Beor observou, hipnotizado, enquanto o homem falava de forma rápida e fluente, como se estivesse cantando uma música. Uma fonte de luz saiu de suas mãos, percorrendo o chão como se tivesse vida própria. Beor pulou de susto, afastando-se da linha de luz que fluía da mão do Verão e continuava a percorrer o chão até sair pela porta. O menino não pôde ver, mas a linha seguiu continuamente para fora da cabana e percorreu seu caminho pelo chão de toda a floresta. Ela avançou e se estendeu até chegar ao local onde estavam Felipe e Grim. O pássaro deu um pulo ao ver a linha de luz vindo em sua direção, pensando ser uma cobra ou algo do tipo.

— Cuidado! — ele gritou para o seu amigo desacordado, alçando voo de forma involuntária. Do alto ele observou atentamente e percebeu que não era um animal ou nada que simbolizasse perigo. — Beor! — exclamou, cheio de esperança, imaginando que o garoto tivesse realmente encontrado o Verão.

A luz continuou até parar bem embaixo do cavalo. Naquele ponto ela se estendeu em volta dele, transformando-se em um círculo no chão que continuou a crescer até envolver todo o animal. Uma luz de mesma intensidade e forma que emanava do Verão na cabana começou a sair do círculo e se tornou tão forte que Grim não teve outra escolha senão fechar seus olhos.

Quando os abriu novamente, a luz já havia cessado e o círculo ia lentamente desaparecendo do chão, deixando apenas uma marca. Felipe abriu os olhos, sentindo-os pesados, como se tivesse acordado de um longo sono. Ele se levantou, estranhando a marca que via no chão e o gelo que estava derretido; estranhando também a energia que sentia em seu corpo de repente. Sentia-se descansado e forte, muito forte. Talvez não tivesse aquela disposição desde que era apenas um potro. Levantou-se de uma vez, para a surpresa de Grim.

— Caro amigo, você está bem! — o pássaro exclamou, voando até o cavalo, tentando abraçá-lo com suas penas.

— Eu… — Felipe tentou falar, ainda em êxtase. — Acho que estou.

— Foi o garoto, eu tenho certeza! — Grim exclamou. — Eu sabia que ele conseguiria. Acho que o encontrou.

— Sim — Felipe concordou. — Meu senhor me salvou. O Verão está aqui. — Ele observou a marca que havia no chão onde estava antes e percebeu que ela continuava como uma trilha pela floresta.

Na cabana do Verão, Beor esperava ansiosamente por notícias, ainda perplexo com o que tinha visto. Ouvindo um som na porta, ele se virou, deparando-se com a melhor imagem que poderia ver naquele momento: Felipe. Parecendo até um cavalo diferente, ele estava parado na porta com Grim pousado em seus ombros. Seus amigos estavam bem e Felipe estava vivo. O Verão o havia curado.

— Felipe! — Beor gritou e correu até o animal, abraçando-o.

— Você o encontrou, garoto. Encontrou mesmo — Felipe falou com uma voz orgulhosa, olhando para o Verão e sua luz, ainda tentando acreditar.

— E você o trouxe a mim, Felipe, cumpriu sua missão — o Verão falou, compartilhando da alegria deles.

— O quê? — Beor levantou o rosto, surpreso.

— Eu não poderia contar sem a autorização do meu senhor, mas foi ele quem me enviou a Teith. Desde

Watho eu acompanhava Clarke em sua jornada, fui enviado pelo Verão através dos sussurros das árvores. É uma honra finalmente vê-lo face a face. — O cavalo abaixou a cabeça, em respeito.

— A honra é minha, por favor, entrem. — Ele estendeu os braços, convidando os animais para dentro.

Felipe e Grim entraram na cabana maravilhados de estarem na presença do grande Verão, que, naquele momento, tirando seus olhos hipnotizantes, não parecia muito mais do que um simples e simpático senhor. Grim olhou em volta, surpreendido com o tamanho agigantado da cabana por dentro e em quantos animais ela, naquele momento, guardava e protegia. "Poderia muito bem caber a floresta inteira aqui!", ele pensou. Observou atentamente um conjunto de pássaros no canto e então piou, movido por emoção e descrença.

— Primo Grim? — Um outro maçarico-de-papo-vermelho saiu de trás de alguns animais.

— Primo Maurício! — Grim exclamou, cheio de alegria. Ele voou até a ave e eles se abraçaram no ar.

— Caro primo, não sabia que havia sobrevivido! — Maurício disse, surpreso.

Toda a situação tirou gargalhadas do Verão, que se alegrou com o encontro familiar.

— Bom — disse Grim, mudando seu tom de voz. — Me tornei um pássaro órfão, condenado a viajar sozinho, pois toda a minha família foi morta pelos lobos do Inverno, caso não saiba.

Um uníssono "oh" foi ouvido de diversos animais.

— Sinto muito por saber de notícias tão tristes, pequeno pássaro — o Verão falou, voltando-se para os animais. — Mas acredito que não esteja mais sozinho; agora tem uma família e um bando para voar novamente, não é, Maurício?

— Certamente, primo! — Maurício exclamou. — Prometo que quando o sol for restaurado no céu, você voará conosco!

Grim sorriu e olhou para Beor e Felipe, que compartilhavam de sua alegria.

— Agora sente-se, meu caro. — O Verão se levantou lentamente de sua poltrona e movimentou suas mãos de forma que uma pequena runa brilhou em dourado no ar e desapareceu. Com isso, ele fez nascer do chão uma segunda poltrona feita de raízes que se contorceram e se enrolaram umas nas outras até formarem uma belo e festivo assento. Beor observou toda a cena boquiaberto e notou que o desenho final na parte de trás de sua poltrona era de uma espada com uma flor.

— Vocês três certamente estão cansados, não estão? Foi uma longa jornada — o Verão perguntou, acenando para que o garoto se aproximasse.

— Foi, sim, senhor — Beor concordou e caminhou lentamente até a poltrona. Só naquele momento, depois que sua adrenalina havia baixado, percebeu o quanto suas pernas estavam fracas. Deixou seu corpo cair no assento, que se provou muito mais confortável do que parecia e teve a sensação de que estava sentando em nuvens. Poderia adormecer naquele exato momento, porém piscou os olhos, percebendo que o cansaço o tomava, e arrumou sua postura, como forma de lutar contra ele.

— Aceitaria um chá, meu caro? — o Verão perguntou, retornando para a sua poltrona. — Deve estar com fome.

Beor maneou a cabeça com um sorriso, indicando que sim.

Dois ursos então saíram da porta mais próxima, pegando-o de surpresa. Um parecia ser fêmea e caminhou sorridente até Beor, entregando-lhe uma xícara feita de madeira grossa, com um chá que cheirava deliciosamente. O outro urso carregava duas tigelas com o mesmo chá e, após cumprimentar os dois animais com um movimento de cabeça, colocou as tigelas no chão.

— Meu senhor, com todo respeito — Grim falou, envergonhado. — Acredito que apenas humanos tomem chá.

— Ah, não se preocupe. — O Verão sorriu para ele. — É um chá diferente, com propriedades do próprio Sol. Ele vale mais do que um banquete inteiro. Tomem e vão recuperar suas forças rapidamente.

— Do Sol? — Grim exclamou, emocionado. — Ah, então claro, certamente, senhor. — Ele atacou a tigela, que era quase do tamanho do seu corpo, colocando sua cabeça para dentro.

Beor riu do amigo e lentamente colocou a caneca em seus lábios, inicialmente estranhando sentir algo quente em sua pele depois de tanto tempo no frio. O chá desceu por sua garganta esquentando todo o seu corpo e, pelas estrelas, parecia mesmo que estava bebendo o próprio Sol. Seus olhos se abriram, e, apesar de ainda cansado, não sentiu mais seus membros doerem tanto e percebeu que a força voltava para todo o seu corpo. Sentiu que poderia viajar por mais o dobro de dias, se necessário.

Felipe e Grim também beberam o chá rapidamente e se sentiram renovados. Grim voou até Beor e pousou no braço da poltrona. Até Felipe, que nunca faria isso em outra situação, se sentiu tão confortável ali que caminhou para perto da cadeira de Beor e se sentou no chão, permitindo-se descansar.

— Então me diga, garoto — o Verão falou, depois que Beor já havia tomado o chá. — O que te trouxe aqui? — Verão perguntou, mostrando real interesse.

— Bom, o senhor sabia que eu viria, não? — o menino perguntou, se lembrando que o homem havia dito que estava esperando por ele.

— É claro. Mas gostaria de ouvir de você. Por trás de toda aventura ou missão perigosa, existe não um simples ato de heroísmo ou uma busca por grandeza, mas sim pessoas. Pessoas que ficaram para trás, pessoas com as quais nos importamos profundamente. Pessoas que fazem todos os perigos valerem a pena de serem enfrentados. Gostaria de saber mais sobre elas e por que elas são o seu motivo.

Beor sorriu com a menção daquelas palavras; realmente não havia nada de heroico em suas ações e ele agora sabia disso. Era apenas um garoto que gostaria de correr no sol novamente com seus amigos.

— Bom... — ele começou, olhando diretamente para o Verão. — Eu venho de uma vila pequena, a vila de Teith, escondida dentro da floresta de Dorcha e cercada pelas montanhas Demilúr. Passei todos os meus anos não gostando de lá e querendo crescer rápido para ir embora e explorar o mundo. Mas aí o inverno chegou e... — Ele parou, sentindo o peso do que iria falar. — E eu senti falta de tudo. De tudo. A comida acabou, meus pais ficaram sobrecarregados e as pessoas começaram a adoecer. — Ele teve que respirar fundo para continuar. Naquele momento não só o Verão, mas todos os animais na sala ouviam sua história. — A mãe da minha melhor amiga morreu. E então minha mãe ficou doente. — Seus olhos encheram de lágrimas com aquela menção; como sentia falta da sua mãe! — E tudo que eu queria era ter o sol de volta, poder ir para a escola pela manhã, mesmo reclamando, chegar em casa e ouvir minha mãe falando sobre o próximo ano e passar o dia com os meus amigos. Por um tempo eu até pensei que era minha culpa, sabe? Que de tanto querer que algo mudasse, que algo acontecesse, eu havia trazido aquele pesadelo para nós. Mas então eu percebi. Eu percebi que não era eu; mas era ele, o Inverno. Ele estava tirando tudo de mim, tudo de todos. E então eu quis lutar. Não queria deixar que ele apenas chegasse e tomasse tudo que era meu. Ou que um dia havia sido. Ouvi alguém muito importante dizer uma vez que nada do que foi dado a nós pelas estrelas pode ser retirado de nós. Não verdadeiramente. Quis e quero acreditar nisso e foi por isso que eu vim.

— O guardião que estava em posse da minha bússola, ele pereceu? — O Verão abaixou o rosto em curiosidade e dúvida, apoiando os braços em suas pernas.

— Sim. — Beor abaixou o rosto e engoliu em seco, lembrando-se de Clarke. Ele sentiu uma dor estranha em seu coração, a dor da perda, ainda que de forma inconsciente. Beor deixou as poucas lembranças traumáticas que ele tinha daquela noite voltarem. Ele viu Clarke sorrir pela primeira vez e de repente parecer muito mais jovem do que aparentava. Então o viu ser arrastado pelo lobo do Inverno e gritar para que ele corresse.

— Ele era um homem bom; foi ele quem me contou sobre tudo, sobre o senhor, sobre o Inverno e sobre as estrelas. — Beor levou a mão até seu casaco e tirou do bolso a bússola do Verão, entregando-a para ele. — Ele morreu acreditando que o sol brilharia novamente no céu.

O Verão fez que não com a cabeça, recusando o objeto que lhe era oferecido.

— É sua agora, meu caro. Se ela o guiou até aqui, então é digno de carregá-la. — Ele sorriu e fez um sinal para que ele a guardasse.

— Eu não consegui salvá-lo, senhor — Beor falou de repente, ainda pensando em Clarke. — O guardião que me ajudou. E tenho medo de não conseguir salvar minha família também.

Beor estava tão cansado e se sentia tão confortável naquele momento, sentado na cadeira macia e mágica, que mal teve controle de suas lágrimas e quando percebeu estava chorando.

— Eu sei que eu tinha que ser mais forte e eu estou tentando, mas é que às vezes é difícil, e é tudo tão injusto. E... — Ele cerrou os dentes, doía admitir aquilo. — Eu me sinto fraco, impotente. Estou cansado, senhor.

— Você não é fraco, Beor — o Verão afirmou, curvando o corpo e olhando seriamente para o garoto. Beor se sentiu estranho. Verão falava com ele como se fossem iguais, como se ele, um garoto de uma vila pacata, tivesse o mesmo valor que um ser mitológico que controlava toda uma estação.

— É o garoto mais forte que eu já conheci. E eu não brinco com as minhas palavras. Não tinha metade de sua coragem quando tinha sua idade, e se conseguiu sobreviver toda a jornada até aqui é porque certamente há grandeza em você.

— Mas eu não quero ser grande — Beor falou, choroso, lembrando-se da última conversa que tivera com o Sr. Redmund. — Só quero ir pra casa e ver o sol outra vez. Só quero a minha mãe bem e o meu pai feliz de novo. Isso é tudo que eu quero.

Beor notou que as lágrimas continuavam a rolar por seu rosto. Ele sentiria vergonha se fosse em alguma outra situação, mas naquele momento não se importava. Seus olhos estavam tão pesados que era difícil mantê-los abertos. Ele se sentia ainda mais sonolento que antes e pensou se aquele chá teria algo a ver com isso.

— É por isso que o senhor precisa voltar. Foi por isso que eu vim até aqui para encontrá-lo. Precisa voltar e trazer o verão de volta para a minha vila. — Seus olhos vacilaram e dessa vez não teve forças para abri-lo. — Todos precisamos de você.

Seus olhos já não enxergavam mais nada e tudo o que ele ouviu foi a voz do Verão.

— Tudo bem, garoto. Você pode descansar agora, está seguro aqui. — Foram as últimas palavras que ele ouviu antes de cair em um sono profundo, encostando sua cabeça na poltrona.

25

Os encantos da espada

Fazia dias que Beor não sonhava mais; na verdade, ele já mal dormia. Mas naquela noite ele sonhou. Sonhou com guerras que ele não havia vivido nem feito parte, viu o Verão e o Inverno lutando diferentes batalhas. Em alguns momentos o Verão que ele via era aquele que ele havia conhecido, mas em outros eram rostos completamente diferentes — eram as estações do passado.

Ele acordou pela manhã, assustado. Algum animal havia feito um barulho no corredor que despertara sua mente. Ainda sonolento, levantou o corpo e sentou na cama sentindo-se exausto, como se fosse ele que tivesse lutado cada uma daquelas batalhas, e ficou por alguns minutos olhando para o nada, esperando sua mente voltar a funcionar. Ele se sentia tão confortável ali, era quase como se ainda estivesse sonhando e nesse sonho ainda estivesse em sua casa. Aquele pensamento o ocorreu, e ele olhou em volta, perplexo.

O guarda-roupa, a cama, o tamanho do quarto... Era o seu quarto! Ele se levantou de uma vez da cama, estranhando aquela experiência. Não fazia sentido, ele havia dormido na noite anterior e... dormido!

Beor bateu a mão na cabeça, se lembrando.

Não era para ele ter dormido, mas estava tão cansado que o sono parecia ser maior do que ele. "E se", sua mente ousou especular, "enquanto dormia o Verão tivesse voltado, derrotado o Inverno, e ele agora já estivesse em sua casa novamente? Melhor ainda", ele pensou, "e se nada daquilo tivesse acontecido; e se o Inverno e o Verão tivessem sido apenas um sonho, um pesadelo, e nada de ruim tivesse realmente acontecido com sua vila?" Ele se alegrou com o pensamento e olhou em volta, confiante de que aquele realmente era o seu quarto e de que ele não estava sonhando.

Ele foi até a porta, já acreditando naquela teoria, pronto para contar tudo para a sua mãe. Porém, no momento em que saiu no corredor, deu de frente com um grande urso marrom, vestido de um macacão verde e que esperava por ele com um sorriso.

— Ah! — Beor deu um grito, sendo trazido de volta à sua realidade.

Ele olhou em volta e diferentes animais passavam pelo corredor. Ele estava realmente na cabana do Verão, o que significava que o Verão era real, assim como o Inverno, e que sua vila estava realmente em perigo.

Olhou de volta para o quarto, estranhando que não mais se parecia com o seu quarto.

— É uma ilusão — o urso explicou. — O quarto toma a forma do que você gostaria de ver. Eu sou o Martin, prazer! — Estendeu a pata para o menino, que respondeu o ato, com o olhar ainda confuso.

— Achei que realmente estava em casa. — Suspirou, frustrado.

— Peço perdão, a ideia foi minha — o Verão falou, aparecendo ao lado de Martin.

— Senhor! Bom dia. — O rosto do menino se iluminou ao vê-lo. — E não tem problema, já que logo estarei em casa novamente, não é mesmo? Tudo o que precisamos é que o senhor volte para nossas terras e... voltará, não é? — O sorriso mingou aos poucos, passando de certeza para medo e dúvida.

A expressão do Verão se tornou mais séria e ele afastou o olhar, tentando não fazer contato visual com o garoto.

— Bom... vamos tomar o café da manhã primeiro, deve estar com fome! — Ele caminhou em direção à cozinha, sinalizando para que o garoto o seguisse.

— Mas, senhor, faz dias que eu parti! — Beor correu atrás dele, insistindo. — Minha vila precisa de sua ajuda! Eu não sei o que aconteceu com eles, nem sei como minha mãe está. Eu não deveria ter dormido ontem, senhor, minha vila está lutando contra o tempo e temos que ajudá-la!

O Verão permaneceu calado, caminhando pelo longo e luxuoso corredor de madeira até a cozinha.

— Por favor, senhor! — o garoto insistiu mais uma vez, porém sem resposta. Sentiu uma raiva crescer dentro de si, junto da sensação de injustiça. Justo quando pensou que teria alguma certeza, tudo parecia mais confuso ainda. Não entendia por que o Verão simplesmente não voltava e por que estava se escondendo ali.

— Você não quer nos ajudar, não é? — ele falou, finalmente, confrontando o velho.

O Verão parou e virou o corpo, olhando para ele com um misto de surpresa e dor. Beor queria confiar nele e via verdade e bondade em suas ações; mas, ainda assim, nada justificava deixar que permanecessem nesse inverno rigoroso sem fazer nada. Não fazia sentido.

— Isso não é verdade, meu caro — o Verão respondeu, com um semblante triste.

— Você sabe que muitas pessoas morreram, não sabe? Que estão morrendo agora? Você poderia ajudá-las, poderia ter salvado elas. Ainda pode.

— Não, eu não posso! Já teria feito se fosse capaz — ele rebateu, com a voz firme. — Não fale daquilo que você não conhece, Beor, filho de Tristan. Há muito que não entende.

— Então me explique, por favor.

O senhor caminhou em direção a Beor.

— Por duzentos e setenta anos eu protegi essas terras. Abdiquei de toda a minha vida e sacrifiquei pessoas que eu amava, pessoas que não mereciam toda a dor à qual eu as submeti. — Ele olhou para baixo e Beor sabia que ele estava pensando em alguém. — Tudo em nome do Verão. — Ele continuou. — Eu abdiquei de meu próprio nome para cumprir a minha missão de proteger essas terras.

Ele respirou fundo e olhou para baixo. Beor, à sua frente, não encontrava palavras para dizer e se sentia agora envergonhado por ter feito tais julgamentos. O Verão deu um triste sorriso para o garoto e, então, continuou a caminhar até a primeira mesa da cozinha, onde dois pássaros preparavam sanduíches.

Beor observou o movimento e permaneceu ali, parado na porta; temia tê-lo enfurecido. A cozinha era um cômodo alto e amplo, com altos armários que se estendiam até o fim, um largo forno em uma ponta e algumas mesas que faziam o ambiente parecer quase como um refeitório escolar.

— Senhor — Beor tomou coragem e falou novamente.

— Sim, garoto — o Verão respondeu, ainda trabalhando nos pães com os pássaros.

— Me perdoe por tê-lo julgado, mas... você consegue vê-los?

O velho se virou, confuso com a pergunta.

— O quê?

— Bom, você disse que pode sentir cada animal na floresta, certo? Consegue sentir pessoas também? É que eu preciso saber se eles estão bem, senhor, a minha vila. Apenas isso — Beor explicou.

A pergunta do garoto amoleceu o coração do velho, que parou o que fazia e se virou para observá-lo. Ele mal imaginava o que se passava nas emoções daquele garoto. O que levaria uma criança de sua idade a ter tal coragem ainda era um mistério para ele; certamente as estrelas tinham algo a ver com isso. Ele se importava profundamente com a sua família e isso, o Verão viu naquele momento, era a sua força.

— Acredito que não consigo, meu caro. Demorou dias para chegar aqui, certo?

— Sim, cerca de quatro, senhor.

— Sua vila então provavelmente está muito longe para que eu a alcance. Talvez uns cem anos atrás conseguiria... mas já sou velho e fraco agora.

A expressão de Beor se prostrou. Apenas saber que seus amigos e seus pais estavam vivos lhe renovaria o espírito.

— Eu não consigo ver sua vila — o Verão falou, sorrindo de repente, como se algo tivesse lhe vindo à memória. — Mas há algo que pode. Sim, certamente — comentou, entusiasmado.

Então, o Verão terminou rapidamente de fazer o sanduíche e entregou para o garoto, apressando o seu passo.

— Agora sente e coma. — Ele apontou para a mesa. — Eu... eu já volto! — E saiu da cozinha, caminhando lentamente devido à idade e deixando o garoto para trás.

Beor estranhou todo aquele momento, mas, se o Verão estava confiante, torceu para que fosse algo que realmente funcionasse. Ele mordeu o sanduíche, surpreendendo-se novamente com o gosto, pois não tinha um sabor exato. Era como uma mistura de todos os pratos que Beor mais amava, e ele pensou que seria mais um truque, assim como o quarto.

Minutos depois, viu o senhor retornar à cozinha acompanhado do mesmo urso, Martin, que observava curiosamente o que ele carregava. Sobre as mãos do Verão estava um grande objeto, fino e longo, coberto por um pedaço de couro.

Ele se aproximou e se sentou à mesa. Havia um brilho em seus olhos e Beor pôde ver.

— Ah, faz algum tempo que não admiramos a beleza dela, não é mesmo? — Ele se voltou para o urso, que concordou com a cabeça.

— Já estava na hora, senhor — Martin falou com expectativa, olhando atentamente para o objeto.

— O que é isso? — Beor sussurrou, curioso, mas eles não ouviram.

O Verão desenrolou o grande pedaço de couro de forma lenta e cuidadosa. Ele puxou a tira, revelando uma espada longa e dourada, quase do tamanho de Beor, que emitia um brilho próprio, assim como o Verão e a bússola. Na ponta de seu cabo havia a figura de um sol talhado, circulado por um aro que o prendia ao restante da espada. Por toda a superfície, inscritos de um alfabeto desconhecido pelos homens rebrilhavam, atraindo o olhar e a curiosidade de Beor. Ela era majestosa e mortal, tão bela quanto o nascer do sol e tão apavorante de se olhar quanto uma chama que não pode ser controlada.

— Tudo o que eu sou está nessa espada, garoto — disse o homem. — Forjada pelo primeiro Verão, incontáveis anos atrás, essa espada é feita das próprias estrelas, da árvore que se formou quando um dia uma estrela caiu nessa terra.

Beor olhou, maravilhado. Ele entendia agora o entusiasmo do Verão e do urso. Era como se a espada tivesse vida própria e atraísse a todos pela sua beleza. Quão bela era aquela espada!

— Ela é… — Ele buscava encontrar as palavras. — Ela vai conseguir encontrar minha vila? — perguntou de forma afiada, voltando à realidade.

O Verão olhou para ele, sendo trazido de volta e lembrando do que iria fazer.

— Ah, sim. Sim, eu creio que vai. — Ele se pôs de pé e empunhou a espada com certo desconforto. — Afastem-se. — Ele se dirigiu para Beor e o urso.

Beor se levantou da cadeira, assustado, enfiando de uma vez na boca o resto do sanduíche. Ele seguiu Martin e caminhou para a entrada da cozinha, afastando-se do Verão.

O homem então respirou fundo e, segurando a espada em uma mão, caminhou até o centro da cozinha, contando o espaço em sua mente.

— Tem certeza de que vai dar certo, senhor? — o urso perguntou, assustado.

— É claro. Só fazem uns... setenta anos.

Ele, então, virou a espada, apontando para o chão e segurando-a firmemente pelo cabo. Pronunciou palavras novamente do idioma estranho, de uma forma tão rápida, porém tão baixa que parecia apenas estar assobiando.

— *Revele o que está escondido, mostre o que estava esquecido. Que nas memórias do garoto se encontre o povo perdido.*

E fincou a espada no chão de uma vez, causando um pequeno estrondo pelo cômodo.

Beor fechou os olhos por um momento, assustado. Quando ele os abriu, a espada estava parada no chão, fincada na madeira, e para sua surpresa raízes nasciam de sua lâmina. Era como se fossem raízes de árvore, mas eram douradas e translúcidas, brilhando e transbordando magia.

O Verão se afastou, caminhando para trás, e as raízes cresceram cada vez mais altas e a cada momento ficava mais difícil para Beor acreditar no que seus olhos viam. Elas se prolongaram e multiplicaram até se encontrarem no teto e se entrelaçaram, formando um círculo oval. Um grande portal.

O Verão se aproximou do portal e acenou para que Beor o acompanhasse.

— Diga aonde quer ir — ele explicou, colocando a mão nas costas do garoto, direcionando-o para mais perto.

— Eu quero ver minha vila. A vila de Teith — ele falou, nervoso. — Mas não sei a localização no mapa, isso atrapalha? — Ele se virou para o Verão, preocupado.

O velho riu do desespero do menino.

— Não se preocupe. A espada sempre sabe. Veja. — Apontou para o portal.

Beor voltou o olhar para a espada e viu aos poucos a imagem do que antes era o outro lado da cozinha se transformar. De repente ele estava em um cômodo que lhe parecia muito familiar. Apertou os olhos, tentando identificar o local.

— É a minha casa! — ele gritou, como se tivesse acertado uma charada.

Ele então viu o saguão da mansão boticária, que estava cheio de pessoas, muito mais do que antes e do que a própria casa comportaria. Era como se a vila inteira estivesse ali dentro. Conseguiu identificar entre os presentes o rosto de sua mãe e o de Naomi ao longe.

— Eles não foram, não deixaram a vila! — notou, tentando entender o porquê.

— É, parece que não. — O Verão caminhou para a frente, em direção ao espelho-portal e, para a surpresa de Beor, levantou lentamente sua perna e passou para o outro lado da espada, adentrando a imagem que eles viam.

—O quê? — Beor exclamou, estupefato.

— Você não vem? — o Verão perguntou de dentro.

— Hã... sim! — Ele respirou fundo, tomou coragem e seguiu o velho, repetindo seus movimentos e passando a centímetros da afiada espada, que marcava a entrada.

Ele se viu, então, para o seu total assombro, dentro da sala de sua casa junto com todas aquelas pessoas, com a diferença de que o Verão e ele eram os únicos que tinham cores. Todo o resto, tanto a parede e os objetos da sala quanto os rostos, estavam em um tom azul desbotado.

Para o espanto de Beor, uma pessoa caminhou em sua direção e passou através dele, como se fosse feita de vento ou algo assim.

— Ahh! — ele gritou de susto. E então olhou em volta, percebendo que ninguém tinha ouvido. — Eles não podem nos ver? — Franziu as sobrancelhas, confuso.

— Não. Não estamos exatamente lá — o Verão explicou. — Esse é apenas um reflexo de todo o ambiente que a espada está nos mostrando. Na verdade, estamos dentro dela.

— Mas parece tão real. — Beor tentou encostar em uma mesa e suas mãos afundaram.

— É porque realmente está acontecendo. A espada vê tudo e é capaz de alcançar qualquer lugar que realmente exista em todo espaço e tempo. Precisamos apenas dar a localização, não a geográfica, mas a emocional.

— Mas… — Beor olhou em volta, perdendo-se nas palavras do homem e prestando atenção ao movimento da casa. — Por que estão todos aqui? É a vila inteira. Ou pelo menos… o que sobrou dela.

A sala estava lotada e Beor percebeu que todas as pessoas da vila estavam ali, incluindo seus pais e a família de Nico. Até os habitantes mais distantes que mesmo no inverno ele mal via estavam ali, espremidos no sofá, entre tosses e espirros.

— Acredito que estão em seus últimos momentos — o Verão respondeu. — O inverno se tornou insuportável e apenas a esperança do calor humano os garante um pouco mais de tempo de vida. É por isso que estão todos aqui.

Beor observou o local e o olhar de cada pessoa no cômodo. Olhou para a sua mãe e seu coração se partiu ao meio. Enrolada em diversas cobertas, ela estava encolhida em um canto do sofá, com o seu pai abraçando-a, tremendo de frio. O que o inverno havia feito com ela, no que ele a havia tornado, era algo triste. Ele olhou para o seu pai e percebeu que ele também estava doente, com o nariz tão vermelho quanto o de sua mãe, mas havia cedido as cobertas para ela, e tentava claramente esconder o quanto também sofria. Uma lágrima rolou pela bochecha de Beor, que observou aquilo com um certo orgulho; nunca esperaria algo diferente de seu pai.

— Quanto tempo eles têm? — ele perguntou com a voz entrecortada, olhando seriamente para o Verão.

— Honestamente, caro Beor, não mais de um dia. No máximo dois até seus músculos atrofiarem e... — Ele fechou os olhos. — o inverno os consumir.

Os olhos de Beor se encheram de lágrimas. Ele sentiu como se alguém o tivesse apunhalado no estômago e pensou que nem mil cortes doíam tanto quanto doía ver aqueles que ele amava prestes a morrer.

— Não... não! — ele gritou, sendo consumido por suas emoções.

No mesmo momento, todo o ambiente à sua volta desapareceu e ele se viu de volta à cozinha, pisando no chão de madeira. As raízes douradas rapidamente desapareceram também, voltando para dentro da espada.

Beor permaneceu ali, absorvendo o fato de que havia voltado. Ele olhou em volta, frustrado e ferido. O Verão estava parado ao seu lado e permaneceu em silêncio, dando o tempo necessário para o garoto, que se virou para ele, com olhos que imploravam e falavam mais alto que suas palavras.

— O senhor precisa salvá-los, precisa voltar. Não pode deixar que eles morram.

O Verão esperou alguns segundos e então falou, crendo que o garoto estaria pronto.

— E eu não quero que isso aconteça, Beor. Eu não quero. Mas não posso ajudar. Não mais — o homem falou hesitante, com o olhar triste e envergonhado.

— Como assim?

— É por isso que você está aqui, garoto.

— Eu? — A expressão de Beor mudou e ele deu um passo para trás, assustado.

— Sim. Eu não posso salvar a sua família, Beor. Mas você pode.

26

O chamado das estrelas

Beor sentiu sua respiração falhar e todo o cômodo girar à sua volta.

— O quê… o que você quer dizer? — ele perguntou assustado.

O Verão respirou fundo.

— Acho que você deveria se sentar novamente.

Confuso e com medo, mesmo sem saber ao certo o que temia, Beor obedeceu e caminhou até a mesa, olhando para o Verão, que o acompanhou e se sentou do outro lado.

— Você poderia me emprestar aquela sua bússola que você carrega? — o senhor perguntou, de forma gentil.

— Cla... claro. — Beor tirou o objeto do bolso e colocou na mesa.

O Verão o pegou e o virou, observando.

— Por acaso você sabe de que material essa bússola é feita? — ele perguntou.

— Sim. — Beor acenou com a cabeça. — Da estrela do Verão, a que caiu na terra.

— Exato — o Verão continuou. — Foi forjada anos depois, das lascas encontradas que sobraram da espada do Verão. — Ele apontou para a espada, ainda fincada no meio do chão da cozinha.

— Aquela espada, como eu disse, é a fonte de todo o poder do Verão na terra. Ela foi responsável por escolher o primeiro Verão e todos os outros que vieram depois dele. E... — o senhor respirou fundo, com as marcas de expressão saltando em sua testa — está na hora de escolher um novo Verão.

Beor olhou para ele assustado.

— Mas o senhor já é o Verão.

— Acontece, Beor, que eu estou velho; e pior que isso, estou doente.

Os olhos do garoto se abriram. Como poderia o ser mais poderoso de todas as terras conhecidas estar doente?

— É por isso que eu me escondi. A idade me alcançou, assim como ela fez com todos antes de mim. Um Verão não é destinado a reinar para sempre, existe um ciclo com um propósito. Meu tempo está acabando e por isso alguém deve tomar o meu lugar. — Ele inclinou o corpo sobre a mesa. — Precisa entender, eu não tenho mais forças para lutar contra o Inverno. Se eu o enfrentasse mais uma vez, certamente morreria. No entanto, se eu morresse sem ter passado meus poderes para alguém, seria o fim de todo Verão e toda a humanidade estaria condenada a um inverno eterno. — O seu olhar se endureceu sobre o garoto. — Consegue pensar nisso?

Beor se arrepiou só de imaginar a possibilidade.

— Ninguém iria sobreviver.

— Certamente. Seriam poucos que continuariam vivos. E é por isso, e somente por isso, que eu fugi. Foi a minha única escolha. Depois de ser derrotado pelo Inverno, eu fugi para cá e escolhi me esconder. E é aqui que eu tenho passado meus dias, apenas esperando.

— Esperando pelo quê?

— Por *quem*, você quer dizer. Estive esperando que as estrelas mandassem alguém, um substituto para o qual os poderes do Verão seriam passados, para que, então, ele derrotasse o Inverno. — O Verão olhou para Beor e ele percebeu que Martin também caminhou lentamente até o seu lado, olhando-o com uma curiosidade nova.

— O quê? — o garoto deu um pulo, quando finalmente juntou as peças. — Nã... não acha que seja *eu*, certo?

— Ninguém mais além de você, Beor. Você está aqui, não está?

— Sim, mas… — Beor sentiu a sala girar. Ele tentava encontrar o pensamento certo e as palavras corretas, mas todas lhe falhavam. — Mas é você quem deve lutar contra o Inverno! Senhor, eu nunca peguei numa espada em toda a minha vida. Venho de uma vila de pacifistas, não matamos nem os animais da floresta!

O Verão soltou uma pequena risada.

— Você é quem tem que enfrentá-lo, senhor — Beor continuou. — Certamente existe alguma cura para essa doença sua. Talvez aquele chá que o senhor me deu! Feito do Sol, certo?

— E você pensa que eu já não tentei isso? Que não tentei de tudo?

— Ah, é verdade. — O menino abaixou o olhar, sentindo-se envergonhado.

— Essa minha doença é... ela é fatal para mim. Especialmente porque tem a mão não só do Inverno, mas das próprias estrelas. O meu tempo acabou, garoto, elas determinaram isso, eu preciso aceitar meu destino e o Verão precisa continuar.

— Precisamos de um novo Verão, Beor. — Foi a vez de Martin falar, e o urso olhou para Beor em súplica. — Todos nós, os humanos e os animais, a floresta e toda a Terra do Sol.

Beor alternou o olhar entre o urso e o homem. Ele via a urgência em seus olhares e ele também a sentia viva e iminente em seu peito, mas não conseguia ver a si mesmo como o próximo Verão. O objetivo de sua viagem era trazer o Verão de volta e não se tornar ele.

— Vocês não podem estar falando sério! — exclamou. — Eu sou a única opção? Eu?! Um garoto de treze anos?

— Você viu mais alguma outra pessoa nessas terras? — o Verão falou. — Não é algo que se é anunciado nas cidades, oferecendo o cargo de Verão. E também não é algo que deveria ser feito dessa forma, mas é a única opção. As estrelas nunca erram e, se elas trouxeram você até aqui, é porque sabem o que estão fazendo.

Beor balançou a cabeça compreensivamente, tentando aceitar e acreditar naquelas palavras, mesmo que não fizessem sentido algum. Olhou para baixo, observando as fincas de madeira da mesa enquanto pensava.

— Mas você precisa saber que se aceitar esse chamado estará aceitando uma vida de muitas renúncias. E eu nunca poderia fazer isso parecer menos difícil do que realmente é — explicou o Verão, apenas tornando tudo ainda mais assustador.

— Como assim? — Beor levantou o olhar, intrigado.

— A vida de um Verão é uma vida de sacrifícios — ele começou. — No momento em que é escolhido pela espada você não pode mais viver em nenhuma comunidade humana, nem ao menos se relacionar com eles. Você deixa de ser humano, de certa forma, e se torna parte da Natureza. Se torna um com ela. Um Verão não pode nunca ser visto por nenhum humano, nem aqueles que ele conhecia antes ou que lhes eram mais íntimos. — Quando ele falou isso, uma expressão triste cresceu em seu rosto. — Ele deve abdicar de toda a vida social e suas próprias ambições, para viver a serviço da Terra, a serviço dos outros. Essas regras foram estabelecidas antes de nosso tempo e não é nosso papel questioná-las. Elas existem para proteger os que amamos de nossos inimigos. E acredite, uma estação sempre tem inimigos. E para manter em segredo o conhecimento das estações, já que ele não deve nunca se tornar conhecido. Não somos deuses ou reis; sacrificamos nossas vidas protegendo essa terra e protegendo pessoas que nunca saberão de nossa existência. E é assim que deve ser.

Beor piscou, tudo aquilo lhe pareceu pesado demais. Nunca mais ver a sua família não fazia o menor sentido. Ele havia feito tudo aquilo exatamente para que pudesse estar com sua família e amigos, aproveitando os dias de sol novamente.

— Mas não é um preço muito alto a se pagar? Sacrificar toda a sua vida? — ele perguntou, gostando cada vez menos daquela possibilidade.

— Não se é pelas pessoas que amamos. Todo Verão tem o seu porquê, o porquê de ter aceitado esse chamado.

Beor cruzou os braços, sentindo-se incomodado.

— Eu não entendo — ele afirmou. — Não é... justo.

A expressão do Verão caiu um pouco, desencorajado. "É claro que ele não entenderia, é apenas uma criança", pensou.

— Mas tem também o lado bom, é claro — ele falou. — Você pode voar!

Os olhos de Beor brilharam, agora ele estava falando sua língua.

— É sério?

— É claro! Ninguém conhece essas terras como uma estação. Você pode voar tão alto até quase chegar nas estrelas. Conhecer todas as terras e comunidades reclusas que existem. Visitar todos os lugares mais belos que nenhum humano ainda descobriu. Grande parte do dever de um Verão é proteger as Terras do Sol; e, para protegê-las, você tem que conhecê-las.

Só a ideia de poder viajar pelo mundo fazia o coração de Beor acelerar.

— A vida de um Verão é mágica — o homem afirmou. — Ela é cheia de propósito e aventura. Mas como toda outra *vida*, ela é marcada por decisões e escolhas; e estas nem sempre nos trazem a maior alegria.

Beor fechou o rosto, tentando administrar o misto de emoções que sentia. Em parte, estava frustrado com o fato de que suas esperanças haviam sido em vão. O Verão não era a resposta e a salvação que precisava, nunca fora. Ele estava com raiva. Como ele poderia não ver mais a sua família? Não fazia sentido e parecia totalmente injusto. Se fosse salvar sua terra do Inverno, pelo menos queria usufruir das consequências, comemorando a vitória com as pessoas que amava. E se ele se tornasse o Verão e todos soubessem que era ele, as pessoas o respeitariam; elas veriam que ele era realmente diferente e acreditariam nisso. Ele poderia mostrar para as pessoas que realmente havia mais além da floresta e que ele havia descoberto isso. Poderia revolucionar a sua vila. "Mas não, qual era a graça de se ter poderes sem ter ninguém para mostrá-los?", pensou.

Beor olhou para a janela e viu a neve que ainda caía nas árvores mais distantes. E percebeu então o quão infantil seus pensamentos estavam sendo naquele momento. Todos estavam morrendo e ele estava preocupado se poderia ou não mostrar os seus poderes. Ele balançou a cabeça, dispersando aqueles devaneios e repreendendo a si mesmo.

O Verão o observava do outro lado da mesa, tentando discernir o que se passava na mente do garoto. Ele era muito jovem, jovem demais para tamanha tarefa. Ele na verdade esperava um garoto maior, quase se tornando homem. Porém, Beor era tudo o que havia aparecido.

Beor respirou fundo e finalmente falou, externando seus pensamentos.

— Se eu me tornasse o Verão teria que enfrentar o Inverno, certo? — Ele fechou os olhos por um instante, lembrando-se do pesadelo que havia tido com a criatura. Seus dentes estavam tão perto de perfurá-lo e suas garras de agarrá-lo...

— Certamente, garoto, em algum momento — o Verão falou, se compadecendo do medo de Beor.

— Quem é ele? Você sabe?

— Não, não compartilhamos muito de nossas vidas passadas quando iniciamos essa jornada, então quase nenhuma estação sabe o que a outra foi como humano.

Beor balançou a cabeça, em compreensão.

— Mas ele é mais poderoso do que os Invernos anteriores, não é?

— Ele de fato parece ser mais poderoso do que qualquer uma das estações anteriores. Eu não consigo compreender a origem de seu poder, porque certamente não é mais das estrelas. Ele já está muito afastado delas para que possa ouvi-las. Ele é… diferente.

— Ele é mau. — As mãos de Beor tremeram só de pensar em ver aquela criatura de seus sonhos novamente. Ele poderia até lutar contra um oghiro ou enfrentar qualquer outro perigo, mas não conseguia nem se imaginar perto do Inverno, quanto mais lutar contra ele.

— E então, o que pensa da minha proposta? — o Verão perguntou, olhando-o aflito.

— Eu tenho medo — Beor respondeu de forma honesta e sincera.

— Eu entendo. Porém, caso aceite, acredito que preciso lhe mostrar algo — o Verão falou, levantando-se de repente. — Não farei nenhuma falsa promessa para você, Beor, mas é minha última esperança. Por isso, caso aceite, precisa ter consciência de como é seu inimigo.

Beor se levantou também, imitando-o, ainda sem compreender.

O Verão caminhou novamente até a espada.

Ele sussurrou mais uma vez, quase que como uma canção, e tocou de leve na arma.

— *Das profundezas de todas as minhas memórias reviva o momento em que, pela fraqueza de meu espírito, nossa terra foi entregue.*

As mesmas raízes douradas saíram da espada e dessa vez Beor não se assustou, mas continuou maravilhado ao ver a ação acontecer.

— Eu quero te mostrar o dia em que o Inverno me derrotou — Verão falou, desviando o olhar do garoto e caminhando em direção ao portal que havia sido aberto.

Temeroso, Beor o acompanhou mais uma vez.

Ele caminhou para dentro do portal, ainda incerto de qual seria o destino, e saiu em uma larga e espaçosa floresta, com as árvores de longos e finos troncos. Caminhando para frente acompanhado do Verão, ele percebeu que estavam em uma região de alta altitude, onde por entre os galhos das árvores, toda a terra podia ser vista abaixo. Era a mais bela vista que Beor já havia presenciado, à sua frente estava o mundo inteiro, toda a Terra Natural em sua bela e magnífica extensão. Cidades, rios e planícies. Era aquilo que ele estava procurando, aquela era a vista que ele havia perseguido de uma forma inconsciente por toda sua curta vida; ele a desejava, mesmo sem saber como encontrá-la. Seus olhos se encheram de água e de alguma forma soube que aquele era o seu lugar, o lugar onde havia nascido para viver. Por um momento o garoto esqueceu de tudo, até mesmo do motivo pelo qual estavam ali. Porém ao se virar, ainda em êxtase, se deparou com um grande palácio bem por trás das árvores, e o choque com a estrutura o trouxe de volta.

— Que lugar é esse? — ele perguntou, igualmente assustado e maravilhado.

— É a minha casa — Verão respondeu, olhando-a com um olhar triste, quase saudoso. — É o Palácio do Verão.

A construção era dourada, magnífica e gigantesca, com três torres maiores que se estendiam pelo céu, quase

tocando as nuvens, e mais um punhado de torres menores espalhadas pela base, com largas pontes que as conectavam entre si. Na maior das torres se estendia uma bela e longa sacada, que continuava para baixo, caindo como uma cascata de cachoeira. Beor pensou que nem o grande palácio de Filenea poderia ser mais belo do que aquilo. Nada no mundo poderia. Em alguns momentos a estrutura parecia se misturar com a paisagem, com as árvores e as nuvens que a cercavam, tornando-se translúcida e refletindo as cores do céu, como um prisma.

— E aquele é você? — Beor perguntou, se assustando ao ver um homem voando logo acima deles e indo em direção à parte da frente do palácio, onde se localizava um belo jardim.

— Sim. Essas são as minhas memórias. Estamos dentro das minhas lembranças agora.

Essa observação pegou Beor de surpresa, mas o fez entender as falhas que ele começou a ver no ambiente ao seu redor. As cores não eram exatamente naturais. Elas lhe causavam um estranhamento e tudo parecia estar em um tom exagerado de dourado, até mesmo as árvores.

— O que você estava fazendo? — ele perguntou ao senhor, enquanto observava a imagem do Verão que voava acima deles.

Eles seguiram a cena até o Verão da memória sair do jardim que marcava a entrada para o palácio e caminharam até um grande círculo de pedra no chão, para onde ele voou e pousou, descendo bem no centro, empunhando sua espada. Esse círculo era feito de uma pedra verde e desgastada, que parecia ser muito antiga — mais antiga que o próprio palácio —, como se houvesse sido lapidada muitas eras atrás. Beor percebeu que diferentes símbolos estavam desenhados ao redor de todo o espaço, com o mesmo alfabeto entalhado na espada, e notou que o formato do local parecia de certa forma com uma grande bússola.

— O círculo do Sol é o lugar de vigia. É daqui que eu observo… — O Verão, corrigindo a si mesmo, prosseguiu. — observava toda a extensão das Terras do Sol.

— E você tem sempre essa vista? — Beor perguntou, ainda maravilhado pela beleza do local. Já estava começando a mudar de ideia sobre ser o Verão.

— Agora. Olhe. — Verão colocou a mão nas costas do garoto e o direcionou para o outro lado, apontando para o céu. As nuvens que ele mostrava escondiam pequenos, mas ainda perceptíveis raios azuis.

— Relâmpagos — Beor refletiu baixinho.

— Sim, porém nesse dia eu não os notei. — Havia culpa na voz do homem. — Estava… distraído em minha tristeza.

Eles permaneceram ali por alguns minutos até que Beor viu algo que parecia mais uma alucinação de sua mente. Um raio fino que se deslocou do céu e foi em direção ao Verão de forma tão rápida que, se não estivesse prestando atenção, poderia passar imperceptível.

— É ele! — gritou, compreendendo o que acontecia.

Muito antes que o Verão pudesse perceber, o Inverno caiu do céu como um raio, anunciando sua presença e atacando-o pelas costas. Um pouco antes de ser atingido, o Verão se virou, sentindo a presença de seu nêmesis com seu instinto. Ele girou o corpo e empunhou sua espada bem a tempo de a lança ser cravada em sua direção. Ambas as armas colidiram, causando um grande estrondo que fez o chão tremer e ecoou por toda a terra.

— Eu ouvi esse barulho! — Beor gritou, se lembrando. Algumas horas antes do inverno aparecer, ele realmente havia ouvido.

Faíscas saíram dos objetos estacionários e, por um momento, o Verão teve medo de que eles se quebrassem, mesmo tal coisa sendo impossível. Ele então voou para trás, impulsionando o corpo para longe de seu agressor, e parou na outra extremidade do círculo, empunhando sua espada com força, enquanto encarava o Inverno. Estava assustado, mas não surpreendido. Pressentia o confronto já há tempos, mas, por tudo que era sagrado, torcia para que ele não acontecesse.

— *Por que fazes isso, irmão de fardo?* — ele gritou para o seu oponente na língua das estrelas, mas Beor não pôde compreender.

O Inverno carregava uma expressão insaciável em seu rosto desfigurado. Foi a primeira vez que Beor o viu de verdade, pois já esperava que ele fosse diferente de seu pesadelo. O mais estranho, porém, é que mesmo naquele momento não conseguia atribuir a ele uma idade específica. Ele não era velho nem novo, mas em alguns momentos e ângulos parecia velho e em outros, novo. Não tinha qualquer sobrancelha, e no lugar do cabelo, pedras de gelo cresciam de sua própria pele, formando um diadema deformado. Se movia em uma velocidade duas vezes mais rápida que o Verão e girava a sua lança com intensidade, fazendo-a parecer um círculo de tão veloz.

Com cada movimento planejado, ele pulou novamente, atacando o Verão, que, pensando rapidamente, moveu as mãos e fez nascer do próprio ar uma coluna de pedra que o protegeu, enquanto faíscas douradas de runas brilharam em volta. A lança do Inverno acertou a pedra em cheio e a partiu no meio. O oponente voou para trás, mas ele o perseguiu. Todo o peso e força do Inverno caiu sobre o Verão, que graças apenas à sua espada não foi ferido. Ele, porém, foi jogado para longe e seu corpo bateu no chão com violenta intensidade. Ele bradou de dor e buscou retornar o equilíbrio o mais rápido possível, forçou seus pés a se levantarem e torceu para que seus instintos não o abandonassem agora.

Mas o Inverno era rápido, mais rápido do que o normal, até mesmo para uma estação. Como um vulto, o atacou novamente, dobrando as pernas do Verão e fazendo-o girar no ar. Ele conjurou raízes que saíram rasgando a terra, mas não conseguiram alcançar o Inverno, que voou para cima. Ficando de pé, o Verão alçou voo até ele, na expectativa de alcançá-lo, mas foi surpreendido com uma brisa que fez a imagem à sua frente se dissipar. Quando percebeu a ilusão já era tarde, o Inverno o atacou por trás, com a lança posicionada em mãos, e a fincou sem misericórdia nas costas do adversário, ainda no ar. A dor percorreu todo o corpo do Verão, que não poderia ser ferido por nenhuma arma humana, apenas por um dos objetos estacionários. Ele despencou a toda velocidade, conseguindo conjurar uma porção de grama no chão, para que aliviasse a queda de seu corpo, e saiu rolando pelo círculo de pedra, com a dor ardendo na mesma intensidade em que sua força vital se esvaía. Quando feridas, estações não sangravam, elas perdiam magia, essência estelar. Porém, ainda não derrotado, o Verão se levantou novamente, girou o corpo e bradou sua espada, que brilhou uma forte luz, cegando momentaneamente o oponente. Ele então atacou, jogando o corpo para frente com a arma e voando em direção ao Inverno, que se esquivou, dando um pulo para trás.

De longe, ambas estações encararam uma à outra por alguns instantes. Aqueles curtos segundos foram os que o Verão teve para perceber o grau do ferimento que havia em suas costas. Ele colocou a mão, percebendo que a força see esvaía e sentiu seu coração palpitar, alertando-o do pior que estava por vir.

— *Tu desonras as sagradas luzes que a tudo iluminam* — o Verão bradou, em um idioma no qual, em toda a Terra Natural, poucos eram fluentes. — *Ao entrar em meu santuário e fazer-me cúmplice de tua traição.*

O Inverno do outro lado chiou, com os dentes à mostra, comprovando para Beor que eram de fato tão afiados como em seu sonho.

— *Não me vem falar de desonra, tu que desonraste o sangue e a terra.*

— *Porém eu paguei o preço! Não o paguei?* — o Verão gritou, com a fraqueza crescendo sobre si como musgos sobre uma árvore. — *Por que fazes isso agora, irmão? Por que me feres quando tudo já me feriu? Por que fazes isso agora? Desrespeitando não só a mim, mas a vontade absoluta das luzes.*

— *Porque...* — o Inverno respondeu no mesmo idioma, com um sorriso malicioso crescendo em seu rosto. Ouvir sua voz de forma tão clara assustou Beor. Ela não era uma voz humana e reverberou pelo lugar, como se estivesse ecoando. Ela carregava consigo frio, morte e medo. — *tu só ansiavas pela paz, Augusto Evoire*— ele continuou, surpreendendo o Verão com o fato de que sabia seu nome humano. — *Mas eu...* — Ele levantou a lança, se preparando. — *Eu sempre cortejei a guerra. Tu nunca ao menos desejaste esse fardo, então, por favor, deixa-me livrar-te dele.* — Sorrindo novamente, ele ergueu o objeto e um raio caiu por entre as nuvens, acertando a arma e enchendo-a de energia. Ele abaixou a mão em um movimento contínuo e apontou a lança para o Verão, que foi acertado bem no peito pelo raio antes que pudesse revidar. Ele gritou de dor e foi jogado para longe novamente, caindo entre as árvores do jardim.

— Ai! — Beor exclamou, observando o Verão da memória bater nas árvores. — Como ele pode ser tão forte? Não é tão velho quanto você? — ele perguntou, surpreso.

— Sim. Não é natural que ele tenha tamanha força; e, como disse, seja o que for que o alimenta, não são as estrelas — o Verão ao seu lado respondeu, observando tristemente a cena.

De volta à batalha, sua versão mais jovem se levantava do chão com dificuldade, estava sendo massacrado. Ele olhou para o céu, tentando pedir ajuda às estrelas, mas não havia nenhuma à vista. O Inverno as havia coberto com grossas nuvens e uma tempestade que se formava. Mas antes mesmo disso não conseguia alcançá-las, sentia que haviam o abandonado já há algum tempo. Empunhando a espada, ele virou o corpo em alerta, incapaz de encontrar o Inverno em volta, e sentiu que ele estava se preparando para atacar novamente.

Respirou fundo, sabia o que tinha que fazer. Precisava deixar o palácio e precisava deixá-lo logo, não poderia vencer aquela batalha. Reunindo toda a sua força restante ele então voou novamente, porém antes de alcançar velocidade, o Inverno, que estava escondido em uma árvore ao lado, atacou-o pelas costas. O Verão se esquivou, com o raio passando a centímetros de sua pele, mas foi incapaz de achar o seu equilíbrio no ar e caiu rolando para fora do círculo de pedra, perto do grande penhasco que dava para a floresta que se estendia abaixo.

O Inverno voou até onde ele estava, girando a lança de uma mão para outra, como se estivesse se divertindo com a cena. Ofegante e ferido, o Verão se levantou, enquanto tentava pensar em alguma saída. Para a sua surpresa, o Inverno não o atacou novamente, mas pousou no chão e caminhou até ele. Ele se moveu de forma lenta e imponente, como se quisesse saborear cada detalhe daquele momento, da sua vitória, se deleitando na visão de um Verão fraco e ferido bem à sua frente. Ele parou na frente de seu inimigo, observando-o com desprezo. O seu olhar se desviou então para a espada do Verão, que ainda era firmemente segurada pelo homem. Cerrou os olhos ao vê-la, como se estivesse revivendo memórias, e sua voz se encheu ainda mais de ódio e desgosto.

— *Nunca mereceste este cargo, nem a espada que empunhas. Porém, é certamente uma pena que o último Verão de nossas terras tenha sido um homem tão... fraco* — ele falou em idioma estelar e Beor continuou perdido, alheio ao sentido da conversa.

O Inverno ergueu, então, sua lança sobre a cabeça do Verão, com os braços estendidos e um sorriso no rosto; ele estava prestes a decretar o fim de toda luz naquelas terras. Seu oponente estava no chão, praticamente derrotado; para o Verão, deixar o Palácio do Sol significaria desertar de seu posto e abandonar sua missão. Porém, quanto mais fraco ele ficava, menos o sol brilhava no céu, e ele não poderia morrer ali, não agora. Dando um último olhar para o seu inimigo, o Verão juntou suas forças restantes e pulou para trás, caindo o mais rápido que pôde para dentro da floresta, desaparecendo entre as árvores e levando consigo toda a luz que restava no céu.

A cena então desapareceu, e, para a surpresa de Beor, ele se viu mais uma vez na cozinha. Nunca se acostumaria com aquela sensação. Permaneceu em silêncio por alguns instantes, assim como o Verão, tentando ajustar sua mente e seu corpo ao ambiente presente.

— O seu nome é Augusto? — Foi a primeira coisa que veio à sua mente.

— Sim — o senhor respondeu, caminhando de volta para a mesa. — Como viu, o Inverno é mais poderoso do que eu pensava. Porém, ele esperou por todos esses anos e só me atacou quando viu que eu havia envelhecido.

— Por isso você fugiu.

— Eu não tive outra escolha.

— O que foi que vocês falaram? No idioma das estrelas, eu não pude entender — perguntou curioso.

Sentado na cadeira, Augusto franziu suas sobrancelhas, revivendo mais do que gostaria.

— Cometi alguns erros durante minha vida de Verão, Beor. E eles me assombram até o dia de hoje. O Inverno os conhece e me atormentou com a lembrança deles.

— Mas você é bom, não é? — Beor perguntou, preocupado.

— Eu tenho tentado ser, meu caro, por todos esses anos, mas sinto que continuo a falhar. Porém... — Ele olhou para Beor esperançoso. — Um Verão mais jovem pode fazer diferente. Ele pode derrotar o Inverno e restituir o sol — falou com um sorriso. — Nós somos mais fortes nos primeiros anos, e ele mesmo teria receio de enfrentá-lo.

Beor riu só de pensar na ideia de ele ser capaz de enfrentar o Inverno, quem dirá amedrontá-lo. Aproximou-se, então, da mesa e se sentou também ao lado do homem. O seu riso de incredulidade deu lugar a uma expressão séria, assim que sua família retornou para seus pensamentos.

— Então é realmente o único caminho? — perguntou, sentindo-se angustiado.

Augusto acenou com a cabeça, concordando.

Beor não sabia o que sentir, mas não podia negar que a sua parte ainda criança se empolgava com a ideia de ter algum tipo de poder e viajar o mundo. Era fútil e egoísta, mas era a verdade; ele ansiava por isso, por uma vida cheia de propósito e aventura. Mas a outra parte de seu coração, a que havia se tornado adulta à força, sofria só de pensar em nunca mais ver sua família.

—Se essa é a única opção e foram as estrelas que me trouxeram até aqui, eu ainda tenho escolha? — perguntou com honestidade.

— É claro que tem. Precisa fazer não só porque você deve, mas porque escolheu em seu coração esse caminho. A espada vai saber. Ela sempre sabe.

A última frase pareceu desconexa para Beor.

— Como assim?

Augusto levantou a sobrancelha, como se houvesse esquecido de algo. Seu olhar se agitou e ele encostou o braço na mesa, fechando os olhos e colocando a mão no nariz, como se estivesse pensando.

— O que é? — Beor estranhou ainda mais a sua mudança.

Augusto levantou o olhar, encarando o garoto.

— Acredita que as estrelas o trouxeram até aqui, Beor? Acredita mesmo que foram elas? — Ele continuou, quando Beor ia responder. — Mas não me responda de imediato, pense sobre isso. Precisa ter essa certeza em você.

Beor acenou com a cabeça e voltou o corpo para trás na cadeira, fechando os seus olhos e fazendo a pergunta para si mesmo: "Será que as estrelas estavam comigo?" Ainda era estranho para ele que elas tão longe no céu pudessem realmente vê-lo e se importar com suas ações. Mas apesar de sua descrença ele não poderia nunca negar que elas o haviam protegido e guiado até aquele momento e aquele lugar. Ele percebeu desde o início o quanto elas influenciaram sua vida. E, em meio ao medo, ao pânico e à ansiedade de um futuro incerto — e talvez inexistente —, ele sentiu paz. A mesma paz que havia sentido na floresta em meio ao frio extremo; o tipo de paz que fazia o Inverno menos amedrontador e tudo que era incerto, menos importante.

Ele abriu os olhos e uma lágrima não planejada rolou em sua bochecha, apenas a externar a multidão de sentimentos que o inundavam.

— Eu tenho certeza, não tem como não ter. Por quê?

Pela primeira vez Augusto sentiu confiança no garoto. Doía seu coração pedir que uma criança decidisse o rumo de sua vida em tão pouco tempo, mas era o que ele tinha que fazer.

Ele se levantou, ainda não comemorando a vitória.

— Se agarre a essa certeza, então, pois precisará dela.

— Como assim?

O Verão caminhou até onde a espada estava, tirando-a do chão.

— Eu acredito, de todo meu coração, que você é o enviado para ser o próximo Verão. Mas... — Ele hesitou. — Não posso te garantir, ninguém pode. Só teremos certeza uma vez que você empunhar a espada.

Beor fechou os olhos, dando uma última chance à sua mente para acordá-lo e contar que aquilo tudo era um sonho. Mas não foi o que aconteceu. Então se levantou da cadeira, respirando fundo e balançando as mãos, como se estivesse se preparando para uma luta.

— Tudo bem — ele assentiu e começou a caminhar até a espada.

— Espere! Existe um porém. — O Verão levantou a mão, sinalizando para ele não se aproximar. — Só saberemos se você é realmente o Verão se você empunhar a espada e... bom, ainda continuar respirando. Se continuar vivo — ele falou finalmente, já se preparando para a reação do garoto.

— O quê?! — Beor exclamou, assustado.

— É um passo cego, um passo de fé. A espada do Verão, juntamente com a lança do Inverno, são os objetos mais poderosos de toda esta terra. É um poder profundo, completamente insuportável para um humano comum. Dezenas de pessoas morreram durante a história tentando se apossar do poder das estações. Elas simplesmente não foram capazes de suportar tamanha matéria estelar e caíram mortas no momento em que os tocaram — o Verão explicou.

O coração de Beor acelerou e ele deixou sair uma risada nervosa.

— Então as minhas opções são morrer em alguns dias pelo Inverno, assim como a minha vila, ou morrer agora, pegando a espada.

— Você esqueceu da terceira opção: viver. Viver e se tornar o novo Verão, salvando toda a sua Terra. — Augusto lhe deu um sorriso encorajador.

— Mas não tem como saber! — ele exclamou, com sua voz falhando.

— Não, realmente não tem. Se aceitar, tudo o que terá é a sua convicção. A certeza em seu coração.

— Não. — Beor se afastou da espada, mudando de ideia. — Eu não posso fazer isso, é loucura.

Enquanto isso, Martin, o urso, observava ansioso o decorrer daquela conversa, parado na porta.

— Não temos ninguém mais, Beor — Augusto falou, em desespero. — Você diz ter certeza de que as estrelas o trouxeram até aqui...

— Não, não pode ser eu. Com certeza não vai ser eu, eu sei. — O garoto balançou as mãos, sendo tomado por uma crise de ansiedade. — Eu vou morrer no momento em que eu tocar nessa espada, eu estou sentindo.

Desanimado, Augusto assentiu e caminhou até a espada, tirando-a da madeira e empunhando-a em uma mão.

— Eu não o julgo, garoto, dada outras circunstâncias, nunca pediria isso de você.

Beor assentiu e abaixou o rosto, envergonhado. Seu coração batia forte em seu peito, que subia e descia pela adrenalina. Os vislumbres do Inverno nas memórias da espada voltavam à sua mente; ele era forte, cruel e imparável... Não conseguia ver como poderia derrotá-lo.

— Eu sinto muito, senhor — foi tudo o que conseguiu falar. — Precisa ter outra pessoa...

As palavras sumiram de seus lábios assim que um uivo ecoou pelo lado de fora da cabana. Ele deu um pulo e seu olhar assustado se encontrou com o de Augusto. Ambos fitaram a janela que havia no cômodo, mas nada pôde ser visto do lado de fora além da grama verde e da neve ao longe. Porém, o que os olhos ainda não alcançavam eles agora podiam ouvir: pegadas à distância, correndo em alta velocidade e sons de galhos sendo quebrados.

— Oghiros. Eles nos encontraram. — Beor voltou o rosto para Augusto.

— Os lobos do Inverno — Augusto concordou, balançando a cabeça, com o maxilar retesado.

— Mas como? — Indagou Martin, o urso, colocando as patas no rosto, em completo espanto.

— A bússola deve tê-los atraído. Mas, de qualquer forma, eu sei que não poderia me esconder para sempre — Augusto respondeu, com uma estranha paz em sua voz.

Ele deu um sorriso triste para o garoto e o urso, como de despedida e começou a caminhar em direção à porta, saindo da cozinha e andando pelo corredor. Beor o seguiu, assim como Martin. O corredor estava lotado de animais, seus instintos haviam lhes avisado sobre o perigo e todos agora corriam em busca do Verão, para que eles pudesse protegê-los como sempre tinha feito. Entre os animais estava Grim, que, localizando Beor, voou até ele.

— Beor, pelas estrelas acima, o que está acontecendo?! — ele exclamou voando em direção ao garoto. — Por que ele ainda não voltou para o céu e trouxe o sol de volta? Você falou com ele?

— Falei! — Beor explicou, enquanto caminhava. — Mas ele não pode... — sussurrou.

O pássaro voou até a frente do garoto, fazendo-o parar de andar.

— Como assim? Ele é o Verão! — Grim exclamou.

Beor olhou em volta, constatando que já havia perdido Augusto de vista.

— Sim... Mas ele está doente — sussurrou para o pássaro, sem querer alarmar os outros. — Ele está velho e está perdendo seus poderes, não consegue lutar.

Beor caminhou apertado entre patas e penas até a sala, onde todos os animais estavam reunidos, desde os diferentes bandos de pássaros aos cervos, raposas e ursos, ajuntados e temerosos em volta da única fonte de esperança deles: o Verão.

Do lado de fora, o som das pegadas se tornaram mais alto e mais próximo, e era possível ouvir os oghiros se aproximando em grande velocidade. Não estavam mais tão longe.

— As árvores — Beor sussurrou para si mesmo. — Elas nos avisaram antes.

— Afastem-se das janelas! — Verão gritou para todos e, com o levantar de suas mãos, as janelas se fecharam e grandes raízes de árvore nasceram da parede, cobrindo todo o espaço e bloqueando o exterior completamente. A única fonte de luz da cabana era o próprio Verão, que agora brilhava ainda mais incandescente.

Beor sentiu alguém esbarrando nele e se virou, percebendo que Felipe estava parado ao seu lado.

— Ah, Felipe. — Ele abraçou o cavalo, se sentindo consolado pela sua presença. Percebeu que sempre ficava mais calmo quando o cavalo estava por perto. Felipe sempre parecia ter uma perspectiva diferente sobre tudo e, diferente de Beor, ele sempre tinha algo a dizer.

— Felipe... ele não vai conseguir nos salvar — ele falou tristemente, com a cabeça ainda encostada no cavalo.

— É claro que não — a voz grossa de Felipe respondeu, surpreendendo Beor.

— Mas… — Ele levantou o rosto, encarando o animal.

— Não é ele quem deve nos salvar — o cavalo falou, olhando firmemente para o garoto.

— O quê? — Beor exclamou, assustado. — Acredita que sou eu? Acredita mesmo? — Beor perguntou, com a dúvida em seus olhos.

— Eu sempre soube. Desde o momento em que você deixou a sua vila e a sua casa sem olhar para trás.

— Mas eu... — Beor olhou para baixo, perplexo. — Você me conhece, sabe quem eu sou!

— Você é corajoso. É quem você é! — Felipe falou.

— Não! — Beor apontou para ele. — Eu não sou, foi... pela necessidade! Alguém tinha que tentar.

— Exatamente. Você escolheu ser corajoso, mesmo quando não tinha nenhuma coragem em si. E isso te torna o garoto com a maior bravura de toda essa terra.

Beor sorriu para o animal, querendo acreditar naquelas palavras.

Mais pegadas ecoaram pelo lado de fora, agora parecendo rodear a cabana, seguidas de baixos grunhidos. Os lobos haviam chegado.

— O que faremos agora? — um pássaro perguntou, angustiado e aos prantos.

Verão se virou, procurando Beor entre os animais. Ele o encontrou no fundo e todos os animais acompanharam seu olhar, virando-se para o garoto. Um a um, os animais foram se afastando e abrindo o caminho entre o garoto e o Verão.

Olhando para ele com um olhar de esperança e também de consolo, o Verão estendeu o braço segurando a espada virada para o chão, entregando-a para ele.

— Esse é o momento de sua escolha, Beor — ele falou de forma gentil.

Beor respirou fundo, puxando o ar em seus pulmões, e devolveu o olhar para todos os animais que o observavam. Ele deu um primeiro passo, caminhando receoso em direção ao Verão.

— Mas, senhor, e se eu morrer? — Ele abaixou o olhar, quase implorando por uma outra opção.

— Se morrer, todos nós morreremos. Mas se viver... — Ele mostrou um pequeno sorriso. — Então todos nós viveremos com você.

Beor fechou os olhos e estendeu o braço, pronto para pegar na espada. De repente ele se sentiu corajoso. Talvez ele realmente não morresse. As estrelas o haviam trazido até ali, então certamente elas estariam com ele. Ele sentiu a esperança encher seu peito e acreditou ser capaz pela primeira vez. Ele deu mais um passo e então, no mesmo momento, sem aviso prévio, a imagem do Inverno apareceu em sua mente, a mesma que havia visto em seus sonhos, com seus dentes afiados prontos para atacá-lo. Seus pés travaram e ele hesitou, atormentado pelo pesadelo. Ele cerrou os punhos, sentindo o medo tomar conta de seu coração. Ele tentava fazer a imagem desaparecer, mas ela continuava ainda mais vívida em sua mente.

Ele abriu os olhos, chorando.

— Eu não consigo — Beor falou, segurando o soluço. — Me desculpe, eu não sou capaz. — Ele fechou os olhos com mais força, sentindo as lágrimas rolarem por sua bochecha e ainda com a imagem presa em sua mente. Queria lutar contra o Inverno, não só pela sua terra, mas também pelo seu coração; mas sentia que não era maior, não era maior que o medo que o dominava e a imagem fixada em sua mente. Ele morreria, certamente morreria.

Ele abriu os olhos, encarando Augusto com um pedido de desculpas.

— Eu não sou forte o bastante...

O Verão o olhou com olhos de compaixão e também de desesperança. Ele retraiu a espada.

— Tudo bem, garoto. — E deu um sorriso triste. — Me desculpe por colocar um fardo tão pesado em você — ele falou isso com um pequeno sorriso e então se virou em direção à entrada.

— Afastem-se da porta — ele ordenou de forma serena, caminhando na direção dela.

Garras e arranhões foram ouvidos em todas as janelas. Os oghiros estavam tentando entrar.

— O que ele vai fazer? — Beor perguntou a um urso, caminhando lentamente para trás.

— Ele vai... ele vai lutar. Vai morrer lutando — o animal respondeu entre soluços.

O Verão respirou fundo, encarando a porta. Aqueles eram seus últimos momentos e ele sabia disso; mas, pelo menos, morreria tentando. Ele então fechou os olhos e puxou a espada, empunhando-a em frente ao seu rosto.

— *Lute comigo uma última vez, minha amiga. Uma última vez* — sussurrou para o objeto em língua estelar e, então, abriu os olhos. Sentindo-se mais forte, seus olhos brilhavam agora mais reluzentes, como dois sóis, e ele olhou para trás dando um pequeno sorriso e se despedindo dos animais e de Beor. Virou-se, então, estendendo o braço em direção à porta e aceitando seu destino.

27

A batalha na clareira

O Verão estendeu seu braço para a frente de olhos fechados, e todo um idioma fluiu de seus lábios. As madeiras que formavam a parte da frente da casa, antes toras cortadas e presas uma as outras, se transformaram em raízes, e essas foram se movimentando e diminuindo até voltarem para a terra, desaparecendo. Toda a frente da casa, então, desapareceu em questão de segundos, como se nunca tivesse estado lá.

— Mas… — Beor exclamou, confuso.

— É um dos poderes do Verão, criar a partir do zero e moldar aquilo que é criado — Felipe, que estava ao seu lado, explicou.

As raízes se afundaram profundamente na terra, levando consigo a parede da frente e toda a magia da cabana, que agora, mesmo por dentro, não era nada mais do que uma simples construção. A neve à distância se aproximava da casa, e com ela os lobos. Beor nunca se esqueceria do grande olhar maligno do animal que havia prendido a sua mente naquela noite. Todos os lobos ao redor tinham o mesmo olhar, porém, eram levemente diferentes dos que o garoto havia presenciado. Tinham partes do corpo alteradas, como garras de pássaros em lugar de algumas patas, mais caudas e outras anormalidades que não seguiam um padrão. Eles se aproximavam lentamente da casa, rosnando como se já estivessem comemorando a vitória.

Com um pequeno voo, Verão saiu da casa empunhando a espada e pousou bem ao centro da clareira, com os lobos cercando toda a sua volta. Eram quatro ao todo; observando-os atentamente, naquele momento ele pensou que teria uma chance; talvez conseguisse vencê-los. Eles rosnaram, caminhando em volta do Verão, e o primeiro lobo o atacou, pulando direto em cima dele. Prevendo o movimento, ele se defendeu, atingindo o lobo com a espada em uma mão e jogando-o para longe com a outra. O lobo bateu em uma árvore e caiu uivando; ferido, mas ainda não derrotado.

— Isso! — Beor gritou de entusiasmo dentro da cabana. Todos os animais se alegraram, acompanhando a luta atentamente.

Os outros lobos partiram para cima de Augusto, intercalando quem atacava primeiro. A cada bote deles, ele se defendia acertando-os com a espada. Ela causava feridas douradas neles que os enfraqueciam. Apesar de conseguir se proteger e não ser ferido, ele ainda não tinha conseguido matar nenhum deles. Seus golpes os acertavam, mas eram fracos e não causavam feridas fatais. Verão estava fraco e sabia que já não era mais o guerreiro que um dia havia sido. Pequenos usos de poder já o cansavam e ele tinha que silenciosamente recuperar o fôlego para continuar. Ele olhou para cima tentando encontrar as estrelas; mas, como na noite em que foi atacado pelo Inverno, elas não estavam à vista e o céu estava coberto de densas nuvens. Aquilo foi um mau presságio. Já fazia um bom tempo que ele não as ouvia mais, e sentia que elas tinham o hábito de abandoná-lo nos momentos em que ele mais precisava. Haviam deixado o Inverno tomar a terra e o enviado uma criança, completamente incapaz de carregar o manto do Verão. Mas, também, ele não estava em posição de argumentar, não depois de ter falhado em tudo. Enquanto Augusto lamentava todo o curso que sua vida havia tomado e pensava se haveria a possibilidade de ele sobreviver naquela manhã, mais e mais lobos começaram a aparecer da floresta.

A expressão de Beor mudou de um sorriso de expectativa para uma nítida aflição ao ver o que acontecia.

— Isso não é bom — ele comentou, olhando preocupado para os animais ao seu lado.

— Não mesmo, meu caro — Grim respondeu.

Os lobos não paravam de aparecer da floresta. Um após o outro eles surgiam, tendo sido chamados pelos outros lobos, que uivavam. Eles pareciam sedentos e famintos. Haviam procurado o Verão por toda aquela terra por dias sem fim, e encontrá-lo agora era o cumprimento da missão para a qual haviam sido enviados.

As mãos de Augusto tremeram segurando a espada e o seu olhar assustado passava de um lobo para o outro. Ele não conseguiria derrotá-los, isso agora era certo; mas esse era o único caminho a seguir, então morreria tentando. Ele fechou os olhos e tudo que lhe veio à mente foi um rosto familiar, um rosto amado.

— Florence... — ele sussurrou, como se aquela palavra fosse seu remédio, seu fôlego para aguentar mais um pouco. — Me perdoe. Por tudo.

Ele abriu os olhos. Estava tão velho, tão cansado, que podia sentir os batimentos do seu coração reverberando em sua cabeça.

Antes que ele pudesse perceber, um lobo saiu do lado de trás da cabana e correu com toda velocidade até ele, pulando e pegando-o de surpresa.

— Ah! — Beor gritou, se assustando com o lobo que havia passado bem ao seu lado. — Augusto! — Ele se posicionou para correr até ele, mas hesitou. Suas pernas falharam, não era corajoso o suficiente.

No último instante, quando o oghiro já estava a centímetros de seu rosto, Augusto ergueu as mãos e, proferiu palavras do idioma estelar, que formaram runas douradas no ar, que fizeram a pele do lobo queimar e lhe deu tempo de voar para trás, caindo para longe do animal e salvando, assim, sua vida. Seu corpo doía e ele percebeu que sua barriga sangrava. Como uma estação, ele nunca poderia ser morto ou ferido por um animal ou humano normal. Mas os lobos do Inverno não eram animais naturais, eram pequenas partes da alma do próprio Inverno; e uma estação só pode ser morta pela outra. Augusto tentou se levantar, mas foi em vão, pois caiu no instante seguinte. Ele colocou a mão em sua ferida, um grande corte feito pelas garras do lobo antes de ele lançar o feitiço, e uma poeira dourada se esvaía dela, drenando ainda mais as suas forças.

O lobo, que se aproximava lentamente de sua presa, tinha um olhar cruel e uma espécie de sorriso vingativo. Augusto reconheceu aquele olhar. Ele já o havia visto antes, já o havia enfrentado antes, ele sabia. Mesmo que todos os oghiros fossem criaturas de igual aparência, vazias e sem identidade, completamente controlados por seu mestre, de alguma forma aquele era diferente. Seus olhos mostravam que aquele ataque era pessoal.

Beor observou de dentro da cabana o lobo se aproximando de Augusto, que ainda permanecia no chão.

— Ele precisa se levantar! Por que ainda não levantou? — ele perguntou, aflito.

Os animais não sabiam o que fazer. Eles olhavam uns para os outros, desolados, como se já tivessem perdido a batalha.

— Precisamos ajudá-lo! — Beor falou decidido, olhando em volta. Ele não havia viajado até ali para ver o Verão morrendo em sua frente. Ele não conseguiria derrotar nenhuma daquelas criaturas, mas, naquele momento, não pensou muito sobre isso. Mais uma vez, foi apenas movido pela necessidade.

— Não podemos matar os lobos do Inverno — um esquilo falou desanimado.

— Sim, mas podemos distraí-los. Talvez, assim o Verão consiga recuperar sua força!

Decidido, Beor então olhou para trás e correu os olhos pela sala, procurando uma arma que pudesse usar. Ele não encontrou nada além de poltronas, madeiras e animais assustados. Ele olhou de volta para Felipe, preocupado.

— A adaga que Clarke te deu — o animal o lembrou. — Ainda tem ela?

Os olhos de Beor se iluminaram, e ele tateou a jaqueta gasta, encontrando a arma intacta em um bolso.

— Tenho! — Ele a levantou, apavorado, sabendo que, mesmo a tendo, não fazia a mínima ideia de como usá-la.

— Então vamos distraí-los.

Beor sorriu, feliz de que o cavalo o havia entendido.

— Certo. — Ele deu um sorriso infantil, como o de uma criança que insistia em acreditar que tudo daria certo.

— Suba, então.

Beor subiu em cima do cavalo e olhou para os animais. Seu olhar repousou sobre cada bicho cansado e assustado, que agora via nele alguém para seguir.

— O nosso objetivo é distraí-los. Façam tudo o que puderem. Temos que dar uma chance para o Verão. — Ele sorriu, encorajando-os.

— Certo! — Martin, o urso grande falou, agora encorajado e sentindo-se esperançoso.

— Pelo Verão! — Beor bradou, se segurando no cavalo, que saiu correndo para fora da casa em direção à batalha. Seu coração batia acelerado, com o retumbar ecoando em seus ouvidos. Não tinha tempo para pensar; tinha que ajudar o Verão, tinha que lhe dar algum tempo.

Os animais correram, impulsionados pela palavra do garoto e por sua gratidão ao Verão. Os grandes ursos partiram para cima dos lobos, surpreendendo-os. Incapazes de feri-los, eles ainda podiam tocá-los, e correram com toda velocidade, jogando três lobos para longe. Felipe avançou na mais rápida velocidade com Beor em suas costas. Eles passaram para longe e, na adrenalina do momento, Beor tirou a bússola do Verão de sua bolsa e a segurou alto em sua cabeça para chamar a atenção deles. A ideia funcionou, mas ele logo se arrependeu, pois quatro lobos começaram a correr atrás de Felipe, que foi obrigado a mudar seu curso e correr floresta adentro para fugir deles.

— O que você fez? — o cavalo gritou.

— Bom, eu os distraí, eu acho — ele respondeu, segurando-se fortemente ao cavalo para não cair.

Eles correram pela floresta, com os lobos ainda os perseguindo. Passaram por um conjunto de árvores que eram mais densas, então Felipe aumentou ainda mais sua velocidade.

— Segure-se bem! — ele gritou para o menino.

Ele entrou no meio das árvores, e a floresta se tornou ainda mais densa e fechada. Diversos galhos bateram no rosto de Beor, que deitou o corpo e abraçou o cavalo com toda força para não ser derrubado. Felipe correu ainda mais, cortando outros galhos pelo caminho e sendo cortado por muitos deles.

— Nós conseguimos? — Beor perguntou, exasperado e com o rosto dolorido.

— Não — Felipe respondeu abaixo de si. — Um ainda está nos perseguindo.

Silencioso e sorrateiro, um dos oghiros menores os seguia insistentemente, tão veloz quanto um leopardo, passando debaixo de cada árvore.

— Ele vai nos alcançar, garoto. — Ouviu a voz de Felipe, pela primeira vez, preocupada.

— Não...

Beor olhou para o céu e não viu as estrelas naquele momento. Ele sabia que eles não conseguiriam fugir e que

rapidamente o lobo os alcançaria. Naquele instante, levado pela adrenalina, ele aceitou o fato de que o lobo o alcançaria e em vez de se deixar tomar pelo medo, começou a pensar no que poderia fazer.

Ele olhou para baixo e viu a ponta dourada da adaga brilhando no bolso da jaqueta. Sua respiração acalmou e ele conseguiu ouvir as batidas do seu coração, ecoando pausadamente por sua cabeça. Ao olhar para trás viu novamente o lobo a poucos centímetros de seu rosto.

Não havia outro caminho. Ele não estava disposto a morrer daquela forma e tinha que lutar, tentar, até o seu último respiro. Beor não teve tempo para pensar se era forte ou capaz o suficiente, pois estava finalmente descobrindo que eram as escolhas que fazia em momentos de pressão que o definiam, e não o que ele pensava ou deixava de pensar sobre si mesmo. E, naquele momento, Beor escolheu ser corajoso, simplesmente porque não havia nenhuma outra opção.

O lobo forçou suas patas e pulou, pronto para atacar o cavalo. Beor tirou a adaga de seu bolso, segurando-a firmemente na mão direita, e virou o corpo, erguendo o braço e pulando com toda força na direção do lobo.

Ele estendeu seus braços e sentiu toda a coragem já dada aos humanos preencher seu corpo naquele momento.

— Ahhhhhhh! — gritou, fechando os olhos, canalizando toda a raiva que tinha pelo Inverno, enquanto a boca do lobo vinha exatamente em sua direção.

Ele caiu com um baque no chão e saiu rolando com o lobo em cima de si. Quando finalmente parou, pensou estar morto, mas percebendo que não estava, reagiu rapidamente, empurrando o animal para o lado. Foi então que percebeu que sua mão estava presa na cabeça do lobo e a adaga fincada nos olhos do animal. O lobo caiu para o lado, sem vida. Sua mão estava cheia de sangue, assim como sua roupa.

Ele se afastou do animal, ofegante e trêmulo sem acreditar que realmente havia conseguido fazer isso. O oghiro parecia tão grande, tão assustador, e agora estava morto. Ele o havia matado. E a primeira morte de um garoto nunca é esquecida.

— Beor! — Felipe gritou, buscando pelo garoto. — Você é louco? Como pôde…

O cavalo se silenciou ao ver a imagem à sua frente e perceber que o lobo estava, de fato, morto.

— Isso é impossível. Como sabia que iria funcionar?

— Eu… não sabia. — Beor respondeu, se afastando e limpando as mãos com o sangue do animal na roupa. — Eu só soube que era o certo a se fazer.

— Mas oghiros não são animais naturais, eles não morrem com uma simples adaga. — Os olhos de Felipe saltaram. — A não ser que…

— O quê? — Beor se aproximou do cavalo, agora pulsando em adrenalina.

— A adaga! Ela não era uma arma comum, pertencia a Clarke, um guardião de ordem fileneana, e sabe-se lá do que é feito seu material.

— Pelas estrelas, é verdade. — Um sorriso surgiu no rosto do garoto, agora todo sujo de terra e sangue. Eram coincidências demais para não ficar ainda mais claro para seu pequeno e fraco coração que as estrelas zelavam por ele.

— Vamos, suba logo! Precisamos voltar — Felipe o impeliu e Beor rapidamente obedeceu, montando novamente no animal.

Eles, então, começaram a correr de volta para a clareira, porém tomando um caminho diferente. Naquele momento, mesmo com seu rosto sangrando, machucado pelos galhos da floresta e com suas mãos ainda manchadas e trêmulas, Beor pensou que sentir o frio da manhã em sua face e lutar contra lobos do Inverno era algo que ele já estava se acostumando a fazer. Se tudo desse errado e todos morressem, ele estava grato por ter saído da vila; por estar ali, ao menos tentando, lutando, ao invés de estar em casa apenas chorando e aceitando a realidade, sem nenhuma reação.

Seu momento de otimismo durou pouco, pois no instante em que eles se aproximaram do local da batalha, um lobo saiu do meio das árvores e pulou sobre eles, o que fez Beor cair do cavalo e voar para longe. Tudo aconteceu tão rápido que sua mente nem pôde assimilar. Ele só conseguiu ver o lobo perto de seu rosto e seu corpo sendo arremessado ao chão de gelo. Seu corpo deslizou pelo chão até bater em uma árvore e parar. Tudo escureceu e Beor apenas podia ouvir os sons do que acontecia em volta. Ele nunca havia sentido tamanha dor, e a sensação que tinha era de que todos os seus ossos haviam quebrado. Depois de alguns segundos ele conseguiu abrir seus olhos lentamente, assistindo toda a cena que acontecia em câmera lenta. Alguns animais já estavam mortos no chão, o que fez seu coração doer ainda mais que seus ossos, e o Verão estava agora de pé, tentando lutar, porém em vão. Beor viu que ele estava tão fraco que logo sucumbiria.

Observando todo o cenário de guerra que o cercava, Verão sentia seu corpo parar. Não aguentaria mais muito tempo e sabia disso. Ele olhou em volta e tomou uma decisão. Se fizesse isso, drenaria todas as suas forças, tornando-se incapaz de empunhar a espada novamente. Entretanto, naquele momento era a única alternativa que lhe restava.

Ele devolveu o ataque de um lobo com sua espada e então se afastou dele, caminhando para o centro da clareira. Antes que o lobo pudesse segui-lo, ele empunhou a espada, esticando seu braço e apontando-a para o céu. Essa ação fez com que algumas nuvens centrais se dissipassem, dando a ele a visão das três estrelas, depois de tanto tempo. Apenas de olhá-las ele se sentiu revigorado, com um pouco de suas forças voltando para o seu corpo. Se ele conseguia vê-las agora era porque ainda estavam lá e, se ainda estavam no céu, ele tinha esperança de que elas ainda o viam.

— *Radhyro famrihim!*[1] — ele gritou em alnuhium, entre lágrimas. — *Thy lyrienth nun hollethrya en nyrienth nitryhia! Giryeth thyen!*[2]

Nada aconteceu de imediato e alguns animais até pensaram que ele havia ficado louco.

Beor observou a cena sem entender e sem conseguir ver alguma mudança ou algo que parecesse mágico. Mas não demorou nem um minuto para que algo inesperado acontecesse. Os olhos de Beor brilharam com expectativa ao ver uma grande águia dourada sair de trás das nuvens, a mesma que o havia salvado na floresta. Ela desceu em rápida velocidade e, pegando um lobo do inverno com suas

---

[1] Filhos do Sol!

[2] Eu clamo por reconciliação e os chamo de volta! Lutem comigo!

garras, o lançou para longe. Essa águia foi seguida de inúmeras outras que apareceram voando e desceram à terra, onde atacaram os lobos do Inverno.

Os animais gritaram e comemoraram de alegria.

— As águias do Verão! — um urso gritou, esticando os braços em festejo.

— Águias do Verão —Beor repetiu, maravilhado. Um sorriso cresceu em seu rosto e ele colocou toda a sua força para mexer seu corpo novamente. Entretanto, no momento em que ele tentou se levantar, se deparou com a imagem de um oghiro feroz caminhando em sua direção. Ele congelou e olhou em volta. Os outros animais estavam a bons metros de distância e ele estava completamente sozinho.

Aquele lobo específico lhe parecia familiar. Todo o seu sangue gelou quando percebeu: era o lobo que estava atrás de Clarke, o que havia paralisado o garoto fora do estábulo e o que havia levado o guardião naquela noite. De alguma forma o lobo o reconheceu também, e isso parecia fazer com que ele olhasse para o garoto com maior repulsa e ódio. Ele sabia que o havia deixado escapar. Beor permaneceu imóvel, sem ter para onde correr, e então deu alguns pequenos passos para trás, encostando na árvore em que havia batido. Ele observou o lobo com os olhos completamente azuis, as presas à mostra, ele não era nada perto de um animal como aquele, mas, ao mesmo tempo, havia acabado de matar um.

Ele correu os olhos pela cena que se desenrolava nas costas do lobo. Os outros animais estavam muito distantes para percebê-lo, e ele não conseguia nem ao menos gritar por ajuda. Ele não tinha outra saída senão enfrentá-lo. Ele voltou o olhar para o grande lobo, aceitando a situação.

Se fosse semanas antes, Beor não conseguiria passar por metade das situações que agora lhe ocorriam; com certeza ele se desesperaria facilmente. Mas agora ele nem tinha mais essa opção, não poderia se dar a esse luxo. Era lutar ou lutar. Movido por essa coragem, ele então empunhou sua adaga firmemente na mão esquerda e grunhiu para o animal, o encarando com ousadia.

Ele ouviu o que pareciam ser risadas saindo do lobo, o que o surpreendeu.

— Eu sei quem você é, Beor — o lobo falou, pegando-o de surpresa. — Você não é esse herói que está tentando se convencer de ser. Não é páreo para mim.

— Mas como? — ele exclamou, assustado. Sabia que os animais falavam, mas não pensava que os oghiros, como criaturas vazias, fossem capazes de pensamento e raciocínio também. E elas realmente não eram, porém esse era diferente.

— Acha que eu não te conheço? — o lobo falou, aproximando-se. — Eu sei todos os seus medos, todos os seus pesadelos, eu te observo a cada momento e você não pode nunca fugir de mim.

O seu coração acelerou. Apesar de ele não reconhecer a voz, aquela sensação, de alguma forma, lhe parecia familiar.

— Sei aquilo que você mais teme e sei também qual é a verdade, a verdade que você não quer admitir: de que todos morreram por sua culpa. Madeline morreu e sua mãe vai morrer. Você me convidou.

Por um momento o coração de Beor parou. Estava mais claro do que nunca, era o próprio Inverno.

— Estava tão insatisfeito com a sua vida e com todos à sua volta, que queria algo diferente. Você me chamou, me trouxe até sua vila.

As pernas de Beor tremeram e ele lutou para continuar posicionado, com um punho cerrado e a adaga na outra mão. Ele tentou não deixar que aquelas palavras entrassem em sua mente, mas já era tarde demais. Cada frase reverberava em sua cabeça e ele via imagens de toda a sua vila morrendo.

— A sua insatisfação me convidou, mas foi o seu medo que me fez ficar. — O lobo rosnou para ele, aproximando-se cada vez mais. — O último ponto de luz naquela vila, o seu coração... já era meu. Até que você acordou naquela noite determinado a... me matar? — O lobo soltou uma gargalhada.

Beor olhou para as estrelas no céu. O seu coração doía a cada palavra do lobo. Ele não queria que elas o consumissem como estavam fazendo, mas não tinha forças. Nem sua mente, nem seu corpo funcionavam naquele momento, e ele estava indefeso. Incapaz de verbalizar, ele pediu baixinho em sua mente que as estrelas o ajudassem.

— Quem é você para ter qualquer poder sobre mim? A sua audácia de procurar o Verão me enfureceu e muito. Mas também foi boa, pois você me trouxe até ele. Matou não apenas todos em sua Vila, mas todos no mundo.

Beor fechou os olhos e soluçava de tanto chorar, agora com suas costas pressionando a árvore. Ele queria que pudesse desaparecer, queria que algum portal mágico o levasse para longe, mas não havia ajuda por perto e nada que o tirasse daquele momento. Ele fechou os olhos, recusando-se a olhar para o animal. Ele acreditou em cada uma de suas palavras e chorava quietamente, apenas sentindo as lágrimas esquentarem seu rosto. Não queria que nada daquilo tivesse acontecido, nunca quis colocar sua vila em perigo.

— Não era a minha intenção... Eu nunca quis — ele repetia para si mesmo.

— Mas foi o que você fez. A sua ingratidão. Não conseguirá fugir de sua culpa agora, não quando todos estiverem mortos, todos... incluindo você!

O lobo pulou em sua direção, e Beor sentiu as garras do animal em seu braço e realmente pensou que aquele momento seria o seu fim. Até que percebeu que as grandes garras haviam circulado o seu corpo o prendendo, mas não o ferindo; e quando se deu conta seus pés já não estavam mais sobre o solo. Ele abriu os olhos, assustado, e notou que estava voando, sendo levado por uma grande águia que movimentava suas grandes asas acima dele, a mesma águia. O lobo pulou, tentando alcançá-lo, e arranhou sua perna, levando apenas o sapato de seu pé. A ferida doeu, mas Beor mal podia repará-la, considerando a incrível sensação de estar no ar. A águia voou com ele até a cabana, pousando do lado da casa onde não havia muito movimento, e o colocou no chão.

— Obrigado — Beor agradeceu, contemplando o grande animal.

A águia moveu sua cabeça, cumprimentou-o e então alçou voo, voltando para o céu. Beor observou a cena maravilhado, ainda sem acreditar que havia sobrevivido. Ele se levantou aos poucos e olhou em volta. Eles estavam vencendo. A quantidade de lobos lutando agora era bem menor e Beor se perguntou para onde eles teriam ido. O fato é que as águias os tinham dominado. Os lobos não se entregavam ou se davam por vencidos, mas também não conseguiam derrotá-las.

Grim voou até Beor. Uma de suas asas falhava e por pouco ele ainda conseguia se manter no ar.

— Meu caro Beor. — Ele se aproximou e Beor estendeu o braço, e Grim pousou nele.

— O que aconteceu com você? — ele perguntou, referindo-se aos ferimentos e o sangue no rosto de Beor, assim como a parte de seu ombro que estava sangrando, com marcas de garras, e a sua grande ferida na perna.

Beor olhou para baixo, percebendo o sangue que cobria seu corpo e então ele se lembrou.

— Felipe! — ele exclamou, pensando no cavalo e olhando em volta, preocupado. — Nós fomos atacados por um lobo na entrada da floresta. — Beor apontou.

— E onde ele está? — Grim perguntou, também aflito.

— Eu não sei... Ainda consegue voar?

— Não como antes; mas, apesar de meu ferimento, que ganhei em um embate honroso, ainda consigo me manter no ar.

— Então procure ele para mim, por favor! Por favor, Grim — Beor falou, movimentando seu braço para cima, dando um impulso para o pássaro voar. — E fique longe dos lobos! — ele acrescentou.

O Verão estava parado perto de uma árvore. Ele praticamente não lutava mais, pois uma águia parada em sua frente o protegia, enquanto as outras atacavam os lobos, matando-os um a um. Por serem criaturas místicas, tanto os lobos quanto as águias não morriam como animais normais; e uma vez mortos, eles se transformavam em pó depois de alguns minutos, voltando a ser um com a natureza. Augusto viu à distância onde Beor estava e, subindo rapidamente na águia, voou até ele.

A águia pousou em frente à casa, esticando uma de suas asas para o Verão descer. Após ele pisar no chão, ela caminhou para frente, protegendo ele e o garoto.

— Beor... — Augusto se aproximou, com dificuldade para caminhar. — Com você está? Tem uma aparência horrível.

Beor deixou sair uma risada, fruto mais de seu cansaço do que de sua alegria.

— Eu sei. Nem sei como ainda estou de pé. Estava... tentando te ajudar.

— Você é corajoso, Beor, escolheu entrar nessa luta mesmo sem ter nenhuma garantia. As estrelas estavam certas sobre você. — Ele sorriu.

Beor olhou para baixo, envergonhado.

— Me desculpe por não ter conseguido... por ter ouvido meu medo.

O Verão sabia que ele se referia à espada.

— Não acho que isso seja verdade. Uma criança com medo da morte não empunharia a espada, mas também não enfrentaria os lobos do Inverno, mesmo que fosse apenas para distraí-los. — O Verão sorriu e Beor percebeu que algum animal deveria tê-lo contado de sua ideia. — Não se preocupe. Ainda acredito que você será exatamente o que as estrelas lhe destinaram a ser.

Beor levantou o rosto, sentindo-se encorajado pelas palavras do Verão.

— E o que seria isso? — ele perguntou honestamente.

— No fim de tudo... a sua escolha.

As palavras pareciam profundas, mas ele não entendeu completamente.

O que Beor e o Verão não perceberam era que, enquanto eles falavam, a águia que os protegia estava ocupada com um lobo que a havia atacado. E o lobo que havia atacado Beor agora caminhava lentamente, rodeando a casa por trás, preparando uma emboscada. O Verão estava novamente desprotegido.

Tudo o que Beor viu foi o vulto do lobo pulando em cima de Augusto, fincando suas garras em seu corpo.

— Não! — ele gritou, aterrorizado, mas já era tarde demais. O corpo do Verão havia sido jogado para trás e sua espada caíra exatamente entre Beor e o lobo.

Augusto, fraco, olhou para cima e sabia agora quem era aquele lobo. Com o sangue saindo de sua boca e dando seus últimos respiros, ele se virou para a frente, vendo o garoto parado ao longe, atrás do lobo, com o olhar de desespero.

— Olhe para as estrelas, Beor, mantenha sempre o seu olhar nelas. — Com um pequeno sorriso em seus lábios, ele deu suas últimas palavras. O lobo o atacou novamente, fincando suas presas em seu pescoço, matando-o.

28

A escolha de Beor

— Nãooo! — Beor caiu no chão, gritando e aos prantos, ainda sem conseguir acreditar na cena que havia visto.

No momento em que o Verão morreu, um grande estrondo foi ouvido. A terra tremeu e o céu, já sem o Sol, escureceu ainda mais. As águias do Verão, agora sem forças, recuaram, voando para longe. Os animais choraram e, naquele momento, parecia que as árvores também choravam, balançando seus galhos violentamente. Caído no chão, Beor sentia sua força se esvaindo, pois, como se lembrara depois, muito dela tinha vindo do próprio Verão, do chá que ele havia lhe dado. Ele abriu os olhos lentamente, as lágrimas embaçavam toda a sua visão, e percebeu que a espada do Verão ainda estava caída entre ele e o lobo, que já olhava para ela, determinado. Ele sentiu toda a esperança sair de seu corpo naquele momento. Já haviam perdido.

— Ei, garoto! — Ouviu uma voz chamá-lo de repente, vinda a metros de distância. Ele levantou o rosto assustado e olhou em volta, procurando pela voz. Foi então que Beor viu Erik, o mesmo homem que havia encontrado em sua viagem, parado do outro lado da cabana, na entrada da relva, entre as árvores. O homem estava imóvel e encarava cada um dos lobos, hesitante e consciente do que acontecia. Os seus olhares se encontraram.

— Garoto! Ei! — Ele acenou, tentando parecer carismático, mesmo estando visivelmente tenso. — Lembra de mim, certo? Então, será que você poderia... — Ele apontou para a espada. — Que tal pegá-la, fazendo o favor? — Havia uma urgência em sua voz e um implorar em seu olhar.

Beor então se voltou para a espada, engolindo em seco. Ele olhou para o lobo, que nem mais reconhecia a sua existência, pois todo o seu foco estava no objeto, e respirou fundo, tentando tomar coragem. Quando estendeu seu corpo para se levantar, o lobo percebeu seu movimento e correu até a espada, sem lhe dar tempo para fazer o mesmo. Por um instante Beor pensou que aquele era definitivamente o fim. Mas, em vez disso, uma grande raiz saiu de repente do solo, atacando o lobo e se enroscando em seu pescoço.

Beor pulou para trás, assustado. O lobo não chegou a encostar na espada, e, enquanto lutava contra a raiz, suas patas bateram no objeto, jogando-o para trás, em direção ao centro da batalha.

O lobo lutou em vão contra a raiz, que o jogou para longe, desenroscando-se de seu pescoço. Foi então que Beor se virou e viu que o responsável por tal ação era Erik; suas mãos estavam agora apontadas para o animal, controlando a raiz. No chão onde ele pisava a neve havia derretido, todas as folhas em volta estavam secas, e faíscas douradas brilhavam à sua volta. Os outros lobos, percebendo também a ação do homem, correram em sua direção. Para a surpresa de Beor, ele se levantou do chão alçando voo, e passou por cima deles, fazendo raízes brotarem do solo e moldando milhares de folhas secas em cordas que amarravam os pés dos animais ao chão. Ele falava também o mesmo idioma das estrelas de forma fluente, assim como Augusto.

Beor observou toda a cena, sem acreditar no que estava vendo, e se ergueu do chão momentaneamente encorajado. O homem voou pela clareira lutando com os animais, que depois de alguns minutos conseguiram se libertar das cordas e pulavam tentando alcançá-lo.

Ele voou até Beor, ainda lutando contra os lobos, e parou ao lado do garoto.

— Onde está a espada? — ele perguntou, pousando. Seus olhos brilhavam com ansiedade e preocupação.

— Está ali! — Beor apontou para o objeto que agora era involuntariamente movido de um lado para o outro, empurrado por lobos e os últimos animais vivos que ainda lutavam contra eles.

Os olhos do homem se arregalaram de preocupação.

— Garoto, você precisa pegá-la.

— Eu... eu não posso, vou morrer se empunhá-la — Beor disse, tristemente.

O homem estendeu então seu braço em direção à espada, fazendo nascer uma raiz que se enrolou nela, e começou a trazê-la para o local onde estavam. Contudo, ele começou a sentir uma grande dor correr por seu braço. O poder da espada fez a raiz que havia criado virar pó, deixando a arma cair novamente.

— É mais letal do que eu imaginava — ele lamentou, massageando sua mão.

Diversos lobos vinham agora na direção deles, correndo em grande velocidade.

— Precisa protegê-la, então. A qualquer custo. Precisamos levá-la a salvo para o próximo Verão. É a única forma de todos sobrevivermos.

Beor se sentiu estranho ao ouvir aquelas palavras. Por um lado, estava esperançoso com a ideia de que talvez ele não fosse realmente destinado a ser o Verão. Por outro, inconscientemente, por um instante desejou ser. Ele se agarrou mais à esperança de que não fosse. Talvez realmente houvesse um outro caminho. Se ele protegesse a espada e a entregasse ao próximo Verão, poderia voltar para a sua vila e ser um garoto normal novamente, aproveitando os dias de sol com sua família e amigos. Ele, então, desejou aquilo mais que tudo, mais do que qualquer poder ou terra distante.

— Tem uma arma? — Erik perguntou ao seu lado.

— Hã? Tenho. — Beor levantou a mão, segurando a adaga.

— Ótimo, vá até a espada. Eu lhe darei proteção.

— Tudo bem — Beor concordou.

O homem, então, começou a caminhar para a frente, afastando-se do garoto. Ele abriu os braços, canalizando seu poder, e fazendo diversas raízes brotarem da terra ao mesmo tempo.

— E quem é você? — Beor gritou. — Se não é um guardião, quem é você de verdade?

— Eu. — O homem virou seu rosto, fitando o garoto de cima. — Eu sou o Outono — afirmou com certo pesar.

E saiu, então, voando em direção aos lobos, fazendo com que raízes brotassem de diferentes lugares e atacassem os animais.

Beor não entendeu muito bem o que aquilo significava; nunca tinha ouvido a palavra outono antes. Porém, não havia tempo para pensar. Ele empunhou a adaga, segurando-a firmemente em suas mãos, e olhou em volta procurando pela espada, encontrando-a perto de um lobo que agora parava de lutar e a observava. Beor sentiu o medo deixá-lo aos poucos. Ele lembrou de que havia conseguido matar um lobo na floresta há poucos minutos e, naquele momento, sentiu-se encorajado. Era o protetor da espada do Verão. Esse título ele aceitaria.

— Ahhhhh! — Ele levantou o braço, correndo determinado em direção ao animal.

O lobo percebeu que ele vinha e correu até ele; mas naquele momento Beor não parou, estava disposto a enfrentá-lo. Mesmo sem saber ao certo o que fazer, ele pulou no animal antes que ele fizesse o mesmo. Colocou toda a sua força, fazendo o animal cair. Ele segurou a adaga e a fincou na pele do lobo, porém o animal se moveu com rapidez, jogando o garoto para o lado e fazendo com que a ferida não fosse profunda. Parado à sua frente, o lobo rosnou para ele; não era o mesmo, mas agora sabia que o havia irritado igualmente. Ele, então, correu até o garoto, prestes a atacá-lo, porém um urso que estava próximo entrou na frente e protegeu Beor, lutando contra o lobo.

Beor caiu para trás e, respirando com dificuldade, observou a cena que acontecia à sua volta. Eles estavam perdendo.

Nem os poderes do viajante desconhecido haviam sido suficientes, pois ele mesmo se encontrava agora encurralado. Com diversos lobos atacando-o de uma só vez, ele não conseguia conjurar poder suficiente para se defender a tempo. Beor pensou que o homem também acabaria sendo derrotado. Uma grande parte dos animais já havia morrido, estando agora com seus corpos imóveis espalhados pela relva, e apenas alguns ursos ainda lutavam. Desolado, ele olhou então para cima e percebeu que, por causa da morte do Verão, uma escuridão completa havia tomado os céus, onde agora as estrelas brilhavam mais forte do que nunca, com sua luz irradiando e fazendo-as parecer maiores e mais poderosas. A escuridão havia lhe trazido a consciência do brilho das estrelas. Em um vislumbre de memória, ele se lembrou, então, da noite em que observou as estrelas com seu pai, semanas antes de o inverno chegar em sua terra.

"Elas são as guardiãs da Terra que há de vir, por isso estão sempre de vigia no portão para receber as pessoas que estão chegando", ele se lembrou da voz doce de seu pai lhe contando.

Beor sorriu com aquela lembrança, o que fez sua mente se voltar para a sua vila, sua família e seus amigos. Enquanto houvesse luz no céu, ainda haveria esperança para eles. E ele não poderia deixar que essa luz se apagasse. Todo esse tempo ele esperava que as estrelas mandassem alguém que talvez aparecesse de última hora e salvasse a todos, mas talvez elas realmente o tivessem enviado e ele era suficiente. Ele, então, se levantou, com uma nova determinação ardendo em seu peito e esquivando-se dos animais que ainda lutavam ao seu lado, procurou pela espada, que não estava mais no mesmo lugar.

Ele a encontrou a uns dez metros de distância, bem no meio da clareira. No momento em que seus olhos a encontraram, ela também foi vista pelo lobo. Do outro lado, seu olhar se fixou na espada e então no garoto. Beor o encarou; sabia o que tinha que fazer. Ele respirou fundo e começou a correr em direção ao objeto. Vendo sua ação, o lobo fez o mesmo, mas ele corria muito mais rápido do que o garoto poderia. Beor, mesmo com a perna ferida, mancando, colocou todo o restante de sua força e correu o mais veloz que conseguiu naquele momento, correu como se sua vida dependesse daquilo, determinado a alcançar o objeto antes do lobo. Os dois estavam à mesma distância da espada, e Beor nem mais sentia seus pés quando caiu de joelhos, finalmente alcançando e parando bem em frente da espada. Em vez de atacá-lo, o lobo à sua frente parou de repente, observando-o.

Beor olhou para o objeto que em nenhum momento de sua jornada quis ou desejou, e sabia o que precisava fazer. E não importava se ele era o escolhido para ser o Verão, nem se ele mesmo acreditava naquilo, porque, se as estrelas acreditavam por ele, já era o suficiente. Ele escolhia simplesmente confiar que elas não haviam errado. Estendeu, então, o braço decidido em direção à espada.

— Se eu fosse você não faria isso — o lobo falou de forma intimidadora, mas também com um certo medo em sua voz. — Vai morrer no momento em que empunhar esta espada.

Beor olhou para o animal e sorriu, agora confiante.

— Se eu morrer, as estrelas vão me receber, então eu estarei bem.

Sem sequer pestanejar, ele estendeu sua mão e pegou no cabo da espada, enroscando seus dedos nela e segurando-a fortemente.

Beor levantou a espada do chão, imaginando que ela fosse bem mais pesada do que realmente era. E no momento em que ela se desgrudou do solo, ele não estava mais no bosque, havia sido transportado para outro lugar.

Ele olhou em volta, assustado. Estava agora em um raso lago que se estendia até perder de vista. Suas pernas estavam molhadas e a espada não estava mais em suas mãos. Ao perceber isso, ele se levantou num pulo para procurá-la. O lugar onde ele estava não tinha nada, nem árvores, nem casas, nem montanhas à distância; apenas um lago alaranjado interminável e o céu que era o reflexo do próprio lago.

— Olá! — ele gritou, ouvindo sua própria voz ecoar. Colocou então as mãos na cabeça, preocupado. Talvez tivesse realmente morrido quando pegou a espada.

Ele avistou, então, no fim do horizonte, uma figura caminhando lentamente em sua direção. À medida que ela se aproximava ia ganhando forma, apesar de ele ainda não conseguir vê-la claramente. Alguns metros depois ela se tornou uma figura conhecida. Era Augusto. Mas uma versão mais jovem dele, como ele seria se Beor o tivesse conhecido 70 anos atrás.

— Com certeza eu estou morto — ele falou para si mesmo, enquanto observava o homem se aproximar.

— Olá, Beor, seja bem-vindo — o homem falou, mas sua voz era diferente da voz de Augusto, era feminina.

— Augusto! — Beor falou sem acreditar. — Você está bem?

— Não — o homem respondeu, estendendo seu braço como um sinal para que ele não se aproximasse. — Eu não sou Augusto. Ele realmente morreu e está agora na Terra que há de vir. Eu apenas assumi a forma da última pessoa querida na qual você pensou.

— E... onde eu estou? — Ele olhou para o céu, vendo o reflexo de si mesmo.

— Você está dentro de mim, é claro. O poder do Verão não pode ser entregue a qualquer um. E eu estou aqui para testá-lo — a voz disse, decidida.

A cena e todo o lugar mudaram instantaneamente. Beor estava agora em uma estrada pavimentada com tijolos. Estava de noite e uma lamparina do outro lado iluminava o lugar. Pelo clima, ele notou que certamente era uma noite de verão. Beor olhou para o lado e viu uma mulher com olhos puxados e pele amarelada trajando um vestido dourado.

Ela percebeu sua reação.

— Ainda sou eu. Decidi mudar minha forma porque talvez a imagem de uma perda tão recente pudesse distraí-lo.

— Mas... — Beor não entendia quem era ela ou onde ele estava.

— Cuidado! — ela avisou, antes que ele pudesse completar a frase, e deu um passo para trás. Ouvindo um som de rodas se aproximando, Beor se virou e viu que uma grande carroça vinha em sua direção. Com um pulo, ele se afastou bem no momento em que o veículo o atingiria.

— Onde eu estou? — Beor perguntou, ofegante, ainda se recuperando do susto e observando a carroça se afastar.

— Na cidade onde seus ancestrais moravam, antes de fugirem e se assentarem em sua pequena e distante vila.

— Mas isso é... trezentos anos atrás? — Ele perguntou, apontando para a estrada, sem acreditar direito.

— É claro — ela respondeu com a maior normalidade.

Uma outra carroça se aproximava, mas essa estava em um ritmo mais lento do que a anterior.

— Suba — ela o convidou, segurando seu vestido e subindo rapidamente na carroça. — A história está prestes a ser feita.

Beor se assustou com a agilidade da mulher, e quando percebeu a carroça já estava quase passando por ele. Com um pulo desengonçado ele subiu no veículo, segurando-se na madeira para não cair. Na parte de trás onde eles entraram, havia duas pessoas sentadas e duas crianças sujas que não conversavam entre si, apenas mantinham o olhar fixo no horizonte.

— Eles não podem nos ver, certo? — ele perguntou, balançando sua mão na frente de seus rostos.

— Não — ela respondeu, parada e observando-o.

— O que eles estão olhando? — Beor acompanhou o olhar das crianças e viu uma luz no reflexo de suas pupilas. Ele se virou, compartilhando da mesma vista que elas: grandes tochas de fogo eram vistas à distância, com suas faíscas preenchendo todo o céu e até mesmo se misturando com a visão das estrelas.

— O que está acontecendo? São queimadas? — ele perguntou.

— Não. É uma rebelião.

A estrada na qual a carroça passava os levou até o centro de uma grande cidade. Uma grande multidão ocupava a praça pública, carregando armas e diversas frutas e objetos. As pessoas pareciam perturbadas, fora de si.

— O rei acabou de morrer — a mulher explicou. — Ele foi morto, assassinado pelo Verão desta época.

Beor pensou por um momento, tentando recuperar o conhecimento que havia ganhado na última semana.

— O Verão que enlouqueceu? — perguntou.

— Ele mesmo — a mulher respondeu. — Neste momento da história ele já havia se tornado uma estação cruel e gananciosa, que buscava glória para si mesmo e usava de seu poder para impressionar pessoas, algo abominável para as estrelas. Elas decidiram então que seu tempo havia acabado e escolheram o jovem rei dessa grande cidade para ser o seu sucessor. Porém, o Verão não aceitava a ideia de perder seus poderes e matou o jovem, expondo-se para as pessoas, corrompendo seus corações e se autocoroando o rei da cidade.

— E por que elas estão comemorando? Ele é horrível! — Beor perguntou, observando os olhares das pessoas enquanto a carroça passava.

— Porque elas estão hipnotizadas. Consideram ele uma divindade.

— Mas ele se mostrou a elas e revelou seus poderes? Não era essa a principal regra a não ser quebrada por uma estação?

— Sim — ela respondeu seriamente. — E ele quebrou todas.

Enquanto observavam o movimento, Beor viu ao longe uma bela construção.

— Aqui é Filenea? — perguntou com certa expectativa.

— Exato. A eterna cidade do Sol.

— E aquele é o palácio? — ele apontou para a construção que roubou sua atenção.

— Sim — ela confirmou. — E aquela é a família real fugindo. — Ela apontou para um jardim ao longe, na lateral do palácio, e, no momento em que Beor olhou para o lugar, eles foram transportados para lá. Estando agora no jardim, ele observou um grupo de pessoas que passava silenciosamente pelos muros.

— Quem são eles? — ele perguntou, mesmo que de alguma forma dentro de si já soubesse a resposta.

— São as três famílias que estão prestes a fugir, acompanhadas de alguns guardiões, e que depois de dias de viagem vão encontrar o vale escondido na floresta e lá vão construir a vila que chamarão de Teith, o que na língua das estrelas significa abandono, a vila dos desertores. A sua vila.

— Eles são todos da família real? — Beor perguntou, surpreso.

— Duas famílias são de lordes reais e duques, e a outra é sim a família real. A família Ambroise. É dela que você vem, Beor. Beor Ambroise. A linhagem de reis e rainhas corre em seu sangue — a mulher falou, fixando seu olhar nele. — Mas sinto que você já suspeitava disso.

Beor observou as pessoas caminharem para fora, sabendo agora que elas eram seus antepassados. Ele olhou para trás, observando o palácio mais uma vez. Ele podia ter crescido ali; aquele lugar poderia ter sido sua casa.

Como se lesse seus pensamentos, a mulher falou:

— Você sempre quis mais, pois foi criado para mais, estava dentro de você. Você poderia ter tido a vida que sempre desejou, Beor, deveria ter tido. Crescer em uma cidade grande, no maior império das Terras do Sol, avançado em tecnologia, ciência e literatura. Com uma grande companhia de barcos, sempre partindo para diferentes terras conhecidas e desconhecidas. Seria um príncipe e talvez até um rei. Mas, em vez disso, nasceu em uma vila oculta, fundada por pessoas medrosas, que escolheram e continuam escolhendo se esconder em vez de lutar.

Beor se virou para a mulher.

— Então foi isso? Eles simplesmente fugiram, sem nem mesmo tentarem lutar?

— Estavam aterrorizados com o Verão. Ele sugou cada coragem e bravura que podiam existir em seus corações. Fez a fuga parecer a melhor opção, e, com o rei morto, eles sentiram que realmente era a única saída que tinham.

As famílias saíram pelo muro, deixando-os sozinhos no jardim. Beor e a mulher foram transportados novamente e estavam agora na praça central da cidade, dias depois da grande manifestação daquela noite. Beor percebeu que as pessoas caminhavam mais rápido do que o normal, e então entendeu que a imagem estava se passando em alta velocidade. O sol se punha e nascia, diversas vezes. As mesmas pessoas passavam por ali, agora velhas, e diferentes prédios foram construídos.

— Os anos passaram, o Verão se enfraqueceu, eventualmente abandonou essa terra e foi finalmente derrotado. Outros governos assumiram a cidade e ela continuou a crescer, recuperando a antiga glória de outrora. Porém, sem mais reis ou rainhas, governada por regentes.

— Uau! — Beor exclamou, enquanto viu todo o processo de desenvolvimento dos últimos trezentos anos da cidade passar em segundos, bem à sua frente.

Para o desapontamento do menino, a imagem mudou novamente.

— Ei! — ele exclamou involuntariamente.

Eles estavam agora em um local que ele reconheceu de imediato: era a sua vila.

A grama estava brilhante e mesmo já sendo o entardecer, ele ainda conseguia sentir o calor do sol naquela terra. Ele viu uma criança de três anos correndo pela relva. Ela caiu e se levantou rapidamente, caminhando alegremente na direção em que ele estava, mesmo sem poder vê-lo. Demorou alguns segundos, mas Beor finalmente identificou a criança.

— Sou eu! — ele exclamou.

— Sim — a mulher falou. Ela caminhou então, dando uns passos para a frente, e tocou na imagem, como se fosse uma superfície sólida. No momento em que ela tocou, a imagem se dividiu em dois, dobrando-se como se fosse um espelho e mostrando dois reflexos. Em um lado a criança continuava a brincar pela relva e no outro não havia nenhuma construção naquela área, era apenas um simples bosque.

— Você está tendo uma oportunidade que muitos gostariam de ter — a mulher falou virando-se para ele e apontando para os dois caminhos. — Pode escolher.

Ela apontou para a imagem onde não havia nada no bosque e identificou-a.

— Esta é a versão onde seus ancestrais nunca deixaram a cidade. Onde você se tornou um príncipe em treinamento para ser capitão de um grande navio, que partiria por quatro anos em uma missão de exploração.

Antes que Beor pudesse perceber, a imagem havia mudado novamente. Eles estavam agora de volta à cidade, dessa vez dentro do palácio. Estavam em um belo e longo quarto que Beor simplesmente soube que era o seu. Ele analisou todo o lugar, maravilhado, e caminhou até a sacada que lá havia, observando a imensidão do oceano que estava bem à sua frente.

— Barcos — ele pensou alto. — Eu li muito sobre eles em um livro.

Um movimento na porta o trouxe de volta à realidade e o fez se virar. Um casal que ele nunca havia visto antes entrou no quarto e caminhou sorridente até ele.

— Quem são eles? — Ele perguntou para a mulher, que permanecia parada, observando-o.

— São seus pais, é claro — ela falou como se fosse a coisa mais óbvia do mundo. — Em uma realidade diferente como esta, seria muito improvável que eles tivessem as mesmas feições.

Beor sentiu o quarto girar levemente à sua volta, sem conseguir assimilar aquela situação; era bizarra demais para ele.

— Mas esses não são meus pais!

— É claro que são. Se escolher ficar, toda a memória de seus outros pais será apagada e você nem se lembrará deles. Isso será tudo o que você conhecerá.

— Mas eu não quero isso… — Ele caminhou até a sacada, sentindo-se zonzo e confuso. — E meus amigos?

— Eles também não existirão aqui. Terá amigos diferentes.

— Mas, e o Inverno? — perguntou, levantando o olhar e temendo a resposta.

— Nessa realidade, por algum motivo, o Inverno nunca se tornou mau. Assim, ele nunca arquitetou aquele ataque, matando o Verão. Todos sairiam ganhando! — Ela estendeu os braços, em comemoração.

Uma vida como aquela seria maravilhosa. Era como se fosse a verdade sobre ele que, de alguma forma, seu coração sempre soube. Ele foi feito para a cidade, para crescer em um grande castelo, para atravessar o oceano e conhecer terras diferentes e talvez até se tornar um rei! Sim, ele pensou que poderia se acostumar com aquela ideia. Mas em toda aquela vida de fantasia lhe faltava uma coisa, que naquele momento ele percebeu que era a única que importava.

— Mas a minha família não existiria... — ele falou, pensando consigo mesmo. — Não a que eu conheço. Não a que me fez chegar até aqui. — Ele então olhou para a mulher, como se tivesse percebido algo que havia lhe faltado antes.

— Não acho que está sendo honesta comigo — ele a provocou. — Se eu aceitasse ficar nessa realidade eu estaria seguro, mas as pessoas da minha realidade continuariam sofrendo; e agora não teriam ninguém para salvá-las e derrotar o Inverno, certo? — ele perguntou para a mulher, que olhava atentamente para ele com uma expressão que ele não conseguia discernir.

Ela não respondeu, porém agora ele sabia que era um teste. Tal coisa não poderia nunca acontecer.

— Então não! — ele falou decidido. — Não quero ficar.

No momento em que ele falou as últimas palavras a imagem mudou novamente. Eles estavam de volta no primeiro local, com o lago e o céu alaranjado. Beor sentiu seus pés molhados novamente.

— Olha, moça, não sei *quem* ou *o que* você é... Mas eu não quero me tornar o Verão por causa dos poderes ou qualquer outra razão que faça as pessoas pegarem aquela espada. Na verdade, eu nem queria pegá-la. Mas eu preciso salvar minha família.

Ele olhou em volta, pensando.

— Não tem mais ninguém, moça, não tem mais ninguém. — Sua voz saiu chorosa. — Então serei eu. Se ninguém mais puder lutar pela minha vila e por minha terra, eu irei. — Ele estava decidido. Não havia, porém, nenhum heroísmo em sua fala ou olhar, apenas uma pura honestidade.

— Mesmo sabendo que ninguém nunca saberia que você os teria salvado? Sem nunca mais poder se mostrar para a sua família? Aceitaria viver recluso de tudo e de todos, sem nunca receber o reconhecimento por seus atos? E renunciar todos os seus sonhos? — ela perguntou, o instigando, e naquele momento ele estava certo de que ela lia seus pensamentos.

— Não me importaria — ele respondeu honestamente. — Não me importo com a glória. Não mais. Só me importo que fiquem vivos. — Beor refletiu sobre a verdade que falava, sentindo algo mudar em seu coração. — E não só pela minha família! — ele exclamou, percebendo a força de seus sentimentos. — Mas por todas as pessoas desta terra. Pelas outras famílias e crianças e bebês que ainda vão nascer. Se eu não lutar agora, nenhum deles vai ter um futuro. Quero… — ele falou com lágrimas nos olhos. — Quero que as pessoas possam acordar de manhã e ver o sol novamente.

A mulher o observava sem conseguir esconder a expressão de surpresa em seu rosto.

— Se sacrificaria por pessoas que não conhece? Sabe que estará morrendo para si mesmo no momento em que aceitar o manto do Verão?

— Eu sei — ele respondeu, confiante. — Tive tempo para pensar... Na verdade não muito, algumas horas. — Ele refletiu, fazendo uma careta. — Mas foi suficiente.

— E ainda assim estaria disposto?

— Eu estou.

A mulher riu, dando alguns passos em sua direção.

— Você veio de uma vila pacata, no meio do nada, habitada por pessoas enraizadas no medo, incapazes de lutarem ou ao menos de colocarem os pés na floresta. É descendente de uma linhagem de desertores e covardes, que escolheram fugir e abandonar sua cidade e se esconderem em vez de batalharem por aquilo que era deles por direito. — Ela parou em sua frente. — Então eu te pergunto: por que você?

— Porque… — Beor pensou por um instante. — Porque eu... sou eu. Não sou meus pais, nem os meus antepassados. Não sou as escolhas deles. Não posso falar por mais ninguém, mas posso falar por mim mesmo. E eu escolho salvar a minha família. Fazer diferente. Eu os considero dignos disso. Dignos de viverem mais um dia e terem outras oportunidades de vencerem os seus medos. Mas eu... só posso vencer o meu. E é isso que estou fazendo agora. Custe o que custar.

A mulher sorriu para ele pela primeira vez, com um olhar de segurança e afirmação.

— Que grande surpresa você é, Beor! — ela falou. — Talvez seja realmente digno dos meus poderes.

— Mas... quem é você? — ele perguntou, expondo a dúvida que vinha carregando.

Ela segurou a bainha de seu vestido e deu alguns passos para trás, como se estivesse se afastando de algo, o que Beor não entendeu.

— Ora, você ainda não tinha percebido? Eu sou a espada do Verão.

Beor abriu a boca, surpreso em como não havia desconfiado antes.

— Agora, cuidado! — A expressão dela se tornou séria de repente e ela olhou para o lado.

Beor acompanhou seu olhar, mas já era tarde demais. Uma grande locomotiva que surgiu de lugar nenhum veio com toda velocidade em sua direção. Ele não teve tempo de correr ou gritar. O trem o alcançou e tudo escureceu.

Marcado para sempre

Beor caiu durante minutos até sentir um chão novamente sob seus pés. Mas esse chão não era estável como a terra nem molhado como o lago raso, era algo diferente. Ele caiu de joelhos nele, sem se machucar ou sentir seu corpo doer; era como se estivesse em um colchão invisível. Estava completamente escuro e ele tateou o chão, tentando compreender a superfície. Percebeu, então, que alguns minúsculos pontos de luz começaram a aparecer em diferentes lugares à sua volta, de forma desordenada. "Deve ser algum tipo de inseto", ele pensou. Mas logo percebeu que na verdade eles estavam longe, longe demais para serem insetos. Seus olhos foram se acostumando com a escuridão e aos poucos conseguia ver mais claramente. Ele percebeu, então, que os pontos eram estrelas, milhares delas, algumas a uma longa distância e outras próximas dele. Elas estavam em todo lugar. Independentemente de para onde ele olhasse, o céu estava coberto delas, assim como os lados e até o chão em que ele pisava, que ele descobriu ser feito de estrelas, e ele sentia como se estivesse sendo sustentado em pé por cada uma delas.

Ele caminhou em volta, maravilhado. Seus olhos haviam sido completamente capturados por toda aquela beleza. Real ou não, seria uma imagem que certamente nunca deixaria sua memória. Seu olhar foi atraído por uma luz diferente no chão, se é que existia chão, e ele viu algo que se parecia com um reflexo, como se o chão estivesse refletindo uma outra fonte de luz que não era daquelas estrelas debaixo. Ele olhou em volta procurando pela fonte de luz maior, e para sua surpresa viu, então, três silhuetas brilhantes vindo em sua direção. À distância, elas se pareciam com três pessoas e tinham formas de um corpo humano; porém, à medida que se aproximavam, a luz que saía delas se tornava cada vez mais forte, tornando impossível de ver seus rostos.

Beor observou silenciosamente as figuras se aproximarem dele. Sem pedir permissão, seu coração começou a bater aceleradamente e suas pernas se tornaram imediatamente bambas. Ele não conseguia acreditar que aquilo era real, que eram quem ele pensava ser, mas sabia que estava perante um poder muito maior do que qualquer outro que conhecia. As estações não eram nada perto do que ele tinha à sua frente.

A luz se tornou tão forte que ele não conseguiu mais suportar. Colocou os braços na frente de seu rosto tentando tampá-la, mas elas atravessavam sua própria pele, pois era impossível conter um sequer daqueles raios. Era como se mil sóis se juntassem e estivessem todos em uma única fonte naquelas três figuras. Incapaz de fugir, Beor desistiu e abriu seus olhos, querendo mais que tudo vê-las. As três figuras estavam ainda mais próximas agora e no momento em que a luz tocou seus olhos ela o cegou.

— Ahh! — ele grunhiu, caindo de joelhos no chão.

— Beor — a luz do meio falou e, no momento em que sua voz saiu, todas as estrelas e o chão sobre o qual Beor estava estremeceram. Era uma potente voz masculina, aterrorizante e terapêutica ao mesmo tempo. Ele não apenas ouvia a voz, mas era como se ela transmitisse imagens. Quando a estrela falou seu nome, Beor viu instantaneamente diferentes memórias desde sua infância até ele lutando contra os lobos. Ele teve medo, mas ao mesmo tempo nunca havia se sentido tão seguro. Ele sabia perante quem ele estava naquele momento. Sabia que eram as *três estrelas*.

— Me desculpem — Beor falou, incapaz de conter suas lágrimas. — Me desculpem por não ter aceitado a espada antes, eu... eu tive medo. Mas agora eu aceitei e... eu espero não morrer. Eu não sei se decepcionei vocês. — Ele movia o rosto de um lado para o outro tentando adivinhar a posição exata das estrelas, mas seus olhos estavam completamente cegos, absorvidos pela imagem da forte luz dourada que a tudo consumia.

— Você não nos decepcionou, Beor — outra voz falou, e só então ele percebeu que não era em seu idioma, as palavras soavam ricas e pesadas, etéreas, mas, de alguma forma, agora sua mente entendia. Essa voz era leve, como uma brisa de vento, mas ainda aterrorizante. Ela lhe passou imagens e sensações diferentes. Ele viu cores e pequenos *flashes* de suas ações, como o dia em que saiu de casa e sua conversa com a espada.

— Você nos surpreendeu — ela falou novamente, com gravidade e doçura.

— O quê? — ele perguntou, assustado com a resposta. Como poderia ele surpreender as três estrelas originais, que governavam todo o céu e sempre observaram sua vida humana?

— Enquanto muitos antes de você tropeçaram na oportunidade que os encontrou desprevenidos e foram surpreendidos com o mistério das estações, você a buscou, a perseguiu. Você não esperou ser escolhido, você a escolheu, escolheu a nós. E pelo motivo certo — uma terceira voz falou. Esta era mais jovem que as outras duas e a única que parecia mais humana para Beor.

— A sua ação e o seu coração, Beor, mudaram todo o destino das estrelas — a voz como vento falou.

— Não… — ele balbuciou.

— Há tanta honra em você quanto havia nas primeiras estações — a voz mais grossa falou e mais uma vez tudo tremeu. Beor chorou, não conseguindo aceitar que ele poderia ser de alguma forma comparado às primeiras estações.

— Eu não sou assim. — Ele balançou a cabeça em negação. — Não sou quem vocês pensam. Eu tive medo, muito medo, e já fui muito egoísta.

— Você não é quem *pensamos* que seja, Beor — a voz humana falou com certo humor. — É quem *sabemos* que é. Quem nós criamos para ser.

— Você escolheu o caminho mais difícil, uma escolha que nunca poderíamos fazer por você. E isso atraiu nossa atenção. Não poderíamos mais apartar o nosso olhar de você.

Beor sentiu um calor mais intenso à sua volta e percebeu que as estrelas se aproximavam dele. Ele não pôde ver, mas sentiu que uma delas, que era a estrela principal, se aproximou e colocou a mão em seus olhos, provocando uma dor profunda. A mão queimava como uma fogueira com muita lenha, e Beor apertou os lábios por alguns segundos, tentando ser forte, mas foi incapaz de segurar o grito de dor que saiu. A dor que sentia era profunda, mas era também, de alguma forma, uma dor boa, algo que ele nunca havia experimentado antes. Era como se ela o destruísse e o reconstruísse, vezes sem fim. Sentiu seus olhos queimando e o calor passando por todo o seu corpo. Não podia ver, mas sentia as chamas em sua pele. Elas queimaram e queimaram; até que, de repente, não queimavam mais. Elas não doíam mais, agora eram parte dele. Ele era o Verão. A própria fonte do sol habitava dentro de seu corpo.

Ele se levantou, então, sentindo-se dez vezes mais forte do que havia se sentido em toda a sua vida. Seu corpo inteiro queimava em altas chamas e aquilo agora lhe era normal. Seus olhos se abriram e ele podia ver novamente. E pela primeira vez viu com mais clareza as figuras em sua frente, mas ainda assim eram apenas silhuetas; era impossível ver seus rostos. Ao longe ele viu a imagem do que parecia ser uma grande cidade, que agora se formava no alinhar de várias estrelas. Seus olhos embaçados pelas lágrimas continuavam a chorar. Beor se sentia, ao mesmo tempo, raso e extremamente profundo; o ser mais fraco de toda a terra e, de alguma forma, humildemente grande. Tudo era tão maior do que ele uma vez pensara que nem sua própria mente criativa poderia ter conjurado uma verdade como aquela. Ele agora fazia parte de algo muito maior do que ele mesmo.

— Você se comprometeu conosco, Beor, e nós nos comprometemos com você — disse a voz mais humana.

— Não estará sozinho em nenhum dia de sua jornada; nem nos mais escuros, nem nos mais iluminados. Enquanto olhar para nós, saberá quem você é e o que você deve fazer. Isso lhe prometemos.

— Julgue com justiça, governe com sabedoria e viva em humildade — a voz mais grave falou novamente, e mais uma vez a mente de Beor foi preenchida por imagens. Agora não mais memórias passadas, mas futuras, momentos que ele ainda iria viver. — E nós viveremos sempre em você e você em nós.

— Agora, vá! — A estrela da esquerda, cuja voz era como vento, se aproximou de Beor. Ela colocou as mãos em seus ombros e, mesmo sem conseguir ver, Beor sentiu que ela estava sorrindo. —Vá!

A expressão de Beor mudou imediatamente ao sentir que a estrela o havia empurrado, colocando toda a força em seus ombros. Ele caiu de costas, assustado, cortando o vento e vendo todo o céu, inclusive as três estrelas, não mais no formato humano, se afastarem dele. Ele caiu por minutos, até perceber que a espada do Verão estava novamente em suas mãos. Ele sorriu ao ver o objeto, e foi naquele momento que ele percebeu que não era mais o Beor, era o Verão. Por que estava caindo se poderia voar? Ele então segurou a espada firmemente e ela se acendeu, iluminando-se por completo. Ele a empunhou para cima e já não mais caía. Ele e a espada eram um só, uma única fonte de luz cortando o céu. Ele voou tão rápido, mais rápido que o vento que vinha do sul e as estrelas cadentes que apareciam no céu, sentindo-se completamente vivo e consciente do poder que agora corria em suas veias.

— Ahhhh! — ele gritou involuntariamente, enquanto sentia todo o poder do Verão fluir em seu corpo.

Ele voou para baixo em direção às Terras do Sol, e à medida que se aproximava foi capaz de ver a corrente de rochas que demarcavam a divisão entre as Terras Invernais e as Terras do Sol. Era uma vista tão bela lá de cima! Pela primeira vez ele via o mundo por completo, e viu que as duas terras eram largas e muito maiores do que ele pensava. Ele viu montanhas ao longe e um oceano distante, então prometeu a si mesmo que um dia iria visitá-los. Voando ainda mais baixo ele pôde avistar então a cabana, que havia sido mantida protegida por um feitiço até a morte de Augusto. Percebeu que ela estava mais próxima da fronteira do que ele pensava e apontou a espada para o local, voando ainda mais rápido.

Os animais que estavam na clareira viram uma grande luz dourada descer do céu. Eles haviam se rendido e agora imploravam para não serem mortos, mesmo sabendo que seus pedidos seriam em vão. Os lobos, que contavam vitória, se assustaram com a grande bola de fogo que voou e parou no centro da batalha. Todos os animais, incluindo os lobos, fecharam seus olhos, incapazes de olhar para uma luz tão forte. Toda a região de grama em volta agora estava queimada, e a neve de árvores a metros de distância havia derretido. O fogo e a luz diminuíram progressivamente até revelarem Beor, vestido com sua mesma roupa de antes, mas agora resplandecendo em luz. Ele abriu seus olhos, e eles não eram mais azuis. Agora eram amarelos como a própria luz do Sol, e atravessando seu olho direito havia uma cicatriz dourada que cortava parte de sua sobrancelha e descia para a bochecha, exatamente no local onde a estrela o havia tocado. Ele estava marcado para sempre.

Beor olhou em volta, procurando pelo lobo principal. Os outros lobos tentaram correr, mas com um movimento de sua espada o Verão cercou a clareira com uma corrente de fogo, algo que ele nem sabia que poderia fazer, mas apenas agiu por sua intuição, guiado também pela própria espada.

Ele encontrou o lobo que procurava escondido atrás de uma árvore, observando-o com temor e raiva. Beor não conseguiu conter o riso ao ver a situação do animal, agora tão indefeso. Mais uma vez sendo guiado pela espada, ele estendeu sua mão, sem saber exatamente como fazer, e apontou para a árvore, que pegou fogo e se tornou cinzas em questão de segundos, expondo o lobo.

Ele se aproximou do animal, que derramava lágrimas de raiva de seus olhos e rosnava com cólera, e apontou a espada para ele.

— Você nunca mais dominará esta terra! — o Verão bradou, sentindo as chamas crescerem em seu corpo novamente, tornando-o ainda mais poderoso. — Nem as pessoas que vivem nela, nem seus corações... e nem o meu!

— Garoto… — Mesmo derrotado, o lobo respondeu, com sua voz sarcástica e provocativa. — Você pode ter vencido essa batalha, mas está muito longe de vencer a guerra.

Sem mais esperar, Beor se aproximou do lobo tão rápido quanto um raio e, antes que o animal pudesse fazer qualquer movimento, fincou a espada do Verão bem no meio de sua cabeça, atravessando o corpo. O golpe foi tão forte que a espada se prendeu ao chão, mantendo o corpo do animal ainda de pé.

A coluna de fogo foi desfeita e segundos depois o lobo se tornou pó, deixando apenas a espada fincada no chão. Com a morte do líder, todos os outros lobos à sua volta também se tornaram pó, sendo levados pelo vento.

Percebendo que os inimigos haviam desaparecido, os animais que ainda estavam vivos deram gritos de vitória, correndo em direção ao garoto. Beor se virou, preenchido pela paz que tomou seu coração e desejando, acima de tudo, ver seus amigos. Ele se alegrou ao notar Felipe e Grim vindo em sua direção.

— Felipe! — ele exclamou, correndo em direção ao cavalo. — Você está vivo! — Ele parou segundos antes de encostar nos animais, percebendo suas expressões assustadas.

Ele olhou para os seus braços e notou que seu corpo ainda estava em chamas e que ele não era mais o mesmo.

— Ah, é claro. — Ele se afastou, rindo.

Beor percebeu que Felipe mancava. Estava com uma perna gravemente ferida e com o seu casco partido.

— Oh, Felipe.

— Tudo bem. Estamos orgulhosos de você, garoto. Sempre soube que era especial — o cavalo respondeu, orgulhoso.

Beor sorriu largamente para o amigo, feliz de não o ter decepcionado.

— Senhor Verão. — Um pássaro que Beor não conhecia se aproximou com dificuldade. Ele estava ferido nas asas e tinha a voz de uma criança. —Será que poderia trazer o sol de volta?

— Ah, é claro! — Beor falou, surpreendido, lembrando-se de qual era a sua principal missão. Ele olhou para todos os animais em volta e sentiu o tempo parar por um instante. Refletiu sobre o que eles haviam passado e o quanto se sacrificaram na esperança de ver o sol novamente. — É claro. — Ele repetiu pausadamente e então levantou a espada para o céu, voando para cima como um raio.

Ele voou até a fronteira que havia visto anteriormente e parou exatamente no encontro entre as pedras, pisando no que já era seu território. Ele olhou para trás, observando o território do Inverno.

— Sei que está me ouvindo — ele falou em voz alta para o vento. — Onde quer que você esteja. Eu cumprirei minha parte do acordo, mas farei questão de que também cumpra a sua. — Beor se surpreendeu com a sua fala. A coragem e determinação com a qual falava lhe fazia pensar que nem era mais a mesma pessoa. E ele realmente não era. Agora aquela terra era sua, para governar, proteger e cuidar.

Ele voltou seu corpo para a terra que era sua por direito.

— Tudo bem, como fazemos isso? — sussurrou para a espada.

O objeto respondeu imediatamente e ele sentiu a sua consciência inundada pelo conhecimento da espada, e, movido por tão forte conexão, fincou o objeto no chão. Uma grande explosão de calor saiu do centro em que estavam, com uma força tão grande que até mesmo Beor teve que se segurar no objeto, pois de alguma forma era maior até que ele. A explosão continuou, tocando toda aquela terra, alcançando florestas distantes e cidades populosas. Carroças foram empurradas e pessoas tiveram que se segurar em suas casas, tamanha era a força do vento. Em cada lugar que a luz tocava a neve começava a derreter e todas as coisas, incluindo árvores, construções e pessoas, iam ganhando cores novamente.

Beor, então, tirou a espada do chão enquanto a explosão continuava a se espalhar e, guiado por ela, apontou--a para o céu. Uma grande fonte de luz contínua saiu da espada, como se estivesse guardada nela por todo esse tempo, iluminando todo o céu e trazendo o brilho e a cor da manhã de volta.

A fonte incandescente de luz iluminou o céu e se aglomerou em um só lugar, ganhando uma forma arredondada que brilhava agora com sua própria energia. Beor abaixou a espada, exasperado, e respirou fundo, se permitindo fechar os olhos e sentir os raios de luz roçando sua pele novamente. Ele havia conseguido, havia trazido o sol de volta.

A vila dos desertores

A explosão de luz se estendeu até alcançar a remota e definhante comunidade de Teith. Toda a vila estava abarrotada na sala de estar da mansão boticária, que era para eles o último refúgio, o último lugar de segurança. Todos já estavam imóveis agora, com seus corpos tomados pelo frio, sem forças para falar ou se mover. Naomi estava certa de que morreria. Sentada em um sofá próximo à janela, ela estava abraçada ao seu pai, com um olhar vazio, voltado para a grama congelada do lado de fora. Seus lábios estavam rachados e ela respirava pesadamente. Sua mente não mais funcionava, tudo o que vinha agora eram fracas memórias. Memórias de momentos quando sua vida havia sido boa, de uma existência antes do Inverno, antes da dor, memórias que agora formavam uma despedida de seus últimos minutos de vida.

Os olhos imóveis da garota foram os primeiros a ver o que acontecia do lado de fora. Raios de luz lentamente tocavam a grama, derretendo a neve e trazendo tudo de volta à vida. Sua expressão se alterou e seus olhos se arregalaram. Assustada, ela tentou se mover, mas não conseguiu. Ela via a feroz explosão vindo em direção a eles, trazendo vida e também derrubando algumas árvores na floresta. Naomi olhou para trás tentando encontrar o olhar de seu pai.

— Arr... — Ela tentou falar, mas as palavras não saíam. O som, porém, chamou a atenção e todos que conseguiam se mover viraram-se olhando para ela. O seu olhar se encontrou com os demais, tentando avisá-los; mas antes de conseguir falar novamente, a grande explosão os alcançou. Os vidros da casa se quebraram em uma sinfonia de caos e assombro, e uma onda de calor seguida pela luz alaranjada do sol preencheu todo o lugar, descongelando seus corpos e corações.

Incrédulos, eles ficaram naquela posição por incontáveis minutos, de olhos fechados, apenas sentindo a vida voltar lentamente para seus corpos, sem acreditar no milagre que os havia encontrado. Naomi abriu os olhos e encontrou pessoas diferentes à sua frente. Kira abraçava Tristan, com um sorriso saindo de seus lábios. As pessoas lentamente se moviam, indo ao encontro umas das outras para comemorar. O olhar de Naomi se encontrou com o de Nico, que se aproximava lentamente dela.

— Nós estamos vivos — ele balbuciou.

— Sim. — Ela sorriu, tentando se levantar do sofá. — Ainda vai ter que me aguentar por mais um tempo. — Ela brincou, com lágrimas nos olhos.

— Eu te aguentaria para sempre, Na. Para todo o sempre. — Em um movimento que a surpreendeu, Nico a pegou pela cintura e a puxou para si, envolvendo-a em um abraço. Ela o abraçou de volta, segurando fortemente em seus ombros e pescoço.

Momentos depois um grande barulho foi ouvido, vindo da própria fundação da casa. As pessoas se entreolharam assustadas.

Tristan, que agora sentia suas mãos novamente, se levantou do sofá mesmo com dificuldade.

— É a estrutura da casa — ele falou olhando em volta e seu olhar se encontrou com o de sua esposa ao seu lado.

Um barulho ainda maior foi ouvido. Virando-se para o lado, ele viu a janela da cozinha sendo espremida pela estrutura do teto que estava caindo.

— Agora! Corram! — o boticário gritou em desespero. Forçando seu corpo a funcionar novamente, ele correu até as pessoas, ajudando-as a se levantarem. — A casa vai cair, nós precisamos ir!

Uma grande comoção foi gerada. As pessoas nem tiveram tempo de deixar seus corpos se recuperarem e sentirem a luz do sol, e saíram todos de uma vez entre gritos, passos apressados e tropeços. Todos corriam por suas vidas, tentando atravessar a porta ao mesmo tempo. Tristan correu de volta até o sofá onde estava e ajudou Kira a se levantar, colocando o braço dela em volta de seu pescoço. Por ser uma das mais doentes, seu corpo estava fraco e ela tinha dificuldade em andar.

— Vamos, querida! — ele falou, caminhando com ela até a porta.

— Mas... — ela tentou falar, mas ainda não conseguia formar palavras suficientes. Seus olhares se encontraram.

— Está tudo bem. Você precisa deixá-la ir — ela ouviu a voz doce do marido falar.

Kira virou-se para trás, seu olhar preso em cada parede, cada mobília, cada cômodo, observando cada detalhe da casa. Sua casa.

Eles atravessaram a porta e, no instante em que Kira pisou do lado de fora, sentiu uma dor ardente em seu peito. Não obstante, naquele mesmo momento a estrutura entrou em colapso.

— Venha! — Tristan a empurrou para trás e os dois caíram na grama, a poucos metros de distância.

Kira virou o corpo, ainda fraca, e assistiu à sua casa cair. Uma grande fumaça tomou o lugar. E dissipando-se minutos depois, ela revelou apenas tijolos, paredes caídas e móveis quebrados onde antes era a magnífica casa. A grande mansão boticária. John e Tristan se entreolharam, observando Kira e esperando sua reação.

Ela permaneceu em silêncio por alguns instantes, apenas observando os destroços do local. Para a surpresa dos homens, ela começou a sorrir olhando para baixo, dando uma risada baixa, que logo se transformou em uma alta gargalhada.

Tristan olhou preocupado para ela, tentando entendê-la. Kira devolveu o olhar, sorrindo para ele com lágrimas nos olhos. Naquele momento ela parecia novamente a adolescente pela qual ele havia se apaixonado. Havia um brilho em seus olhos que tinha sido perdido há muito tempo, e pela primeira vez em anos sua expressão estava leve. Viva. Livre.

— Eu ainda existo! — ela falou, olhando para as suas mãos e braços. — Eu ainda existo sem essa casa.

Tristan sorriu e a abraçou.

— É claro que sim, é claro que existe!

Eles se abraçaram e todos em volta comemoraram. Kira, então, deitou na grama, assim como todo o resto da vila. Famílias se abraçaram e sentaram no chão, ainda sentindo o calor do sol e comemorando o fato de estarem vivos. Eles não correram para suas casas ou para verificar como estavam os campos; apenas permaneceram ali, todos eles, sentindo o sol em suas peles pela primeira vez em um bom tempo e aproveitando a companhia uns dos outros.

De volta à fronteira, Beor ouviu um barulho atrás de si e virou-se, vendo os animais que estavam na clareira se aproximarem, atravessando a marca de pedras e chegando até ele. Ao chegarem nas Terras do Sol muitos caíram no chão, emocionados por sentirem a luz do sol e o calor mais uma vez depois de tanto tempo.

— Vocês estão em casa agora — Verão falou, compadecendo-se dos animais. — Todos vocês. — Ele sorriu.

Felipe e Grim se aproximaram dele. E agora, com o seu corpo não mais em chamas, o garoto os abraçou fortemente, sentindo-se em casa com os amigos.

— Não teria conseguido sem vocês — ele falou emocionado.

— E nós nunca sem você, caro Beor... Quer dizer, Verão! — Grim falou, assustado, se corrigindo e fazendo Beor rir.

— Sshh. — Ele fez sinal de silêncio, brincando com o pássaro.

Ele olhou em volta, observando cada um dos animais e, então, algo lhe ocorreu.

— Espera! — ele falou confuso. — Onde está Erik? Erik Crane, que nos ajudou na batalha? — Ele tentava se lembrar do termo no qual ele havia se referido. — Outono, foi como ele se chamou.

— Ele desapareceu, senhor — Martin, se aproximando deles, respondeu. — Assim que o senhor retornou ele não estava mais conosco.

— Mas por quê? Por que iria embora assim? — Beor exclamou, se perguntando por que o homem faria aquilo, já que havia sido tão bom para ele quando se encontraram anteriormente na vila abandonada. — Eu já volto — avisou para os animais e, levantando sua espada, voou novamente.

Beor passou por cima da cabana, observando toda aquela região, mas sem nenhum sinal do homem.

— Como ele poderia estar tão longe daqui em tão pouco tempo? — perguntou a si mesmo.

Sem encontrar respostas, ele voou baixo e parou na frente da cabana. Ao ver o local ele se lembrou de Augusto e uma grande tristeza o abateu. Ele se virou procurando pelo corpo do homem, a quem havia se conectado tanto em pouco tempo. Beor nunca havia conhecido seus avós, mas, por alguns instantes na manhã daquele dia, pensou em Augusto como seu avô. Depois afastou aquele pensamento, considerando-o infantil e emocional demais. Agora ele desejou ter conhecido mais sobre o antigo Verão, poder ser guiado e instruído por ele.

Ele caminhou até o lugar onde se lembrava de ter visto Augusto ser morto, mas o corpo não estava mais lá. Havia no lugar uma marca dourada gravada na grama e na terra com a silhueta do antigo Verão. Beor se abaixou, lembrando-se do que a espada havia falado.

— Ele realmente morreu e está agora na Terra que há de vir... — repetiu as palavras, parcialmente consolado.

Ele observou a marca, pensando em como deveria ter sido a vida de todos os Verões antes dele. Quis tanto poder conversar com eles, ouvir suas histórias e ensinamentos, saber mais sobre cada um deles. Estendeu a mão e tocou na silhueta dourada na terra; e no momento em que seus dedos a tocaram, diferentes imagens invadiram sua mente. Eram memórias de toda uma vida passada, as memórias da vida de Augusto. Elas passavam tão rápido que era difícil para ele acompanhá-las. Eram conversas picadas, cenários diferentes, voos no ar, mergulhos no oceano e diversos rostos que ele viu durante sua vida. Porém um rosto específico passou repetidas vezes. Era uma garota. Beor a viu em diferentes idades, de criança a adolescente, e conseguiu identificar que era sempre a mesma garota. O mesmo rosto, a mesma culpa.

Ele tirou a mão do chão, assustado, e se afastou da marca. Respirou fundo, tentando processar o que havia acontecido. A vida de Augusto parecia ter sido fantástica. "Mas por que aquela garota aparecia tantas vezes? E quem era ela?", pensou. Resolveu guardar este pensamento consigo, para um momento mais oportuno.

Ele se levantou e observou a clareira mais uma vez.

— A minha vila! — ele exclamou, repreendendo a si mesmo por não ter se lembrado deles antes.

Beor então voou novamente para o céu, indo de volta para a fronteira.

— A minha família — ele falou esbaforido, antes mesmo de tocar o chão. — Preciso vê-los, preciso saber que estão bem!

— Mas, meu senhor — Martin o lembrou, assim que ele parou ao lado dos animais. — A tradição é que conheça sua casa primeiro, o Palácio do Sol, e seja instruído no caminho do Verão.

— Eu sei, mas... eu preciso vê-los. — Ele pousou e caminhou até eles. — Tudo o que eu quero é saber que estão bem.

O urso olhou para Felipe como se estivesse pedindo permissão, algo que Beor achou engraçado, porém totalmente certo.

— Por favor, Felipe. Eu terei cuidado.

— Tudo bem — Felipe falou depois de pensar por alguns instantes. — Mas eu irei com você.

— Quê? — Beor perguntou, sentindo-se perdido com toda a situação.

— Nós todos somos da guarda do Verão, Beor, e servimos a você agora — Felipe falou, pegando-o de surpresa. — Eu, em especial, fui instruído por Augusto para te acompanhar e orientar nos seus primeiros meses como estação.

— Você? — Beor perguntou, surpreendido, não conseguindo disfarçar seu sorriso.

— É claro. Tenho servido ao Verão desde os meus primeiros dias, e meu pai fora um guarda pessoal no Palácio do Sol. Então, mesmo que não tenha o conhecido pessoalmente, guardo muito conhecimento sobre a santa estação.

— Tudo bem — ele exclamou, sorrindo para os animais. — Fico feliz de saber que terei auxílio e que não vou precisar aprender tudo sozinho.

— Está certo — o urso falou. — Vocês vão para a sua antiga vila e o esperaremos no Palácio do Sol — Ele sussurrou para o pássaro ao lado. — É até bom que temos um tempinho para preparar uma recepção melhor.

Beor riu, ouvindo mesmo assim.

— Mas, eu não sei onde fica o Palácio do Sol e a minha vila está a dias de viagem. Eu posso voar, mas e quanto a vocês?

O urso riu daquele comentário.

— Use a espada, é claro! Ela sabe onde fica o palácio e pode levá-los para a sua vila.

Beor olhou assustado para os animais.

— Ela vai guiá-lo. É um portal para todos os lugares — Felipe falou. — Apenas faça. — E apontou com o focinho para o objeto estacionário.

— Tudo bem. — Beor respirou fundo.

Ele segurou a espada e a observou, lembrando-se da mulher que havia conhecido. Com um movimento ele a fincou no chão; e apenas pensando em sua intenção, a espada se transformou outra vez no portal que ele havia atravessado mais cedo. A imagem se ofuscou até que ele pudesse ver o belo jardim do palácio onde havia estado na memória de Augusto. Os animais que ali estavam seguiram o urso e atravessaram o portal.

Já do outro lado, o urso sorriu para Beor e a imagem desapareceu, voltando a mostrar a relva que estava à frente dele. Apenas ele, Grim e Felipe permanecem ali. Beor olhou para o lado, surpreendido ao ver que o pássaro havia ficado.

— Poderia eu ir com vocês? Estou curioso para ver a vila onde nosso majestoso Verão cresceu — Grim pediu solenemente.

Beor riu da fala, ainda considerando tudo aquilo muito estranho.

— É claro que pode, meu amigo.

Beor deu um passo para a frente e estendeu a mão, na intenção de tocar o portal. Antes que seus dedos o alcançassem ele pensou em sua vila e nesse momento a imagem mudou novamente para um bosque diferente, um que lhe era muito familiar.

— Vamos? — Felipe perguntou, ao seu lado.

Beor respirou fundo, ponderando aquela ação. Agora que estava tão próximo ele temeu a dor que o tomaria ao ver sua família e amigos, sabendo que ele não poderia ficar. Era como estar com sede e observar a melhor fonte de água, sem nunca poder bebê-la. Ele respirou fundo novamente, lembrando-se da escolha que havia feito.

— Eu... estou pronto. Vamos.

Beor caminhou em direção à espada, atravessou o portal, entrando no bosque no qual havia corrido por tantos anos. Ele respirou o ar fresco da floresta e se virou para trás, vendo agora a imagem da fronteira ser refletida pelo portal.

— O que eu faço agora? — ele perguntou, olhando confuso para a espada.

— Você a tira do chão e o portal será fechado, eu acredito — Felipe respondeu.

— Certo. — Ele se aproximou, ainda maravilhado com as raízes douradas que formavam o portal e com o fato de que tamanha magia pudesse existir. Ele segurou o cabo da espada e a puxou para cima, fazendo a imagem em sua frente desaparecer.

— Que louco! — comentou mais para si mesmo.

Um barulho de pessoas vindo do outro lado o trouxe de volta à realidade. Ele estava em sua vila. Tudo agora era familiar: o cheiro da grama, o barulho dos pássaros e a água do rio que havia voltado a correr. Se fechasse os olhos poderia ver o caminho que iria fazer, atravessando o riacho, entrando em casa e pegando algo para comer na cozinha. Ele abriu os olhos, afastando aqueles pensamentos; não os pertencia mais.

— Vamos até a minha casa — disse ele, engolindo em seco.

Beor caminhou entre as árvores, seguindo na direção que sua mente o guiava. Eles se aproximaram do raso rio que cortava o caminho para a sua casa vindo da Dorcha e, para a sua surpresa, aquela foi a primeira vez que Beor viu o seu rosto desde que havia se tornado o Verão. Ele parou, observando o seu reflexo na água, tentando identificá-lo. Os animais perceberam o que acontecia e pararam, esperando por ele. Beor tocou seu rosto; ele parecia mais velho agora e muito mais forte. Seu cabelo loiro cacheado havia crescido nas últimas semanas e ele nem havia tido tempo para perceber. Os cortes que havia ganhado no rosto quando fugiu com Felipe pela floresta ainda estavam lá, agora cicatrizados. Era estranho ver duas bolas douradas no lugar de seus olhos azuis; aquilo o tornava assustador de certa forma e ele não pôde decidir se gostava ou não. Por último, a parte que mais aparecia em seu rosto era a cicatriz dourada, que começava na ponta de sua bochecha, cortando seu olho e terminando em cima de sua sobrancelha. De todas as mudanças, ela era talvez a que ele mais gostava. Nem precisaria olhar para o céu para se lembrar do que as estrelas haviam feito, bastava olhar para si mesmo e ele as veria.

Depois de alguns minutos ele chegou à conclusão de que não reconhecia muito o garoto que via no espelho d'água, pois certamente não era o mesmo que havia deixado a vila. Mas ele achou bom, entendeu que nas últimas semanas teve tão pouco tempo para pensar em si mesmo que havia crescido sem perceber, amadurecido sem mesmo se dar conta. E não havia mais ninguém para contar, ninguém para se gabar de sua grande maturidade ou de seus atos heroicos, ninguém para quem mostrar sua cicatriz ou contar sua aventura. Naquele momento ele percebeu que sua história era só sua e que aquilo era suficiente.

Ele saiu de seu momento de reflexão, percebendo que os animais o esperavam.

— Tudo bem, senhor? — Grim perguntou.

— Tudo sim. — Ele sorriu para eles, agora mais calmo.

Eles continuaram a caminhar e o garoto sentiu a expectativa crescer em seu peito à medida que se aproximavam de sua casa. Eles saíram do pequeno bosque dando de frente com as ruínas do que antes era uma grande construção. Beor franziu as sobrancelhas, confuso. Aquela era sua casa, ele estava certo disso.

— O que aconteceu aqui? — Grim voou de Felipe até Beor, parando no ombro do garoto.

— Era a casa do Beor — o cavalo explicou, reflexivo.

— Se eles não estão aqui... — A ansiedade subiu em seu peito. Teriam seus pais morrido depois de tudo que ele fez?

Seus pés se prepararam para correr procurando por eles, mas sua mente o parou. Era como se fosse uma voz vinda do fundo de seu inconsciente, direcionando-o. Ele se lembrou da conversa que teve com Augusto sobre sentir os animais na floresta e então fechou seus olhos, vasculhando sua consciência, procurando por seus pais. Para sua surpresa, ele os sentiu a metros de distância, na casa de John. Era uma sensação estranha e engraçada; não conseguia vê-los, mas tinha certeza de que estavam lá.

— Venham comigo! — Ele começou a correr e percebeu que agora caminhava muito mais rápido que antes, afinal, não era mais humano. Notando isso, parou abruptamente, esperando por Felipe e Grim.

Um senhor saiu de uma casa à distância e começou a caminhar na direção de Beor. Seu coração parou. Ele estava exposto, seria visto. No seu primeiro dia como Verão já quebraria a principal regra de todas.

Ele se virou para os animais, assustado, mas não falou nada; ele percebeu que a expressão de Felipe não havia mudado e isso o acalmou. Movido pela curiosidade, decidiu esperar para ver. Naquele mesmo momento ele criou uma teoria em sua mente e queria saber se ela se provaria verdadeira.

O senhor continuou a caminhar em sua direção, sem ao menos notá-lo. Ele passou na frente do garoto, ficando a centímetros de seu rosto, e então o atravessou; passou através dele, como se Beor não estivesse ali.

Beor colocou as mãos em seu estômago, se contorcendo, assustado.

— Eu estou morto! — Sua voz saiu pesadamente.

— É claro que não está. — Felipe se aproximou dele, acalmando-o. — Porém não é mais humano, é algo além. Agora é um com a natureza, apesar de poder se materializar quando quiser e até escolher ser visto por humanos, mesmo sendo algo proibido, é claro.

— É claro. — Ele puxou o ar para dentro de seus pulmões, balançando a cabeça em concordância.

— Aprenderá com o tempo — Felipe o consolou.

O cavalo continuou a caminhar e Beor o seguiu. Eles chegaram até a casa de John, e o coração de Beor faltou saltar do peito ao ouvir a voz de seus amigos. Uma alegria inesperada o tomou. Ele fechou os olhos, sentindo onde eles estavam, e correu até lá.

— Você acha que ele está bem? — Foi a primeira coisa que ouviu ao se aproximar da janela. Seus olhos deram de frente com Naomi e Nico. Os dois estavam debruçados na janela, olhando a vista. Seus olhares estavam cansados e seus rostos, pálidos, voltando a ter cor aos poucos. — Acha que ele está vivo? — Naomi olhou para Nico e seus olhares preocupados falavam muito mais que suas palavras.

— Eu tenho certeza — Nico respondeu, esperançoso. — Ele fugiu pela floresta e provavelmente está perdido em algum lugar. Talvez tenha até conhecido uma das cidades grandes que tanto sonhava conhecer.

— Acha que ele nos deixou, então? — A voz de Naomi saiu doída.

— Não. Com certeza não, sabe que Beor não faria isso. — Nico mantinha seu olhar esperançoso no rosto.

Flutuando um pouco acima do solo, Beor parou na frente dos amigos, observando-os, mesmo sabendo que eles nunca poderiam notar sua presença. Era uma sensação estranha. Tudo o que tinha feito foi com eles em mente, eles haviam sido a razão, e agora queria tanto lhes contar tudo, ouvir a empolgação de Nico e ver Naomi o repreendendo por ter colocado sua vida em risco. Ele estava finalmente tão perto deles, mas ao mesmo tempo tão longe. Aquele foi o primeiro momento em que ele entendeu a verdade sobre a vida de um Verão. Augusto estava certo; no fim era realmente uma vida de sacrifícios. E ele não pensou que fosse doer tanto quanto doeu naquele instante.

— Eu acho que ele tentou resolver... Decidiu fazer algo por conta própria e por isso partiu — disse Nico com o olhar fixado na floresta.

— Acha que ele conseguiu? — Naomi o olhou, com expectativa.

— Bom, o sol voltou! — Nico sorriu. — Se tem alguém que poderia fazer isso é o Beor.

Naomi soltou um pequeno riso, olhando para o chão.

— Mas e se… — Ela levantou o rosto. O sorriso havia sumido e seus olhos agora acumulavam pequenas poças de água. — E se ele morreu, Nico? E se morreu na floresta, de frio ou por algum animal? — Ela o encarou.

— Não. — O olhar dele estava seguro, mas também em negação. Não aceitaria aquela possibilidade.

— Não é justo. — Naomi colocou as mãos no rosto e começou a chorar. — Sabia que o aniversário dele está chegando? Eu acho que ele tinha esquecido, mas eu não. Quando éramos menores ele sempre falava sobre fazer quatorze anos. — Ela chorou novamente, afundando o rosto em suas mãos e encostando a cabeça na janela.

A informação atingiu Beor como um raio, seu aniversário! Em nenhum momento sequer isso havia passado pela sua cabeça. Seria quando? Em dois, três dias? Dia vinte de julho! Lembrou.

Nico abraçou Naomi, que continuava a chorar. Beor quis muito aparecer para os amigos e dizer que estava bem, mas ao vê-los juntos naquela hora, de alguma forma, ele soube que eles ficariam bem.

Ele se afastou lentamente flutuando para trás e deu um último olhar para os dois, alegre por vê-los vivos e bem. Ele alçou voo, subindo lentamente e deixando-os a sós. Ele rodou a casa, procurando por seus pais entre as janelas. Fechando mais uma vez os olhos, seu corpo o guiou até uma janela no terceiro andar, onde ele encontrou seus pais sentados juntos na beira da cama em um quarto espaçoso. Ele percebeu que, apesar de triste, sua mãe tinha um olhar mais leve. E, apesar do rosto pálido do gelo, ela parecia até mais jovem.

— A casa… — Beor falou consigo mesmo, sorrindo ao vê-la melhor.

Contudo seu olhar ainda era de dor e ele sabia bem o porquê.

— Estão falando que ele morreu, Tristan. — Ela olhou para o marido com o olhar aflito, buscando por respostas.

— Eu sei, Kira. — Beor viu seu pai abaixar o rosto. — Sabemos que os lobos mataram a família de Waldof. — Beor percebeu que uma lágrima escorria no rosto de Tristan e aquela foi a primeira vez que ele viu seu pai chorar.

— Eu não quero acreditar, eu não posso. — Ela o abraçou, afundando a cabeça em seu ombro.

— Mas ainda há esperança. — Tristan levantou seu rosto. — Assim que os cavalos se recuperarem sairemos à procura dele. Com a benção das estrelas vamos achá-lo. Prometo não parar até encontrar nosso filho.

Kira levantou o rosto e olhou de repente para a janela. O olhar de Beor se encontrou com o dela, e por um momento ele congelou, pensando que ela podia vê-lo.

Ela, porém, manteve o olhar, como se estivesse buscando por algo distante, algo além. Ele soltou a respiração, sentindo-se aliviado e decepcionado ao mesmo tempo.

— Acredita que ele está vivo, que ele está lá fora? — ela perguntou, voltando o seu olhar para baixo.

Tristan pensou por alguns instantes e então sorriu.

— Acredito. — Ele estava, de alguma maneira, confiante. — É do Beor que estamos falando.

Kira, que segurava as mãos do marido, esboçou um pequeno sorriso, trazendo à sua mente algumas memórias com o garoto.

— Eu nunca fui de acreditar nessas coisas, mas eu só queria um sinal. Um sinal das estrelas. Um sinal que fosse, mesmo pequeno, para saber que meu filho está vivo ou... para pelo menos ter esperança — disse, afundando o rosto nos ombros do marido, voltando a chorar.

Beor sentiu seu coração apertar dentro de si. Apertava tanto que doía. Ele queria poder estar com os seus pais, queria entrar ali e falar que estava bem. Queria tanto e parecia tão simples, tão fácil... Mas não podia. Ele olhou então para o céu, que agora estava claro, com poucas nuvens e o sol brilhando, e pôde encontrar bem à distância as mesmas três estrelas. Era verdade o que elas tinham dito, que enquanto olhasse para elas ele saberia quem era. Ele respirou fundo, entendendo que o seu sacrifício não era para causar dor, mas sim o bem; ele estava protegendo sua família e era isso o que continuaria a fazer. Sua mãe ficaria bem e as estrelas cuidariam dela, lhe fariam a companhia que ele não poderia mais fazer.

— Apenas um sinal. — Ele ouviu sua mãe repetir baixinho.

Os seus olhos se iluminaram e uma ideia surgiu em sua mente. Ele poderia fazer aquilo, certo? Deixar apenas um pequeno sinal, algo que não comprometesse a verdade sobre quem ele era, mas que traria esperança à sua mãe e que seria uma forma de se comunicar com ela, por menor que fosse. Traria paz ao coração dela e, honestamente, ao dele também.

Ele pensou por um instante, tentando encontrar em suas memórias algo que fosse só deles; algo simples, mas que tivesse valor para sua mãe. Ele se lembrou, então, de uma flor que havia visto crescer no chão da fronteira entre as duas terras, logo depois de fincar a espada na terra e trazer de volta o sol. Aquele seria o sinal perfeito. Ele olhou para baixo, procurando pelos animais, mas não os encontrou em seu campo de visão.

— Eu volto rápido — ele comentou consigo mesmo e levantou a espada do Verão, desaparecendo dali e voando como um raio até a fronteira.

Chegando ao local, ele estava tão esbaforido que acabou tropeçando e caindo no chão exatamente no momento em que estava para pisar na grama.

— Ahhh! — Ele próprio se assustou, colocando suas mãos na frente para apoiar. Ele, então, se levantou apressadamente, com medo de ter sido visto por alguém. Mas, olhando em volta, não encontrou ninguém, para o seu próprio alívio.

— Eu vou pegar o jeito — confortou a si mesmo e começou a caminhar, procurando pela flor específica entre as colunas de pedras.

— Aqui! — Ele se abaixou, fitando uma bela flor amarela. Parecia que ela havia nascido naqueles poucos minutos de sol e já estava com suas pétalas abertas e sua cor, vibrante.

— Me desculpe... — ele sussurrou para a planta. — Mas é por uma boa razão. — Ele estendeu sua mão e delicadamente puxou a flor para cima, tirando sua raiz. Naquele momento ele sentiu uma pequena fincada em seu coração, como se, por estar tocando nela, pudesse sentir também a dor daquela ação. Ele a segurou em suas mãos, era a flor perfeita. Nunca havia visto nada como aquela flor e certamente sua mãe também não.

Ele se levantou e a guardou delicadamente no bolso de sua blusa. E então ergueu a espada, observando o objeto por um instante.

— Eu vou ser melhor agora. Prometo. — E apontando-a para cima, voou novamente.

Quando Beor voltou para a casa de John, percebeu que o tempo parecia ter passado, algo que ele achou estranho, pois para ele tinha sido apenas alguns minutos na fronteira. Ele voou até a janela e deu de cara com sua mãe, o que o fez dar uma cambalhota involuntária para trás, tamanho o susto que levou. Ele olhou para dentro e percebeu que Tristan não estava mais no quarto. Kira estava agora debruçada na janela, olhando para baixo. Ela ainda chorava baixinho e falava palavras que ele não conseguia ouvir direito. Ele esperou que ela desviasse o olhar e então colocou apressadamente a flor na janela, se afastando. Kira fitou o céu por um instante e quando voltou o olhar para a janela se assustou ao ver uma flor amarela bem no lugar. Ela olhou em volta, assustada, procurando por alguém.

— Não é possível... — Ela colocou a mão na boca, perplexa, tentando de alguma forma encontrar uma explicação racional para aquilo.

— Você pediu um sinal — Beor falou baixinho para si mesmo, pensando que ela não ouviria.

— Beor! — Os olhos de Kira se arregalaram. Ela olhou em volta, completamente surpreendida por ter ouvido a voz do filho.

Beor colou a mão na boca, sem acreditar no que havia feito. Ele imaginou que, se não podiam vê-lo, não poderiam ouvi-lo também. Mas de todo jeito ele se sentiu em paz com aquilo, sua mãe precisava saber que ele estava bem. Conhecendo bem ela, sabia que somente com essa segurança ela conseguiria ter paz e viver sua vida.

— Beor? — ela perguntou novamente, estendendo a cabeça para o lado de fora da janela.

Beor respirou fundo. Talvez os animais fossem repreendê-lo por sua ação, mas eles não estavam em volta. E, por fim, agora ele era o Verão. Tinha que tomar suas próprias decisões e naquele momento aquilo pareceu o certo e seguro a ser feito.

Ele respirou fundo, treinando em sua mente as palavras certas do que gostaria de dizer.

— Eu estou vivo, mãe, e estou bem, mas não posso voltar para casa. Sei que é difícil para você acreditar, mas precisa confiar em mim. Eu vou te trazer novas flores sempre que puder, como uma forma de não te deixar esquecer e garantir que eu estou bem. Porque eu estou. — Um pequeno sorriso nasceu no rosto do menino. — Estou mesmo.

Kira fechou os olhos e sorriu, absorvendo cada pequena tonalidade daquela voz que pairava à sua volta. Lágrimas escorreram por sua bochecha, lágrimas de alegria. Naquele momento ela não precisava de provas, não precisava pesquisar, questionar ou buscar uma explicação racional, pois uma mãe sempre saberia reconhecer a voz do seu filho.

Beor sorriu, percebendo que estava chorando. Naquele momento ele sentiu dor, mas também sentiu uma grande paz. Ele teve fé de que seus pais ficariam bem e agora sabia que ficaria também.

Ele se afastou gradualmente da janela, vendo a imagem de sua mãe se tornar cada vez mais distante. Sorriu observando a casa e, então, desviou o olhar, voando para longe. Ele se afastou das construções e avistou Felipe e Grim na entrada na floresta, em frente às ruínas da mansão boticária. Eles o esperavam olhando em volta. Beor sorriu ao vê-los e voou até eles; talvez não estivesse completamente sozinho, afinal.

31

O Palácio do Sol

Os dois animais parados na entrada da vila se alegraram ao ver o garoto voar até eles.

— Verão! — Grim exclamou sorridente ao vê-lo chegando.

Beor se aproximou e parou ao lado deles.

— Acho que pode continuar me chamando de Beor. — Ele olhou para Felipe. — Pode?

— A escolha é inteiramente sua, meu caro. Mas, se desvincular de seu nome de nascimento eventualmente ajuda a proteger sua identidade de humano, assim como sua família. Você é o Beor, mas é também o Verão agora. É a sua identidade, pode aceitá-la.

Beor balançou a cabeça, compreendendo as palavras do cavalo. Realmente, ainda lhe soava estranho ser chamado de Verão, pois não se considerava nem grande nem corajoso como um Verão deveria ser; mas ainda era o seu primeiro dia, ele teria tempo para se acostumar com isso.

— Verão, então — ele falou, sorrindo. — Ah... — Ele se lembrou do fato que havia passado despercebido, mas que antes teria significado o mundo para ele. — Eu faço quatorze anos em três dias! — Ele sorriu timidamente, dando de ombros.

— Que notícia maravilhosa! — Grim exclamou. — Temos que fazer uma grande festa.

— É uma data importante... — Felipe falou gentilmente. — Mas receio que será a última vez que conseguirá mapear o seu aniversário.

A expressão de Beor mudou.

— Como assim?

— Bom, talvez ainda não tenha tido tempo para perceber, mas o tempo para você funciona diferente. Uma estação vive o triplo da vida humana. Para o seu corpo, o tempo passará normalmente, mas para os outros e o mundo à sua volta vai parecer passar mais rápido. Seus amigos envelhecerão e você ainda terá quase a mesma aparência.

O olhar de Beor se abateu, aquilo parecia horrível. Não queria piscar e perder toda a vida de seus amigos. Mas, ao mesmo tempo, não foi surpreendido por aquilo, pois Augusto já havia mencionado algo a respeito.

— Eu percebi, na verdade, tive a sensação agora há pouco de que o tempo não havia passado para mim.

— Quanto tempo acha que já se passou desde que trouxe o sol de volta? — Felipe perguntou.

— Minutos, eu diria, talvez uma meia hora atrás.

— Já se passaram cinco horas desde que o sol voltou.

Os olhos de Beor se abriram e ele respirou pesadamente, sentindo uma onda de ansiedade o invadir. Não ter controle do tempo que passava à sua volta parecia o cenário de um pesadelo do qual ele não gostaria de participar.

— Mas não se assuste agora. — Felipe se aproximou do garoto, na intenção de acalmá-lo. — Tudo fará sentido com o tempo.

— Tempo — Beor pensou alto. — Tudo bem. — Ele respirou fundo, se recompondo. Já havia feito a sua escolha, agora era se adaptar com tudo o que ela trazia.

Ele afastou a melancolia e sentiu a expectativa preencher seu coração.

— Qual é nossa próxima parada agora? — O garoto perguntou, colocando as mãos na cintura, como se fosse um explorador.

— A sua casa, é claro. O Palácio do Verão! — Felipe exclamou. — Está pronto?

Beor olhou para trás, observando os escombros do que havia sido um dia sua casa e lar.

— Bom, eu realmente preciso de uma casa nova, então estou, sim. — Ele sorriu e caminhou para a frente de forma decidida, empunhando a espada e fincando-a no chão.

Ele se afastou e viu as raízes saindo da espada, formando o portal novamente. Era um processo tão belo que ele poderia assisti-lo por infinitas vezes. O portal se formou, revelando progressivamente do outro lado uma bela floresta e parte do palácio. Ele sentiu um frio na barriga e uma vontade involuntária de olhar para trás novamente, para sua vila; mas ele não se virou. Sabia que no caminho que estava agora não poderia mais voltar atrás, o futuro se apresentava diante dele. E cheio de uma coragem que surgiu naquele momento, ele deu um passo para a frente e o aceitou, atravessando o portal, deixando sua vila e sua vida para trás.

No momento em que ele adentrou a floresta sentiu uma nova vida pulsar em suas veias. A conexão que havia tido com aquele lugar quando o visitou nas memórias de Augusto não era coincidência; ele realmente havia nascido para morar ali. Ele tirou a espada do chão de uma vez; e deixando os animais para trás, correu pela floresta, num movimento involuntário e talvez até infantil, mas com o qual não se importou. O cheiro das árvores era forte, o vento passava por ele como uma melodia, era como se a floresta cantasse para ele; como se os sons, as cores, e todo o ambiente falasse, e naquele momento ele podia ouvir. Com os olhos fechados ele alçou voo, absorvendo toda aquela sensação. A sua alma era uma com a natureza, o seu espírito estava livre e o seu coração batia tão rápido que criava a sua própria melodia. Ele abriu os olhos lentamente, absorvendo toda a vista à sua frente. Havia vales e montanhas e cidades e mares e lugares nunca conhecidos, e todos chamavam por ele, falavam o seu nome, e ele podia ouvi-los. Felicidade não era a palavra certa para o que sentia, talvez nem alegria, pois ainda havia dor em seu coração. Mas ele se sentia completo, se sentia em paz com o seu destino. Estava no lugar onde deveria estar.

Percebendo, então, uma grande sombra que se estendia no chão, ele virou para trás e deu de frente com o grande Palácio do Sol, a sua nova casa. O palácio era diferente do que tinha visto nas memórias de Augusto. Na visita anterior ele ainda era belo, porém parecia triste e vazio, de alguma forma aprisionador; talvez porque era assim que

Augusto o via. Mas na realidade ele era belo e colorido. Sua cor verdadeira era um dourado translúcido, e dependendo da posição do sol ele refletia diferentes cores durante o dia. Tinha cinco andares, as três torres que eram ainda mais majestosas vistas de perto, longas janelas e sacadas ainda maiores que se estendiam para fora da construção, a maioria delas situadas bem no meio do palácio, no centro da torre principal, com um jardim próprio onde até árvores com frutos cresciam.

A sua atenção se voltou para essa sacada, e ele notou que diversos animais o esperavam nela e olhavam para ele com júbilo, como se estivessem observando o próprio sol. Ele identificou alguns que havia conhecido na cabana do Verão, mas havia muitos outros, até mesmo de espécies que ele nunca havia visto. Todos sorriam e o fitavam cheios de expectativa. Do lado de dentro, ursos com flautas começaram a tocar uma canção de que Beor gostou imediatamente. Sabendo que era o que devia fazer, ele se aproximou dos animais, que abriram espaço para que se juntasse a eles. Ele desceu e parou bem no centro, na frente deles. Assustado, porém feliz.

A sacada estava decorada com tapetes que mudavam de cor a cada nota diferente da música, duas grandes mesas repletas de alimentos, formando um verdadeiro banquete. Todos os animais ali presentes usavam um fino tecido envolto em seus pescoços, com o símbolo do sol costurado. Beor percebeu que os tecidos eram de cores diferentes dependendo do animal e pensou que seria algum tipo de hierarquia do palácio. Uma fina cortina cobria a varanda do lado de dentro e Beor viu que ela, assim como o tapete,

também se movia de acordo com a música, fazendo uma coreografia própria. O seu olhar passou por cada animal na sacada, cumprimentando a todos com o mais honesto dos sorrisos, até que parou em frente a uma bela árvore, que havia sido plantada bem na ponta esquerda do espaço. Percebeu que no outro extremo também havia outra árvore.

— É um prazer recebê-lo, Verão. — Ouviu a árvore sussurrar para ele com o vento que passou roçando em seu ouvido.

Seus olhos se abriram de emoção.

— Então vocês realmente falam! — ele exclamou.

— *Mais do que isso, estamos ao seu serviço.* — Para o seu total choque ele observou a árvore retorcer o seu tronco e fazer uma reverência para ele.

— Obrigado — ele respondeu, emocionado.

Martin, o urso da cabana, saiu de trás dos animais, vestido agora com uma blusa e um tecido de cor esmeralda, que demonstrava o seu lugar no palácio. Seu braço estava enfaixado e ele carregava em suas patas um lindo manto, que, assim como a construção, era feito de um dourado translúcido. Beor pôde ver um belo desenho do sol costurado em toda a volta da vestimenta.

— Seja bem-vindo, novo Verão! — o urso falou. — Sempre soube que seria o senhor — ele sussurrou, sorrindo.

Havia um cavalo ao seu lado de pelo branco e olhar gentil. Ele tinha toda a crina presa em uma trança e usava um tecido de cor dourada enrolado no pescoço.

— Seja bem-vindo à casa, Verão — o animal falou, e sua voz comprovou a teoria de Beor de que era uma fêmea.

— Muito obrigado, Senhora...

— Lúdain. Sou a mordoma-chefe do palácio, instituída pelo último Verão.

— É uma prazer, Lúdain.

— Temos aqui algo que pertence a você — ela falou com a voz doce. — Ao colocar esse manto, será oficializada a sua transição agora como Verão e senhor deste palácio.

Beor fitou o manto nas mãos do urso e assentiu, com um sorriso nervoso.

Martin, então, se aproximou e colocou o manto nele, passando seus braços para dentro e vestindo-o delicadamente. Beor teve a impressão de que a roupa era grande demais para ele, mas sabia que eventualmente iria encaixar. Ele deu um pulinho e se ajeitou dentro do tecido. Levantou o olhar e percebeu que todos os animais o observavam, esperando, e entendeu que agora era sua hora de falar.

— Bom. — Ele respirou fundo, surpreendentemente não se sentindo nervoso pela atenção. — Eu não sei muito bem como explicar a minha jornada até aqui. Ela foi inesperada para mim e provavelmente para vocês também.

Os animais o ouviam atentamente e ele olhou para cada um deles, encontrando seus rostos alegres e cheios de esperança encarando-o de volta. À distância, avistou Felipe e Grim se aproximando do local.

— Acho que ela também começa com o que foi o início de tudo, inclusive das estações, que são as estrelas. Elas me trouxeram até aqui, me enviaram amigos improváveis para ajudar no caminho e me deram coragem para tomar a decisão que eu não conseguiria tomar sozinho. — À medida que ele falava, as palavras faziam sentido e encontravam espaço também em seu coração. — Elas me guiaram desde a minha infância, trouxeram luz quando havia apenas escuridão e abriram caminhos onde não havia nenhuma estrada para se percorrer ou caverna para se esconder. Eu não sei muito sobre muitas coisas, nem sei ao certo como fazer um discurso. — Ele deu um sorriso e os animais caíram na gargalhada, assim como ele. Aquilo era muito mais natural para si do que imaginava. — Mas sei que darei a minha vida para proteger esta terra e para garantir que a criação das estrelas permaneça intacta, que permaneça a mesma. Eu treinarei incansavelmente, independente do tempo que for necessário, para proteger nossas terras do Inverno. Não permitirei que ele nos ataque novamente; e se ele tentar, me encontrará preparado para lutar. — Ele mesmo se surpreendeu com as palavras, mas sabia que elas eram verdadeiras. — Sei que existe um longo caminho à minha frente e eu o aceito de todo o coração. Fico feliz também de saber que não estarei sozinho. — Ele sorriu, se sentindo acolhido por todos aqueles animais. — Que hoje seja o primeiro dia de um reinado onde o sol brilhe e a justiça reine — ele bradou com animação e, ao falar aquelas palavras, percebeu que não era mais um garoto; já havia deixado de ser há um bom tempo. Era um rei, um representante das estrelas, que tinha toda uma terra sob seu cuidado. Havia se tornado um homem.

Após o discurso, cada animal se aproximou lentamente dele, cumprimentando-o, agradecendo e prometendo eterna lealdade.

A celebração durou toda aquela tarde, pelo menos para Beor. Ele se fartou no banquete que haviam preparado e percebeu que fazia muito tempo que não tinha uma refeição completa. Conheceu cada animal que servia no palácio e diversos outros foram aparecendo, esperando em fila do lado de dentro para verem o novo Verão. Cumprimentou todos e ouviu suas histórias com atenção, apesar de ter sido incapaz de lembrar o nome de um sequer. Durante todo aquele tempo se deparou com muitas feições alegres e discursos de gratidão, porém, entre um momento e outro, ele sentia uma inquietação em alguns animais e podia secretamente ouvir a batida acelerada de seus corações, como se o medo do Inverno ainda não tivesse sido totalmente eliminado. Ele engoliu em seco e tentou não dar atenção ao presságio ruim que se assentou em seu coração, mantendo o sorriso e o olhar bondoso para todos.

Eles cantaram músicas, dançaram e contaram histórias. A parte preferida de Beor foi ouvir as histórias dos outros Verões e suas principais aventuras, que de tão épicas foram imortalizadas e contadas de geração em geração pela floresta. Ele soube de uma grande biblioteca do palácio recheada de todo o conhecimento e permitida apenas para ele, onde certamente passaria muitos de seus dias no futuro; assim como de outros cômodos e quartos que ele mal esperava para conhecer.

Estava entardecendo e muitos animais já tinham ido embora. O sol se despedia relutante do horizonte, pintando--o com tons de roxo. Ele estava tão cheio, de comida para o corpo e belas canções e histórias para a alma, que a inquietação de mais cedo havia evaporado lentamente. A noite agora enfeitava o céu com sua constelação de estrelas e nenhuma nuvem estava à vista. As três estrelas brilhavam acima de tudo, incandescentes e majestosas, e era nelas que ele mantinha o seu olhar.

— Belas, não são? — a voz de Felipe ressoou ao seu lado.

— Sim, e eu tenho a impressão de que, só por estarem ali, elas tornam tudo mais belo também.

— E está completamente correto. Mas por que, então, sinto que nem mesmo a beleza das estrelas poderia acalmar o seu espírito? — O olhar do cavalo se encontrou com o dele, sereno e bondoso. — O que passa em sua mente, garoto?

Beor sorriu como alguém que fora descoberto.

— Eu senti o medo no coração dos animais, de muitos deles. O temor de que o Inverno venha a retornar e, pior que isso, a sensação de que por esse tempo todo estivéssemos apenas seguindo o plano dele. — Beor piscou, tremendo com aquele pensamento. — A verdade é que não é apenas o medo dos animais, mas o meu também. Eu me sinto... aliviado, mas não em paz. E descobri que tem uma grande diferença entre os dois. — Beor deixou sair uma risada baixa.

— Eu não posso confortá-lo em relação a isso, garoto, pois eu mesmo o sinto. Por mais que meu espírito queira descansar, ele está alerta, vigilante, como se uma grande guerra estivesse a caminho.

Beor engoliu em seco.

— Como Verão, está mais que certo em dar atenção àquilo que conta o vento, mas um consolo eu tenho para você: as estrelas estão do nosso lado. Venha o que vier, elas estão do nosso lado — Felipe falou com ânimo e expectativa, projetando em seu rosto o que Beor pensou ser quase um sorriso.

— É... — Ele suspirou com um sorriso. — Elas estão do nosso lado.

— Por ora essa é toda a certeza que você precisa ter. Cabe a cada dia os seus medos e as suas alegrias, garoto.

— Você tem razão. — Beor afagou a crina do cavalo. — Nós vamos ficar bem. *Eu* vou ficar bem — sussurrou para si mesmo.

Ambos permaneceram lado a lado, envoltos no silêncio, enquanto observavam o céu. Assim como haviam estado por tantos dias em meio às nevascas e densas florestas. Juntos no Inverno, juntos no Verão.

Passaram-se poucos minutos até Beor notar um movimento diferente no céu, que não pôde identificar.

— Felipe, você está vendo isso? — Apontou para uma constelação onde, abaixo de si, uma sombra passou, refletindo uma luz dourada.

— Eu estou, garoto, eu estou.

Animais começaram a sair do palácio, se juntando a eles novamente na sacada enquanto observavam maravilhados a chegada de criaturas há muito não vistas por aquelas paredes.

— Pelas estrelas, elas estão voltando. — A voz da égua líder, Lúdain, ecoou de forma emocionada entre os presentes.

— Elas quem? — Beor perguntou, virando o rosto, mesmo já tendo uma ideia.

— As faniryas, as águias do Verão. As protetoras da morada do Sol. Elas estão finalmente retornando para casa.

Eram dez grandes águias as que alcançaram o palácio, voando em volta das torres e fazendo malabarismos no ar, demonstrando estarem tão felizes quanto o restante dos animais. Emocionado pela cena, Beor subitamente se lembrou de que podia voar e então deixou o chão da sacada, sendo levado pelo vento até elas. Elas o recepcionaram voando em volta dele e, então, ao mesmo tempo, fizeram uma reverência com suas cabeças, oficializando-o agora como senhor sobre elas. A maior das águias, a mesma que havia salvado Beor duas vezes, se aproximou em silêncio e encostou seu largo bico na testa do garoto. Uma onda de energia passou pelo seu corpo e mesmo sem palavras ele sabia agora com quem se comunicava: Gwair, senhor dos ventos e a águia da sabedoria. Juntas, elas se afastaram dele e voaram até o topo da grande torre, onde antigamente costumava ser sua morada.

Beor tinha tantas perguntas... Por que elas haviam partido e por que não falavam como os outros animais? Mas também sabia que cada uma seria respondida no seu devido tempo. Aproveitou o vento que acariciava seu corpo e voou mais alto, o mais alto que pôde. Naquele momento ele percebeu, então, que seu sonho havia se realizado. O sonho ao qual, com tanta dificuldade, ele havia renunciado voltava agora para ele. Ele tinha todo um mundo à sua frente, assim como toda uma vida. Ele se lembrou dos fragmentos de imagens do seu futuro que havia visto quando estava com as estrelas. Ele era mais velho, lutava batalhas inimagináveis e carregava uma verdade profunda em seu olhar — ainda mais profunda do que a daquele momento. Ele ainda se tornaria tudo aquilo que havia visto e de alguma forma já o era.

Olhou para cima e sentiu as estrelas o abraçando; se sentiu acolhido, se sentiu parte, sabia que elas cumpririam a promessa, estavam comprometidas com ele. A expectativa e o desconhecido igualmente ocuparam seu coração. Era o dia um, o primeiro capítulo, o início de toda sua jornada. Muito o esperava, de grandes perigos a gratas surpresas, e ele estava pronto, sabia que estava. Não era mais o garoto que havia deixado sua vila. Era o Verão.

32

O aniversário de Beor

O palácio ainda era uma incógnita para Beor, assim como toda essa nova vida de Verão. No tempo humano haviam passado exatamente três dias desde que ele chegara ao palácio, os animais o ajudaram a manter a conta, e agora era oficialmente o seu aniversário de quatorze anos. O primeiro longe de casa, o primeiro como uma estação, como o Verão.

Os corredores de cada ala do palácio eram como o encontro mágico de um labirinto com um parque de diversões, e tudo o entretinha e o maravilhava. Na ala norte havia um salão de música onde os instrumentos tocavam sozinhos, sem nunca cessar, fruto de um encantamento posto por um dos Verões há muitos séculos. Em um corredor da ala sul, existia uma fonte de água flutuante, e a água dançava pelo teto sem parar, dando a todo aquele ambiente uma sensação de estar no fundo do oceano. A verdade que

Beor descobriu logo era que o próprio palácio era mágico, pois existia no limiar entre a Terra Natural e a Terra das Estrelas. Por isso, por mais que mostrasse toda a Terra do Sol à sua frente, ele não tinha uma localização exata que pudesse ser simplesmente encontrada por humanos. O que existiam eram atalhos até lá, que somente os animais convidados pelo Verão poderiam encontrar.

Naquela manhã ele gostaria de estar explorando a ala oeste, que ainda não conhecia, ou ao menos comendo um bolo de castanhas com nozes para comemorar seu aniversário, mas em vez disso estava em uma reunião do Conselho do Palácio, a sua primeira reunião oficial com os animais que geriam o palácio.

Eles estavam reunidos em um salão redondo de vidro, localizado no topo da pequena torre da ala leste. E o Conselho dos Animais era formado por Martin, o simpático urso que ele já considerava um amigo; Lúdain, a égua de pelo branco e olhar sério; Alonio, uma raposa de poucas palavras; Suana, uma tartaruga que parecia velha demais para estar ali; e o mais novo membro, Felipe, escolhido pelo próprio Verão anterior. Eles estavam acomodados em um círculo no chão, onde havia o desenho de um sol em ladrilhos alaranjados.

— Nós o convocamos aqui, meu senhor, a respeito de nossos temores e expectativas para seu governo — Lúdain foi a primeira a falar, e a cada palavra dita, Beor tinha a sensação de que ela não o levava tão a sério. — Você logo vai iniciar o seu treinamento como Verão e lhe daremos o tempo necessário para isso, mas concordamos que seria importante o deixar a par dos eventos que antecederam a sua chegada aqui.

— Esse Conselho existe para que você não precise se exaurir com suas obrigações como estação, e se o chamamos aqui tão cedo é porque é necessário que saiba o quanto antes — Felipe continuou, de maneira serena, mas com uma hesitação no olhar.

— Saiba de quê? — Beor perguntou com as sobrancelhas franzidas.

— De nossa teoria — Lúdain respondeu e, com um longo suspiro, iniciou. — Durante o tempo em que o Inverno tomou conta de nossas terras, o palácio foi invadido. Lobos do Inverno quebraram as janelas e entraram, alguns de nossos morreram e boa parte das alas foram revistadas.

— Enquanto eu estava escondido com nosso antigo Verão, uma coisa não saía de minha cabeça, senhor — Martin, do outro lado, falou. — Por que o Inverno estaria fazendo isso? Por que essa estratégia? Augusto estava velho, e o inimigo sabia que se um novo Verão fosse escolhido ele seria derrotado rapidamente. Por que, então? Por que arriscar o controle de uma terra que não lhe pertencia?

— Acreditamos que tenha algo a ver com o palácio. — Felipe completou, olhando para Beor. — Algo aqui que lhe seja valioso, algo que os lobos estariam procurando.

— Somos levados a acreditar que sua intenção não tenha sido tomar nossa terra, mas sim ganhar tempo para si mesmo, para encontrar algo, que talvez tenha perdido — disse Lúdain.

— Augusto era querido por todos nós, mas temo que ele não tenha sido o melhor em cargo como Verão — Martin disse, com pesar e quase repreensão por estar falando mal do antigo mestre.

— Por que diz isso? — Beor perguntou, intrigado. Queria entender o que foi que Augusto tinha feito de tão ruim para que fosse mencionado em todo canto e para que o próprio Inverno pudesse usar para atormentá-lo.

— Nosso antigo mestre, ele se perdeu em suas emoções e por muitas vezes renunciou a suas responsabilidades. Acreditamos que o Inverno vinha se aproveitando disso.

— E os oghiros? Como conseguiram derrotá-los? — Beor perguntou, voltando ao que lhe preocupava.

— Nós não precisamos. Eles não encontraram o que queriam e logo, talvez por ordem de seu próprio mestre, partiram — Lúdain o respondeu. — Não sabemos se de fato significa algo e se nossa teoria está correta, mas acho importante que tenha isso em mente. Talvez… — A égua hesitou, como se não estivesse segura do que iria falar. — Talvez, se perguntar, às estrelas o revelem algo.

Beor sorriu.

— Está certo. Esse ataque dos lobos foi com certeza algo suspeito, e, desde o momento em que matei aquele lobo na clareira, continuo tendo a sensação de que deixei algo passar. — Beor coçou as sobrancelhas. — Só não sei o que é.

— Talvez o homem que nos ajudou, senhor — Martin falou. — Ele tinha poderes demais para um guardião, eu acredito, e… as estrelas que me perdoem, mas era quase como se ele próprio fosse uma estação.

Alguns dos animais presentes murmuraram, ofendidos com tamanha blasfêmia.

— Martin tem razão, eu mesmo tenho pensado nisso — Beor confessou. — Acho que uma das primeiras coisas que gostaria de fazer era tentar encontrá-lo.

Para a surpresa de todos no salão, Grim entrou esbaforido por uma das janelas abertas, voando até Beor.

— Senhor Verão, senhor Verão, é uma emergência!

No mesmo momento, dois guardas-panteras entraram pela porta.

— Senhor soberano. — As panteras, que andavam sobre duas patas, pararam uma do lado da outra. — Perdoe-nos por interromper, mas temos um assunto urgente que demanda vossa atenção.

— Vários assuntos urgentes no meu aniversário, hein? — Beor sussurrou e se levantou da cadeira em que estava, caminhando até eles. — O que aconteceu?

— O palácio foi encontrado, senhor.

— Pelo Inverno? — Beor arregalou os olhos.

— Não, senhor, por uma humana.

Confuso, Beor virou o rosto e encarou os membros do conselho, que pareciam tão chocados quanto se fosse o próprio inverno que batesse na porta.

— Mas… eu pensei que isso fosse impossível. Que humanos não pudessem encontrar o palácio. — O olhar dele se voltou para Lúdain, que parecia mais branca do que antes.

— E é, meu senhor. O palácio é inalcançável para humanos.

O semblante de Beor se endureceu e, pela primeira vez, ele começou a temer o ocorrido.

— Então isso nunca aconteceu antes? Tem certeza?

— Absoluta, pelo que sabemos nunca em todos os quatro mil anos de existência do palácio.

— Pelos céus! — Ele passou a mão no rosto, agitado. Certamente não ganharia o seu bolo de avelã. — E… o que fazemos, então? — Ele levantou os ombros. — Prendemos essa pessoa? A assustamos para ir embora?

— Não passa de uma garota, meu senhor. — Grim respondeu, com preocupação e piedade. — Tão jovem quanto você. E está muito ferida.

— O pássaro fala a verdade — uma das panteras concordou.

Beor engoliu em seco e olhou para Felipe, procurando alguma orientação. O cavalo, porém, não disse nada e apenas o olhou como se dissesse: "Você é o Verão, não eu. Sua escolha."

Beor, então, respirou fundo e fechou os olhos. Ele se lembrou da promessa que as próprias estrelas fizeram para ele e encontrou consolo nisso; não era o aniversário que queria, mas certamente já era muito mais do que poderia sonhar ou merecer.

— Tudo bem. Vamos recebê-la por segurança, e então tentar descobrir como ela chegou até aqui. Onde ela está? A garota.

— No portão principal, senhor. Ela está batendo incessantemente na porta — uma das panteras respondeu.

— Venha comigo, eu te mostro — Grim ofereceu, saindo pela janela, e Beor voou com ele.

Eles desviaram das grandes torres da ala leste e sul e, então, chegaram até a entrada principal do palácio, voando até o chão.

Beor viu uma menina exaurida, tomada pelo cansaço, caindo no chão no exato momento em que a alcançaram. Ela tinha desistido de bater na porta e deixou seu corpo colapsar na grama. Tinha um cabelo ruivo todo desgrenhado, misturado a galhos e folhas, e terra e cortes em seus braços e rosto. Beor sentiu pena dela instantaneamente e por um segundo ficou até grato de ela ter encontrado o palácio, caso contrário parecia que não iria sobreviver.

— Olá — ele falou ao chegar ao seu lado, sem ter certeza se ela poderia vê-lo ou não.

— Ahhh! — Ela deu um pulo para trás, assustada. — Quem é você? — perguntou, desconfiada, e Beor notou que ela tinha olhos lilases. Nunca tinha conhecido alguém com olhos daquela cor.

— Bom, eu sou o dono desse lugar. Você meio que bateu no meu palácio. — Ele respondeu sorrindo, surpreendido pela alegria que o preencheu por ter sido visto por outro humano.

Com a sua resposta a garota suspirou aliviada, colocando a mão no peito.

— Que bom. Você é humano, então?

— Não... exatamente. — Beor franziu a sobrancelha. — E você?

— Bom... não exatamente. Eu acho — ela respondeu, de maneira hesitante.

— Para encontrar esse palácio você não deveria ser. Como se chama? — perguntou de forma gentil.

Surpreendida com a pergunta, a garota apertou os olhos, como se estivesse fazendo força para se lembrar.

— É estranho, eu tenho a sensação de que faz tanto tempo que ninguém me pergunta isso. — Em um lampejo sua expressão se suavizou. — Obrigada por fazê-lo. Prazer, eu sou a Florence.

Glossário

anith	sopro/vento/ar
en	o(s)/a(s) (artigo definido)
falathrya	esconder/afastar
Famradh	Verão, nome pessoal do verão
Famrihim	Sol
faniryas	águias do Verão
farym	viajante
giryeth	Lutar, guerrear
Gorgolthia	Boa sorte, benção das estrelas
hareth	Muito (sinônimo de grande quantidade)
hollethrya	remendar, restaurar, reconciliar
lyrienth	clamar, pedir, rogar
lyriumthrya	repelir, força vital
nyrienth	convocar, obrigar, chamar
nitryhia	retornar, voltar

nun	para, que
oghiros	lobos do Inverno, bestas de gelo
Orgoth	Inverno, nome pessoal do inverno
radhyro	filho
thy	eu, você, ele
thyen	nós, eles, comigo
treaya	árvore
valithrya	revelar/descortinar/descobrir

Agradecimentos

Esta história nasceu no meu coração quando eu tinha 17 anos e nas páginas quando eu tinha 21. A publiquei pela primeira vez com 22 anos e agora, com 24, a estou lançando oficialmente. *A escolha do Verão* cresceu comigo, e eu definitivamente cresci por causa dela.

Digo sem dúvidas que esta história é uma das maiores dádivas que o Senhor me deu, então o primeiro agradecimento vai para Ele, o autor da minha história. Ele me entregou este livro em uma estação de inverno na minha vida, onde tudo à minha volta já havia perdido a cor e a graça, e usou um garoto e uma estação desaparecida para trazer luz e calor ao meu coração novamente.

Agradeço aos meus pais, por terem acreditado em mim desde o primeiro momento e não medirem esforços para me apoiar em todo o processo. Por vocês, eu atravessaria florestas e lutaria com lobos do Inverno.

Mariana e Guilherme, meus editores maravilhosos, muito obrigada por acreditarem nesta obra e trabalharem comigo para que ela alcançasse a sua máxima qualidade. Agradeço também a Brunna, por ver potencial em minha história.

Mima, obrigada por ter acreditado em mim de forma tão natural, você foi instrumento de Deus na minha vida.

Aos amigos que amam o Beor tanto quanto eu, obrigada por acreditarem em mim e não me deixarem desistir em nenhum momento desses últimos anos.

Aos leitores, que abraçaram este mundo e esta história com tanto amor e lealdade: o amor de vocês me emociona e alegra. Vocês são resposta de Deus para a minha vida e graça infinita. Saibam que é isto que me impulsiona a dar o meu melhor neste e nos próximos livros: saber que agora esta história não é mais minha, ela pertence também a vocês.

Muito obrigada!

Nos vemos nas próximas estações.

Este livro foi impresso em papel avena 70g/m² pela Vozes para a Thomas Nelson Brasil em 2025. Não usamos alnuhium para fechar o arquivo, mas acreditamos que as estrelas podem ter nos ajudado.